U0116724

世界文字發展史

周有光 著

商務印書館

世界文字發展史

作　　者：周有光

責任編輯：毛永波

封面設計：涂　慧

出　　版：商務印書館 (香港) 有限公司
　　　　　香港筲箕灣耀興道 3 號東滙廣場 8 樓
　　　　　http://www.commercialpress.com.hk

發　　行：香港聯合書刊物流有限公司
　　　　　香港新界大埔汀麗路 36 號中華商務印刷大廈 3 字樓

印　　刷：美雅印刷製本有限公司
　　　　　九龍官塘榮業街 6 號海濱工業大廈 4 樓 A 室

版　　次：2019 年 2 月第 1 版第 2 次印刷
　　　　　© 2016 商務印書館 (香港) 有限公司
　　　　　ISBN 978 962 07 4530 0
　　　　　Printed in Hong Kong

作者簡介

周有光，1906 年 6 月 13 日生於江蘇常州。1923-1927 年，就學上海聖約翰大學和光華大學。

1928-1949 年，任教光華大學、江蘇教育學院和浙江教育學院；任職新華銀行，由銀行派駐美國紐約和英國倫敦。1949 年回國，擔任復旦大學經濟研究所和上海財經學院教授。

1955 年參加全國文字改革會議，會後擔任中國文字改革委員會和國家語言文字工作委員會研究員和委員。參加制訂：中文拼音方案；中文拼音正詞法基本規則；聾人手指字母方案。出席國際標準組織會議，該組織經國際投票認定中文拼音為拼寫漢語的國際標準。

擔任中國社會科學院研究生院教授。是翻譯《不列顛百科全書》的中美聯合編審委員會中方三委員之一。提倡"現代漢字學"和"比較文字學"。出版北大講稿《漢字改革概論》、清華講稿《中國語文的時代演進》以及《世界文字發展史》《比較文字學初探》《朝聞道集》等專著 30 餘種，發表論文 300 多篇。

目　錄

第四卷　字母文字（下）

序　言

文字學創始於中國。古代稱小學，清末改稱文字學，50 年代又改稱漢字學。名稱一再更改，說明認識在逐步發展。漢字學是世界文字學的一個構成部分。

1900 年前，許慎著《説文解字》。這不僅是最早分析漢字形音義的字典，而且是開創漢字學的著作。許慎説：“周禮八歲入小學，保氏教國子，先以六書。”六書的造字用字原理，在許慎以前就形成了，到許慎的著作中得到充分闡述，成立漢字學。

漢字學成立之後，歷代加以補充和發展。許慎用隸書説明小篆，附錄一部分六國古文。後來，早期的鼎彝、碑碣和其他金石器物陸續出土，學者考證其中的銘文，形成金石學，使漢字學得到補充和發展。

清末發現甲骨文，這是許慎沒有見到的最早漢字，使漢字歷史上推 1000 年。甲骨文的研究形成甲骨學，使漢字學得到更多的補充和發展。

契丹文、女真文和西夏文的發現和釋讀，使人們看到變異仿造的漢字型文字。日文和朝鮮文跟中文的比較，改變了漢字的概念。越南喃字的研究，引起對中國少數民族的漢字型文字的重視。50 年代以來，大規模調查少數民族的歷史和語言，發現更多的孳乳仿造的漢字型文字。研究這些非漢語的漢字，擴大了漢字學的視野，形成廣義漢字學。漢字大家庭是一個漢字系統。

19 世紀，西歐學者發現並釋讀了 5500 年前的兩種古文字，一種是西亞的丁頭字，一種是北非的聖書字。把這兩種古文字跟漢字比較，發現它們外貌迥然不同，而內在結構如出一轍。原來認為沒有文字的美洲也有自己創造的文字：馬亞字。分析馬亞字，知道它也是一種古典文字，跟西亞、北非和東亞的古典文字有相同的結構。六書不僅能説明漢字，同樣能説明類型相同的文字。由此知道，世界各地的文字不是一盤散沙，而是一個有共同規律的人類文字系統。

研究文字，偏重規律是文字學，偏重資料是文字史。世界文字史分為三個時期：原始文字、古典文字和字母文字。

把人類文字作為一個整體來研究，首先要收集和瞭解世界文字的史料。在文化發達、教育普及的國家和地區，人類早期文字的遺跡破壞無遺。只有在文化初步發展的地區，才能找到早期文字的遺跡。中國的少數民族地區，保留着較多的原始文字，從中可以看到文字的演變過程，而且各種文字類型幾乎都有活着的代表。這是一個文字史料的博物館。引證中國少數民族的傳統文字，充實人類文字的史料，能使我們看到世界文字歷史的整個骨架。

周有光

1996-05-13 北京
時年90歲4個月

第二版 │ 序言

　　我在 1997 年出版《世界文字發展史》，又在 1998 年出版《比較文字學初探》，前者側重說明事實，後者側重說明規律。側重事實是文字史，側重規律是文字學。這兩本互補的姊妹篇的共同目的是，把人類文字看作一個總的系統，探索這個系統的發展規律。

　　文字學的研究，起初以一種語言的一種文字為對象，後來擴大為以一種文字系統的多種文字為對象，更後又擴大為以人類全部文字為對象。範圍越寬，視野越廣，所見越多，理解越深。

　　西方傳統偏重語言。中國傳統偏重文字。西方的文字學是由考古學帶動起來的。他們一開始就比較地研究人類的古文字。西方的大學早已開設了有關人類文字的課程。中國是文字學的故鄉，但是傳統的研究方法局限於漢語漢字。中國的文字學今後一定也會從研究漢語漢字擴大到研究人類的全部文字。希望在 21 世紀中國有條件的大學能開設人類文字的新課程。

　　河北人民出版社在 1981 年出版《中國現代語言學家》（第一分冊），“所收範圍自 1898 年《馬氏文通》始，收錄 30 人”，我被列名其中。到 20 世紀末，29 人都作古了，只有我一人走出 20 世紀，進入 21 世紀。我是幸運的“漏網之魚”。

　　今天為《世界文字發展史》寫這篇“第二版序言”，我意識到在 21 世紀所有學術都將突飛猛進。這不僅將發生在自然科學方面，也將同樣發生在社會科學方面。社會科學將排除教條和圖騰，成為真正的科學。21 世紀在中國將是一個學術自由和學術平等的學術昌明的新時代。

周有光

2003-04-26，時年98歲

第三版 | 序言

從 1950 年代開始，我研究一個文字學課題："漢字在人類文字史中的地位"。

經過 40 年的探索，到 1990 年代後期，我把初步成果寫成兩本書：《世界文字發展史》和《比較文字學初探》。

瞭解"漢字在人類文字史中的地位"，必須解決一系列的基礎問題，例如：

全世界的眾多文字，是雜亂無章的一盤散沙呢，還是一個有規律的系統？我得到的理解是"一個有規律的系統"，這是所謂系統觀的理解。

世界各國的不同文字，是各自變化的呢，還是有發展的共同規律的呢？我得到的理解是"有發展的共同規律的"，這是所謂發展觀的理解。

紛繁的文字如何分類？中外學者眾說紛紜。比較多種分類法之後，我提出"三相分類法"（三相：符號形式、語言段落、表達方法），希望眾說紛紜，歸納成一種客觀的認識。

人類文字史如何分期？中外學者也是眾說紛紜。比較多種分期法之後，我選擇了"三期分期法"（三期：原始文字、古典文字、字母文字），希望反映歷史事實，爭取多數學者的同意。

諸如此類的初步理解，不知是否正確，這裏出版《世界文字發展史》修訂第三版，拋磚引玉，敬請專家們和讀者們指正。

周有光

2010-06-18，時年105歲

緒論 | 世界文字的鳥瞰

語言使人類別於禽獸，文字使文明別於野蠻，教育使先進別於落後。

語言可能開始於 300 萬年前的早期"直立人"，成熟於 30 萬年前的早期"智人"。文字萌芽於 1 萬年前"農業化"（畜牧和耕種）開始之後，世界許多地方遺留下來新石器時期的刻符和岩畫。文字成熟於 5500 年前農業和手工業的初步上升時期，最早的文化搖籃（兩河流域和埃及）這時候有了能夠按照語詞次序書寫語言的文字。

語言是最基本的信息載體。文字不僅使聽覺信號變為視覺信號，它還是語言的延長和擴展，使語言打破空間和時間的限制，傳到遠處，留給未來。有了文字，人類才有書面的歷史記錄，稱為"有史"時期，在此之前稱為"史前"時期。從"農業化"發展到"工業化"，文字教育從少數人的權利變為全體人民的義務。

今天，世界上已經沒有無文字的國家，但是還有以萬萬計的人民不認識文字，或者略識之無，不能閱讀和書寫。

研究文字，側重文字的資料是文字史，側重文字的規律是文字學，二者相互依存，不可偏廢。

一 世界的文字分佈

不同的文化傳統，創造不同的文字形式。在今天的世界上，有的國家用漢字，有的國家用字母。用漢字的國家有中國、日本和韓國，還有新加坡以漢字作為華族的民族文字。字母有多國通用的，有一國獨用的。多國通用的字母有拉丁（羅馬）字母、阿拉伯字母和斯拉夫字母。

拉丁字母分佈最廣，佔據大半個地球，包括歐洲的大部分，美洲和大洋洲的全部，非洲的大部分，亞洲的小部分。西亞的土耳其，東南亞的新加坡、馬來西亞、印尼、菲律賓、汶萊、越南，都用拉丁字母。

歐洲有一條字母分界線，沿着俄羅斯、白俄羅斯和烏克蘭的西面邊界，到今天塞爾維亞和黑山的西面邊界。分界線之西，信奉天主教，用拉丁字母。分界線之東，信奉東正教，用斯拉夫字母。

非洲也有一條字母分界線，在北非阿拉伯國家的南面邊境。分界線以南的大半個非洲用拉丁字母。分界線以北的阿拉伯國家用阿拉伯字母。

阿拉伯字母的分佈區域僅次於拉丁字母。它是北非和西亞（中東）二十來個阿拉伯國家，以及西亞、中亞和南亞信奉伊斯蘭教的國家和地區的文字。中國的新疆維吾爾自治區也使用阿拉伯字母。

第三種多國通用字母是斯拉夫字母。除俄羅斯、白俄羅斯、烏克蘭之外，它是保加利亞、塞爾維亞等國的文字。蒙古國也用斯拉夫字母。

印度字母系統包含多種字母，同出一源而形體各異，不能彼此通用。這些字母應用於印度（全國性文字和 11 種邦用文字）以及斯里蘭卡、孟加拉、尼泊爾、不丹、緬甸、泰國、柬埔寨等國。中國的西藏文字也屬於印度字母系統。

▼ 世界文字分佈示意統計圖

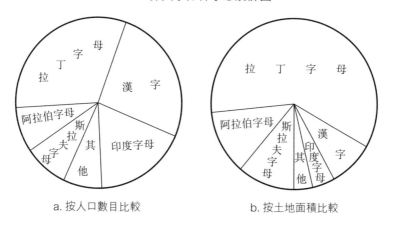

a. 按人口數目比較　　　　　　　b. 按土地面積比較

一國獨用字母有：希臘字母、希伯來字母（以色列）、阿姆哈拉字母（埃塞俄比亞）、諺文字母（朝鮮全用，韓國夾用）、假名字母（日本，跟漢字混合使用）。民族獨用字母有中國的蒙文、四川規範彝文等。

世界文字的分佈現狀，是不同文字系統在歷史上的傳播和變化所形成的。漢字傳播到越南、朝鮮和日本，後來越南改用拉丁字母。印度系統字母傳播到中亞、南亞和東南亞，後來許多地區被阿拉伯字母所代替。阿拉伯字母從中東傳播到北非、中非、南亞、中亞、東南亞，後來大部分地區被拉丁字母所代替。斯拉夫字母從俄羅斯擴大到中亞許多民族，代替了阿拉伯字母。拉丁字母佔領了原來沒有文字的美洲和大洋洲，又佔領許多阿拉伯字母和印度字母系統的地區，以及原來使用漢字的越南。文字的分佈區域，因文化的消長而不斷伸縮。

二　原始文字

世界文字的歷史可以分為三個時期：1. 原始文字時期，2. 古典文字時期，3. 字母文字時期。

文字起源於圖畫。原始圖畫向兩方面發展，一方面成為圖畫藝術，另一方面成為文字技術。原始的文字資料可以分為：刻符、岩畫、文字畫和圖畫字。

刻符，包括陶文和木石上的刻畫符號。岩畫，包括岩洞、山崖、石壁和其他處所的事物素描。刻符和岩畫都是分散的單個符號，沒有上下文可以連續成詞，一般不認為是文字。但是，刻符有"指事"性質，岩畫有"象形"性質，它們具有文字胚芽的性質。

文字畫（文字性的圖畫）使圖畫開始走向原始文字。圖畫字（圖畫性的文字）是最初表達長段信息的符號系列。從單幅的文字畫到連環畫式的圖畫字，書面符號和聲音語言逐步接近了。

世界各地在歷史上創造過許多原始文字，大都不能完備地按照語詞次序書寫語言。有的只有零散的幾個符號。有的是一幅無法分成符號單位的圖畫。有的只畫出簡單的事物，不能連接成為句子。有的只寫出實詞，不寫出虛詞，不寫出的部分要由讀者自己去補充。

原始文字一般兼用表形和表意兩種表達方法，稱為"形意文字"。例如：畫一隻小船，船上畫九條短線，表示九個人在划船。小船是表形符號，九條短線是表意符號。又如畫一隻貂和一頭熊，它們的心臟之間畫一條線連接着，表示貂氏族和熊氏族有同盟關係。貂和熊是表形符號，心臟之間的線條是表意符號。原始文字大都有表示數目的符號，這是表意符號。

在教育發達的地區，今天很難找到原始文字的痕跡，因為原來資料就不多，書寫材料很容易湮滅，人們學習了現代文字之後，不再注意保留原始文字。只有在文化尚待發展的地區，有原始文字遺留下來，有的還在使用或者重新創造。非洲和美洲的原住民族有遺留的資料。中國的少數民族遺留了不少資料，這是新發現的原始文字史料的寶庫。

氏族社會以巫術宗教為決策嚮導，原始巫術以圖畫文字為符咒記錄。中國爾蘇（Ersu）人的沙巴文和水族的水書是巫術文字的典型例子。中國納西族的東巴文，本身正在從形意文字變為音節文字，同時又有從它本身脫胎出來的哥巴音節字。這些活着的文字化石，使我們能夠看到原始文字的演變過程。

從公元前 8000 年前出現刻符和岩畫，到公元前 3500 年前兩河流域的丁頭字成熟，這 4500 年時間是人類的"原始文字"時期。

三　古典文字

公元前 3500 年以前，西亞的兩河流域（在現在的伊拉克）的蘇美爾（Sumer）人創造了最早的有重大歷史價值的文字。起初主要是象形符號，後來以軟泥板為紙、以小枝幹為筆，"壓刻"成一頭粗、一頭細的筆畫，稱為"丁頭字"。丁頭字傳播成為許多民族的文字，曾經在西亞和北非作為國際文字通用 3000 多年。

　　北非尼羅河流域的古代埃及人創造的 "聖書字"（hieroglyphics），略晚於蘇美爾文字，起初也是象形符號，後來變成草書筆畫形式。聖書字也使用了 3000多年，傳播到南面的鄰國。它所包含的標聲符號成為後來創造字母的主要源泉。

　　這兩種代表人類早期文化的重要文字，在公元初期先後消亡了。兩河流域和埃及的現代主人是阿拉伯人，跟古代原住民的宗族和文化完全不同。在漫長的歷史沉睡時代，人們把古代的燦爛文化遺忘了 1500 年。直到 19 世紀，語文考古學者對這兩種古代文字釋讀成功，使人類的早期文化重放光明。

　　東亞產生文字比西亞和北非晚 2000 年。公元前 1300 年以前，中國黃河流域的殷商帝國創造了 "甲骨文"，這是漢字的祖先。後來漢字流傳到四周鄰國，成為越南、朝鮮和日本的文字。在丁頭字和聖書字消亡之後，漢字巋然獨存。

　　甲骨文已經是相當成熟的文字，它一定有更早的祖先。如果把新石器時代陶器上的刻符作為甲骨文的祖先，漢字的歷史可能有 6000 年。丁頭字和聖書字也是相當成熟的文字，用同樣的追溯方法，它們的歷史可能有 8000 年。

　　文字學者用比較方法研究上述三種古代文字，發現它們雖然面貌迥然不同，可是內在結構驚人地相像。它們的符號表示語詞和音節，都是 "語詞・音節文字"（logosyllabary），簡稱 "詞符文字"（logogram）。它們的表達法是表意兼表音，稱為 "意音文字"。這三種重要文字被稱為 "三大古典文字"。

　　一向認為沒有自創文字的美洲，也有它的文化搖籃。在中美洲的尤卡坦半島（Yucatan，在現在的墨西哥），馬亞（Maya）人創造了一種相當成熟的文字，稱為 "馬亞字"。16 世紀西班牙人侵入中美洲，把馬亞字書籍付之一炬，除石碑無法燒毀外，只留下三個寫本。馬亞字從此被遺忘 350 年。直到 20 世紀 50 年代，學者們釋讀成功，揭開了古代美洲文化的面紗。最早的馬亞字石碑屬於公元後 328 年。推算創始文字的時期大約在公元前最後幾個世紀。這種文字應用了 1500 年。它的外貌非常古樸，每一個符號像是一幅微型的鏡框圖畫，可是它的內在結構同樣是表意兼表音的 "語詞・音節文字"，而且有比較發達的音節符號。

　　中國的彝族有古老的彝文，跟漢字的關係是"異源同型"。一般認為創始於唐代而發展於明代，有明代的金石銘文和多種寫本遺留下來。各地的彝文很不一致，但是都達到了初步成熟的"意音文字"水平。晚近在雲南整理成為規範化的"意音彝文"，有表意字和表音字；在四川整理成為規範化的"音節彝文"，書寫彝族最大聚居區（大涼山）的彝語。它是今天唯一有法定地位的中國少數民族"自源"創造的傳統文字。

　　"古典文字"都有基本符號（"文"）和由基本符號組合的複合符號（"字"）。用較少的基本符號可以組成大量的複合符號。丁頭字的基本符號原來很多，到巴比倫時代只用 640 個，到亞述時代又減少到 570 個。馬亞字有基本符號270 個。漢字的基本符號有多少？《廣韻聲系》（沈兼士編）中有"第一主諧字"（基本聲旁）947 個，《康熙字典》中有部首 214 個，共計 1161 個，這是古代漢字的基本字符。《新華字典》（1971）中有部首 189 個，有基本聲旁 545 個，共計 734 個，這是現代漢字的基本符號。基本符號的逐步減少，是意音文字的共同趨向。

　　從公元前 3500 年前兩河流域"意音文字"的成熟，到公元前 11 世紀地中海東岸出現"音節・輔音字母"，這 2400 年是人類的"古典文字"時期。

　　但是，文字系統不同，這個時期的長短也就不同。丁頭字從本身成熟，到公元前 6 世紀產生"新埃蘭"丁頭音節字，是 2900 年。聖書字從本身成熟，到公元前 2 世紀產生"麥羅埃"音節聖書字，是 3300 年。漢字從公元前 1300年甲骨文的成熟，到公元後 9 世紀日本假名的形成，是 2200 年。三大古典文字都是傳播到別的民族中間去之後，才從表意變為表音，產生音節文字。這好比魚類有到異地產卵的習性。馬亞字本身含有音節字符，沒有另外產生音節文字。彝文大致成熟於 7 世紀的唐代，到 1980 年制訂規範音節彝文，是 1300 年。彝文從意音文字變為音節文字，是在本地區和本民族中間發展形成，不是異地產卵。這跟三大古典文字大不相同。彝文的變化發生在音節文字早已多處存在的時代，不是自我作古。時期長短和演變方式各有不同，可是從"意音文字"向"音節文字"發展的規律是共同的。

四　字母文字

從公元前 15 世紀開始，地中海東部的島嶼和沿岸地區，商業越來越繁盛。風平浪靜的海面，是商船往來的通道，是商品交流的津梁。商人們需要用文字記賬。丁頭字和聖書字太繁難了，不合他們的需要。他們沒有工夫"十年窗下"學習這些高貴的文字。為帝王服務的文字，不怕繁難。為商人服務的文字，力求簡便。他們需要的是簡便的符號，主要用來記錄商品和金錢的出納。這種記錄是給自己查看的，不是給別人閱讀的，更沒有流傳後世的宏願，所以簡陋些沒有關係。為了這個目的，他們模仿丁頭字和聖書字中的表音符號，任意地創造了好多種後世所謂的"字母"。

近百年來，這個地區發現了許多種不同的古代字母，大都沒有釋讀，它們之間的相互關係還需要研究。

已經釋讀的島嶼字母有：塞浦路斯島上發現一種音節字母，還只是初步釋讀。克里特島上發現兩種字母，其中一種稱作"線條 B"文字，有 90 個符號，經過艱難的釋讀工作，才知道是書寫公元前 14 世紀古希臘語的音節字母。在記錄商品名稱和數量之前，先畫這種商品的素描。例如畫一個"三腳鼎"，然後再寫 te-ri-po-de（tripod，鼎）。有耳罐、無耳罐、有蓋壺、無蓋壺，等等，也是這樣。這些是早期的"音節字母"。

最重要的發現是，公元前 11 世紀地中海東岸"比撥羅"（Byblos，在現在的黎巴嫩）的一塊墓碑，上面的文字可以分析成為 22 個字母。它是後世大多數字母的老祖宗。

"比撥羅"字母書寫的是北方閃米特語言。這種語言的特點是，輔音穩定而元音多變。書寫音節的時候，只寫明輔音，不寫明元音，讓讀者自己根據上下文去補充元音。因此稱為"音節·輔音字母"，簡稱"輔音字母"。

　　"比撥羅"字母傳到同樣說閃米特語言的"腓尼基"，發揮更大的作用。"腓尼基"是古代東地中海大名鼎鼎的商人民族。"腓尼基"這個詞兒的意思就是"商人"。

　　"腓尼基"字母傳到希臘，遇到了使用困難。因為希臘語言富於元音，而"腓尼基"字母缺乏元音字母。聰明的希臘人，在公元前 9 世紀，用改變讀音和分化字形的方法，補充了元音字母。

▼ 人類文字史示意年表

時間 \ 地域	西方	南亞	東亞	美洲
公元前 -3500	-3500西亞丁頭字 北非聖書字			
-2500 -1500	-1400線條B字母 -1100比撥羅字母		-1300甲骨文	
-1000	-900希臘字母 -700拉丁字母			
-500 公元0 公元		-600婆羅米字母 -500佉盧字母	-240小篆	328馬亞字
500	500阿拉伯字母 850斯拉夫字母	600天城體字母	650藏文字母 900日本假名	
1000			960三十六字母	
1250 1500	1500拉丁字母傳出歐洲		1200越南喃字 1310蒙古字母 1446朝鮮諺文	1500美洲拉丁化
1750 1900			1918注音字母 1928國語羅馬字	
1930			1937日本訓令式羅馬字 1945越南拉丁化	
1950			1949朝鮮全用諺文 1956漢字簡化方案 1958中文拼音方案	
1970 1990			1981日本常用字表 1986中國台灣新國羅	

這個小小的改變，開創了人類文字歷史的新時期。"音節‧輔音字母"變成分別表示輔音和元音的"音素字母"。從此，拼音技術就發展成熟了。只有"音素字母"才方便書寫人類的任何語言。"音素字母"不脛而走，成為全世界通用的文字符號。

公元前 8 世紀，希臘字母傳到意大利，經過改變，成為"埃特魯斯人"的字母。公元前 7 世紀再傳給羅馬人，經過改變，成為書寫他們的拉丁語的字母，稱為"拉丁 (羅馬) 字母"。

拉丁字母跟着羅馬帝國和天主教，傳播成為西歐和中歐各國的文字。發現美洲 (1492) 和海上新航路之後，拉丁字母跟着西歐國家的移民傳播到美洲、大洋洲和其他地方，成為大半個地球的文字。

從傳播路線來看，以地中海東岸 (敍利亞‧巴勒斯坦) 的北方閃米特字母為源頭，一路往東，主要成為"阿拉馬字母系統"和"印度字母系統"；另一路往西，主要成為"迦南字母系統"和"希臘字母系統"。

"字母文字"的歷史發展可以分為：1. 公元前 11 世紀開始"音節‧輔音字母"時期，2. 公元前 9 世紀開始"音素字母"時期，3. 公元前 7 世紀開始"拉丁字母"時期，4. 公元後 15 世紀開始拉丁字母國際流通時期。

在東亞，從公元後 9 世紀日本假名的形成，到 1446 年朝鮮公佈諺文音素字母，大約 500 年，是漢字系統中的音節字母時期。不過，假名和諺文都沒有傳播到國外，而諺文是結合成音節方塊然後使用的。

五　文字的形體

形體是文字的皮肉，結構是文字的骨骼。皮肉容易變化，骨骼很難更改。這裏談幾種歷史上的形體變化。

筆畫化。自源創造的文字在頻繁使用以後，屈曲無定的線條，就會變成少數幾種定形的筆畫，這叫筆畫化。例如，篆書分不清有幾種筆畫，楷書可以分為"七條筆陣"或"永字八法"。20 世紀 50 年代，漢字筆畫歸納為五種（橫豎撇點彎），稱為"札"字法。丁頭字以泥板為紙，小枝幹為筆，筆畫形成丁頭格式，可以分為"直橫斜"和其他筆畫。聖書字以紙草為紙，羽管為筆，筆畫屈曲，難於定形，沒有筆畫化。

筆畫有圓化和方化。漢字是方塊字；希伯來字母也是方塊字。緬甸字母是圈兒字；塔米爾字母也是圈兒字（Vatteluttu）。

簡化。書寫頻繁，要求急就，必然刪繁就簡，簡省筆畫。字形簡化是一切文字的共同趨向。漢字從甲骨文、金文、大篆、小篆，到隸書、楷書，一路發生簡化。行書、草書，更加簡化。日本的假名是漢字的簡化。5 筆的"龙"和 16 筆的"龍"、3 筆的"万"和 12 筆的"萬"，既然作用相同，只有不講效率的人才會堅持書寫繁體。

丁頭字從早期到亞述時期，簡化非常明顯。聖書字從僧侶體到人民體，發生大膽的簡化。拉丁字母原本簡單，又從大寫簡化為小寫（B 變 b，H 變 h）。

有人說，漢字既有簡化，又有繁化，而且繁化為主，跟其他文字不一樣。這是把"繁化"和"複合"混為一談。會意字和形聲字是複合符號。符號的複合和符號的繁化，屬於兩種不同的範疇。其他文字在複合的時候，把符號線性排列，不發生繁化的感覺。漢字把幾個符號擠進一個方框，由此產生"繁化"的錯覺。其實，複合也促成簡化。"部首"在小篆中很少簡化，在楷書中大都簡化。例如"水"變成"三點"，就是複合促成的簡化。比較一下《康熙字典》書眉上的小篆和正文中的楷書，就可以明白。朝鮮的諺文，把幾個字母組合成一個方塊，但是沒有人說它是繁化。

同化。不同的部件變成相同，這是常見的現象。例如"春、秦、泰、奉"，它們的上部，在篆書中不同，在楷書中變成相同。

所有的文字都發生同化。阿拉伯字母同化得最厲害，好些字母無法分辨，不能不附加符號來區別。

字體。字體有三類：圖形體、筆畫體和流線體。漢字從甲骨文、金文，到大篆、小篆，屬於圖形體；隸書和楷書屬於筆畫體；草書和行書屬於流線體。丁頭字在古文時代是圖形體；後來變成丁頭格式是筆畫體；丁頭字缺少流線體。聖書字的碑銘體是圖形體；僧侶體和人民體是流線體；聖書字缺少筆畫體。拉丁字母的印刷體是筆畫體，手寫體是流線體。

▼ 字形同化舉例

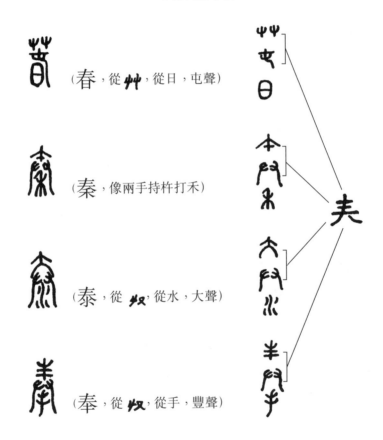

（春，從 艸，從日，屯聲）

（秦，像兩手持杵打禾）

（泰，從 奴，從水，大聲）

（奉，從 奴，從手，豐聲）

　　風格。不同的文字有不同的風格，這是長期書寫而形成的。有的像豆芽菜，有的像滾鐵環；有的像竹籬笆，有的像窗格子；有的像丁頭散地，有的像玩具排行；有的像烏鴉棲樹（坐在分界線上），有的像蝙蝠懸樑（掛在分界線下）。形成習慣以後，就不許更改，成為民族圖騰。

序列。早期文字的序列是不固定的，後來漸漸固定，這也是常見現象。拉丁字母在古代曾經是從右而左，後來改為從左而右，中間有過一個"一行向右、一行向左"來回更迭的"牛耕式"時期。甲骨文還沒有固定的序列，後來的隸書和楷書把序列固定為字序從上而下，行序從右而左。20 世紀 50 年代改為字序從左而右，行序從上而下。

書寫工具對字形有極大影響。丁頭字的特殊格式是泥板壓寫形成的。甲骨文主要用直線，因為便於在甲殼上刻字。漢字可以寫得像圖畫，跟使用毛筆有關。緬甸文"一路圈兒圈到底"，跟針筆在樹葉上劃寫有關。"書寫"是尖端跟平面的摩擦。平面統稱"紙"，有石片、木片、竹片、骨片、泥板、草葉、樹葉、羊皮、布帛等。尖端統稱"筆"，有樹枝、小刀、尖針、毛刷、羽管、粉石條、金屬片、塑膠管等。丁頭字是"壓寫"，漢字是"刷寫"，拉丁字母是"劃寫"，用打字機是"打寫"，用電腦是"觸寫"，語音輸入是"說寫"。

六　文字的"三相"

文字有三個側面，稱為"三相"。

1. 符形相。符號形式分為：a. 圖符 (pictogram，圖形符號)，b. 字符 (character，筆畫組合)，c. 字母 (alphabet)。圖符難於分解為符號單位，數不清數目，但是有的可以望文生義。字符有明顯的符號單位，並且可以結合成為複合的字符，數目可以數得清，要逐個記憶所代表的意義，不能望文生義。字母數目少而有定數，長於表音，短於表意。有些文字兼用圖符和字符 (如東巴文)，有些文字兼用字符和字母 (如日文)。

2. 語段相。符號所代表的語言段落，有長有短。長語段有：篇章、章節、語句。短語段有：a. 語詞 (意義單位)，b. 音節，c. 音素。有的文字兼表語詞和音節 (如中文)，有的文字兼表音節和音素 (如印地文)。

3. 表達相。文字的表達法分為：a. 表形 (象形，大都能望文生義)，b. 表意（代表的意義要逐個學習），c. 表音（要通過讀音知道意義）。有的文字兼用表形和表意，稱為"形意文字"（原始文字大都如此）；有的文字兼用表意和表音，稱為"意音文字"（古典文字大都如此）；有的文字全部或者基本上用表音，稱為"表音文字"（全部表音如芬蘭文；基本上表音如英文）。

根據文字的"三相"，可以列成下表：

（符形）	（語段）	（表達法）	（簡稱）
圖符	章句	表形	表形文字
圖符或字符	章句或語詞	表形兼表意	形意文字
字符	語詞	表意	表意文字
字符或字母	語詞或音節	表意兼表音	意音文字
音節字母	音節	表音	音節文字
輔音字母	音節或音素	表音	輔音文字
音素字母	音素（音位）	表音	音素文字

實際存在的文字大都是"跨位"的，主要有：1."形意文字"，2."意音文字"，3."音節（兼音素）文字"，4."輔音（兼音素）文字"，5."音素文字"。單純表形或表意的文字很難見到，單純表音的文字也只有新創造的字母文字，老的字母文字常常夾雜非表音成分。

按照"三相"，東亞古今文字可以作如下的定位。古代小篆中文是：圖符・語詞加音節（較少）・表意（為主）兼表音＝意音文字。現代楷書中文是：字符・語詞加音節（較多）・表意兼表音＝意音文字。舊式日文（漢字夾假名）是：字符（為主）和音節字母・語詞加音節・表意兼表音＝意音文字。新式日文（假名夾漢字）是：字符和音節字母（為主）・語詞加音節・表意兼表音＝意音文字。南方朝鮮文（韓國，諺文夾漢字）是：字符和音節字母（音素字母組合）・語詞加音節（為主）・表意兼表音＝意音文字。北方朝鮮文（朝鮮，不用漢字）是：音節字母（音素字母組合）・音節・表音＝音節表音文字。雲南規範彝文是：字符・語詞加音節・表意兼表音＝意音文字。四川規範彝文是：字符・音節・表音＝音節表音文字。

七　"六書"和"三書"

中國有"六書"說，西洋有"三書"說。"六書"着眼於文字的來源，"三書"着眼於文字的功能。

《說文解字敍》（公元 100 年）："周禮八歲入小學，保氏教國子，先以六書。"六書是：指事、象形、形聲、會意、轉注、假借。"指事"和"象形"是原始的造字方法，造出來的是基本符號（一般是單體符號）。"形聲"和"會意"是複合原有符號成為新的閱讀單位，不造新的基本符號而形成新的複合符號。"轉注"可以解釋為"異化"，略改原有的字形和讀音，代表意義和讀音相近而不同的語詞。"假借"是借用原有的符號，表示同音而異義的語詞，不造新字而表達新意，這是文字的表音化。不用說，不是先有"六書"然後造漢字，而是先有漢字然後歸納成為"六書"。"六書"並不能解釋全部漢字。《說文》中間不少解釋是錯誤的。例如，"哭"和"笑"這兩個字的來源，古人就弄不清楚了，真是"哭笑不得"！

"三書"是：意符、音符、定符（determinative）。"指事"的功能是表意，屬於"意符"。"象形"不論能否望文生義，功能都是表意，也屬於"意符"。畫一個圓圈，中間加一點，很像太陽；但是"碟子"也可以畫一個圓圈，中間加一點；只有特別規定，才能使它專門代表"太陽"。特別規定就是表意。隸書把"日"字寫成長方，像是書架，但是仍舊要代表太陽，這更是表意了。所以"象形"屬於"意符"。"形聲"一半（部首）表意，一半（聲旁）表音，是"意符"和"音符"的複合。現代"形聲字"能表音的不到三分之一，此外三分之二屬於"意符"。"會意"是複合的表意符號，當然屬於"意符"。"轉注"不能表音，只能表意，屬於"意符"。"假借"失去表意功能，只有表音功能，屬於"音符"。"三書"中的"定符"近似漢字的部首,有的不是部首而是幫助記憶和區別意義的記號。

"六書"和"三書"用來説明學習文字是無用的,用來説明文字的結構,雖然並不完備,還是很有用處。"六書"和"三書"都能説明許多種文字的結構,不是只能説明漢字的結構。認為"六書"是漢字所特有,是錯誤的。"六書"和"三書"都有普遍適用性。

八　變化和進化

生物與生物之間的關係,有三種學説:不變論、輪迴論和進化論。

"不變論"認為生物都是上帝所創造,代代相傳,一成不變;雖有生死,沒有變化;彼此之間,毫無關係。"輪迴論"認為,眾生依所作善惡業因,在"六道"(天、人、阿修羅、地獄、餓鬼、畜生)之中生死相續,升沉不定。人做壞事來生變狗;狗做好事來生變人。有生死,有變化,但是變化如車輪迴旋,無所謂退化或進化。"進化論"把所有生物看作一個總的系統,彼此有共同的發展關係;通過變異、遺傳和自然選擇,從低級到高級,從猿到人,有一個進化的規律,不是平面迴旋,而是逐步進化。理解進化,要高瞻遠矚,對古今生物作系統的比較研究;如果只從一時一地看一種生物,是看不出進化來的。

文字與文字之間的關係,也有三種學説:不變論、自變論和進化論。

"不變論"認為,文字是神造的,一點一畫,地義天經,一成不變。文明古國都有文字之神。丁頭字是命運之神那勃(Nebo)所創造。聖書字是知識之神托特(Thoth)所創造。希臘文是赫耳墨斯(Hermes)所創造。印度的婆羅米文(Brahmi)是梵摩天帝(Brahma)所創造。漢字是"黃帝之史倉頡"所創造;"倉頡四目","生而知書","倉頡作書而天雨粟,鬼夜哭"。

"自變論"認為,只有一國文字的自身變化,沒有人類文字的共同演進;

只有文字是否適合本國語言的問題，沒有從低級到高級的文字進化規律。漢字對日語不盡適合，所以日文補充了假名音節字母。朝鮮語的音節複雜，不適合採用音節字母，所以創造諺文音素字母。這都是使文字適應本國的需要，無所謂世界性的共同規律。

"進化論"認為，研究文字在國際間的傳播，比較古今文字的結構變化，可以得到綜合的理解：人類文字是一個總的系統，有共同的發展規律；各國文字有自身的演變，人類文字有共同的進化；自身的演變包孕於共同的進化之中。這就是人類文字的"進化論"。

從文字的"三相"來看，符形從圖符到字符到字母，語段從語詞到音節到音素，表達法從表形到表意到表音，這是"進化運動"。歷史上沒有出現過逆向的運動。但是，文字的進化非常緩慢，百年、千年，才看到一次飛躍，而重要的飛躍往往發生在文字從一國到另一國的傳播之中和傳播之後。正像"從猿到人"不能在一時一地看到一樣，文字的進化也不能從一時一地來理解。

在生物界，不僅有不同的生物品種，還有不同的生物系統，不同的生物系統從屬於生物的總系統。如果只看到不同的生物品種而看不到不同的生物系統，或者只看到不同的生物系統而看不到生物的總系統，那麼，生物學將是支離破碎的。

丁頭字、聖書字、漢字等等，各自都是一個含有不止一種文字的系統，不是只有本身一種文字。這些不同的文字系統從屬於人類文字的總系統。如果只看到不同的文字，或者只看到不同的文字系統，而看不到人類文字的總系統，那也是只見樹木，不見森林。研究人類文字史當然要瞭解不同文字的事實，但是不同文字的事實是相互聯繫的，不是各自孤立的。

九　演變性和穩定性

從長期來看，文字是不斷演變的。從一時來看，文字是非常穩定的。

文字從原始到成熟是"成長時期"。它生長、發育、定型，達到能夠完備地書寫語言，成為"約定俗成"的符號體系。這時候演變性強而穩定性弱。

成熟以後，文字進入"傳播時期"，發揮積累文化和發揚文化的作用，把文化從文化源頭帶到文化的新興地區，形成一個文字流通圈。這時候穩定性強而演變性弱。

傳播達到飽和以後，文字進入"再生時期"。文字的再生有兩種情況。一種是新興地區的文化上升，要求改變外來文字，創造本族文字。另一種是兩種文化接觸，一種文字融入或取代另一種文字。這時候不僅可能發生符號形體的變化，還可能發生文字體制的更改。在再生時期，文字又變成演變性強而穩定性弱。

古埃及的文化圈比較小，包括上埃及、下埃及和努比亞地區的麥洛埃王國；聖書字的傳播導致產生以聖書字作為字母的麥洛埃文。蘇美爾文化圈影響很大，傳播到阿卡德、巴比倫、亞述和許多其他民族和國家，演變出丁頭字形式的各種詞符文字、音節文字和音素文字。這兩種古典文字的終於消滅，是受了希臘文化和伊斯蘭文化衝擊的結果。

在漢字文化圈中，日本創造假名，朝鮮創造諺文，不僅解決文字和語言之間的矛盾，也符合文字發展的一般規律。越南放棄漢字而採用拉丁字母，是漢字文化跟西洋文化接觸的結果。土耳其從阿拉伯字母改為拉丁字母是伊斯蘭文化和西洋文化接觸的結果。印尼在歷史上從印度字母改為阿拉伯字母，又改為拉丁字母，是三種文化先後接觸的結果。

第二次世界大戰以後，新興國家要求創製文字，多民族國家要求調整文字，文字不適用的國家要求改革文字，國際團體和國際會議要求規定公用文字。在這個新形勢下，研究人類文字有了更大的實用意義。探索文字的發展規律，提高文字的應用效率，是信息化的時代需要。

第 一 卷
原始文字

引　子

甚麼是"原始文字"？"原始文字"包括文字的胚芽和發展程度不同的一切沒有成熟的文字。甚麼叫"成熟"？"成熟"是能夠完備地按照語詞次序記錄語言。

文字萌芽於 1 萬年前農業化（畜牧和耕種）開始時期出現的刻符和岩畫，它們是文字的胚胎。最早的文字成熟於 5500 年前農業和手工業的初步上升時期，這時候兩河流域和埃及的文字首先達到能夠完備地按照語詞次序記錄語言。從 1 萬年前的文字胚胎，到 5500 年前最早文字的成熟，這 4500 年是原始文字時期。

刻符和岩畫大都是個別符號，不能連續成詞。進一步出現文字性的圖畫（文字畫），有初步表情達意的作用。再進一步是圖畫性的文字（圖畫字）。從單幅的圖畫字到連環畫式的圖畫字，圖畫跟語言漸漸接近了。

連環畫式的圖畫字，很像幼稚園的看圖講故事。中國爾蘇（Ersu）人的沙巴文，是珍貴的資料。比沙巴文再進一步有中國納西族的東巴文，它已經接近於成熟的文字，並在體內孕育着音節符號。東巴文使我們看到從原始文字到古典文字的演變過程。

原始文字都跟原始巫術緊密結合。甲骨文雖然達到成熟水平，可是還跟原始占卜緊密結合。中國水族的水書是現在還偶爾使用的活着的巫術文字，它使我們可以想像比甲骨文更早一步的文字情況。

由於文字教育的發達，世界各地很少遺留下圖畫性的文字。中國少數民族地區是原始文字遺跡較多的稀有寶庫。

第一章 文字的襁褓時期

原始的文字性資料可以區分為"刻符"、"岩畫"、"文字畫"、"圖畫字"等類。

"刻符"，包括陶文和木石上的刻畫符號，有指事性質。"岩畫"，包括岩洞、山崖、石壁和其他處所的素描，有象形性質。刻符和岩畫都是分散的單個符號，沒有上下文可以連讀成詞，很難知道原來的作用和意義，更難知道所代表的語言是甚麼，因此一般不被認為是文字，但是它們有文字胚芽的作用。

"文字畫"是文字性的圖畫。從岩畫到文字畫，圖畫開始走向原始文字。文字畫是最初的通信符號，往往是甲方寫給乙方閱看的，不是自我欣賞的。文字畫一般都是單幅的，它們的特點是：符號是圖符，語段是篇章，表達法是表形為主、表意為副。文字畫是超語言的，可以用任何語言去解說。但是事先要有默契，否則無法理解。所畫圖形不能分析開來成為符號單位。單幅的文字畫後來發展成為連環畫式的圖畫字。

"圖畫字"是圖畫性的文字。這種初始的文字往往採取連環畫形式。它們的水平明顯高出於單幅的文字畫。有的是圖畫和文字合一，圖畫就是文字；有的是圖畫和文字並立，圖畫上面再加圖形文字，相互說明。圖畫字大都是原始宗教的教義記錄。

圖畫字向前發展，達到能夠把實詞都寫出來，只有虛詞寫不出，或者漸漸產生一些音節符號，說明表達語言，這樣，雖然仍舊不能完備地按照語詞的次序書寫語言，可是基本上能夠表達需要記錄的意思了。這樣的文字就脫離了襁褓時期，成為文字的幼兒。

一　刻符和岩畫

1. 刻符

20 世紀 50 年代西安半坡村遺址出土 5000 年前的彩陶，上面有分散的刻畫符號 22 種，稱為"半坡陶文"（參看西安半坡博物館《中國原始社會》）。70 年代又在臨潼姜寨遺址發掘出 6000 年前的彩陶，上面有分散的刻畫符號 102 個，稱為"姜寨陶文"（參看樓宇棟《六千年前的原始村落》，載《中國文化》1990 年創刊號）。有人認為半坡陶文就是甲骨文的祖先。陶文不是連貫的符號，而是分開的個別符號，無法知道它們的讀音和意義，無法肯定它們跟後來甲骨文的親緣關係。

▼ 半坡陶文和姜寨陶文

半坡陶文　　　　　　　　　　　　姜寨陶文

貴州威寧彝族回族苗族自治縣中水區中河鄉 1978 年出土一組陶文，有 50 來個刻畫符號，稱為"中河陶文"（參看何鳳桐《威寧中水西南夷公共墓地的調查和發掘》，載《貴州社會科學》1983 年第 1 期）。有人認為這就是彝文的祖先（參看丁椿壽《彝文論》1993，"彝文的起源"）。中河陶文也不是連貫的刻符。相同和相近的符號如果不能證明讀音或意義也是相同或相近，就無法肯定它們之間的親緣關係。

▼ 威寧中河陶文

根據《彝文論》

▼ 馬家窰文化的刻符

說明：馬家窰文化的刻符，在青海樂都柳灣基地發現最多，標本有好幾百件，共有 100 多個不同的符
　　　號（根據張岂之編《中國傳統文化》）。

外國也發現了許多刻畫符號。例如：葡萄牙發現一組刻畫符號，很像半坡符號。克里特島發現一組刻畫符號，比半坡符號複雜。法國南部發現一組卵石上的刻畫符號，由各種曲線構成。巴勒斯坦發現一組刻畫符號，類似幾何圖形。

從仰韶文化到史前末期，都發現有刻符的陶器和陶片。主要出土地點：1. 陝西西安半坡。2. 陝西西安姜寨。3. 陝西寶雞北首嶺。4. 陝西合陽莘野。5. 陝西長安五樓（以上屬仰韶文化）。6. 青海樂都柳灣（屬馬家窰文化）。7. 山東莒縣陵陽河大朱村。8. 山東諸城縣前寨（以上屬大汶口文化）。9. 山東濟南城子崖。10. 河南陽城（以上屬龍山文化）。11. 上海崧澤。12. 上海馬橋。13. 浙江杭州良渚（以上屬良渚文化）。14. 台灣高雄鳳鼻頭。15. 廣東海豐。16. 香港南丫島大灣。17. 香港大嶼島石崖（以上屬華南新石器時代文化）。（根據同上）

中國的"八卦"是刻符性質，它有提示作用，但是不能書寫語言。能書寫語言的刻符，有古代歐洲的"奧格姆"（ogham）字母，它用一至五條直線和斜線，寫在分隔線的上下和中間，代表 20 個字母，可以記錄語言，近似現代商品的"線條編碼"（條碼）。奧格姆字母是受了早期字母的影響然後產生的刻符字母。

上例說明：奧格姆線條刻符字母，主要是愛爾蘭人早期用的原始文字，直至中世紀之後他們才改用拉丁字母作為文字。現存奧格姆刻碑大約有 370 多件。

2. 岩畫

岩畫，包括岩洞、山崖和其他處所含有表意作用的石壁素描，可以認為是文字的萌芽。從岩畫可以看到圖畫和文字即將分化的初始狀況。

中國是岩畫眾多的國家，據說發現的岩畫超過了 2 萬幅。例如：

寧夏河套的賀蘭山上，在 30 多處溝口，有 3000 多幅岩畫，圖形有連臂組舞圖、交媾圖、孕羊圖、類人獸圖等，年代在 2 萬年以上（《經濟生活報》）。

寧夏中衛的岩畫，已由寧夏博物館出版《中衛岩畫》（1991）。

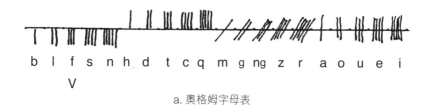

▼ 奧格姆刻符字母

b l f s n h d t c q m g ng z r a o u e i
V

a. 奧格姆字母表

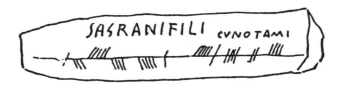

b. 拉丁文和奧格姆文雙文銘文

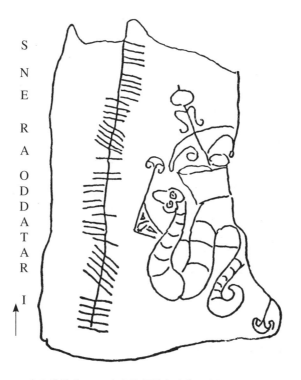

c. 皮克梯希（Pictish）奧格姆銘文殘片　（從下而上閱讀）

7

青海的盧山、野牛溝、青海湖等地發現 15 處 2000 多幅岩畫。盧山岩畫中有一大型畫面，畫出 158 個形象。聯合國教科文組織把它列入世界著名遺跡目錄（《今晚報》）。

內蒙古赤峰地區懸崖有 100 多幅岩畫，跟大興安嶺東麓烏蘇里江畔的岩畫相似，都是"人面岩畫"，表現"射日神話"（《文匯報》）。

西藏的日土、山南、八宿、那木錯湖、嘉林山等地，發現 10 處 1500 多幅岩畫，年代從公元前 1000 年到中國晚唐時期。內容有狩獵、放牧、戰爭、交媾、祭祀，以及大量動物形象，製作者為古代羌族和以後的吐蕃人（《今晚報》）。西藏阿里地區發現許多岩畫。傳說，公元前 1000 年，阿里曾建立"象雄王國"，信奉苯教，有文字稱瑪爾文。阿里岩畫可能是瑪爾文的雛形（新華社 19940120）。

安徽淮北北山鄉山頂發現岩畫 5 處 12 幅，圖為恐龍、巨鳥、月亮、鳥叼蛇、人體以及文字性符號（《新民晚報》）。

福建漳浦佛曇鎮大坑村的大薈山，發現岩畫 6 組，圖形有圓弧、窩穴、北斗星座、蚊狀曲線等，年代在商周時期（《人民日報》海外版 19930906）。

廣西麻栗坡縣城東南羊角老山南端的大王岩上有一巨幅岩畫，其中有人物 16 個、牛 3 頭、動物 2 頭、圖案 4 幅、符號 5 個，是 4000 年前新石器時代的遺跡（《光明日報》19930829）。

長江第一大灣上游的虎跳峽到下游洪門口的麗江市，在金沙江邊發現 11 個崖畫點，形成一個規模宏大的崖畫畫廊。又發現麗江市寶山和鳴音等鄉的 9 個崖畫點，內容有野牛、鹿、獐、盤羊、岩羊、野豬、猴子等，以及古人的狩獵場面。圖像跟納西族的東巴文有相同和相似之處（《光明日報》）。

這些岩畫圖形，以圓圈代表太陽，以月牙代表月亮；"弓"像弓，"田"像田；動物有全身、半身、直立、蹲坐、側面；四足獸只畫兩足、馬有長臉和長鬃、虎有大嘴和利齒，跟甲骨文和其他原始文字非常相像。

外國的岩畫也很多，有彩繪、線刻、浮雕，以法國南部岩畫和西班牙北部岩畫最為有名。此外有北非的岩畫、美國加利福尼亞州和亞利桑那州的岩畫、巴哈馬的岩畫、巴西的岩畫、澳大利亞的岩畫等。

▼ 岩畫舉例

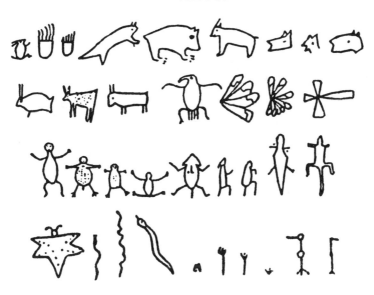

a. 美國亞利桑那岩畫

b. 拉美巴哈馬岩畫

c. 北非岩畫

二　文字性的圖畫

1. 文字畫舉例一

▼ 歐吉蓓少女幽會信

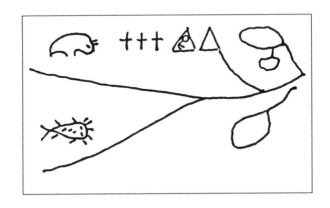

意譯：

熊妹問狗哥，狗哥幾時閑？我家三姊妹，妹屋在西邊。

推窗見大湖，招手喚孤帆。小徑可通幽，勿誤兩相歡。

圖解：

　　加拿大印第安人歐吉蓓（Ojibwa）部落一位少女給男友的情書。左上角的
"熊"是發信人（女方）的圖騰。左下角的"泥狗"是收信人（男方）的圖騰。
上方三個"十字架"表示信基督教的三個女人。十字架的右邊有兩間小屋。左
邊小屋裏畫一隻"招呼的手"，表示這是發信人的住處，歡迎來臨。右邊有三
個湖泊，北面一個是大湖。有三條道路，一條通到發信人的小屋，一條通到
收信人的住處。

文說：

　　這是一幅文字性質的圖畫：文字畫。"熊、泥狗、小屋、湖泊、道路"，
都是表形符號。"熊"和"泥狗"代表不同圖騰的人，有表意性質。"道路"表
示方向，也有表意性質。"十字架"代表掛十字架的教徒，是象徵性的表意

符號。"招呼的手"表示歡迎，不是一般的手，是表意符號。全文表形為主，表意為副，表形帶表意，表意帶表形。代表一段語言，一個"篇章"，不能分成句子或語詞。可以用任何語言來説明，不代表一定的語言，有"超語言性"（Ojibwa love letter，根據德範克《視覺語言》）。

2. 文字畫舉例二

▼ 車偃部落父子匯款信

意譯：

往日送兒去，今日望兒還。知兒衣食艱，捎銀五十三。

密密打圈兒，需念得之難。公務捌擋畢，早早回故園。

圖解：

北美印第安人車偃（Cheyenne）部落一位父親（名"鱉隨妻"）託人帶信給兒子（名"小子"）並捎去銀元53元。父親（大人，穿裙子）和兒子（小孩，不穿裙子）都畫兩次，一次是送兒子出門，一次是叫兒子回家。信中説明捎去銀元53元，用53個小圈兒代表。兩個"鱉"表示他們都以"鱉"為圖騰。父親口中的線條表示説話；線條有回曲，表示叫兒子"回轉"。兒子接信，看懂意思，向帶信人索取銀元53元。

文說：

大人和小孩都用圖形表示，人的面孔一向左、一向右，表示"去"和"來"，帶有表意性質。代表銀元的圈兒數目有表意性質。兩個"鵞"是圖騰的表形符號，有表意性質。全文是文字性質的圖畫，表形為主，表意為副。語言是囫圇的"篇章"，不分句子或語詞。可以用任何語言來說明，有"超語言性"（Letter from a Cheyenne Father，根據同上）。

3. 文字畫舉例三

▼ 赤培瓦部落的請願書

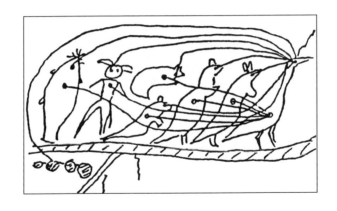

意譯：

我輩七兄弟，鶴哥帶頭行。同心又一意，向您說苦情。

天旱河水淺，魚兒不見形。湖泊區域大，魚多水充盈。

今欲遷移去，打漁樂生平。懇請順民意，同情此苦情。

圖解：

北美印第安人赤培瓦（Chipewa）的七個部落，用七種動物作為圖騰，結成同盟，以"鶴"部落為首。他們提出這封"請願書"，要求美國國會同意他們離開原來的沿河區，遷移到湖泊區去居住和捕魚。

文說：

七種圖騰動物，包括神話中的“有尾人”，是表形符號，帶有表意性質。河流和湖泊都是表形符號。六個心臟都有線條通到“鶴”的心臟，表示“同心”；六隻眼睛都有線條通到“鶴”的眼睛，表示“一意”。“鶴”的眼睛裏伸出一條線，通到左下角的湖泊區，表示要求遷移到那裏去。“鶴”的眼睛裏又有一條線，向右上角伸出去，表示向國會請願。線條都是表意符號。全文是囫圇的“篇章”，不能分析成為句子或語詞，所代表的意思可以用任何語言來說明，有“超語言性”。這種“提示性”的文字畫，要依靠口語來補充，單靠書面文字是說不清楚事情的（Chippewa Petition，根據同上）。

4. 文字畫舉例四

▼ 峪家集孤女失戀記

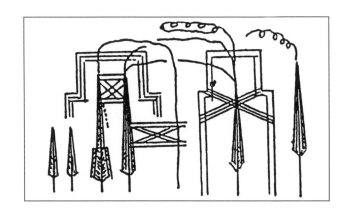

意譯：

妾獨居兮君離去，君離去兮戀彼女。

戀彼女兮終不歡，終不歡兮偏多兒。

偏多兒兮我慘然，我慘然兮心不移。

圖解：

西伯利亞的峪家集（Yukaghir）部落，有一位孤女（右邊凸字形屋內單獨大傘，有辮子）。她愛戀（傘頂線條）的男友，跟另一女人結婚（左邊凸字形屋內二大傘，女有辮子，男無辮子），生了小孩二人（二小傘），但是婚後不睦（二傘間有網形）。孤女愛心不移，拒絕鄰居男人（屋外一傘）的求愛（傘頂蜷曲線）。寫下這個"失戀記"表示自己的心意。"傘形"表示"人"，有辮子的是"女"，無辮子的是"男"。大傘是"大人"，小傘是"小孩"。凸字形表示"屋子"。網形表示"不睦"。交叉線表示"悲哀"。傘頂蜷曲線表示"相思"。線條不能通至對方表示"失愛"。兩條線被另一條長線隔開表示"心事不成"。

文説：

"失戀記"的特點是全部符號都是"表意符號"，只有"凸字形"符號略帶表形性質。文字學者一向認為，沒有發現過"純表意文字"。這個"失戀記"可以説是獨一無二的"純表意文字"（Yukaghir Love Letter，根據同上）。

三　圖畫性的文字

1. 圖畫字舉例一

▼ 沙巴巫師占卜吉凶的經文

意譯：

正月初九，生肖屬狗，五行為火。

早晨有霧，上午天晴，午後變陰。

下有太歲，恐生事端，不宜動土。

圖解：

這是中國四川涼山爾蘇（Ersu）人沙巴（Saba）巫師的"占卜書"中的一節。圖中央的"狗"表示這一天屬狗，狗身上塗紅色表示是"火"日。"霧"在左下角表示早晨有霧，如果在右下角就表示晚上有霧。左中是"盛酒器"，表示這一天是好日子。左上角"三顆星"，兩顆黑色表示死了，只有一顆白色的在發光。右上角的"太陽"有 × 線，這是太陽戴上了"枷"，表示天氣不好。右中有"法器"，右下有"寶刀"，表示整天不會出現意外事件。

文說：

這幅文字跟前面幾幅不同：

a. 這是連環畫式的長篇文字，不是孤立的一幅。沙巴巫師有許多部預言吉凶的經書，這是其中的一部，名為《虐曼史塔》。經書分為許多節，這是其中的一節。"預言書"像舊時代的"皇曆"，説明每天是凶是吉，甚麼事可做，甚麼事不可做。占卜每天吉凶的巫師稱為"看太陽的"（"日者"）。經書由師徒傳授，具有初步的社會流通性。

b. 產生了可以反覆使用的"單體符號"。共有二百多個圖形符號，大部分代表事物（象形），極少數代表概念（表意）。這幅文字裏有七個符號，要代表一長段的説話（章節文字），有的事物沒有畫出來（例如"太歲"），要師徒傳授，口頭補充（根據：孫宏開《爾蘇沙巴圖畫文字》，《民族語文》1982 年第 6 期）。

2. 圖畫字舉例二

▼ 東巴巫師的創世經文

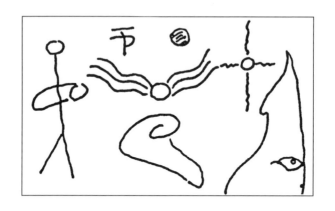

意譯：

抛卵在湖中，捲起黑白風。

狂浪沖聖卵，卵擊高山峰。

一道金光發，天路自此通。

圖解：

左邊一個"人"，手裏拿一個"蛋"。最中間的圓圈也是"蛋"。蛋左三條斜曲線是"風"，"币"字形符號表示"白"（音符），連起來是"白風"。蛋右三條斜曲線也是"風"，黑圓圈表示"黑"，連起來是"黑風"。下面是"湖"。右邊是"山峰"，山峰的右下方有一個"雞頭"（音符）表示"撞"（諧音）。山峰和黑風之間有一個"蛋"，四面在發光，表示金光燦爛。

文說：

這是雲南納西族東巴教巫師的"創世記"經文，也是連環畫中的一節。它的特點是有了兩個"音符"（"白"和"撞"），這是表音符號的萌芽，偶然夾用於表形和表意符號中間。但是不能認為已經改變了文字的基本性質，它還沒有成為"意音文字"。因為"意音文字"中的"音符"是經常地應用的。這個經文不能按照語詞完備地表達語言，要由傳授來做口頭補充。東巴文比上面的沙巴文進了一步，有很多基本定型的語詞符號，在"形意文字"中屬於較高水平，另詳後面"東巴文"章（根據：傅懋《古事記研究》）。

文字畫和圖畫字的特點：

1. 文字畫和圖畫字，表形為主，表意為副，偶爾表音是例外，完全表意也是例外，所以統稱為"形意文字"。

2. 文字畫是文字性的圖畫，它的文字作用是微弱的。圖畫字是圖畫性的文字，它的文字作用大為提高。原始宗教都依靠圖畫字來記錄教義，沙巴文、東巴文、水書、甲骨文等，都是如此，馬亞字也一樣。宗教的創始和文字的創始幾乎難於分開。

3. "形意文字"的書寫單位，或表篇章，或表章節，不能分成句子或語詞，不能完備地按照語詞次序書寫語言，需要用口頭傳授來補充，可以用任何語言來說明，有"超語言性"。

4. "形意文字"的發展水平，各有不同。有的是單獨的文字畫，有的發展成為連環畫，分為許多段落。有的是囫圇的文字畫，有的可以分析出若干能夠反覆使用的"單體符號"。有的口頭傳授要補充大部分意思，有的只要補充少數語句或語詞。它們都能表達一段或長或短的語言，並非只表示不相連續的單個語詞。

第二章 | 文字幼兒之一：
水族的水書

一　水族和水語

中國的水族，源出古代"百越"，唐宋時代跟壯族和侗族等統稱為"僚"，明清稱"水"。主要居住在貴州南部，以三都水族自治縣為中心，少數居住在廣西。"三都縣"古稱"撫水州"。

水語屬於漢藏語系、壯侗語族、侗水語支。水語內部差別很小，各地水語可以相互通話，沒有明顯的方言區別，只分為三個土語：三洞、陽安和潘洞。1994 年根據三都三洞水語擬訂拉丁化"水族拼音文字方案"，並編訂《漢水詞典》。學校一向用漢語漢字，今後可能試行"漢水雙語言"教育。

二　傳統水書

水族有古老的傳統文字，稱為"水書"或"水字"。水族傳說，正神"六一公"、"六甲公"是水書的創造者。不知創始於何時，一說創始於唐代。

水書模仿漢字，但是不採取楷書體，而採取篆書體或圖形體，不少字形跟甲金文字相同或相似。水族的居住中心"三都縣"，西面有布依族，東面有侗族，南面有壯族。這些鄰居民族都採取楷書體，唯獨水族與眾不同。鄰居民族借用漢字，照樣不改，而水族借用漢字，必須加以改變，反過來，倒過去，寫成似是而非的樣子，因而有"反書"的外號。水書是一種"變異仿造"的漢字型文字，但是有一部分是自源創造。

水書的字數，少算有一百多個，多算有四百多個。除去各地不同的異體字，大致在二百左右。一字多形、多音、多義。從"六書"看水書，大都是象形字，很少會意字和指事字，很多假借字（借意和借音）。基本上都是單體符號，很少複合符號。各地可以按照土音來讀，有"超方言性"。寫本只寫實詞，不寫虛詞，不寫出的部分要由講解者口頭補充。

水書是"卜筮之書"，有"古體字"、"今體字"和"秘寫字"的分別。"古體字"多見於年代較久的抄本，用竹尖蘸墨水或用木炭書寫，筆畫似刀刻，被稱為"竹書"。"今體字"是近時抄本的通用文字，用毛筆書寫，筆畫圓曲，粗細不勻。"秘寫字"是巫師的秘密文字，外界瞭解最少。水書沒有筆畫化。

水書按用途分為"普通水書"（白書）和"秘傳水書"（黑書）。前者用於預卜吉凶，包括出行、擇日、婚嫁、喪葬、動土、看風水等；後者用於放鬼、拒鬼、收鬼，以至治病、消災等巫術。水書由巫師掌握，一般人民不學不用。

三　水書舉例

水書中的曆算用字，干支、五行、時日、四季、數字、八卦、方位等，都來自漢字，約有 60 餘字，一般都是單體符號，也有幾個複合符號，例如"陰陽"兩字。

▼ 水書中的曆算用字

$ta{:}p^7$	jet^7	$pjeng^3$	$tjeng^1$	mo^6	ti^1	$qeng^1$	cin^1	nim^2	tui^6
甲	乙	丙	丁	戊	己	庚	辛	壬	癸

ci^3	su^3	ji^2	$ma{:}u^4$	sen^2	ci^4	ngo^2	mi^6	sen^1	ju^4
子	丑	寅	卯	辰	巳	午	未	申	酉

het⁷	ha:i³	tum¹	mok⁸	sui³	fa³	tu³	njen²	ngwet⁸	nit⁸
戌	亥	金	木	水	火	土	年	月	日
si²	sen¹	ja³	cu¹	tong¹	tit⁷	cong¹	tsjeng¹	jet⁷	ni⁶
時	春	夏	秋	冬	吉	凶	正	一	二
ha:m¹	ci⁵	ngo⁴	ljok⁸	cet⁷	pa:t⁷	tu³	sup⁸	sup⁸jet⁷	sup⁸ni⁶
三	四	五	六	七	八	九	十	十一	十二
ten²	qa:m³	qan⁵	tsen⁵	hen⁵	li²	fen¹	toi¹	je:m¹	ja:ng²
乾	坎	艮	震	巽	離	坤	兌	陰	陽
tong¹	na:m²	se¹	pak⁵	tsong¹	fan²	fu⁴	ta:m¹	ljem²	ljok⁸
東	南	西	北	中	文	武	貪	廉	祿

▼ "二十八宿"用字

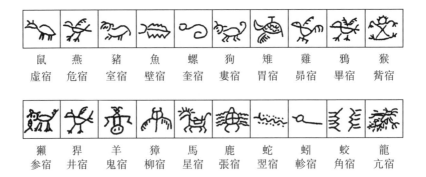

鼠	燕	豬	魚	螺	狗	雉	雞	鴉	猴
虛宿	危宿	室宿	壁宿	奎宿	婁宿	胃宿	昴宿	畢宿	觜宿
獺	猩	羊	獐	馬	鹿	蛇	蚓	蛟	龍
參宿	井宿	鬼宿	柳宿	星宿	張宿	翌宿	軫宿	角宿	亢宿

貉	兔	狐	虎	豹	蟹	牛	蝠
氐宿	房宿	心宿	尾宿	箕宿	斗宿	牛宿	女宿

（根據王品魁）

上例說明：星宿用動物代表。張宿為鹿，畫蜘蛛，蜘蛛與鹿水語音近；心宿為狐，畫太陽，太陽與狐音近（同音代替）。這些"圖形字"使我們看到從圖畫到文字的演變。

▼ 吉凶兆象用字

最凶	梭頂鬼	腊血鬼	堂扶鬼	引貫鬼	五錘鬼	姑又鬼	勾采鬼
五虎鬼	勾采鬼	占鬼	沙朋鬼	寨門	兩邊倒	空房兆	死人兆
供桌	衙官桌	傳細話	樹枝	死人兆	死人兆	翻梯	天地轉
一羣人	燒屍兆	山坳	磁碗	水槽	毆打象	天觜雞	酒壺

21

| 鬼金羊 | 婁金狗 | 牛金牛 | 亢金龍 | 畢月鳥 | 昴日雞 | 胃土雉 | 室火豬 |

| 女土蝠 | 張月鹿 | 氐土貉 | 壁水魚 | 虛日鼠 | 鬥木蟹 | 觜火猴 | 亢金龍 |

▼ 貴州榕江水書墓碑銘文

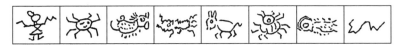

甲 戌 八 三 丙 辰 吉 日 第 一 亢 三 丙 辰 亢 金 龍 酉 時 葬

(生於甲戌年，享年83歲，丙辰吉日第一亢歿，三月丙辰日酉時，葬於亢金龍方向)

（根據王國宇）

四　水書中的六書

▼ 水書中的六書舉例

象形：

| 鳥 | 燕 | 蟲 | 牛 | 虎 | 魚 | 螺 | 花 | 穗 | 果 | 瓜 | 風 | 雨 | 雲 | 泉 |

| 火 | 刀 | 箭 | 帚 | 筆 | 倉 | 傘 | 棺 | 梯 | 桌 | 耙 | 臉 | 口 | 耳 | 目 |

指事：　　　　　　　　　　　會意：

　　上　下　左　右　　　　　　星　井　坑　屋

假借：

fan² 　fu⁴ 　pu² 　pjet² 　po⁵ 　ta:m¹ 　lje:m² 　tu² 　ljok²
文曲　武曲　輔星　弼星　破軍　貪狼　廉貞　巨門　祿存

上例說明：上面"九星"用字，一個字代表一個星名，例如"文曲星"借"文"字、"武曲星"借"武"字，原文中沒有"星"字。實際是一種略稱。

五　水書跟甲金文字的比較

水書中有許多字與甲骨文、金文相同或近似。

▼ 近似甲金文字的水書

水書														
甲金														
	雞	門	倉	帚	田	果	出	方	一	二	五	六	八	九	百

水書											
甲金											
	足	耳	目	口	首	鼻	衣	左	右	窗

（55字，根據雷廣正）

▼ 近似甲金文字的干支用字

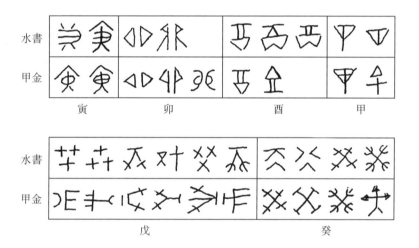

水書									
甲金									
	寅		卯			酉		甲	

水書								
甲金								
	戊				癸			

24

六　水書的特點

1. 水書的符號是"圖符"（圖形字和篆書字），沒有筆畫化。水書的語段是"片語和語詞"。水書的表達法主要是"表形和表意"。寫出實詞而不寫出虛詞，不能按照語詞次序無遺漏地書寫語言。水書的類型是："圖符·片語和語詞·表形和表意"→形意文字。

2. 水書是"漢字大家庭"的成員之一，是漢字型文字，是"變異仿造"而不是"孳乳仿造"，採用篆書體而不採用楷書體。從地區來看，它跟中國西南少數民族的漢字型文字為鄰居。不同的是，水書是"形意文字"，其他漢字型民族文字是"意音文字"。

3. 水書複合符號很不發達，"六書"中沒有"形聲字"。水書的發展水平低於甲骨文。

4. 水書是一種"卜筮文字"，現在還有少數巫師能夠認識，沒有成為日常生活的文字。水書是"文字活化石"，有文字學和民俗學的研究價值。水書使我們具體地瞭解早期文字跟巫術的關係。

本節承曾曉渝教授、王品魁專家和姚福祥專家通信指正並提供資料，特此鳴謝！
參考：張均如《水語簡志》1980。曾曉渝教授通信資料，1994。王國宇《水書樣品釋讀》，載《民族語文》1987 第 6 期。王均《水語》，李淇《水族》，載《中國大百科全書·民族》1986。雷廣正、韋快《水書古文字探析》，載《貴州民族研究》季刊，1990 第 3 期。王品魁《水書源流新探》，載《黔南民族》1990 第 1 期；《水書七元宿的天象曆法》1994，油印本；水族王品魁專家通信資料。水族姚福祥專家通信資料。西田龍雄《水文字曆的釋譯》（王雲祥譯），日本《言語》月刊 1980 第 8 期。

第三章

文字幼兒之二：
納西族的東巴文

一 納西族的語言和文字

中國的納西族主要居住在滇西北和川西南的金沙江、無量河和雅礱江流域，西藏芒康縣等地也有少量分佈，以雲南麗江玉龍納西族自治縣為聚居中心。晉代以來，史書常稱“摩沙、磨些、麼些”。各地有不同的自稱，50 年代規定統一稱謂“納西”。

納西語屬於漢藏語系、藏緬語族、彝語支，分為西部和東部兩個方言。長期跟漢、藏、彝、白、傈僳等民族交往，部分納西人會講漢語和鄰居民族的語言。學校原來用漢語漢字，1957 年制訂拉丁化的“納西拼音文字方案”，1983 年加以修訂，以西部方言為基礎方言、以大研鎮土語為標準音，實行漢語和納西語的雙語言教育。

納西族原來有民族特色顯著的文字，主要用於書寫民族宗教“東巴教”的經書，經師稱“東巴”，文字稱“東巴文”。納西語“東巴”的意思是“木石痕跡”，可見早期是刻寫在木石上面的。石刻納西族《木氏歷代宗譜》有 16 世祖牟保阿宗“且製本方文字”的記載。據此推算，東巴文的創製年代大約在 12 世紀到 13 世紀，大體相當於南宋時代。東巴文經書內容豐富，包含宗教祭祀、歷史傳說、詩歌格言、風俗習慣等許多方面。中國和外國現存東巴文的寫本約 2 萬冊。

二　東巴文的形制 *

"東巴文"像是連環圖畫，閱讀東巴文像是幼稚園講解"看圖識字"的故事書。一個符號單位表示一段語言，符號是輪廓畫形式，表達方法以表形為主、表意為副，間或有些表音記號。從文字類型的角度來看，它是"圖符・章節・形意文字"。它還不能按照語詞次序無遺漏地書寫語言，閱讀時候必須口頭補充說明。在"形意文字"中，它發展水平是很高的。

東巴教的一個支派後來另外創造一種文字，叫做"哥巴文"，也是主要用於書寫東巴教的經文。"哥巴"是"徒弟"的意思，"哥巴文"是從東巴文衍生出來的"徒弟文字"。《哥巴文字典》說：哥巴文是大東巴何文裕創製的，距今不過一百多年。另一說：11 世紀創造東巴文，13 世紀創造哥巴文。哥巴文的符號，有的來自東巴字的簡化，有的來自漢字的簡化，多半是從頭新創。它是一種音節文字，但是還沒有規範化。

東巴文受了哥巴文的影響，在原有的章節圖符中，也產生了一部分音節字符，跟原來的章節圖符並立使用。東巴文內部於是在大量的原有的章節圖符之外，產生少量的新生的音節字符。這個現象，如果不仔細分析是看不出來的。

更後，哥巴文又分化出一種簡化的音節文字，叫做"瑪麗瑪薩文"，在雲南維西傈僳族自治縣一千多人中應用。"瑪麗瑪薩"的意思是"從木里（瑪麗）地方遷來的摩梭人（瑪薩人、納西人）"。"木里"或"木里拉塔"現屬四川鹽源縣。

從納西族來看，一共有了四種文字：1. 東巴文，2. 音節東巴文，3. 哥巴文，4. 瑪麗瑪薩文。東巴文的文獻數量巨大。哥巴文的文獻數量少得多。音節東巴文的文獻非常稀少。瑪麗瑪薩文的文獻微不足道。從文獻數量可以看出它們之間的先後關係。

---

* 　西南師範大學教授喻遂生先生指出：周有光著《比較文字學初探》中"東巴文的符號統計"有誤，不應以"字"為單位，應以"詞"為單位，請讀者參考該書時注意。

（參看第七章東巴文中的六書）。西南師範大學教授喻遂生先生指出：周有光著《比較文字學初探》中"東巴文的符號統計"有誤，不應以"字"為單位，應以"詞"為單位，請讀者參考該書時注意。

三　東巴文在人類文字史上的地位

東巴文是自源的民族文字，不是漢字的衍生文字，但是受了漢字的影響，部分字符類似漢字，後期更為明顯。它跟漢字是"異源"而"同型"。

《納西象形文字譜》收錄"東巴文"的獨體字和合體字共計 2274 個，其中有 1340 個（59%）是"基本字"，685 個（30%）是"異體字"，250 個（11%）是"派生字"。統計說明"東巴文"是發達的"形意文字"。"形意文字"一般都是字無定量，一字多形，同音多字，字形可大可小，形款不求整齊，不能完備地按照語詞次序書寫語言。東巴文並非例外。

從六書來看，"東巴文"有象形字 1076 個（47%），會意字（包括指事字）761 個（33%），形聲字（包括假借字）437 個（19%）。象形為主是"形意文字"的共同特點。會意發達說明它使用頻繁。東巴文中的形聲字已經佔 19%，這跟漢字的甲骨文（公元前 1300 年）有形聲字大約 20%十分接近。漢字中的形聲字後來不斷增加，到公元 100 年，以小篆為標準的《說文》收錄 9353 字，其中形聲字 7697 個（82%），會意字 1653 個（18%），象形字 264 個（0.3%），指事字 129 個（0.1%），假借字和轉注字更少（《文字蒙求》）。"東巴文"接近"甲骨文"，跟"小篆"距離較遠。

人類文字史的研究重視找尋從"形意文字"到"意音文字"的發展過程。東巴文正好就是這一發展過程的稀有例證。

本節是學習傅懋勣先生遺著而寫成，特此敬表紀念和感謝！

參考：傅懋勣《納西麼些語研究》1940；《麗江麼些象形文字古事記研究》1948；《納西族圖畫文字白蝙蝠取經記研究》1981；《納西族祭風經迎請洛神研究》1993。還有多篇論文，收入編印中的遺著《納西文字和文化研究彙編》。方國瑜《納西象形文字譜》1981。和即仁、姜竹儀編《納西語簡志》1985。郭大烈、楊世光編《東巴文化論集》1985。和志武《納西族古文字概況》，《中國民族古文字研究》1984。姜竹儀《納西族的象形文字》，載同上。

第 二 卷

古典文字

引 子

公元前 3500 年前，西亞兩河流域出現壓寫在泥板上的丁頭字。它在全盛時期是從東地中海一直到波斯灣都通用的國際文字。

略晚，北非尼羅河出現劃寫在紙草上的聖書字。它含有音節性的輔音符號，是後世發明字母的胚芽。

公元前 1300 年前，東亞黃河流域出現刻寫在龜甲和獸骨上的甲骨文，它是漢字的祖先。在丁頭字和聖書字退出歷史舞台以後，漢字巋然獨存。

這三種以符號或符號組合書寫語詞和音節的早期文字，在 3000 年的長時期中代表了三種高度發達的文化，被稱為"三大古典文字"。它們都傳播到別的民族和國家，繁衍成為書寫多種語言的文字系統。

一向認為原來沒有文字的美洲也有自創的文字，叫做馬亞字。這種像是小鏡框圖畫的文字，實際是書寫語詞和音節的成熟文字。它創始於公元前後，在前哥倫布時期曾使用 1500 年以上，並且發明了用頭髮製的毛筆和樹皮製的紙張。

中國彝族的彝文也是一種書寫語詞和音節的成熟文字，長期默默無聞地應用於崇山峻嶺之中。最近，在雲南整理成為規範化的表意和表音的文字，在四川整理成為規範化的音節文字。它跟漢字的關係是異源而同型。彝文創始於唐代，發達於明代，它是今天除漢字以外另一種正在發揮作用的古典文字。

這些古典文字，都可以用六書來說明造字和用字的方法。六書不是漢字所獨有，六書有普遍適用性。

第四章 | 丁頭字和丁頭字系統

一　古怪樣兒的丁頭字

丁頭字，又名楔形字，它的筆畫都是由一頭粗、一頭細的直線構成，像是釘子或楔子。阿拉伯人很早就發現這種古文字，給它起名為丁頭字（mismari）。阿拉伯人給它起名以後大約 500 年，英國人重新發現這種古文字，不知道已經有過名稱，又重新給它起名為楔形字（cuneiform）。這裏採用比較早的名稱，也是比較形象化而且說出來容易聽得懂的名稱：丁頭字。

丁頭字最早不是丁頭形狀，而是象形圖畫形狀。象形圖畫經過簡化以後，由於用一種特殊的書寫工具，文字的筆畫變成丁頭形狀。特殊的書寫工具是，以有點像竹筷的小棍兒為"筆"，以軟的泥板為"紙"，小棍兒在軟泥板上一壓就成一個丁頭筆畫，不需要墨水。右手執"筆"，斜着壓下去，離開手的一端壓痕粗，接近手的一端壓痕細，粗的一端在左，細的一端在右。換言之，丁腦在左，丁尾在右。也可以丁腦在上，丁尾在下。

小棍兒的"筆"可以用各種材料製成：樹枝、草莖、骨頭、木頭、金屬等。泥板的"紙"很像磚頭，曬乾或燒硬以後可以把文字長久保存，類似陶器。需要保密的文件，另用一塊泥板蓋上，保護下面有文字的泥板；還可以在兩塊泥板的四邊接合處用軟泥封住（封泥），加蓋印章，成為一個泥板信封。這種書寫方法可以名之為"壓寫"。

在泥板上壓寫容易，在石頭上刻字困難。可是，泥板容易打碎，石碑可傳永久。所以一般文書用泥板，特殊紀念用石碑。壓寫形成的丁頭筆畫成為傳統以後，在石碑上刻字也必須刻成丁頭筆畫。

今天看來，泥板丁頭字十分古怪。可是，這種古怪的文字在西亞應用了3500 年，還是當時的國際通用文字呢。

丁頭字是最早達到成熟水平，並且長期廣泛應用的古文字。它比埃及聖書字還要早。

二　兩河流域：西亞的文化搖籃

丁頭字的故鄉在美索不達米亞（Mesopotamia），原義"河間"，意譯"兩河流域"，在現在的伊拉克（Iraq）。這裏是亞洲"西方"的文化搖籃。

為甚麼叫"兩河流域"呢？因為這裏有兩條由北而南的並行河流。一條在西的叫幼發拉底河（Euphrates），一條在東的叫底格里斯河（Tigris）。兩條河流都注入波斯灣，遠古時代各有出海口，後來合成一個出海口。5000 年前這裏有鬱鬱葱葱的森林，今天是一片沙漠景象了。文化搖籃都以河流為生命源泉，這裏有兩條並行的河流，最適於文化的發展。

這裏在古代居住着好幾種民族。最早創造丁頭字的民族叫蘇美爾（Sumer）人，他們住在兩河流域的南部。繼承丁頭字的民族叫阿卡德（Akkad）人，他們住在兩河流域的中部和南部。巴比倫（Babylon）人住在南部靠東。亞述（Assyria）人住在北部靠東。在兩河流域的外面，東南有埃蘭（Elam）人；再往東南去，就是波斯。東北方向住着烏拉爾圖（Urartu）人。兩河流域的西南是阿拉伯大沙漠。不往西南而往西，是地中海東面的古代腓尼基（Phoenicians）人活動地區，這裏是一條狹長的文化走廊，通向西南方面的北非文化搖籃埃及。

古代的兩河流域，經濟富庶，文化發達，為外地民族所垂涎。他們一再入侵，建立政權。其中重要的有喀西特人（Kassites），米坦尼人（Mitanni）和胡里人（Hurrians）。這些原來沒有文字的民族，也採用了丁頭字。他們大都來自東方的扎格羅斯山區（Zagros）。

另一支來自北方的民族叫赫梯人（Hittites），他們也一度入主兩河流域。

他們的語言是一種印歐語言，也採用了丁頭字。

▼ 兩河流域及四周示意地圖

希臘　黑　海　裏
小　亞　細　亞　海
克里特島　中　塞浦路斯　海　亞　Nineveh　米
地　比撥羅　腓尼基　敘利亞　述　Assyria　扎　地
利比亞沙漠　尼及羅河　敵　幼　發　底格里斯河　巴比倫　亞　格　埃　Susa 羅
Babylon ①　河　蘭　尼　斯　山
Uruk ②　亞　斯　脈
·Ur　波　斯
阿拉伯沙漠　波　斯　灣
紅　海

1. 阿卡德　2. 蘇美爾

三　蘇美爾人：丁頭字的首創者

蘇美爾人是丁頭字的首創者。他們創造文字的早期情況，現在難於知道。在公元前第四個"千年紀"（距今 5500 多年前），他們的文字就以成熟的形態存在了。這比中國甲骨文還早 2000 年。

一切古文字都是以圖形開始的。蘇美爾文也不例外。例如，表示太陽就畫一個太陽，可是蘇美爾人強調太陽的光芒，不強調太陽的圓形。跟其他文字一樣，太陽的圖形起初表示太陽，後來表示一天或者時間，又發展為表示天或者神。為了避免意義相混，另畫一個初出山凹的旭日表示太陽或者一天。

圖形文字書寫起來很不方便，尤其在泥板（兩河流域南部有一種很好的黏土，適合於製成泥板）上壓寫很不方便。於是一部分筆畫改成丁頭形式。從純圖形到純丁頭的變化，大約經過了 500 年以上。中國漢字從甲骨文到隸書的變化也經過極長時期。

▼ 早期蘇美爾圖形字樣品

蘇美爾人遺留下來的泥板和其他銘文是非常豐富的。已發現的泥板當中，有近 3000 片是公元前約 2000 年（距今 4000 多年）時候的宗教文學作品。另外有數以萬計的泥板，記錄法規、訟事、遺囑、賬目、契約、收據、書信等。

丁頭字裏面，"同字異音"和"同音異字"很多。為了分辨起見，有一些字專作類別符號而沒有發音。表示類別的字，有的寫在本字之前，有的寫在本字之後。類別甚多，例如"神"、"國"、"山"、"鳥"、"魚"、"數目"、"多數"、"性別"、"專名"等等。這些表示類別的字，跟漢字中的"部首"（如：示、山、鳥、魚等）在作用上極為相似。

為了壓寫的方便，曲線變成直線，長畫改用幾筆連接的短畫。字形逐漸成為長方。字序最初是從上而下直寫的，後來改為從左向右橫寫。這一改，使每一個字符從直立的姿勢變為橫臥的姿勢，轉了 90 度。

蘇美爾語是一種粘結語，有很多單音節的詞兒，在語言分類學上還難於確定地位。它跟後來繼承丁頭字的阿卡德人的閃米特語言，很不相同。

蘇美爾人大約在公元前第四個"千年紀"的中葉來到兩河流域的南部，統治這個地區 1500 年。他們建立許多城市國家，開始了人類最早的有城牆的城市生活。這些城市國家不斷地相互征戰。戰勝的城邦成為城邦聯盟的首腦。最早的首腦城市是基什（Kish），可是第二個首腦城市烏魯克（Uruk，《聖經》中稱為 Erech）最為重要，在這裏發掘出大量的早期泥板文獻。

公元前第三個"千年紀"的中葉，閃米特族的阿卡德人聯合外來勢力，反抗蘇美爾人的統治，經過長期鬥爭，終於完全打敗蘇美爾人。蘇美爾人失去政權以後，蘇美爾語漸漸被阿卡德語所替代，但是蘇美爾的丁頭字還在長期應用。

四　阿卡德人：丁頭字的繼承者

阿卡德（Akkadians）人在古代侵入兩河流域以後，居住在流域中部兩條河流最接近的地區。他們統一兩河流域的中南部，約在公元前 2350 年由國王薩爾貢（Sargon）建立第一個統一王朝，北方擴大領土，南方擴大貿易，跟波斯灣各地和地中海東岸通商。該王朝延續約一個半世紀。

阿卡德時代，一方面發展阿卡德語的丁頭字，另一方面並用蘇美爾語的丁頭字。許多泥板是雙語文的。阿卡德語及其丁頭字成為從地中海到波斯灣的國際通用語文，在公元前第三個到第一個"千年紀"，長期應用。大約在公元前 2000 年，阿卡德語代替蘇美爾語成為南部兩河流域的通用語，蘇美爾丁頭字縮小應用，成為宗教文字。

現存最早的阿卡德丁頭字資料屬於早期阿卡德時代（公元前 2450～前 2200）。繼承阿卡德丁頭字的是巴比倫人和亞述人，他們的語言是阿卡德閃米特語的兩種方言。

五　巴比倫朝代：丁頭字從衍形到衍聲

在巴比倫朝代（公元前 19～前 18 世紀），丁頭字的應用大為擴大。這個朝代是由阿莫里特（Amorites）人建立的。他們的偉大國王漢穆拉比（Hammurabi）在執政期間（公元前 1792～前 1750）把當時的法律，包括刑法和民法，寫成條文，鑿刻在石碑上，其中有 282 條判例，具有相當高的文明水平，比遠在其後的摩西法典完備而先進。它的背景是蘇美爾法律。文字是阿卡德語的丁頭字。這塊漢穆拉比法典石碑是 1901 年在蘇薩（Susa，在埃蘭境內）發現的，現藏法國的盧浮宮博物館，代表着西亞丁頭字文化的高峰。

巴比倫（Babylon）本來是首都名稱，原義"上帝之門"（Babilu），後來希臘人把兩河流域的中部和南部總稱為巴比倫尼亞（Babylonia）。

巴比倫的丁頭字是從"衍形"到"衍聲"的演進中的過渡形態。丁頭字從表示實物的象形，進而為表示聯繫實物的會意；又從表示實物或概念的"形符"，進而為脫離原有意義的表示語音的"聲符"。巴比倫人把蘇美爾人的丁頭字簡化和整理成為 640 多個基本字，組成一切語詞。丁頭字符號系統，從書寫一種語言（蘇美爾語）轉移到書寫另一種語言（巴比倫閃米特語）的時候，發展了假借和表音的功能。文字的擴大應用，又促成丁頭字的簡化。

繼早期巴比倫朝代的第二巴比倫朝代，又稱中期巴比倫朝代，是喀西特（Kassites）人建立的。他們在公元前第二個"千年紀"侵入兩河流域，在公元前 17 世紀建立政權，統治巴比倫地區達 500 多年之久。但他們的具體史實流傳甚少。在公元前 12 世紀，喀西特人的政權被埃蘭人消滅。失敗了的喀西特人逃往扎格羅斯（Zagros）山區，後臣服於波斯。

巴比倫原來沒有馬。喀西特人把他們的神聖動物"馬"引進巴比倫。這或許是喀西特人的主要貢獻。喀西特人以人數很少的軍事集團能統治巴比倫如此長久，馬的應用可能是一個關鍵。可是，喀西特人的第二巴比倫朝代是一個文化停滯的時期。

六　亞述帝國：丁頭字成為國際文字

亞述（Assyria）原來是兩河流域北方的一個小王國，臣服於巴比倫。公元前 14 世紀成為獨立國家，後來逐步擴張，建立了一個包括兩河流域、亞美尼亞和北部敍利亞的亞述帝國（Assyria，老帝國）。丁頭字成為帝國和中東的國際文字。中間由於處於半遊牧生活的阿拉馬（Aramaeans）人的擾亂，趨於衰弱。公元前 9 世紀起，亞述出了一系列的英明國王，重振旗鼓，擴大版圖，成為西至埃及、東至波斯灣的大帝國（新帝國）。丁頭字成為範圍更廣的國際文字。

亞述帝國最後一個著名的國王亞述巴尼拔（Ashurbanipal，公元前 668 ～前 627 在位）重視文化。他在尼尼微（Nineveh，帝國後期首都）建立歷史上第一個有計劃的圖書館，儲藏大量的泥板圖書和藝術珍品，其中的 2 萬件泥板文獻現在藏於英國不列顛博物館。

亞述人的丁頭字詞彙，比巴比倫時代更為豐富。他們的丁頭字書法也更精緻和優美。這時期的泥板內容幾乎無所不包，分為宗教、神話、魔術、科學、教學、巫醫、天文、法律、歷史等門類。亞述諸王重視歷史，把詳細的歷史記錄寫刻在六角形、七角形、八角形或十角形的碑柱上。

▼ 丁頭字的演變

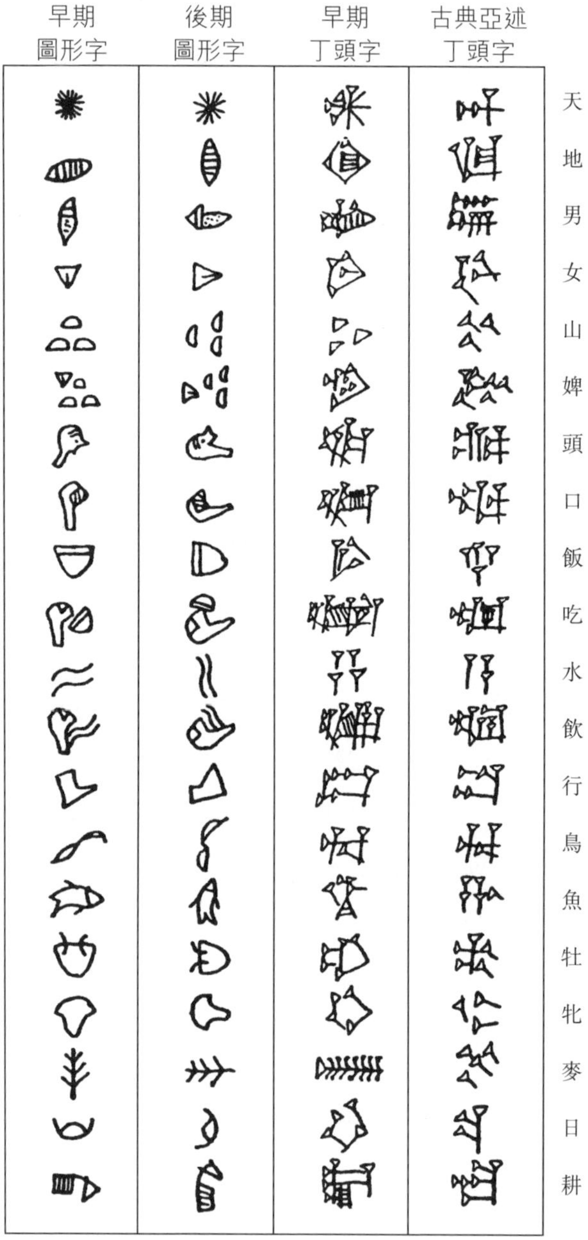

早期 圖形字	後期 圖形字	早期 丁頭字	古典亞述 丁頭字

天
地
男
女
山
婢
頭
口
飯
吃
水
飲
行
鳥
魚
牡
牝
麥
日
耕

38

亞述人把丁頭字有系統地簡化。他們用大約 570 個基本丁頭字，組成一切語詞，其中 300 個是常用的。後期的亞述丁頭字，事實上逐漸成為音節文字。

亞述帝國在公元前 612 ～前 609 年中被迦勒底人和米底人（Chaldean-Medians）的聯軍所覆滅。

在這以後，丁頭字在公元前 6 世紀的新巴比倫朝代重又振興。後來在公元前 3 ～公元 1 世紀，丁頭字最後一次復興。此後不久，就退出歷史舞台了。

七　丁頭字向音節字母發展

西亞國際通用的泥板丁頭字，從兩河流域擴大開來，成為各種血統不同和語言各異的民族的文字。其中有埃蘭（Elamites）人、喀西特人、赫梯（Hittites）人、米坦尼（Mitanni）人、胡里（Hurrians）人、烏拉爾圖（Urartu）人、波斯人、卡帕多西亞（Cappadocians）人、迦南（Canaanites）人，甚至埃及語也留下了丁頭字的碑銘。以蘇美爾、巴比倫和亞述為中心，形成一個歷時 3000 年的丁頭字國際文化圈。

這裏要特別談一下埃蘭人的丁頭字，因為它把"語詞·音節"結構的丁頭字發展成為初始階段的音節文字。

埃蘭人原來住在底格里斯河下游的東南，相當於今天伊朗西北的胡齊斯坦（Khuzistan）。他們在公元前 13 世紀一度侵入兩河流域，後來退到扎格羅斯山區，成為波斯的藩屬。

埃蘭人起初用自己創造的原始文字。在公元前 16 ～前 8 世紀，他們採用丁頭字書寫自己的語言。在公元前 6 ～前 4 世紀又發展為新埃蘭丁頭字。

埃蘭丁頭字的特點是，大膽簡化丁頭字，使它成為一種大部分用音節符號、只留少數一些詞符和定符的半音節文字。根據分析，新埃蘭丁頭字一共只有 113 個丁頭符號，其中的音節符號有 80 多個。這是丁頭字傳到異民族以後發生的文字制度的演變。

八　丁頭字向音素字母發展

　　兩河流域東面的波斯，也是一個文明古國，但是比起兩河流域來，進入文明晚了 3000 年。在波斯的阿開民尼（Achaemenid）王朝，丁頭字文化終於進入波斯，成為波斯的早期文字。阿開民尼王朝創建於公元前 6 世紀中葉，最後在公元前 331 年被亞歷山大大帝所滅亡。

　　早期波斯丁頭字一共用 41 個丁頭符號，其中 4 個是表示"王"、"州"、"國"、"神"（Awra-Mazda）的表意字，另有一個分隔詞兒的分詞符號。其餘的都是表音符號，分為五組：(1) 3 個元音符號 (a，i，u)；(2) 13 個輔音符號 (kh，ch，th，p，b，f，y，l，s，z，sh，thr，h)；(3) 10 個輔音符號代表 5 個輔音 (k 或 q，g，t，n，r)，一式代表純輔音或後隨短 a 音，另一式代表輔音後隨 u 音；(4) 4 個輔音符號代表 2 個輔音 (dj，v 或 w)，一式代表純輔音或後隨短 a 音，另一式代表輔音後隨 i 音；(5) 6 個輔音符號代表 2 個輔音 (d，m)，一式代表純輔音或後隨短 a 音，另一式代表輔音後隨 u 音，第三式代表輔音後隨 i 音。書寫順序是從左而右。這些字母實際保留着音節符號的性質。

　　考古學家認為，早期波斯丁頭字可能創製於居魯士第二大帝（Cyrus II，公元前 580 ～ 前 529）時期。他是阿開民尼王朝的創始人。這時候，阿拉馬（Aramaic）字母已經流傳甚廣。波斯人取阿拉馬字母的原理，用丁頭字的形式，創製了這種波斯丁頭字母。

　　所有的波斯丁頭字母碑銘幾乎都是在首都波斯波利斯（Persepolis）發現的，時期是公元前 6 世紀末到前 4 世紀中。除石碑之外，還有金的和銀的銘刻。

　　後來，波斯的書寫工具漸由泥板改為紙草或羊皮。在這些東西上面，書寫丁頭字是不方便的。於是，波斯文字也改用阿拉馬字母。

　　1929 年發現另一種丁頭字母，使丁頭字的故事又添了新的一回。

▼ 早期波斯丁頭字母

分詞符	dj(a)	f(a)	r(u)
a	dj(i)	n(a)	l(a)
i	t(a)	n(u)	s(a)
u	t(u)	m(a)	z(a)
k(a)	d(a)	m(i)	sh(a)
k(u)	d(i)	m(u)	thr(a)
g(a)	d(u)	y(a)	h(a)
g(u)	th(a)	v(a)	王
kh(a)	p(a)	v(i)	州
ch(a)	b(a)	r(a)	國
			神

地中海東岸，敘利亞的北方，有一個古代城市叫做烏加里特（Ugarit，現為 Ras Shamrah），發掘出許多丁頭字泥板。這上面的文字是用一種前所未見的丁頭字母書寫的。雖然是丁頭筆畫，但是跟蘇美爾、巴比倫和亞述的丁頭字沒有關聯之處。

這些泥板，最早屬於公元前 15 世紀，最晚屬於公元前 14 世紀。這種丁頭字母的應用時期，可能是公元前 16 ～前 13 世紀。

它有 32 個字母，除了 3 個表元音以外，其餘都表輔音。古代北方閃米特字母只有 22 個。烏加里特丁頭字母是自左而右書寫的，跟北方閃米特字母自右而左的順序不一樣。大致它的字母原理得之於北方閃米特，泥板壓寫的方法繼承兩河流域，而具體的符號設計是自己制定的。

▼ 烏加里特丁頭字母

	'a		w		m		ṣ²
	'i-'e		z		n		q
	'u-'o		ḥ		s¹		r
	b		ḫ		s²		sh¹
	g		ṭ		'		sh²
	d		y		ġ		ṯ
	ḏ		k		p		ž
	h		l		ṣ¹		t

▼ 波斯丁頭文字解讀舉例

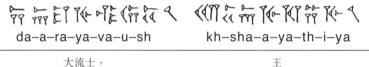

da-a-ra-ya-va-u-sh   kh-sha-a-ya-th-i-ya

大流士，   王

va-za-r-ka   i-ma-m   ta-cha-ra-m

大，   此   宮

a-k-u-na-u-sh

造。

"大流士大王造此宮"（詞間符號是分詞符號）

九　遺忘 1500 年

　　曾經輝煌地在 3500 年中記錄“西方”世界文化的丁頭文字，最後被歷史的波濤湮沒了。守舊的僧侶、法官和星象家，曾把丁頭文字一直運用到耶穌紀元，但是他們的保守力量不足挽回歷史的洪流。首先拋棄了丁頭字的是私人書信和商業書信。公元前 15 世紀，巴比倫語成為文言古語，丁頭字開始在書信中不用了。後來，法律契約等文件也不用丁頭字書寫了。公元前 3 ～公元 1 世紀，丁頭字雖然一度復活，但是，泥板壓寫的詞符丁頭字，怎能敵得過紙草劃寫的字母線條文字呢？最後一片保存至今的泥板是公元 75 年的遺物。從此以後，這種在歷史上悠久而廣泛地流行過的丁頭文字，以及它所代表的丁頭字文化圈的歷史，竟默然埋藏地下，不為世人所知，歷時 1500 年之久！

　　考古發掘，使人類歷史上最古的丁頭字文獻一種接着一種重新陳列在我們的眼前。起初，人們發現了它，而並不認識它。直到 18 世紀末年，還沒有一個人能認識丁頭字。到 19 世紀，丁頭字逐一被釋讀出來。丁頭字的釋讀是由近而遠逆溯上去的。學者們窮年累月地鑽研，最先釋讀了波斯丁頭字母，其次認識了新埃蘭丁頭音節字，再次是亞述和巴比倫的丁頭字，最後，那屬於粘結型的蘇美爾語的詞符丁頭字也基本上釋讀出來了。對釋讀丁頭字貢獻最大的是英國軍人羅林森（Henry C.Rawlinson，1810~1895）。5000 年前的舊事重又成為我們歷史書上的一章。丁頭文字的結構演變和符號演變豐富了我們對人類文字演變規律的知識。

第五章 | 埃及字和標聲字母

一　埃及文化和尼羅河

　　全世界最長的一條河流是非洲的尼羅河（Nile）。它自南而北，下游經過埃及，流入地中海東部。每年洪水季節，下游泛濫，把肥沃的泥漿，灌注到兩岸的田地裏去。這是天然的施肥，使莊稼茁壯繁茂。尼羅河又有舟楫之利，使在沙漠中的綠洲地帶的貨物能夠暢通運輸。在尼羅河的哺育下，埃及成為北非的文化搖籃。

　　尼羅河口是一個廣闊的三角洲。希臘人把它稱為 delta，因為它的三角形很像希臘字母 delta（Δ）。以尼羅河三角洲為中心，這片富庶地區稱為下埃及。在這南面的部分，稱為上埃及。埃及的南面邊境，雖然各時代不同，大致都在第一瀑布，即今天阿斯旺（Aswan）水壩附近。

　　古代埃及人的語言是一種哈·閃語言（哈米特·閃米特，Hamito-Semitic），跟今天埃及阿拉伯語言沒有關係。埃及語分為五個時期：1. 上古埃及語（公元前 3000 ～前 2200）；2. 中古埃及語（公元前 2200 ～前 1600）；3. 近古埃及語（公元前 1550 ～前 700）；4. 人民語（Demotic，公元前 700 ～公元後 400），這是波斯、希臘和羅馬統治時期的通用語言；5. 柯普特語（Coptic，公元後 2 ～ 17 世紀），這是埃及人的柯普特基督教會用的語言。在上古埃及語中，首都孟斐斯（Memphis）稱作 Het-ka-ptah（"ptah 神廟"，全詞讀作 Eikuptah），由此演變出"埃及"這個國名，希臘文 Aiguptos，拉丁文 Aegyptus，英文 Egypt。

　　古代埃及歷史分為五個時代：1. 王朝前（公元前 3100 之前）和早期王朝

（公元前 3100 ～前 2686，第 1 ～ 2 朝代）。埃及國王美尼斯（Menes）在公元前 3100 年統一上埃及和下埃及，正式開始了埃及的歷史。這時候，國家機構開始有了規模，埃及文字達到成熟。2. 古王國（公元前 2686 ～前 2160，第 3 ～ 6 朝代）和第一過渡期（公元前 2160 ～前 2040，第 7 ～ 11 朝代）。這時候建造金字塔，崇拜太陽神，發展用紙草寫字。3. 中王國（公元前 2040 ～前 1786，第 12 朝代）和第二過渡期（公元前 1786 ～前 1567，第 13 ～ 17 朝代）。這時候開墾荒地，發展農業；喜克索（Hyksos）人入侵。4. 新王國（公元前 1570 ～前 1085，第 18 ～ 20 朝代）和亞歷山大入侵以前（公元前 1085 ～前 332，第 21 ～ 31 朝代）。這時候逐出喜克索人，重新統一。但是不久外族又入侵，後來成為亞述帝國和波斯帝國的一部分。以上共 31 個朝代，歷時 3000 多年。5. 希臘和羅馬統治時期（公元前 332 ～公元後 639）。亞歷山大（Alexander）在公元前 332 年率領馬其頓人（Macedonians）和希臘人組成的大軍征服埃及，建亞歷山大城。亞歷山大死後，馬其頓人托勒密（Ptolemy）建立王朝（公元前 332 ～前 30）。接着是羅馬帝國統治埃及（公元前 30 ～公元後 639）。最後，在公元後 639 年，阿拉伯人征服埃及，把它變成"阿拉伯埃及"。

二 優美的碑銘字體

埃及字的創始可能略晚於丁頭字。從現存的文獻來看，在第一王朝時期，即公元前第 31 世紀，它已經以發達的形式而存在了。

埃及字有三種字體：1. 碑銘體（hieroglyphika），2. 僧侶體（hieratika），3. 人民體（demotika）。這些字體的名稱都是希臘人起的，不是埃及人自己的說法。

在三種字體中，碑銘體的出現最早。碑銘體起初是"僧俗"共用的，後來主要成為雕刻在神廟牆壁和墳墓石碑上，以及繪寫在祭禮器物上的文字。古代埃及人把文字看作是神聖的，稱為"聖書"（mdw-ntr，上帝的文字）。希臘人把碑銘體稱為"神聖銘刻文字"（hieroglyphika），又譯"聖書字"。這個名稱，狹義指碑銘字體，廣義包括三種字體，是埃及字的總稱，還可以引申用來指一切不是字母拼音的文字。以前把它譯為"象形文字"，這有點似是而非，因為碑銘體的圖形符號大都不是象形字，而是會意字和形聲字。

古代埃及人講究書法藝術。碑銘體的圖形寫得特別優美。如果到圖書館去看看埃及文物的圖冊，如果親自到埃及去瞻仰一下金字塔和神廟的遺跡，如果到英國不列顛博物館的埃及館去看一下那走馬看花也看不完的埃及精品，一定會對古代埃及的工藝美術和書法藝術情不自禁地喊出："觀止矣！"許多小學生起初誤認金字塔是一種遊樂建築，後來知道它原來是死人的墳墓，大為吃驚！埃及的奴隸知識分子子被迫用如此大量的精力為少數死人工作，叫人深深感到歷史的悲哀！

埃及字的書寫順序可以自左而右，可以自右而左，可以自上而下，還可以左右開弓，從兩邊寫向中央，使文字有對稱之美。碑銘體的圖形符號中，有各種人物和動物，他們的面孔向着哪一邊，文字就是從哪一邊開始書寫和閱讀。所以字序的方向是不難辨別的。

三　胚胎中的標聲字母

埃及字是由三類符號組成的：1. 意符，2. 聲符（音符），3. 定符。

碑銘體的"意符"，有的代表事物，如圓圈中加一點表示"太陽"；畫一個雀表示"雀"；畫一個蟲表示"蟲"；持弓的人表示"兵"或"軍隊"；畫一個弓表示"尺"（長度），等。有的表示行動，如手持木棒表示"打"；手近嘴巴表示"吃"；鳥展雙翅表示"飛"；眼下三條線表示"哭"；頭戴笠帽、兩手握槳表示"搖船"，等等。有的表示抽象概念，如一個權杖表示"統治"；手持拐棒表示"老"；水瓶中流出清水表示"新鮮"等。其中，有的近於象形字，有的近於會意字。

意符有的可以單獨成詞，那就是"詞符"。可是詞符甚少。多數意符不能單獨成詞，要跟別的符號結合成詞，那就是"詞素符"。

"聲符"是從原來的意符轉化而成。有的聲符可以獨立成詞，可是多數情況要結合成詞。埃及字中的聲符只表輔音，可以稱為"標聲字母"。但是都附帶不定的元音，實際上是音節符號。這一點跟後來北方閃米特人創造的字母相同。例如上面談到的 mdw-ntr（聖書），這是一個詞兒，由幾個輔音符號組成，其中的元音如何讀法，就難於肯定了。

聲符主要分"雙輔音"和"單輔音"兩種。雙輔音符有 75 個，其中常用的 50 個。單輔音符 24 個，後來增加到 30 個，其中有異符同音。這些"標聲字母"是人類創造的最早的字母萌芽。

▼ 埃及碑銘體詞符舉例

a. 象形字　b. 會意字　c. 雙輔音字

可是，古代埃及人雖然有了一套標聲字母，但不知道如何合理地運用它來書寫語言。他們不知道把這些標聲字母按照語音連接起來，就是完備的書面語言。他們用標聲字母寫出語詞的聲音以後，還要加上不讀音的"定符"來指示意義，在沒有同音異義需要區別的時候也是如此。更多的場合，把意符和聲符夾雜書寫，成為半表音文字。這樣的文字是意音制度走向拼音制度之間的過渡形態。標聲字母實際還在胚胎之中。字母文字的真正誕生還要等待2000 年。

▼ 早期碑銘體標聲字母

	aleph		f		kh'		k
	y		m		h'		g
	ayin		n		s		t
	w		r		s-s		th
	b		h		sh		d
	p		kh		q		z

第三類符號是"定符"。定符不讀音，也不獨立表示意義，而是跟聲符或意符結合，表示指定的意義類別，所以又稱"類符"（意類符號），近似漢字的"部首"。例如，長方形表示"天"，以及有關"天"一類的意義，包括"天花板"以及在頭頂上面的東西。太陽形的圓圈表示"太陽"一類的意義，包括"太陽神"、"一天"、"時間"等。三張葉子表示"植物"一類的意義，包括"蔬菜"、"藥草"、"乾草"等。"男"同時表示第一人稱；"女"同時表示第二人稱。兩手向前舉起，不僅表示"禱告"，還表示"愛慕"、"懇求"等。兩手向左右舉起，不僅表示"喜歡"，還表示"尋樂"、"崇高"等。定符大都是從意符轉化而成的。有些意符同時擔任聲符或定符。這叫做符號的多功能性。這是埃及聖書字的

特點之一，也是其他同類型古典文字的共有特點。

有一個定符需要特別談一談，就是"王名"定符。在這個定符中間寫着的都是帝王名字，而且主要都是用聲符書寫的。這裏舉兩個例子：一個是鼎鼎大名的風流女王"克婁巴特拉"(Cleopatra)，一個是托勒密王朝開拓者"托勒密"(Ptolemy)。古埃及字失傳以後而能重新釋讀出來，是以"王名"中的聲符為突破口而獲得成功的。帝王名字不一定橫着寫，更多例子是豎着寫的。豎着寫的時候，作為底座的一條直線托在橢圓形(cartouche)的下面。這樣，"王名"定符極像中國的"神主"牌位。

▼ 埃及碑銘體定符（部首）舉例

天，頂	夜，黑	暴雨	雨，霧	日，一天	光，亮	月，一月	星，小時
開花，年	外國	山	島	城，鎮	省，區	水	皮，革
蟲	植物	田，園	穀物	男	女	神	禱
歡	看	哭	毛髮	陽性	陰性	甜，樂	紙卷
書	王名	籌碼	麵包	複數	否定	角	

最晚的碑銘體見於公元後第 6 世紀的遺物。碑銘體的運用，上下達 3000 多年。在這漫長的 3000 多年之中，它保持着複雜累贅的結構而沒有多少改變。

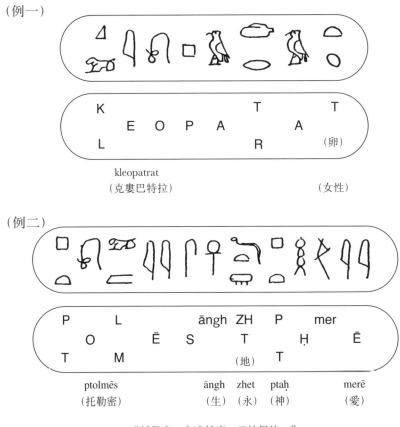

▼ 埃及帝王名字解讀舉例

(例一)

K				T		T
E	O	P	A		A	
L			R			(卵)

kleopatrat
(克婁巴特拉)　　　　　　　　　　　　(女性)

(例二)

P	L		āngh	ZH	P	mer
O		Ē	S	T	Ḥ	Ē
T	M			(地)	T	

ptolmēs　　　　　āngh　zhet　ptaḥ　merē
(托勒密)　　　　　(生)　(永)　(神)　(愛)

"托勒密,永遠健康,天神保佑。"

(卵)和(地)是定符,不讀音。angh 和 mer 是意府。ptah 是神名。

四　草書的僧侶字體

上面舉的例子都是碑銘體,因為碑銘體容易辨認。如果用僧侶體或人民體,那就不容易辨認了。

有關王室、宗教、葬儀等的記載,需用精雕細繪的文字,要求美觀,要求藏之久遠,適用碑銘體。商業文件、私人書信、文學寫稿等所用的文字,要求書寫迅速,碑銘體就不適用了。在紙草上寫的實用文字,很早就從"正體"

（碑銘體）變化成為"草體"（僧侶體）。僧侶體起初也是"僧俗"共用的，後來主要應用在宗教讀物上，都是僧侶在書寫，所以稱為"僧侶體"。

漢字從篆書變為隸書稱為"隸變"。埃及字從圖形的碑銘體變為草書的僧侶體可以稱為"草變"。埃及字沒有相當於隸書或楷書這樣的端正字體。僧侶體和碑銘體相比，面貌迥不相同，幾乎像"狂草"跟篆書那樣的關係。但是，不論外表如何不同，內部結構仍舊是相同的。僧侶體沒有改變碑銘體的複雜累贅的結構。

從埃及第一王朝起，正體之外就已經有了草體。兩種字體同時並用3000年。僧侶們經常應用僧侶體，一直繼續到公元後第 3 世紀。

僧侶體最初是自上而下書寫的，後來改為以自右而左作為標準順序。僧侶體的草書化使埃及字的象形性質完全消失。

五　簡化的人民字體

簡化是一切文字共有的外形變化。文字應用越廣，符號簡化越甚。埃及字的應用擴大，尤其是在人口眾多的尼羅河三角洲的推廣，使繁複的僧侶體發生大膽的簡化，成為"人民體"。從人民體這個名稱也可以知道，它是更多人民應用的文字。

人民體又稱"書信體"（epistographika）或者"土俗體"（enchorios）。它是僧侶體經過簡化的草體字。最早的人民體文獻見於公元前 7 世紀的遺物。這就是說，在碑銘體和僧侶體已經存在了 2000 年以後，人民體才產生。人民體一出現，僧侶體就成為僧侶階級所專用的文字，除了宗教經典的譯寫以外，沒有再用僧侶體的了。

人民體發源於下埃及，後來為全部埃及所通用。它從右到左書寫，跟僧侶體的標準字序相同。它起初被認為是只能書寫日常書信的"土俗"字體，不登大雅之堂，後來慢慢成為應用於長篇文學作品和古代經典譯寫的文字。在它出現後最初 400 年間，它的形體不斷變化。到公元前第 4 世紀，它的形體才穩定下來。它只是僧侶字體的筆畫簡化，沒有改變埃及字的結構制度，依然是三種符號結合而成的複雜結構，所以它比僧侶體易寫，但是不易學認和閱讀。

▼ 埃及字體演變舉例

a. 碑銘體　b. 僧侶體　c. 人民體

▼ 埃及詞符及其體式變化舉例

a.				
b.				
c.				
d.	Amun 阿蒙神	romet 人	per-o 法老王	horw 一天

a. 碑銘體　b. 僧侶體　c. 人民體　d. 讀音和意義

到托勒密王朝時期（公元前 323 ～前 30），人民體成為最重要的字體。王室和僧侶的文告往往用人民體、碑銘體和希臘文三種文字並列書寫，而人民體佔據中央地位。人民體的應用一直延續到公元後第 5 世紀（中國南北朝）。在這以後，埃及文字的最後形式"人民體"也衰亡了。

六　古埃及字的遺裔：麥羅埃文和柯普特文

古埃及文化水平極高，流傳久遠，影響甚廣。但是，文化不等於文字。埃及聖書字接近於"一國獨用"文字，沒有廣泛傳播開來，沒有形成一個聖書字文化圈。這跟丁頭字文化圈包括許多民族的文字，大不相同。這是甚麼道理呢？可能的原因是：1. 埃及的政治和軍事力量不及兩河流域。2. 埃及聖書字，不論哪一種字體，筆畫單元都很複雜，而丁頭字的筆畫單元是一壓而就的一條直線。紙草（又名紙莎草）產於尼羅河三角洲，別的地方很少；泥板雖然笨重，可是到處都有。

埃及字的傳播，只在麥羅埃文和柯普特文中間留下些許痕跡。

A. 麥羅埃文 —— 麥羅埃（Meroë）是埃及以南古代庫施（Kush）或努比亞王國的首都，因此也稱麥羅埃王國。這裏曾由埃及統治，借用埃及語言和文字。獨立以後，文化逐漸抬頭，在公元前第 2 世紀自造文字。

麥羅埃文是字母文字，有兩種字體。一種是圖形體，採自埃及碑銘體；一種是草書體，採自埃及人民體。這種字母文字的拼音原理來自希臘，而字母形體取之於埃及。它一共只有 23 個字母，其中兩個是音節字母；不僅有輔音字母，而且有元音字母，這是它受希臘影響的證據。麥羅埃字母並不一筆連寫；詞兒和詞兒之間用兩點或三點分隔開來。公元後第 4 世紀，麥羅埃王國滅亡，麥羅埃文也就不再有人應用。麥羅埃語的歸屬不明，它不同於埃及語，它的文獻至今大部分未能解讀。

▼ 麥羅埃字母

a.	b.		a.	b.	
		(a)			l
		e			h
		ê			h
		i			s
		y			s
		w			k
		v			q
		p			t
		m			te
		n			tê
		n			z
		r			

a. 圖形體　b. 草書體

　　B. 柯普特文 —— 埃及被阿拉伯征服以後，埃及的阿拉伯化進行迅速。原來的埃及民族和埃及語言已經消失。柯普特文是記錄最後階段古埃及語的字母文字。柯普特（Copt）這個名字是 Aiguptos 去掉頭尾簡化而成的阿拉伯語（qopt）的英文寫法。

▼ 柯普特字母及其來源

1. 柯普特字母　2. 希臘字母
3. 埃及人民體　4. 埃及碑銘體

　　柯普特字母有 32 個，其中 25 個採自希臘，另 7 個來自埃及字的人民體，用以表示希臘字母所不能表示的語音。這 7 個埃及人民體字母是古埃及字的最後孑遺。

　　柯普特文獻，幾乎全是宗教性質的，最早遺物屬於公元後第 3 世紀，到 7 世紀開始衰落，14 世紀消亡。在這以後，只有在柯普特基督教會裏還用於宗教儀式。柯普特口語，後來稱為 Zeniyah，在上埃及極少數窮鄉僻壤農村的基督教徒中遺留着。有人調查過，在 1936 年還有活的口語遺留在所謂野老遺民口中。

七　打開古埃及的文化寶庫

　　埃及文字記載着古代埃及偉大帝國 4000 年間有聲有色的故事。這些記載靜悄悄地深眠在沙丘下面，一千年一千年地過去，沒有人理會。

　　後來，許多古物和遺跡被發現出來了，但是上面寫着的文字沒有人能夠認識。從 16 世紀到 18 世紀 300 年間，許多學者苦心鑽研，都沒有打破這個啞謎。有的學者雖然知道了橢圓形中間寫着的是君王的名字，而仍舊無人能夠認識這些名字。

在 1799 年，一個法國軍官在埃及的羅塞塔（Rosetta）地方發現了一塊石碑。經過專家研究，知道這塊石碑是公元前 197～前 196 年間所刻製，是埃及僧侶們頌揚埃及君王的一篇頌詞，上面並列着三種文字：埃及碑銘體、埃及人民體和希臘文。人民體居中間。這塊"羅塞塔石碑"（現藏英國不列顛博物館）成了打開古代埃及文化寶庫的鑰匙。學者們從橢圓形定符中間的君王名字開始，逐步認識了全部文字。通過希臘文推認埃及字的人民體，又通過人民體推認碑銘體。最後，僧侶體也認識了。作為埃及語文最後遺裔的柯普特語文，在解讀古埃及語文中，起了引線作用。對釋讀作出最大貢獻的是法國學者商博良（Jean François Champollion，1790~1832）。19 世紀是古文字釋讀史上的偉大時期。丁頭字和埃及聖書字這兩種重要的古文字的釋讀得到了雙豐收。19 世紀 20 年代以後，古埃及語文的釋讀大功告成。古埃及的 3500 年歷史又從深眠中蘇醒了過來！

第六章 漢字和漢字系統

一 漢字和漢字的傳播

1. 漢字的來歷

清末光緒二十五年（1899），北京有一位一向對古文字有研究的老先生，名叫王懿榮*，生病服中藥，看到藥包裏一味中藥叫"龍骨"，像是一包破碎的小石片，上面有刻紋，有的刻紋裏還塗着朱色。他想，這會不會是一種古文字呢？買到更多的有刻紋的龍骨以後，他肯定這是一種古文字。

原來，在發現龍骨文字以前二三十年，河南省安陽縣小屯村的農民，在犁田時候掘出許多龍骨。藥店收買，一斤只值幾分錢。藥店不喜歡有刻紋的，有刻紋的不像真的龍骨。農民把刻紋削去再賣，但是難於削得乾淨。這種中藥，碾成粉末可以治刀傷，加水煎湯可以治驚悸、盜汗、瘧疾。不知道有多少人把古文字吞進肚子裏去了。

考古證明，小屯村是古代商朝的首都。商朝第 20 代國王盤庚，大約在公元前 1300 年，把首都遷到殷地，史稱"盤庚遷殷"。從此商朝也叫殷朝。這個地方後來成為廢墟，稱為"殷墟"。

古代殷王，遇有重要事情，都要占卜，請求鬼神指示。占卜的方法是，在龜甲或獸骨上，鑽鑿許多凹槽，像指甲那麼大，用火燒灼，使凹槽裂開成紋路。紋路有直的、橫的、粗的、細的等不同。巫師（貞人）把不同的紋路解釋成"吉兆"或"凶兆"，據以決定國家大事如何辦理。占卜和辦理的結果，用文

---

* 另一說，天津金石家王襄和書法家孟廣慧也是在1899年揭開了甲骨文之謎。

字刻記在甲骨上，稱為"卜辭"。盤庚以後十代殷王，在 270 多年間，積累了大量甲骨記錄，成為一個圖書館，埋藏地下，被遺忘 3000 年。

▼ 龜甲占卜文字樣品

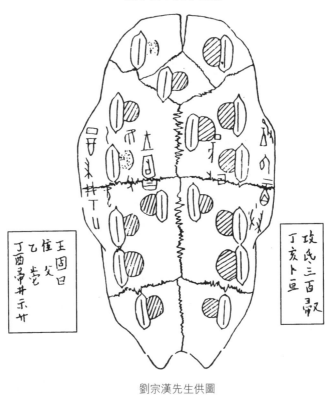

劉宗漢先生供圖

晚近多次發掘，一共得到有字甲骨十幾萬片，整理出 4000 多字，已經釋讀了 1000 多字。這就是漢字的老祖宗，稱為"甲骨文"。

甲骨文是相當成熟的文字。老祖宗一定還有老祖宗。陝西省西安市半坡出土的比甲骨文早 2000 年的陶器上，有各種線條符號。一個陶器上只有一個符號，恐怕是陶工們的花押。山東省莒縣陵陽河出土的陶器，晚於半坡，有四個符號，好像是象形字。山東省諸城市前寨出土的陶器上有一個殘缺的符號，跟陵陽河符號的一部分相同，更像是最早的漢字。可惜符號太少，又不

▼ 早期文字性符號殘存資料

　　　　　　a. 陵陽河象形符號　　　　　　　　　　b. 前寨殘缺符號

是連起來的，難於釋讀。

　　近年發現，不但殷商有甲骨文，周朝也有甲骨文。商周古文字後來變成
"篆書"。篆書分大篆和小篆。春秋戰國時期的秦王國流行大篆；併吞六國（齊
楚燕趙韓魏）以後的秦帝國流行小篆。六國文字原來很不一致，秦朝實行"書
同文"政策，以秦國的小篆為標準。東漢許慎著《說文解字》（公元 100 年），
收錄小篆 9353 字。

　　從甲骨文到小篆，漢字有明顯的圖形性。為了書寫方便，文書人員（隸人）
把圖形性的線條改成"筆畫"，就成了"隸書"。從篆書到隸書的變化叫做"隸
變"。隸變使漢字的圖形性完全消失。

　　隸書是漢朝的通用字體。隸書寫得平整就成"楷書"。楷書盛行於東
漢，一直傳到今天，是正式的字體。《康熙字典》（公元 1716 年）收楷書漢字
47035 個。

2. 漢字的結構

　　比甲骨文更早的時候，漢字可能主要是象形字和指事字。"象形字"是實
物的簡單圖畫。太陽畫一個圓圈，中間加一點。月亮畫一個彎彎的新月。一
看就知道甚麼意思。隸變以後，太陽變成窗子（日），月亮變成書架（月），鳥
兒生出四條腿（鳥），老牛只剩一個角（牛）。象形字不象形了。從來源來說，
它們是象形字。從功能來說，已經變成某種表示意義的符號。失去表形功能，
只有表意功能的符號，是"意符"。

　　"指事字"用簡單的線條表示抽象的概念。例如畫一條線表示"一"，兩條

線表示"二"，三條線表示"三"。又如，"木"字原來像一棵樹，在木字上邊加一個短橫指示樹的末梢，成為"末"字。在木字下邊加一個短橫指示樹的根本，成為"本"字。指事也是一種表意方法，指事字也是"意符"。

給每個概念創造一個符號，太麻煩了。許多抽象概念也難於畫出圖形來。於是，結合兩個符號表示一個概念，成為"會意字"。例如，二人為"從"，三人為"眾"，雙木為"林"，三木為"森"。這是同符重疊。日月為"明"，小土為"塵"，天蟲為"蠶"，大力為"夯"。這是異符配合。少造單符的"文"，多造複符的"字"，這是造字法的進步。會意字當然是"意符"。

據說從前有一個學童對老師說，射箭的"射"字錯了，應當改寫"矮"，委（放）矢（箭）才是"射"。矮子的"矮"字也錯了，應當改寫"射"，身寸（身長一寸）才是"矮"。這個故事說明，漢字不可能看了其中的單個符號就知道意義。

有了象形、指事和會意三種造字方法，仍舊不能表達複雜的語言。語言是聲音構成的，只有利用表音方法，才能完備地寫下語言。怎樣表音呢？容易得很。寫別字！

利用"別的"一個字，借它的聲音，不借它的意義，這就成了表音的"假借字"。例如，"其"原來是簸箕的象形字，借它的音，改作代詞。"來"原來是麥子的象形字，借它的音，改作動詞。甲骨文中早已這樣寫別字了。可是，寫別字有規矩，不能隨便亂寫。這種"本無其字，依聲託事"的假借字，叫做"音符"。

既用意符，又用音符，結合二者，又產生"意音"符號。意符來自象形，又稱"形旁"。音符又稱"聲旁"。意音符號又稱"形聲字"。例如"鯉、鰣"都是魚類，讀如"里、時"。"江、河"都是水系，讀如"工、可"（古音）。《說文解字》收漢字 9353 個，其中形聲字有 7697 個，佔 82%；現代漢字中形聲字佔 90% 以上。由於形聲字佔壓倒多數，整個漢字體系可以稱為"意音文字"。

漢字簡體字中間還有一種符號，既不表意，又不表音，只是一種記號。例如："又"在"汉、仪、权、戏、鸡、对、邓、树"中間分別代替繁體偏旁"堇、菫、萑、盧、奚、垚、登、豆"。這種記號"又"是一個"定符"（determinative），是代數式的"百搭"。

從甲骨文算起，漢字已經經歷了 3300 多年。在緩慢的演變中保持着相對穩定。外形上，主要變化是"筆畫化"。結構上，主要變化是"意音化"（形聲化）。基本體制，古今一貫。

古漢語中，單音節詞佔多數。漢語因此被稱為單音節語。基本上一個音節符號代表一個單音節詞。漢字體系是"詞符文字"。

古漢語中的許多單音節詞，到現代漢語中變成多音節詞，這叫"多音節化"。其中雙音節詞特別多。多音節詞佔多數的現代漢語，不再是單音節語。

這一變化使原來代表詞的某些漢字，現在只代表詞的一部分。例如："學"和"習"在古代都是獨立的詞（"學而時習之"）。在現代，"學"仍舊是獨立的詞；"習"不能獨立成詞了，成為"練習、複習、學習、習慣、習氣、習題"等複合詞的一部分。能代表一個詞的漢字叫"詞字"。只能代表詞的一部分的漢字叫"詞素字"。包括詞字和詞素字的漢字體系是詞符和音節符的混合文字。

在 7000 來個現代漢語用字中，大約 1/3 是詞字，2/3 是詞素字。單音節詞只能由詞字構成。單音節詞的數量受詞字數量的限制，不能大量增加。多音節詞可以全由詞素字構成（如"民意"），可以全由詞字構成（如"人家"），也可以由詞字和詞素字配搭構成（如"人民"。"人"和"家"是詞字，"民"和"意"是詞素字）。多音節詞的數量不受漢字數量的限制，可以無限增加。

3. 漢字的傳播

文化像水一樣不斷從高處流向低處。文字是文化傳播的主要承載體。兩千年來，漢字文化流佈四方，在東亞形成一個廣大的漢字文化圈。

漢字在向少數民族和外國的傳播中，不斷發生演變。從宏觀來看，演變經歷了四個階段。

1. 學習階段（漢語漢字）。最初，漢語方言地區、中國的少數民族、四周鄰國，大家都同樣學習"漢字文言"。《三字經》、《千字文》、四書、五經是東亞的統一教科書。學習階段有的開始於秦漢時代，有的開始於三國、兩晉或更晚；學習時期長的千年以上，短的 500 年上下，這是東亞的"同文"時期。

2. 借用階段（非漢語漢字）。熟悉漢字文言以後，各方言區、各民族和各鄰國，在民間開始借用漢字書寫自己的口語，成為各種漢語的方言文字和各種非漢語的漢字式文字。借用的方法，除兼借音意的"借詞"以外，有借用字音、改變字意的"音讀"，有借用字意、改變字音的"訓讀"。"音讀"和"訓讀"的方法不僅日本應用，其他民族和國家同樣應用。多數地方的借用階段開始於晉朝或唐朝。

3. 仿造階段（漢字式詞符文字）。借用漢字書寫自己的語言，必然會感覺到不方便和不合用，於是進一步仿照漢字製造自己的"新漢字"。仿造有兩種：一種是"孳乳"仿造，利用原有漢字及其偏旁作為材料，構成新漢字，以新漢字補充舊漢字。另一種是"變異"仿造，不用現成的漢字和偏旁，全部新造，但是造字的原則和格式跟漢字一樣。多數地方的仿造階段開始於唐宋時代。

4. 創造階段（漢字式字母文字）。受了印度文字和其他表音文字的影響，有些民族和鄰國，利用簡化的漢字或者漢字的筆畫，創造漢字式的字母。有的是音節字母，有的是音素字母；有的把字母疊成方塊，有的把字母線形排列；有的跟漢字混合使用，有的全用字母。漢字式字母的創造是漢字歷史的飛躍。創造早的開始於唐宋，晚的開始於元明。

漢字的傳播路線有三條。一條向南和西南，傳播到廣西壯族和越南京族，較晚又傳播到四川、貴州、雲南、湖南等省的少數民族（苗、瑤、布依、侗、白、哈尼、水、傈僳）。一條向東，傳播到朝鮮和日本。一條向北和西北，傳播到宋代的契丹、女真和西夏。

漢字向少數民族和外國傳播，第一步演變成為各種"漢字式詞符文字"，第二步演變成為各種"漢字式字母文字"，這都是廣義漢字。讓我們把視野擴大一下，走出漢語漢字，看看非漢語的廣義漢字。

二　漢字式詞符文字

1. 南方的詞符文字（壯字和喃字）*

（1）壯字

1. 壯族和壯語

壯族，中國人口最多的少數民族，1982 年統計，有 1300 多萬人。各地自稱不同，有布爽、布儂、布越、儂安、土佬、高攔等 20 多種自稱。"壯"是"布爽"的轉譯。20 世紀 50 年代規定統一稱"僮族"；"僮"字難寫難讀，1965 年改為"壯"字。"壯族"是漢語的稱謂。

壯族居住集中，主要在廣西壯族自治區、雲南文山壯族苗族自治州，少數分佈於廣東、湖南、貴州、四川等省。

壯族是由古代越人的一支發展而來，跟周秦的西甌、駱越，漢唐的僚、俚、烏滸，宋以後的僮人、俍人、土人等有密切淵源。

公元前 221 年，秦始皇統一六國之後，派大軍 50 萬進駐嶺南；公元前 214 年，秦軍戰勝西甌，統一嶺南，設置桂林、南海、象三郡。中原遷來大批漢人"與越雜處"。公元前 207 年，秦將趙佗（河北正定人）建南越國，自稱南越武王。公元前 111 年，漢武帝平定南越，在嶺南設置南海、蒼梧、郁林、合浦、儋耳、珠崖（前兩郡在今海南省）、交趾、九真、日南（三郡在今越南）等九郡。公元前 106 年，嶺南歸交趾管轄，後改隸南海（今廣州）。所謂嶺南，現在分屬廣西、廣東、海南和越南。

壯族先民在今廣西寧明、龍州、憑祥、崇左、扶綏等地的斷崖陡壁上，繪製許多崖畫，僅在明江、左江沿岸就有 60 多處。畫面有人形、獸形、圓圈等圖形。

壯語屬漢藏語系、壯侗語族、壯傣語支。分南部和北部兩個方言。北部

---

* 　本節承張元生先生、程方先生和李樂毅先生指正，特此致謝。

方言分 7 個土語，南部方言分 5 個土語。

壯族有古老的傳統"方塊壯字"，不便現代使用。1957 年制定拉丁化壯文方案，1982 年略作修訂。以北部方言為基礎方言，以武鳴語音為標準音。拼音壯文已經印上人民幣。

2. 方塊壯字

秦漢統治壯族地區，壯族開始學習漢語漢字，後來參加科舉考試，跟漢族相同。壯族使用漢語漢字 1000 年以後，採用漢字書寫壯語，成為"方塊壯字"，簡稱"壯字"，又稱"生字、土俗字"。廣西上林的唐碑上，漢字中間夾有壯字。壯字讀音很多跟隋唐相同，或許創始於唐代。

南宋范成大（1126—1193）在桂林做官時候寫的《桂海虞衡志》中說："邊遠俗陋，牒訴券約，專用土俗字，桂林諸邑皆然。"可見壯字在宋代廣泛流通。明代舉人韋志道，壯族人，用壯字寫壯語詩歌，傳誦一時。明末以後應用漸少，只在民間偶爾使用。壯族能歌善唱，有"歡、詩、比"等名稱，都是山歌的意思。流傳的有名壯歌《劉三姐》就是用壯字寫的。此外壯字著作有各種歌謠和故事寫本。

3. 壯字的形制

傳統壯文是一種孳乳仿造的漢字型文字。有的全部借用現成漢字，有的夾用部分自造壯字。壯字歌本的寫法，大都借用漢字十分之七八，自造壯字十分之二三。晚近收集到的壯字大約有 4000 多字。（下面舉例取自張元生《壯族人民的文化遺產：方塊壯字》，省略調號。）

（1）全部借用現成漢字的傳統壯文，主要有兩種讀法：音讀和訓讀。

a. 音讀法：取漢語的讀音，或近似漢語的讀音。

丕	恩	火	騰	暗	周	鬥	耐	迪	偷
pai	qan	ho	tang	nga:m	cau	tau	na:i	tvk	tau
去	個	苦	到	剛	就	來	弱	是	門

標音和漢譯行的標籤：標音：／漢譯：

委使	則介	落耐	馬欄	介內

標音：　　qwi-si　　　sak-ka:i　　　tok-na:i　　　ma-ra:n　　　ka:i-nai
漢譯：　　窮苦　　　　一樣　　　　　灰心　　　　　回家　　　　　這些

b. 訓讀法：借漢字的意義，讀壯語的語音。

屋	好	風	虎	說	走	看	哭	我	你

標音：　ra:n　dai　rum　kuk　nau　pla:i　kau　tai　kau　mvng
漢譯：　屋　　好　　風　　虎　　說　　走　　　看　　哭　　我　　你

種米	去圩	死餓	去學	吃酒

標音：　dam-hau　　pai-ham　　ra:i-qjv:k　　pai-ha:k　　kvn-lau
漢譯：　種稻　　　　趕集　　　　餓死　　　　上學　　　　喝酒

還有前一字音讀、後一字訓讀，或前一字訓讀、後一字音讀等等結合方式。

下面是一首壯歌中的一段：

母寡	好	子孤，	當	內河	朵	漂；

標音：　mema:i　ta:i　lvk kja，　ta:ng　dav ta　tu　piu；
漢譯：　寡婦　　帶　　孤兒，　　好像　　河裏　　朵　　浮萍；

兩	三	個	多邀，	去	圩橋	販	米。

標音：　so:ng　sa:m　pau　to qjiu，　pai　hav kjiu　pu:n　hau。
漢譯：　兩　　三　　個（人）　相約，　去　雙橋（地名）販　　米。

(2) 壯族以漢字或其偏旁為材料，自造壯字，較多用形聲法，此外還有各種造字法。

a. 形聲法：以整個漢字，或其部首或聲旁，作為新造壯字的部首或聲旁。

𫟬	娚	𠛅	𤶑	袻	𥝢	獁	𱎸	煡	𧑋

標音：　cuk　pa　pa:k　ping　pu　ba:u　ma　fau　da:t　neng
漢譯：　捆　伯母　劈　　病　　衣服　少年　狗　　富　　熱　　蟲

b. 口旁法：以"口"為部首，另加聲旁，造成新的"標音字"。

戻	兄	呲	呠	咯	呌	喇	噁	嗯	嗖

標音： pai　kau　pak　bo　mvng　dai　rai　kop　qan　co:m
漢譯： 哥　我　累　泉　你　得　畲地　蛙　個　棲

c. 兩聲法：兩個漢字都作聲旁（音符），組成一個壯字。

房方	山三	桑上	輶	舍甘	羔先	登	朵可	苟丸

標音： fa:ng　sa:n　sa:ng　ra:i　kom　sen　teng　qjo　kau
漢譯： 鬼　白米　高　倒　低頭　從前　打中　躲藏　看

d. 兩形法：兩個漢字都作形旁（意符），組成一個壯字。

開展	犭首	荒无	氣穷	力勢	水米	上月	手鼻	門外	兂亮

標音： be　rau　fv　ho:i　jik　mo:k　kvn　sang　ro:k　ro:ng
漢譯： 展開　頭　荒涼　催工　懶　豬食　上面　擤　外面　光亮

e. 反切法：兩個漢字，一取聲，一取韻，合成一個壯字，根據壯語讀音，不用漢語讀音。

阝易	艹曾	笑	看斤	星内	水曾	力行	笨	矢卒	刀祭

標音： ba:ng　jang　rat　qjo　dai　rang　reng　rong　rvt　ka
漢譯： 部分　荒草　蘑菇　看　星星　肚脹　力量　鳥籠　萎縮　殺

f. 簡化法：兩個漢字，簡化其一，合成一個壯字；這種簡化，早於漢字簡化方案。

咻	天云	䏈	躯	沬	扌壽	虾	测	饻	讠鳥

標音： tai　bvm　ta:t　da:ng　mja:i　cau　neng　sak　nga:i　kai
漢譯： 哭　天　削　身體　口水　裝　細菌　碰撞　早飯　雞

不用說，方塊壯字是由群眾隨便寫成的，不是先有設計，然後寫定的。所以只有一部分壯字可以看出其中無意形成的規律，其他壯字看不出有甚麼造字的規律。漢語漢字的所謂六書也是如此。壯字有許多"一字多形、一字多音；一音多字，一音多義”的現象，而且重牀疊屋，比漢語漢字還要繁複。這也是孳乳仿造的漢字型文字的共同特點。

　　參考：張元生《壯族人民的文化遺產：方塊壯字》，載《中國民族古文字研究》，中國社會科學出版社，1984。《古壯字字典》(初稿)，編者韋漢華、韋以強、蘇永勤、吳壯燕、陸瑛、黃英振、覃承勤、蔡培康、潘其旭，廣西民族出版社，1989。

(2) 喃字

1. 越南的語言和文字

　　越南的主體民族是京族。京語，越南全國的通用語言，又稱越南語，屬於漢藏語系、壯侗語族，另一說屬於澳斯特羅亞細亞語系、孟高棉語族、越芒語支。

　　越南和廣西，在歷史上從秦始皇時代起，就有漢字文化傳入。越南比廣西離開中原遠一些，可能得到漢字文化晚一些。考古發現，廣西多春秋戰國遺物，越南多漢墓，這也反映中原文化的傳入有先後，但是開始的時間相差不大。在使用漢語漢字大約 1000 年之後，他們都利用漢字書寫本民族的語言，在壯族成為壯字 (字壯)，在越南成為喃字 (字喃)。

　　越南寧平省發現 1343 年刻有 20 個村莊名稱的喃字石碑。後來又在永富省安浪縣塔廟寺發現 1210 年的“報恩寺碑記”，其中有 22 個喃字。可見越南在陳朝 (1225~1400) 以前已經有喃字。相傳陳朝人阮詮創造喃字，仿韓愈作《驅鱷魚詩》，賜姓韓，改名韓詮。這個傳說證明喃字在陳朝已經通行，這時候相當於中國的南宋。喃字近來收集得到 2000 多字。

　　越南有幾個短暫時期，以喃字為正式文字，跟漢語漢字並行，多數時期只用於民間，不作為正式文字。正式文字一般都是漢語漢字。越南稱漢語漢字為“儒字”。喃字寫本現存 1000 多種，名著有長詩《金雲翹傳》。

　　越南原以朝代名為國名，經過前黎朝 (980~1009)、李朝 (1009~1225)、陳朝 (1225~1400)、後黎朝 (1428~1787)、阮朝 (1802~1945)，到 1802 年 (清

嘉慶七年）定國號為越南。1884 年淪為法國的"保護國"。1885 年法國在越南南方推行拉丁化拼音文字，後來擴大傳播到越南全國。這種拼音文字是法國神甫羅德（Alexandre de Rhodes，1591~1660）所設計，1945 年越南獨立以後作為法定文字，稱"國語字"，廢除漢字。

越南南方在公元 192 年建國，初稱林邑，7 世紀稱環王，9 世紀稱占婆城（Champa），簡稱占城。占城語屬馬來波利尼西亞語系（MalayoPolynesian），2~3 世紀採用南印度的格蘭他字母，8 世紀形成占城字母。越南南方古代屬於印度字母文化圈。

2. 喃字的形制

喃字的形制，跟壯字相同，都是利用現成漢字或其部件組成新的本族漢字，作為借用漢語漢字的補充。喃字是一種孳乳仿造的漢字型文字，大致借用漢字十分之七八，補充喃字十分之二三。借用漢字的方法有：(1) 借詞，形音義全借；(2) 音讀，借音改義；(3) 訓讀，借義改音；其他。新造喃字的方法有：(1) 造會意字；(2) 造形聲字；(3) 其他。

（下面舉例，主要取自王力《漢越語研究》，《王力文集》第 18 卷，但是標音用近似的字母，代替打字機缺少的符號，並省略標調。）

（1）借用現成漢字

a. 借詞。形音義全借，讀音適應越語音節格式。（壯字比較）

文	南	玉	才	史	形

越南讀音： van　nam　ngoc　tai　su　hinh
壯語讀音： vwn　namn　nya　cai　si　hing

b. 音讀。借音改義，利用漢字的讀音，或近似讀音，書寫越南的語詞。

碎	沛	別	茹	埃	些	朱	浪	英	箕

越音： toi　phai　biet　nha　ai　ta　cho　rang　anh　kia
越義： 我　是　知　家　誰　咱　給　說　兄　彼

恬	能	悲	空	沒	謨	半	件	尼	特

越音： dien nang bey khong mot mua ban kien nay dyac
越義： 兆 常 今 不 一 買 賣 訟 這 能

c. 訓讀。借義改音，保留漢字的意義，或接近原義，改讀越南的語音。

越音： tuoi thua ngua ton
越義： 鮮 剩 馬 花費

（2）新造越語喃字

a. 新造會意字

越音： giai trum seo met chey myai
越義： 天 頭目 奴僕 丟失 遲 十

b. 新造形聲字

①原有部首，原有義類：

越音： lao gai bep ho may chan lyng mey vit cat
越義： 老嫗人 女兒 廚 咳 縫 被子 背 雲 鴨 割

越音： cau bo xem nghe cua no chau chuot cam tom
越義： 檳榔 黃牛 視 聽 財 飽 姪 鼠 飯 蝦

②新立形旁，新定字義：

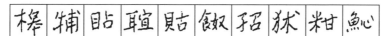

越音： tren zyai ba bon nam nghin nay ten cong ze
越義： 上 下 三 四 五 千 今 名 曲 羊

越音： | chia | da | vieng | vuong | nya | va | de | bo | xya | gio
越義： | 分 | 石 | 吊 | 方 | 半 | 且 | 娩 | 抛 | 古 | 灰

③聲旁簡化的"省聲"形聲字：

來源： | (豺走) | (扇決) | (耳腮) | (水圴) | (廩多) | (歲碎) | (碍人) | (事途) | (去侈) | (裡淡)
越音： | chay | quat | tai | ao | lam | tuoi | ngyai | tha | di | zam
越義： | 走 | 扇 | 耳 | 池 | 多 | 歲 | 人 | 事奉 | 去 | 裡

（此外，喃字中還有許多簡化字，其中一部分跟今天中國大陸的簡化字相同。）

④口旁表音字：

越音： | va | han | hen | gai | an | ngon
越義： | 並 | 仇 | 劣 | 寄 | 食 | 味美

此外，喃字還有各種不規則的用字和造字方法，從略不述。

喃字和壯字的興起，標誌着越南京族和廣西壯族的一個文化上升時期。喃字和壯字樹立孳乳仿造漢字型文字的先例，影響後來中國西南許多少數民族也創造孳乳仿造漢字型文字，形成漢字文化圈的重要組成部分。

參考：王力《漢越語研究》"仿照漢字造成的越字"，《王力文集》第 18 卷，山東教育出版社，1991。

2. 西南的詞符文字

(1) 苗字和瑤字

苗族和瑤族的語言屬於苗瑤語族。這兩個民族有一個共同的特點，就是居住地區非常分散，因此語言也分散，分成很不相同的方言，甚至分成不同的語言，難於形成民族的統一共同語和統一的民族文字。

苗字。苗族主要居住在湖南、貴州、雲南、四川和廣西等省區。在清朝晚期，苗族借用和仿造了三種苗字，至今仍在民間流傳。它們是：1. 板塘苗

字，清末苗族秀才石板塘（1863~1928）所創。他的故居在湘西土家族苗族自
治州花垣縣板塘村，自號“板塘”。除兼借音意的借詞以外，有音讀、訓讀和
新造的苗字五六百個。2. 老寨苗字，湘西花垣縣麻栗場老寨村的石成鑒等人
所創造。20 世紀 50 年代初期，當地成立苗歌劇團，用這種苗字書寫苗歌劇
本。3. 古丈苗字，見於光緒丁未年（1907）刻板印刷的《古丈坪廳志》，古丈
縣也在湘西土家族苗族自治州。三種苗字的原始形態在清末以前可能一早就
存在。苗字一個字表示一個語詞或者語素。板塘苗字中，形聲字佔四分之三。

　　瑤字。瑤族以大分散、小聚居的方式，主要分佈在廣西中北部，以及廣
東、湖南、貴州和雲南，在國外還散居在越南、老撾、緬甸和泰國等地。民
間流傳漢字式的“瑤字”，用於記錄歌謠和傳說。從現存寫本《盤王牒》來看，
記錄年代最早是唐朝貞觀二年（628）。瑤族居住分散，很多人兼通漢語，學
校全用漢文。

▼ 苗字舉例

（A）會意字：

leu 淌　　nqi 紅　　vai 睡　　vae 瞌睡　　da-zho 六月

（B）形聲字：

ny 雨　　dae 豆　　nyeu 蛋　　npu 粑粑　　pa 婦女

（C）數字：

(D) 三種苗字比較：

板塘： nba 豬　　nhang 聽　　nbe 雪　　njie 知　　nie 在

板塘： nba 豬　　nhang 聽　　lhie 飯　　nong 吃　　bur 咱

板塘： dang 轉　　shou 石　　bi-ngeu 山　　do-biei 頭

(E) 苗字、壯字、喃字比較：

苗字： u 水　　ga 雞　　yi 飛　　do 抖　　mio 倒

壯字： ruemx 水　　gaeq 雞　　mbin 飛　　gyaeuj 頭

喃字： nuoc 水　　ga 雞　　　　　　　　　　ma 臉

(F) 苗字唱本舉例：

晼晗勾翱牙貴扶，港娚港馮吹酒況。

《二十四孝》：夏日裏用扇子把枕蓆扇涼，讓娘爺身子涼爽，好睡覺。

> 燒故个宄和个鉸，出蕕 出剆 喂 麻先。

《開闢演義》：用泥巴燒製鍋子和鼎罐，炒菜煮飯吃熟食。

此節承趙麗明教授提供資料，特此申謝！

參考：王春德《黔東苗文》，載《中國少數民族文字》1992。向日征《湘西苗文》，同上。王德光《川黔滇苗文》；《滇東北苗文》；《滇東北老苗文》，同上。張金文、張宗權《湘西苗文試點概述》，載《少數民族語言文字使用和發展問題》1993。趙麗明、劉自齊《苗族歌聖石板塘》，載《貴州民俗研究》1981 年第 2 期；又，二人合作手稿《湘西民間苗文簡析》。趙麗明《板塘苗文字彙》手稿。龍伯亞、李廷貴《苗族簡史》1983。王輔世《苗語簡志》1985。

▼ 瑤字舉例

(A) 假借

眉（mei 你）　　　端（ton 男）　　　哀（oi 愛）

撥子（bu-sei 菠蘿）　　沙樂（sa-lo 紗羅）

(B) 仿造（約 50 多字）

a. 新造形聲字，例如：

xa 婦女　　　ndyi 母親　　　iong 熊　　　dao 圖

b. 新造會意字，例如：

nun 嫩　　　nyai 羞　　　fa 父　　　ndyi 母　　　sieu 轟

c. 訛變字（書寫錯誤，積非成是）：

maan 晚　　　dyei 是　　　ndang 船　　　gaang 降　　　win 遠

本節承毛宗武教授指正並提供資料，特此申謝！

參考：毛宗武教授通信資料。毛宗武、蒙朝吉、鄭宗澤《瑤族語言簡志》1982。盤承乾《瑤族：從刻木記事到雙語文教學》，《中國教育報》，1995-09-02。

(2) 布依字和侗字

布依族和侗族的語言屬於壯侗語族。他們的主要居住地區都在貴州。

布依字。布依族主要聚居於黔南布依族苗族自治州，以盤江流域為中心。傳說此地就是古代夜郎國。布依族借用和仿造漢字，成為書寫本族語言的漢字式布依字，有民歌、故事、神話、寓言、諺語、謎語、歇後語等多種文藝形式的寫本，流傳名作有故事《安王和祖王》等。

侗字。侗族主要聚居於黔東南苗族侗族自治州，少數住在湖南和廣西。侗族善於詩歌，有"詩的家鄉、歌的海洋"的美名。他們借用漢字書寫侗語，並利用反切表示語音。流傳比較廣的寫本有《珠郎娘美》、《莽歲》、《三郎五妹》等。

▼ 布依字舉例

(A) 借用漢字（布依新文字注音，省略調號）：

a. 借詞，例如：

三（saam 三）　　四（si 四）　　送（son 送）

馬（ma 馬）　　要（au 要）　　兒（lek 兒）

b. 音讀，例如：

納（na 田）　　打（da 河）　　蠻（mbaan 村）

卜、甫（bo 父）　　米、乜（me 母）　　更（gen 吃）

(B) 仿造新漢字：

a. 形聲字：

nau 說　　ndaang 身　　hau 飯　　bya 石山　　bya 魚　　nyin 銅鼓　　yaang 馬刀

b. 會意字：

mang 胖　　dum 淹*

本節承喻翠容教授提供資料並指正，特此申謝！

參考：喻翠容《布依語簡志》1980。喻翠容《布依文》，載《中國少數民族文字》1992。喻世長《布依語》，載《中國大百科全書・民族》1986。張志英、李知仁《布依族》，同上。汛河編著《布依族風俗志》1987。

▼ 侗字舉例

（A）音讀，例如：

消（xao "你們"）　　鳥（nao "住"）　　師（sai "給"）
高錦（gao-jeen "山頭"）

（B）訓讀，例如：

風（leem "風"）　　挑（dab "挑"）（字下符號省略）

（C）反切法（拼讀法），例如：

尼亞（nya "你"）　　達姆（dam "柄"）　　其阿姆（qam "走"）

（D）語句舉例（拉丁化新文字對照，末尾字母標調）：

Aol	yanc	saip	daol	nyaoh.
拿	屋	師	道	鳥。

（拿房給咱住）

Naengc	jaix	qaenp	jeml	geml	Jusdongh.
看	哥	重	其	母	克母	九洞。

（看您重金蓋 "九洞"）

Jenc	pangp	eis	dah	saislongc	nyenc	pangp.
山	高	不	過	心肚	人	高。

（山高比不過人的志氣高）

參考：梁敏《侗語簡志》1980。王均《侗文》、《侗語》，載《中國大百科全書・民族》1986。張民《侗族》，載同上。張均如《侗文》，載《中國少數民族文字》1991。

（3）白文和哈尼字

白族和哈尼族的語言屬於藏緬語族、彝語支。

白文（方塊白文）。白族主要住在雲南大理白族自治州。他們是唐宋時代南詔國和大理國的重要民族。從南詔時代起，白族一方面通用漢語文言，一方面自造漢字式的方塊白文。現存唐、宋、元、明各代的白文刻碑，其中以明代楊黻《山花碑》最為著名。

哈尼字。哈尼族主要居住在雲南南部的紅河哈尼族彝族自治州，這裏明朝初年曾設置"和尼府"。哈尼族有漢字型的哈尼字，寫本內容包括歷史傳說、民俗、民歌等，有創世詩史《奧色密色》流傳下來。

▼ 方塊白文舉例

(A) "借詞"（拼音白文注音，標調從略），例如：

東（dv）	南（na）	西（sei）	北（bei）
春（cv）	夏（hho）	秋（qe）	冬（dv）

國泰民安（guai-tei-mie-a）　　風調雨順（fo-tio-yui-sui）

治理（zi-li）　　　　　　　　觀音（gua-ye）

麗水金（li-xui-qi）　　　　　昆山玉（kui-sei-yui）

無人看（mu-nii-ha）　　　　　做知音（zi-zi-yi）

(B) "音讀"，例如：

賓（bi"鹽"）　波（bo"祖父"）　婆（bo，mo"他、它"）　敝（bi"他"）

娘（nia"咱"）　梨（li"也"）　幹（ga"教"）　阿（a"一"）

雙（svn"四畝"）　難（na"則、麼"）　味（me，ngv 助詞）

那（na"你們"）

(C) "訓讀"，例如：

鳥（zo"鳥"）　園（sua"園"）　上（don"上"）下（hhai"下"）

老（gu"老"）　陸（fv"六"）　甸（dan"平原、壩子"）

鳳凰（vu-hho"鳳凰"）　　　盡日（bei-nii"整日、終日"）

語言（xi-hho"語言"）　　　點蒼（qe-co"點蒼山"）

(D) 自造新字，例如：

肌	澩	扥	劚	躯	侶	能	佉
1	2	3	4	5	6	7	8

1（bia，從貝，八聲）"錢" 　　　　2（sue，從 i，雪聲）"雪"

3（bai，從扌，片聲）"誦讀、背誦" 　4（nii，從刂，歷聲）"進入"

5（co，從身，丘聲）"保佑、庇護、跟隨" 6（nga，從亻，昂聲）"我們"

7（ne，從亻，能聲）"你的" 　　　　8（ko，從亻，去聲）"溝，系"

(E) "山花碑"摘錄：

五華倡你劚宵充，　　　（五華樓高入晴空）

三塔倡你穿天腹，　　　（三座塔尖穿天腹）

鳳我山高鳳凰棲，　　　（鳳羽山高鳳凰棲）

龍關龍王宿。　　　　　（龍關龍王宿）

夏雲佉玉局山腰，　　　（夏雲繞玉局山腰）

春柳垂錦江道途，　　　（春柳垂錦江大道）

四季色花阿園園，　　　（四季山花滿園放）

風與阿觸觸。　　　　　（風雨中逞姣）

(F) "白文唱本"舉例：

倡滈俤拿施上臂，　　　（咱倆兄妹多相配）

上臂拿，　　　　　　　（雖相配）

隰渁廿隰灘，　　　　　（隔河又隔水）

隰崤崤俤廿諾，　　　　（隔山隔水我要翻）

隰渁隰灘俤饔千，　　　（隔河隔水我也涉）

顛戀夏崤無渁戀，　　　（有情高山無情河）

努隰倡滈俤。　　　　　（分離咱兄妹）

本節承徐琳教授提供資料並指正，特此申謝！

參考：徐琳、趙衍蓀《白語概況》，載《中國語文》1964 年第 4 期；又《白語簡志》1984。趙衍蓀《白語的系屬問題》，載《民族語文研究文集》青海民族出版社 1982。徐琳《白文》，馬曜《白族》載《中國大百科全書·民族》1986。徐琳註釋《白文愛情歌》手稿 1981；《方塊白文：南詔七個山川田地名量詞考釋》手稿 1994。石鐘健《論白族的白文》，載《中國民族問題研究集刊》第六輯 1957 年第 1 期，中央民族學院研究部編內部刊物。周祜《明清白文碑漫話》，載《南詔史論叢》，大理南詔研究學會 1986。《白族語言文字問題科學討論會專題報導》附《白族文字方案》（草案），載《雲南民族語文季刊》1993 年第 3 期。

(A) 音讀，例如（拉丁化哈尼新文字注音）：

莪（oq "天"）　　　妹（meil "地"）　　　靠（kaol "莊稼"）

能（neivq "鬼"）　　撻（dav "上、昇"）乎（haoq "地方"）

厄（eel "水"）　　　奴（naol "後面"）　送（div，deivq "生、活"）

臥（hhuvq "回去"）貨（haol "山"）　　打臘（davlal "昇"）

不媽（beelmao "太陽"）　　　　　　不送（bulyivq "誕生"）

述麼（shuqmul "啟明星"）　　　　　數從，送從（solcoq "三叢"）

(B) 自造新字，例如：

bao'lhao	ngaoqshaoq	ssiiq	zol	cuvq
月亮	魚	走	對、雙	照耀

(C) 文獻舉例：

竜　落　不　媽　送。　述　六　不　都　貨　不　命　送。

no　loq　beel mao divq.　shuq loq beel duv hol beel mil divq.

白天（助）太陽生。　　　　早晨（助）太陽出山太陽（助）生。

不　臥　送。　　不　勿　阿　受。　　不　都　憢　都。　　不　楚

beel hhoqsol.　beel wuqaolsheel.　beel duv noduv.　beel cuvq

太陽神靈。　　　太陽顏面金黃。　　太陽出日子出。　　太陽照耀

妹　高　燒。　莪　夫　莪　命　六。　妹　夫　妹　落　六。

meilgao shao.　oq　fu　oq　mil　luq.　meil　fu　meil　loq　luq.

大地送。　　　天看天（助）明。　　　　地看地（助）明。

全段意譯：白天太陽誕生，早上太陽出現在東山。太陽的神靈，太陽的
顏面是金黃的。太陽升起白天來，金色的陽光照耀大地。天空晴朗，大地明亮。

本節承王爾松教授指正並提供資料，特此申謝！
參考：李永燧、王爾松《哈尼語簡志》1986。王爾松《哈尼族文化研究》1994；又，王爾松通信資料，
　　　1994。李永燧《哈尼語》、《哈尼文》，載《中國大百科全書・民族》1986；《哈尼語概説》，載《民
　　　族語文》1997 年第 2 期；《哈尼文》，載《中國少數民族文字》1992。劉堯漢《哈尼族》，載《中
　　　國大百科全書・民族》1986。

3. 北方的詞符文字

　　宋朝時候，北方有"契丹、女真、黨項"三個民族，建立"遼、金、夏"三個國家，創造"契丹字、女真字、西夏字"三種文字，前後推行達三個世紀之久。這三種文字都是"變異仿造"的漢字式文字。

(1) 契丹字

a. 契丹字的背景

　　唐末，契丹族首領耶律阿保機（遼太祖）以現在內蒙赤峰地區為中心，在公元 907 年建立遼國，又稱契丹國。建都於皇都（上京，今內蒙巴林左旗）。疆域向南擴展到今天的天津市和河北省霸州市，跟五代（907~960）和北宋（960~1127）對立，長達兩個世紀以上。1125 年滅於女真族。直到今天，俄語中稱中國為"契丹"。

　　契丹語屬於阿爾泰語系，尚未確定語族。漢語借詞很多。《五代會要》説："契丹本無文紀，唯刻木為信。漢人之陷番者，以隸書之半加減，撰為胡書。"《遼史》説："（遼太祖神冊）五年（921），始創契丹大字，詔頒行之"；又説："回鶻使至，（太祖弟）迭剌相從二旬，習其言與書，因製契丹小字，數少而該貫。"前者稱"大字"，後者稱"小字"。

　　契丹文是"雙文"制度。

　　遼國滅亡之後，契丹字還在有限範圍內使用近一個世紀。金初借用契丹字。《金史》説：章宗明昌二年（1191）"詔罷契丹字"。從創始到廢棄，歷時 270 年（921~1191）。明清時期，成為無人認識的古文字，晚近才逐步解讀。

b. 契丹字的形制

　　契丹字的文獻幾乎全部湮滅。1922 年內蒙巴林右旗遼慶陵發現遼主《興

宗和仁懿皇后哀冊》，考證是契丹小字。近年又發現《耶律仁先墓誌》、《耶律宗教墓誌》、《阜新海棠山墓誌殘石》、《金代博州防禦使墓誌》等，從契丹小字中分解出"原字"500來字，對比契丹文和漢文構擬出"原字"音值150來字。1951年遼寧錦西縣西孤山出土《蕭孝宗墓誌》，考證是契丹大字。近年又發現《耶律習涅墓誌》、《耶律祺墓誌》等，得到大字2000來字。此外還發現了其他遺物。

契丹大字是表意的漢字式詞符文字。就已經認識的來說，都是單體的表意字，不知是否還有合體的會意字或形聲字。大字的讀音有待考證。

契丹小字是表音文字，表音受回鶻影響，方法模仿漢字的反切。字母（"原字"）形式模仿漢字，跟回鶻字母的形式無關。每個"原字"由五筆左右構成，一至七個"原字"組成一個"方塊"，表示一個語詞。"原字"疊合，先左後右，先上後下，多層重疊，兩兩下移，末一"原字"如為單數，寫在中間。這跟後世朝鮮諺文的疊合法相似。"原字"的特點是：1. 筆畫不能分析成音素，相同於假名，不同於諺文；2. 不作線性排列，而作方塊疊合，相同於諺文，不同於假名；3. 一音多符，尚未形成一音一符的規範化字母表。

▼ 契丹字舉例

A. 契丹大字：（大字小字原來都直行書寫，這裏改為橫行）

天　朝　萬　順　七十　九　歲　雞　年　於　大　安

（"天朝萬順，七十九歲，於雞年大安"。"安"由兩個契丹大字合成。）

乾　統　六　年　甲　申　正　月　七　日　於

（"於乾統六年甲申正月七日"。"統"由三個契丹大字合成。）

B. 契丹小字：

C. "原字" 音值的構擬：

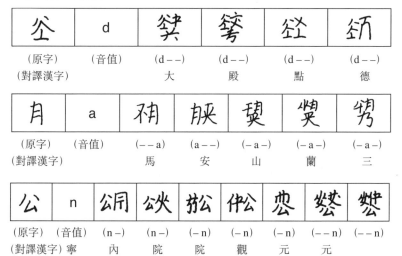

本節承劉鳳翥教授指正並提供資料，特此申謝！

參考：陳述《契丹》，陳乃雄《契丹文》，載《中國大百科全書・民族》1986。陳乃雄《契丹文》，
　　　載《中國大百科全書・語言文字》1988。劉鳳翥等《契丹字研究概況》，載《中國民族古文
　　　字研究》1984。劉鳳翥《契丹文石刻》，載《中國大百科全書・考古》1986；《遼代語言和文
　　　字》，載《博物館研究》1984 年第 2-3 期。又，劉鳳翥的通信資料。于寶林《略論契丹文的
　　　解讀方法》，載《中國古文字研究》1984。清格爾泰、劉鳳翥、陳乃雄、于寶林、邢複禮等
　　　《契丹小字研究》1985。

(2) 女真字

a. 女真字的背景

女真族首領阿骨打（金太祖）1115 年建立金國。繼承者（金太宗）1125 年滅遼國，1126 年滅北宋，虜徽欽二帝。1153 年建都燕京（今北京），1214 年遷都汴京（今開封），統治淮河以北半壁江山一個世紀，把"宋遼夏"鼎立變成"宋金夏"鼎立。1234 年為蒙古所滅。

女真語屬於阿爾泰語系、滿·通古斯語族，是滿語的祖語。女真原來沒有文字，初入中國，借用契丹字。金太祖命完顏希尹和葉魯創製女真字，天輔三年 (1119) 頒行。《金史》說："希尹乃依漢人楷字，因契丹制度合本國語，製女真字"；又說："希尹依仿契丹字，製女真字"。20 年後，熙宗天眷元年 (1138) 又另創一種女真字，皇統五年 (1145) 頒行。前者稱女真大字，後者稱女真小字，仿照契丹的雙文制度。現存女真字跟契丹大字形制相同，應當就是女真大字（下文稱"女真字"）。女真小字尚未發現。

蒙古滅金以後，中原女真人不再用女真字，東北女真人繼續使用 200 年，後來成為無人認識的文字。從創始到完全遺忘經歷三個世紀。晚近解讀成功。

女真字資料幾乎全部失傳。後來發現刻有女真文的碑銘，主要有：《大金得勝陀頌碑》（約 1500 字，1185 年立，在吉林拉林河石碑崴子）、《女真進士題名碑》（約 1100 字，1224 年立，在河南開封）、《奴兒干永寧寺碑記》（約 700 字，1413 年立，在俄羅斯境內黑龍江口特林地方）、《慶源郡女真國書碑》（約 500 字，原在朝鮮咸鏡北道慶源郡，金熙宗皇統以前所刻）。此外還有少量文字見於其他碑銘、印章、銅鏡和手寫殘頁。明代永樂年間編輯的《華夷譯語》中有《女真館來文、雜字》（即《女真譯語》），是女真字和漢字的雙語字彙，給後世解讀提供了線索。

b. 女真字的形制

女真字用漢字或契丹字為"基字"，增損筆畫。起初借用漢字部分保留原形，例如"日、月、一、二"等，後來必須更改字形，不再原樣照抄。但是借用契丹字，仍舊少量原樣照抄。有"借意"（訓讀）和"借音"（音讀）等借用方法，類似日文。由此增損而成的女真字，分為"意字"（意符）和"音字"（音符）。"意字"又分為"完全意字"（詞字）和"不完全意詞"（詞素字），後者不能獨立成為語詞。

女真語是多音節語，一個字讀一個到四個音節。每字一筆到十筆，近形字多。都是單體的表意字，沒有合體的會意字或形聲字。女真字數目不多，《女真譯語》收 903 字，《女真文辭典》收 1373 字。

▼ 女真字舉例

A. 語句：

mi – ni　　tshao – xa　　tu – gi　　ere　　ete – eri – in　　o!
我的　　　軍　　　　　雲　　　　這個　　如何　　　　　　呵！

（我軍如雲！）

guru – un　　bo – go　　i　　fuse – lu　　de – je　　o!
國　　　　　家　　　的　　興　　　　起　　　　呵！

（國家將興！）

B. 以"漢字"為"基字"：

a. "訓讀"：

inenggi　bia　emu　dzhuwe　ilan　abuxa　guru　fan　uli
日　　　月　　一　　二　　　三　　天　　國　　南　　北

b. "音讀"，[ ] 中漢字不表意義：

仕	天	天	亰	東	其	付	王	犀
shang	dai	tai	gin	fu	cci	xe	gung	ci
[上]	[大]	[太]	[京]	[府]	[其]	[何]	[工]	[犀]

C. 以 "契丹字" 為 "基字"：

a. "意字"：

"完全意字"（詞字），能獨立成詞：

夭	尥	尢	甶	仓	示	並	桌	亚
xoni	tixe	amin	enin	xexe	xaxa	na	duxa	ere
羊	雞	父	母	女	男	地	門	這個

"不完全意字"（詞素字），不能獨立成詞：

威	威	屯	屆	鼡	兎	关	关	休	亨	亨	厓
mede		mederi	xa		xagan	tu		tuti	mer		merge
（海）		海	（帝）		皇帝	（出）		出	（意）		意

b. "音字"（音符）：

東	开	釆	方	生	我	雨	元	尺	生	吞	中
ajang		sege		ufa		imara			umiaxa		
蠟燭		歲		麵條		山羊			蟲		

本節承金啟宗教授指正並提供資料，特此申謝！

參考：金光平、金啟宗《女真語言文字研究》1980。金啟宗《女真文字研究概述》，載《中國民族古文字研究》1984；《陝西碑林發現的女真字文書》；《女真文》，載《中國大百科全書》民族卷和語言文字卷，1986~1988。蔡美彪《女真字構制初探》，載《內蒙古大學學報·哲學社會科學版》1984年第2期。

(3) 西夏字

a. 西夏字的背景

黨項羌族拓跋氏，唐朝賜姓李。首領李元昊，1038 年（北宋仁宗寶元元年）建立大夏國，以現今寧夏和甘肅一帶為基礎，建都興慶（今寧夏銀川），跟宋朝和遼金鼎足而立。1227 年（南宋理宗寶慶三年），為蒙古所滅，歷時190 年。宋朝稱大夏為"西夏"。

西夏原來沒有文字。《宋史》說："元昊自製藩書，命野利仁榮演繹之；字形方整類八分，而畫頗重複。"1036 年頒行。藩書，西夏人稱"國字"，後世稱"西夏字"。

西夏語屬於漢藏語系、藏緬語族。西夏字在大夏建國前夜（1036 年）開始推行。西夏設藩字院和漢字院，負責撰寫西夏與宋朝以及其他鄰國往來的表奏。在西夏境內，西夏文和漢文同時流行。

西夏字出版物很豐富，保存到今天的有幾百萬字的圖書，超過同時期漢族以外的其他任何民族。直到元朝中葉，寧夏和甘肅一帶的西夏人還使用西夏字。明清時期，西夏人同化於漢族和其他民族，西夏字漸漸廢棄不用，成為無人認識的古文字。從創始到完全遺忘，經過三百來年。北京的居庸關有六體文字石刻，其中一種是西夏字。

西夏遺下多種字書。根據韻書《同音》的記載，西夏字有 6133 字，但是晚近詳細計算只得 5651 字，加上短缺的字共計 5800 多字。字書中有《番漢合時掌中珠》（1190），是一部"夏漢"雙語詞彙，成為後世解讀的鑰匙。

b. 西夏字的形制

西夏字模仿漢字，也有"點、橫、豎、撇、捺、拐、提"等筆畫，也有"楷、行、篆、草"等字體，但是決不借用一個漢字，全部形體都要從頭新造。

西夏字分為"單純字"和"合體字"兩種。"單純字"有的是"單體符號"（包含一個最小的"筆畫結構"），有的是"複體符號"（包含兩個或幾個"筆畫結構"）。"單純字"不一定是"單體符號"（《〈同音〉研究》索引中列"部首"398種，部首筆畫從 1 畫到 13 畫）。

"單純字"分為：1."表意字"（表示西夏固有詞義的"意符"）；2."表音字"（在音意合成字中作"音符"）。"合成字"分為：1."會意"合成字（會意字），這是主要的造字方法；2.“音意”合成字（形聲字），比會意字少；3.“反切”合成字（聲韻相拼，注音專用）；4.“部件互換”合成字（對轉字）；5.“部件重疊”合成字。

本節承史金波教授和聶鴻音教授指正並提供資料，特此申謝！

參考：王靜如《西夏字》，載《中國大百科全書‧民族》1986。史金波《西夏文概述》，載《中國民族古文字研究》1984。李範文《同音研究》，1986。丘邦湖、陳炳應《我國發現的西夏文字典“音同”殘篇》，載《中國民族古文字研究》1984。吳蜂雲《番漢合時掌中珠校補》，載《中國民族古文字研究》1984。

▼ 西夏字舉例

A. 單純字

a. 表意字：

| 人 | 腰 | 蟲 | 一 | 聖 | 皮 | 手 | 腳 |

b. 表音字，〔 〕中漢字表示讀音，不表意義：

| 〔吃〕 | 〔折〕 | 〔鬼〕 | 〔下〕 | 〔和〕 | 〔都〕 | 〔居〕 | 〔壬〕 |

B. 合成字

a. “會意”合成字。

兩字會意，合成一字，有省略：

水 ＋ 土 ＝ 泥。 黑 ＋ 白 ＝ 明。 寬 ＋ 闊 ＝ 廣。

部首加意符，部首跟漢字部首作用相似：

| （亻） | 我 | （犭） | 豬 | （鳥） | 鵲 | （馬） | 轡 |

b.“音意”合成字，［］中是“聲旁”，另一字是“形旁”，有省略：

　　［嵬］＋人＝悟。　　　［嵬］＋鳥＝禽。　　　［嵬］＋火＝焰。

c.“反切”合成字，用於“借詞、人地名、佛經”等：

　　［名］＋［耶］＝綿。　　　［都］＋［南］＝燈。　　　［斯］＋［煙］＝先。

d.“部件互換”合成字，左右互換或小部分互換。

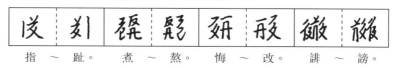

　　指　～　趾。　　煮　～　熬。　　悔　～　改。　　誹　～　謗。

e.“部件重疊”合成字：

聚　　唇　　雙　　分　　中　　畦　　邊　　立

三　漢字式字母文字

1. 日本的假名字母 *

（1）假名字母的來歷

　　中國晉朝時候，漢字傳入日本（公元 3 ～ 4 世紀）。《日本書記》中説，歸化日本的百濟學者阿直崎（285 年赴日），邀請住在百濟的中國學者王仁，攜帶《論語》和《千字文》到日本，後來做皇太子的老師。這大概是漢字正式傳入日本的開始。

＊　　本節承陳真女士指正，特此致謝。

日語不屬於漢藏語系，跟漢語大不相同。漢人學習漢字如果要“十年窗下”，日本人學習漢字當然更加困難。

首先遇到的困難是漢字如何讀。日語和漢語的音節結構不同，日本人讀漢字要把漢語音節“折合”成日語音節。例如“東京”Dongjing 要讀成 Tokyo。這叫做“日語化”（日本人説“國語化”）。

漢字在中國的讀音因時代和地區而不同。早期傳入日本的讀音稱為“吳音”（大抵是長江下游的讀音）。唐朝（西安和華北）傳入的讀音稱為“漢音”，這是主要的讀音，但是佛經仍用吳音。宋元以後傳入的讀音稱為“唐音”。吳音、漢音、唐音，都是“音讀”（模仿漢語的讀音）。

日本人用日語解釋漢字意義，由此發展出用日語的字義稱讀漢字，叫做“訓讀”。打個比方：漢語字典裏有個“砼”字，注音“銅”或 tóng，可是人們把“一噸砼”讀成“一噸水泥”，“水泥”就是“砼”的訓讀。一字多讀是日文的普遍現象。例如一個“明”字，除有 4 種音讀以外，還有 9 種訓讀。*

漢字知識傳開後，日本開始借用漢字作為音符，書寫日語，形成全用漢字的日語音節字母。《萬葉集》（759 年成書）是最早用漢字作為字母寫成的古代“和歌集”。這種借用現成漢字的日語字母，稱為“萬葉假名”。假，假借。名，名字。假名，借用的漢字。

假名不是有計劃地設計的，因此產生了重疊兩套。一套叫“片假名”，一套叫“平假名”。

佛教在 538 年從百濟傳到日本。奈良和尚讀佛經，在漢字旁邊注音、注義，寫虛詞、詞尾，起初用整個漢字，後來簡化楷書，取其片段，形成“片假名”。

婦女們識字不多，借用漢字作為音符，寫日記、故事、詩歌，給漢字注音、注義，在盛行草書的平安時代（794 ～ 1192），簡化草書，形成“平假名”。當時把平假名稱為“婦女字”，不登大雅之堂，男人不用。

---

* 參看《廣漢和辭典》中，404頁。

片假名從僧到俗，平假名從女到男。文字不怕起步低，只要能簡便實用。

起初隨便用不同的漢字代表相同的日語音節，後來統一用字，基本上做到一音一字。這是假名的標準化。

假名大膽簡化漢字，不僅方便書寫，還使假名有獨特的面貌，區別於通用漢字。不論並用夾用，彼此不混。這是假名的定形化。

為了便於排列和檢索，必須規定假名的次序。假名有兩種次序。一種次序是，用 47 個假名，翻譯一節佛經唱詞（涅經第十三聖行品之偈），叫做"伊呂波歌"（初見於 1079 年的"金光明最勝王經義"上）。另一種次序是，按照悉曇（印度梵文音）原理，把假名排成一個表，叫做"五十音圖"（開始於 11 世紀，完成於江戶時代）。"伊呂波順"或"五十音順"，是假名的序列化。

標準化、定形化和序列化，使假名字母達到成熟水平。從片假名、伊呂波歌和五十音圖，可以看到佛教和印度文化對假名的影響。從漢字傳入日本，到假名成熟，經過了 1000 年。這是漢字到了日本以後發生的飛躍。

日本也仿照漢字創造一些新漢字，稱為"倭字"，又稱"國字"。例如""（十字路口）進入了《現代漢語詞典》。由於數量極少，對日本文字沒有多大影響。

(2) 假名字母的發展

為了提高記錄日語的準確性，假名作了補充和改進。主要是：（甲）增加附加符號，表示濁音和半濁音（室町時代的 1392 年開始分寫清濁）。（乙）使用小型字母，表示"促音"（短音）和"拗音"（近似漢語的齊齒呼）。（丙）補充鼻尾字母，表示音節末尾的鼻音，日本稱為"撥音"。促音、拗音和撥音的寫法開始於平安時代（800 年左右）。（丁）規定長音寫法。

例如："立秋"りつしゆう（rissyû），其中"う"表示長音，小字母"つ"表示前面是促音，小字母"ゆ"表示拗音（跟前面輔音拼合成音，不是獨立音節；如果不用小字母，"秋"syû 就變成"私有"（しゆう siyû）。

又如："分佈"ぶんぷ（bunpu），其中ぶ加兩點表示 hu → bu（濁音），ぷ

加小圈表示 hu → pu（半濁音），ん（-n）表示音節末尾的鼻音。鼻尾字母不是音節字母，而是音素字母，這是後來增補的例外。

假名的拼寫法（"假名遣"）也逐步改進。從（a）"歷史假名遣"（以 1695 年契沖《和字正濫抄》為依據），改為（b）"現代假名遣"（依據 1946 年日本內閣訓令），還有（c）"表音假名遣"。例如：

"蝴蝶"（tyotyo）：（a）テフテフ，（b）チョウチョウ。

"科學"（kagaku）：（a）クワガク，（b）カガク。

"水道"（suidô）：（a）スヰドウ，（b）スイドウ，（c）スイドー。

"十"（tô）：（a）トヲ，（b）トオ，（c）トー。

▼ 假名伊呂波歌

いろはにほへとちりぬるを
色　　匂　　散
わかよたれそつねならむ
我　世　誰　　常
うゐのおくやまけふこえて
有為　奧　山　今日　越
あさきゆめみしゑひもせす
浅　　夢　見　酔

現代假名遣是今天一般通用的寫法，按照口語語音表記，但是助詞是 ha 讀 wa，へ he 讀 e，是例外。

日語音節少而簡單，適合採用音節字母。但是音節字母拼音不靈活，所以需要上面這些補充和改進。

隨着時代的前進，假名字母不斷提高它的文字地位。第一步，從站立在文字外面，變為走進了文字中間。第二步，從漢字為主、假名為副，變為假名為主、漢字為副。

　　假名起初是漢字的"注音符號"，只能站立在文字外面，正式文字中間沒有它的地位。日語有詞尾變化，有助詞和其他虛詞，用漢字書寫極不方便。自然地產生一種混合寫法：用漢字書寫實詞和詞根，用假名補充虛詞和詞尾。於是"丫頭"（假名）伴隨着"小姐"（漢字）擠進了正式文字的廳堂。這就形成"漢字・假名混合體"。第 10 世紀流行片假名混合體，第 15 世紀流行平假名混合體。同一篇文章中間可以用兩種假名，但是同一個語詞中間不能混用兩種假名。這是日本直到今天的正式文字。

　　第二次世界大戰以後，日本實行語文"平民化"，措施之一是限制用字。1946 年公佈"當用漢字表"（1850 字），1981 年改為"常用漢字表"（1945 字）。硬性規定，法令和公文用字以此為限，此外用假名。其他出版物逐步向字表範圍靠攏。

▼ 假名五十音圖

	a	i	u	e	o
	ア 阿 あ 安	イ 伊 い 以	ウ 宇 テ 宇	エ 江 え 衣	オ 於 お 於
k (g)	カ 加 か 加	キ 幾 き 幾	ク 久 く 久	ケ 介 け 計	コ 己 こ 己
s (z)	サ 散 さ 左	シ 之 し 之	ス 須 す 寸	セ 世 せ 世	ソ 曾 そ 曾
t (d)	タ 多 た 太	チ 千 ち 知	ツ 州 つ 州	テ 天 て 天	ト 止 と 止
n	ナ 奈 な 奈	ニ 二 に 仁	ヌ 奴 ぬ 奴	ネ 禰 ね 禰	ノ 乃 の 乃
h (b) (p)	ハ 八 は 波	ヒ 比 ひ 比	フ 不 ふ 不	ヘ 阝 へ 阝	ホ 保 ほ 保
m	マ 萬 ま 末	ミ 三 み 美	ム 牟 む 武	メ 女 め 女	モ 毛 も 毛
y	ヤ 也 や 也		ユ 由 ゆ 由		ヨ 與 よ 與
r	ラ 良 ら 良	リ 利 り 利	ル 流 る 留	レ 禮 れ 禮	ロ 呂 ろ 呂
w	ワ 和 わ 和	ヰ 井 ゐ 為		ヱ 惠 ゑ 惠	ヲ 乎 を 遠

	a	i	u	e	o
g (k)	が	ぎ	ぐ	げ	ご
z (s)	ざ	じ	ず	ぜ	ぞ
d (t)	だ	（ぢ）	（づ）	で	ど
b (h)	ば	び	ぶ	べ	ぼ
p (h)	ぱ	ぴ	ぷ	ぺ	ぽ
nん（ン）					

　　小學生只學 996 個漢字（比《千字文》少 4 個）。中學生只要求掌握常用漢字表 1945 個漢字（比中國 2000 年掃盲用字少 55 個）。除以東方文化為專業的學者以外，日本人一般漢字用量在 2000 上下。日本人的豐富知識主要來自假名字母。

▼ 假名字母縮小用法

	ya	yu	yo
k	きゃ	きゅ	きょ
s	しゃ	しゅ	しょ
t	ちゃ	ちゅ	ちょ
n	にゃ	にゅ	にょ
h	ひゃ	ひゅ	ひょ
m	みゃ	みゅ	みょ
r	りゃ	りゅ	りょ
g	ぎゃ	ぎゅ	ぎょ
z	じゃ	じゅ	じょ
b	びゃ	びゅ	びょ
p	ぴゃ	ぴゅ	ぴょ

　　漢字為主、假名為副，已經變成假名為主、漢字為副。這是第二次世界大戰以後日本文字的重大變化。

2. 朝鮮的諺文字母 *

(1) 諺文字母的來歷

　　朝鮮是中國的近鄰。漢末和三國時期，漢字傳入朝鮮（公元 2 ～ 3 世紀）。朝鮮人讀漢字文言文四書、五經，開科取士，同中國一樣。朝鮮的人名地名都是仿照中國用漢字寫定的。

　　朝鮮語屬於阿爾泰語系。全國的共同語（國語）以首爾（舊稱漢城）語音為標準。由於學習漢字長達一千七八百年，吸收了大量漢語借詞（漢字語），佔現代詞彙的三分之二以上。中國的儒學以及經過中國加工的佛學，很早就在朝鮮廣泛傳播，使朝鮮成為東方文明古國之一。但是，漢字文言文難學難用，把多數人民排除在文教外面。

　　熟悉了漢字，自然會嘗試借用漢字書寫自己的語言。這樣就產生兩種形式的朝鮮民族文字。

　　一種是全用漢字寫朝鮮語的文字。借用漢字作為音符，不考慮漢字的原有意義，按照朝鮮語法，書寫朝鮮語詞。所寫的多為民歌民謠，稱為“鄉歌”或“鄉札”。開始於新羅時代（中國唐朝）。

　　另一種是全用漢字的“朝漢”混合文字。實詞用漢字漢義，虛詞用漢字讀音記錄朝鮮語音，語法按照朝鮮語。這種混合文字稱為“吏讀”。也開始於新羅時代，使用頗廣，從 7 世紀一直用到 19 世紀末，但是正式文字仍舊是漢字文言文。

　　為了便於書寫，朝鮮也創造了一些十分簡單的簡化字，叫做“口訣字”，為數不多，影響不大。

　　朝鮮李朝（1392 ～ 1910）發展民族文化。在世宗李祹的領導下，創製了朝鮮語的表音字母。1446 年（中國明朝正統十一年）刊印於《訓民正音》一書中，公佈施行，稱為“正音字”。在宮中設置“諺文廳”，教授新字，因此又稱

---

* 　本節承周四川先生指正，特此致謝！

"諺文"。諺文是通俗文字的意思。

《訓民正音》一開頭就說，"國之語音，異乎中國，與文字不相流通。故愚民有所欲言而終不得伸其情者多矣。新製二十八字，欲使人人易習，便於日用"。

28 個諺文是音素字母，其中輔音 17 個，元音 11 個。字母近似漢字筆畫，疊成漢字方塊形式，是有內在規律的拼音方塊字。

《訓民正音》說，"以二十八字而轉換無窮，簡而要，精而通，故智者不終朝而會，愚者可浹旬而學"。

28 個字母中，有 4 個現代不用。此外有並列兩個字母作為一個字母的"並書"（類似拉丁字母的"雙字母"）。字母表經過調整和增補，現代朝鮮語一共用 40 個字母（19 個輔音，21 個元音）。

諺文的拼音方法，是把音節分為三部分：初聲、中聲、終聲。初聲相當於聲母。中聲相當於介音和主要元音。終聲相當於收尾輔音。每個音節拼成一個方塊，與漢字相匹配。初聲寫在上或左，中聲寫在下或右，終聲寫在最下。歷代相承，諺文的音節方塊字積累有一萬幾千個，現代實際使用的有 2200 ～ 2400 個，常用的 1000 個左右。這可以說是音素合成的音節文字。

漢字和假名都不是音素符號。諺文採用音素制，這是一大進步。朝鮮語的音節很複雜，不便採用音節字母。諺文設計於 15 世紀，這時候音素知識已經不是甚麼秘傳了。

諺文字母不是從漢字直接變來的。漢字筆畫的基本元素是"橫、豎、撇、捺、彎"。諺文字母在無意之中受了漢字筆畫元素的影響。諺文疊成方塊，跟漢字匹配，這是明顯的漢字影響。

(2) 諺文字母的發展

朝鮮的文字歷史可分為如下幾個階段。（甲）漢字文言文；（乙）漢字文言文是正式文字，7 世紀起"吏讀"是民間文字；（丙）漢字文言文是正式文字，1446 年起諺文是民間文字，同時民間流行吏讀；（丁）19 世紀後期，漢字諺文混合體成為正式文字；（戊）二次大戰後，北方用全部諺文作為正式文字，南方用漢字諺文混合體，同時也用全部諺文。

▼ 諺文字母舉例

a. 諺文輔音字母結構

發音部位	基本字母	加劃字母		變形字母
牙	ㄱ[k]		ㅋ[kʻ]	
舌	ㄴ[n]	ㄷ[t]	ㅌ[tʻ]	ㄹ[r]
唇	ㅁ[ˊm]	ㅂ[p]	ㅍ[pʻ]	
齒	ㅅ[s]	ㅈ[ʧ]	ㅊ[ʧʻ]	△ˣ[z]
喉	ㅇˣ[零]	ㆆˣ[ʔ]	ㅎ[h]	ㆁ[ŋ]

b. 諺文元音字母結構

基本字母（單劃）		初生字母（二劃）	再生字母（三劃）
陽	ˣ[e]	圓唇 ㅗ[o]	ㅛ[jo]
		不圓唇 ㅏ[a]	ㅑ[ja]
陰	一[ɯ]	圓唇 ㅜ[u]	ㅠ[ju]
		不圓唇 ㅓ[ə]	ㅕ[jə]
中	ㅣ[i]		

註：有 * 號表示現代不用。

C1. 拼寫舉例之一　　　　　C2. 拼寫舉例之二

국	가
k u k	ka
國家	
kukka	

남	편	안	해
na m	pʻja n	-a n	hɛ
丈夫		妻子	
nampʻjən		anhɛ	

　　諺文公佈推行的最初幾個世紀，成效不大，未能成為正式文字。跟諺文（俗字）相對，漢字被稱為"真書"（日本稱"真名"）。16 世紀曾一度禁用諺文，只剩和尚和婦女繼續應用，稱為"婦女字"。這跟日本假名稱為"婦女字"，無

獨有偶。

可是，這套字母簡單易學，在民間逐步傳開。16～17世紀，民間文人用它寫出了《沈清傳》等小說，翻譯了《西遊記》等中國名著。婦女們用它書寫詩歌，擴大了諺文的傳播。

後來，諺文終於被知識分子接受，產生了漢字和諺文夾用的混合體。漢字主要寫詞根，諺文主要寫詞尾。這種混合體，比全用漢字方便，比全用諺文符合傳統。19世紀後期，很快通用開了。

1910年日本吞併朝鮮。在反侵略的民族意識下，諺文成為愛國的標誌。漢字諺文混合體受到尊重，代替漢字文言文成為唯一的正式文字，一直用到1945年日本戰敗、朝鮮獨立。

朝鮮在1948年廢除漢字，全用諺文。群眾在過去500年間已養成使用諺文的習慣，對這一改革並不感到突然。韓國繼續用漢字諺文混合體，可是減少了漢字數目，而文學作品也全用諺文。

參考：周四川《朝鮮文字改革的歷史發展》，《語文建設》1986年第4期。宣德五《朝鮮語簡志》，民族出版社，1985。鄭之東《朝鮮的文字改革》，文字改革出版社，1957。

3. 漢語的表音字母

(1) 注音字母

漢字有3500年以上的歷史，積累起近6萬個字形，可是缺少一套表音字母。這不能不說是漢字的一大缺點。1918年公佈"注音字母"，彌補了這一缺點。比日本假名晚1000年，比朝鮮諺文晚500年。

漢字中間有聲旁，這是表音符號。漢字跟歷史上其他"意音文字"如埃及聖書字或蘇美爾丁頭字一樣，聲旁表音不準確而且不求準確，只求近似。一符多音，一音多符，表音混亂。

在注音字母公佈之前，歷史上嘗試過幾種彌補表音不靈的原始方法。主要如下。

（甲）讀若法：例如，《說文》"讀若宣"，"讀若鳩"。

（乙）直音法：例如，"畢音必"，"畔音叛"。

清人陳澧的《切韻考》中説，這種方法，"無同音之字則其法窮，或有同音之字而隱僻難識，則其法又窮"。還應當加一句：字音各地不同，如何用直音而能統一讀音呢？

（丙）反切法：漢末開始的一種注音方法。用兩個漢字注一個漢字的音。例如：練，郎甸切。取"郎"láng 的聲母 l，去掉它的韻母 áng。取"甸"diàn 的韻母 iàn，去掉它的聲母 d。把前一字的聲母和後一字的韻母拼合起來，成為"練"的讀音 liàn。這種分析和拼合都要在心中默默地進行，沒有符號可以寫出來。

（丁）三十六字母：唐末僧人守溫制定三十字母，宋代增加六個，成為三十六字母。這是用現成漢字作為漢語表音字母的最早嘗試。這一嘗試是在佛教和印度文化影響下提出的。下面是三十六字母同中文拼音字母的比較，中文拼音字母以外的音用國際音標表明（根據《辭海》）。

幫 b	滂 p	並 [b]	明 m	
非 f	敷 [f']	奉 [v]	微 [ɱ]	
端 d	透 t	定 [d]	泥 n	
知 [ȶ]	徹 [ȶ']	澄 [ȡ]	娘 [ɳ]	
見 g	溪 k	群 [g]	疑 ng	
精 z	清 c	從 [dz]	心 s	邪 [z]
照 j	穿 q	牀 [dz]	審 x	禪 [z]
影 [ø]	曉 h	匣 [ɣ]	喻 [j]	
			來 l	日 [ɳz]

三十六字母都是輔音（聲母）字母，缺少元音字母。韻書中的"韻目"包括聲母在內，不是元音（韻母）字母。例如，"一東"的"東"dong，不是韻母字母 ong。三十六字母在設計漢語表音字母的道路上只走了半步。

鴉片戰爭（1840）以後，中國掀起一個語文現代化運動，要求改革文字，制訂注音字母，推廣國語，採用白話文。

盧戇章在 1892 年發表《一目了然初階》（切音新字廈腔），開始了"切音字"運動。他説，"竊謂國之富强，基於格致（科學），格致之興，基於男婦老幼皆好學識理"。他主張制訂一套"切音字"（拼音字母），使"字話一律，讀於口遂即達於心"，成為"男女老少雅俗通曉之文"。

在他提倡以後，清末許多人擬訂拼音方案。其中以 1900 年王照提出的"官話字母"影響最大，曾經在十幾個省份試用，成績顯著。

中華民國成立以後，1913 年召集學者集體研究制訂方案。這時候，有幾個問題要先解決。

1. 國語以甚麼語音為標準？決定以多數省份的漢字共同讀音為標準，有入聲（10 年後，改為以北京語音為標準，無入聲）。

2. 字母採取甚麼形式？決定採取漢字形式。

3. 音節如何拼寫？起初嘗試"雙拼"。但是雙拼有兩種不同的拼法。一種是"聲介結合"，例如"快"ku—ài。另一種是"韻介結合"，例如"快"k—uài。在相持不下之中，決定改為"三拼"，使"聲・介・韻"分開。例如"快"k—u—ài。雙拼是反切傳統；放棄雙拼，採用三拼，是中文拼音思想的解放。

三拼的好處之一是，字母數目可以從 60 個左右減少為 40 個左右。1918 年公佈"注音字母"，原有 40 個字母，這是第一套漢語的法定注音方案。後來以北京音為標準，只用 37 個字母。下面是注音字母和中文拼音字母的對照。

聲母：　ㄅ　ㄆ　ㄇ　ㄈ　　　ㄉ　ㄊ　ㄋ　ㄌ　　　ㄍ　ㄎ　ㄏ
　　　　b　p　m　f　　　　d　t　n　l　　　　g　k　h
　　　　ㄐ　ㄑ　ㄒ　　　　　ㄓ　ㄔ　ㄕ　ㄖ　　　ㄗ　ㄘ　ㄙ
　　　　j　q　x　　　　zh　ch　sh　r　　　z　c　s

介母：　ㄧ　　　ㄨ　　　ㄩ
　　　　i（y）　　u（w）　　yu

韻母：　ㄚ　ㄛ　ㄜ　ㄝ　ㄦ　ㄞ　ㄟ　ㄠ　ㄡ　ㄢ　ㄣ　ㄤ　ㄥ
　　　　a　o　e　ê　er　ai　ei　ao　ou　an　en　ang　eng

注音字母採用簡單的古漢字，作微小的修改，與通用漢字有區別，而又不失漢字的民族形式。

"注音字母"的名稱表明，它是給漢字注音用的字母，不是文字。但是，有人仍舊對"字母"二字不放心，怕這位文字的"母親"生出兒子"文字"來。1940 年改稱"注音符號"，使它永遠不會成為文字。

漢字形式的注音字母不便國際流通。1928 年公佈"國語羅馬字"，1958 年公佈"中文拼音方案"。

(2) 江永女書

湖南省江永縣婦女中間流傳一種文字，婦女創造，婦女使用，傳女不傳男，男人不學不用，被稱為"女書"。已經存在幾百年，直到 20 世紀 50 年代外界才知道。

女書形體略似漢字又並非漢字，外形不是正方，而是斜方，作"多"字形。不識者認為字如蚊形，稱為"蚊腳字"。有五種基本筆畫：點、斜、豎、弧、圈。筆畫組成的結構大約 120 來種，有的獨體，有的合體，結構方式跟意義無關。符號總數大約 1200 個，一般通用 600 多個，80% 跟漢字有形體關係，少數跟漢字有意義關係，但是用作表音符號，失去了原來的意義。

江永縣有三種語言：西南官話、漢語土話和瑤語。漢族住城鎮的說西南官話，住鄉村的說漢語土話。瑤族住平原的"平地瑤"說漢語土話，住山區的"過山瑤"說瑤語。女書書寫當地瀟江流域的漢語土話，以江永白水村為例，有聲母 20 個，韻母 35 個，聲調 6 個，不計聲調有 400 多個音節。一個符號代表一個音節，但是一符多音，一音多符。

女書作品是一種"歌堂文學"，內容主要是描寫婦女的生活。文體大都是七字韻文。每逢節日，女友相聚，共同"讀唱"女書，"讀紙、讀扇"，唱到傷心處，同聲痛哭！女書還用來祭神、記事、通信、結拜姊妹、新娘賀三朝、焚化殉葬。

女書流行中心在江永縣的上江圩鄉。流行地域大致方圓兩百多公里，是湘粵桂三省區的接壤之處。長沙馬王堆漢墓出土兩張軍事地圖《輿地圖》和《軍陣圖》，描繪的就是江永縣和它的四周。這裏是漢族和少數民族在歷史上長期爭奪的邊地。從唐宋到元明，瑤族逐漸遷出，漢人逐漸遷入。

江永縣是以瑤族為主的瑤漢共居地，瑤人漢化，漢人瑤化。認識和使用女書的婦女大多數是"平地瑤"。女書的應用，例如讀紙讀扇、焚化殉葬等，都是瑤族婦女的經常行事。女書的創造者可能是說漢語的"平地瑤"婦女。

▼ 江永女書歌詞

梁山伯与祝英台（片段）

"平地瑤"說的漢語，受了瑤語的影響，跟西南官話有差異，跟湘方言也有差異，但是仍舊是漢語的一個小方言，跟山區"過山瑤"的純粹瑤語不同。女書從民族來看是瑤族文字，從語言來看是漢語方言文字。

女書創始於何時尚無定論。最早的史志記載是 1931 年的《湖南各縣調查筆記》，其中說到"歌扇所書蠅頭細字似蒙古文"。女書內容談到的故事，最早屬於道光（《林大人禁煙》）、咸豐（《長毛過永明》）、同治（《珠珠歌》）等時期，各有一篇文章。較多的文章談到清末民初的故事，這時候女書的文辭也比較成熟了。女書實物例如"讀紙"、"讀扇"等，最早可以追溯到咸豐年間。明末清初沒有學習女書的記載，到 20 世紀 30 年代女書的傳授已經停止。根據以上資料，女書的創始不可能早於明末清初。

女書是漢語方言文字，但是跟其他漢語方言文字不同：1. 其他漢語方言文字都是"孳乳仿造"，大都只補充少量新造漢字，而女書是"變異仿造"。2. 其他漢語方言文字都是"意音文字"，而女書是"音節文字"。3. 其他漢語方言文字不分男女，而女書為婦女所專用。4. 其他漢語方言文字沒有少數民族的影響，女書受到瑤族的影響，不僅在語言上有影響，在使用習慣上也有影響。民族影響是女書跟其他漢語方言文字不同的原因。從文字類型來看，女書是變異仿造的漢字型漢語方言音節文字。

▼ 江永女書舉例

a. 按聲母排列

	bā[pa^{33}]	悲碑卑粑		bê[pɛ^{33}]	分
	bá[pa^{35}]	比妣彼		bê[pɛ^{33}]	冰崩風
	bà[pa^{31}]	被		bê[pɛ^{51}]	憑貧頻
	bā[pa^{55}]	畢筆		bê[pɛ^{35}]	本
	bò[pœ^{51}]	八		bê[pɛ^{35}]	本
	bò[pœ^{51}]	排皮牌		bī[pi^{33}]	標
	bó[pœ^{35}]	擺		bī[pi^{22}]	別
	bò[pœ^{31}]	拜被敗		bú[pu^{35}]	補
	bò[pœ^{31}]	腿		bù[pu^{31}]	布
	bè[pɯ^{31}]	背		bù[pu^{31}]	部抱
	bē[pω^{55}]	百伯柏		bū[pu^{22}]	步薄婆波

	bū[pu⁵⁵]	腹		bēi[pei²²]	別
	bào[pau³¹]	報		bēi[pei²²]	別
	bóu[pou³⁵]	打		bēi[pei⁵⁵]	必逼鱉

b. 按筆畫排列

一畫

/ [i⁵⁵]yī

二畫

ʃ [na²²]nā 二日

亻 [iɛ⁵¹]yê 人仁寅

乂 [sωə²²]sē 十實事
拾侍

扌 [theŋ³³]tiēng 天添

亻 [phu³⁵]pú 卜甫普

ハ [pœ⁵¹]bò 八

丫 [uə³³]wē 蛙鴉

Ɔ [phiou³³]piōu 飄漂

Ʒ [lioŋ³³]liōng 丁釘

Ɛ [u⁵⁵]wū 屋握喔

三畫

[soŋ³³]sōng 三

[fωə²²]fẽ 下化

[li³¹]lì 了呂旅

[kω⁵⁵]gē 割

[ȵi²²]nī 義要

[ȵiɛ³¹]niê 要

[y⁵¹]yù 如

[tɕhyə³¹]què 寸

[kœ⁵⁵]gō 挾

[tsheŋ³³]ciēng 千遷

[kɛ³³]gề 工公跟
更

[liaŋ³¹]liàng 兩倆

錄自《婦女文字和瑤族千家峒》

參考：宮哲兵主編《婦女文字和瑤族千家峒》1986。趙麗明、宮哲兵《女書：一個驚人的發現》
1990。謝志民《江永女書之謎》1991。宮哲兵編《女書：世界唯一的女性文字》。趙麗明編《中
國女書集成》1992。史金波、白濱、趙麗明《奇特的女書：全國女書學術考察研討會文集》
1995，其中有宮哲兵《女書時代考》，廖景東、熊定春《試論女書與平地瑤的關係》。

4. 雲南傈僳音節字

(1) 傈僳族和傈僳語

傈僳族，唐樊綽《蠻書》作"栗粟"，主要居住在雲南怒江傈僳族自治州。傈僳語屬於漢藏語系、藏緬語族、彝語支，分為怒江、永勝和祿勸三個方言，怒江方言人口最多。這裏是中國西部的邊陲，崇山峻嶺，交通困難。傈僳族受地理和歷史條件的限制，在中國許多民族中間，產生文字比較晚。

(2) 基督教會創製的傈僳文

1.框格式傈僳文。1913年，英國基督教會根據雲南楚雄州的傈僳方言，制訂一種傈僳文，傳播到四川涼山州的會東縣。字母分大小，大字母為聲母，小字母為韻母；小字母寫在大字母的上面、右上角、右下角，表示不同的聲調。每個音節組成一個方框格式，所以稱為"框格式"。出版物有《路加福音》、《使徒傳》等。

2.大寫字母傈僳文（老傈僳文）。1914年，緬甸克倫族基督教會制訂另一種傈僳文，稱為"大寫字母傈僳文"。語言根據滇緬邊境的傈僳口語，傳播到怒江流域的傈僳族教會。有30個輔音大寫字母（20個正寫，10個反寫或倒寫），10個元音大寫字母（5個正寫，5個反寫或倒寫），6個聲調符號（用標點符號），4個特定標點。當地信奉基督教的傈僳族有十分之一學過這種文字。出版物有《聖經》、《教理問答》、幼兒課本等。

(3) 漢字型傈僳音節字

雲南維西縣傈僳族農民汪忍波（1900~1965），反對外來的教會文字。他想，漢族、藏族、納西族等都有自己的民族文字，傈僳族也應當有自己的民族文字。於是他創造了一種傈僳字，被稱為"傈僳音節字"，傳播於維西縣（以葉枝為中心的康普、巴迪等幾個鄉）的傈僳族中間，50年代有1000多人認識這種文字。

傈僳字類似漢字，大多數符號是新造的獨體字，一小部分（約 50 多個）是漢字的變形。筆畫有點、橫、豎、撇、捺、折、鈎、曲線、弧線、圓圈等。字符本身有讀音而無意義，有同字異音、同音異字，沒有規範化。汪忍波自己編寫的識字課本《傈僳語文》有 1330 字，其中重複的 300 多字，此外在流傳寫本中還有 21 個有用的字，去除重複，總共是 961 個音節字符。傈僳音節字是一種"變異仿造"的漢字型文字。

　　汪忍波的"汪"字讀音，在傈僳語中是"魚"的意思，"忍波"的讀音是"長命富貴"的意思。他是"魚"氏族的子孫。"魚"氏族有"祭天神"的習俗。汪忍波用他創造的文字記錄下許多"祭天古歌"和傳説。

　　維西縣在漢字文化圈的邊緣，再往西面跨出一步就是屬於印度文化圈的緬甸了。汪忍波沒有仿照藏文或緬甸文創造文字，而無意中採取了漢字的形式。傈僳字是漢字大家庭中最後誕生的一位小弟弟。

<h3>▼ 傈僳音節字舉例</h3>

（用傈僳拼音新文字注音）

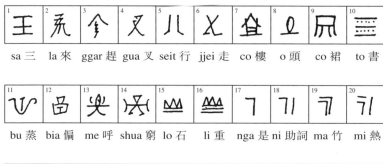

| sa 三 | la 來 | ggar 趕 | gua 叉 | seit 行 | jjei 走 | co 樓 | o 頭 | co 裙 | to 書 |

| bu 蒸 | bia 偏 | me 呼 | shua 窮 | lo 石 | li 重 | nga 是 | ni 助詞 | ma 竹 | mi 熱 |

| al 詞頭 | ail 助詞 | co 人 | su 別人 | si 劈 | zi 淬 | he 笑 | ho 倒 | dda 接 | yi 水 |

| jjai 冷 | eil 他 | gguax 唱 | tut 桶 | liq 逃 | ba 換 | gel 騙 | shet 茬 | bel 散 | ri 脱 |

bal 公　gger 裂　ear 纖　kua 聲　shair 鵬　mel 尾　wat-lat 蝙蝠　mir-nil 樟木

▼ 近似漢字的傈僳音節字舉例

（用傈僳新文字注音）

漢字：	人	天	天	目	四	田	耳	再	血	來
傈僳音	zy	han	jjor	ddvt	ddo	qair	ssair	mot	svt	sir
傈僳義	剎	送	說	進	出	神	雨	老	血	還

漢字：	半	文	成	古	發	成	口	醜	米	門
傈僳音	si	zzct	cat	caiq	cait	ci	zair	zi	zi	ziq
傈僳義	神	確	鹽	尖	減	十	謠	算	咬	嘴

漢字：	今	丟	光	水	尸	凸	叉	七	九	朋
傈僳音	lul	lait	li	an	lait	bia	gua	shil	ma	jjuaq
傈僳義	穀	手	傈	徘	手	扁	岔	草	個	有

漢字：	興	甩	行	失	凹	井
傈僳音	kor	bo	pial	han	ngal	ngol
傈僳義	年	寶	片	魂	掀	煎

（4）傈僳拼音新文字（新傈僳文）

1957 年，雲南省以"怒江傈僳族自治州碧江縣的傈僳話為標準音"，制訂拉丁化的"新傈僳文方案"。有輔音 33 個，元音 16 個，聲調 6 個，採用分詞連寫的正詞法。老傈僳文用於宗教，新傈僳文用於現代教育。

▼ 四種傈僳文的比較

傈僳音節字	㒼	令	廷	令	片
格框式傈僳文	Λ=	Ⴀ	ᴄ'n	Ⴀ	Sᵛ
老傈僳文	ΥV:	ᴌᴏ.	ᴐՈ:	ᴌᴏ.	SU..
新傈僳文	yair	lol	chir	lol	su
	豬	放牧	羊	放牧	者
	（放	豬	放	羊	人）

▼ 漢字流傳演變示意年表

殷 -1300 甲骨文　　秦 -221 書同文小篆

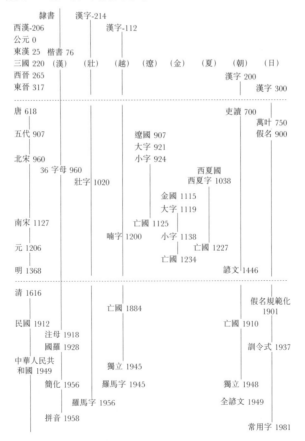

隸書　　　漢字-214
西漢-206　　　　漢字-112
公元 0
東漢 25　楷書 76
三國 220　（漢）　（壯）　（越）　（遼）　（金）　（夏）　（朝）　（日）
西晉 265　　　　　　　　　　　　　　　　　漢字 200
東晉 317　　　　　　　　　　　　　　　　　　　漢字 300

唐 618　　　　　　　　　　　　　吏讀 700
　　　　　　　　　　　　　　　　萬叶 750
五代 907　　　　遼國 907　　　　假名 900
　　　　　　　　大字 921
北宋 960　　　　小字 924
36 字母 960　　　　　　　西夏國
壯字 1020　　　　　西夏字 1038
　　　　　　　　　　金國 1115
　　　　　　　　　　大字 1119
南宋 1127　　壯字 1020
喃字 1200　　小字 1138
元 1206　　　　　　亡國 1227
　　　　　　喃字 1200
明 1368　　　　　亡國 1234　　諺文 1446

清 1616
亡國 1884　　　　　假名規範化 1901
民國 1912　　　　　　　　亡國 1910
注母 1918
國羅 1928　　　　　　　訓令式 1937
中華人民共
和國 1949　　獨立 1945
簡化 1956　羅馬字 1945　　獨立 1948
羅馬字 1956　　全諺文 1949
拼音 1958
常用字 1981

106

推廣新傈僳文的地區主要是怒江傈僳族自治州和大理白族自治州。1983年新傈僳文開始進入學校。小學一二年級學新傈僳文為主,適當加授漢語文;三四年級以漢語文為主,適當加授新傈僳文,實行"雙語文教學"。

本節承傈僳族木玉璋專家指正並提供資料,特此申謝!

參考:徐琳、木玉璋、蓋興之《傈僳語簡志》1986。徐琳《傈僳語》、《傈僳文》,載《中國大百科全書‧民族》1986。木玉璋、段伶《傈僳語概況》,載《民族語文》1983 年第 4 期。木玉璋《老傈僳文》、《新傈僳文》,載《中國少數民族文字》1992;《傈僳族音節文字及其文獻》,載《中國民族古文字研究》,天津古籍出版社, 1991。

小結:漢字文化圈的盛衰

漢字文化圈在 3000 年中經歷了擴大和縮小的巨大波動。

1. 漢字原來是漢族的文字,經過傳播和演變,形成一個漢字大家庭,包含幾十種漢字式文字,書寫屬於不同語系的多種語言。不同的語言可以採用類型相同的文字,語言特點並不決定文字形式。漢語漢字和非漢語漢字組成一個龐大的漢字系統。

2. 漢字傳到南方和西南的非漢語民族,演變成為許多種"孳乳仿造"的漢字式詞符文字。南方的壯族造出了"壯字",越南的京族造出了"喃字"。西南各省的少數民族仿造更多的詞符文字,例如苗字(三種)、瑤字、布依字、侗字、白字、哈尼字等。但是由於文字重牀疊屋、使用繁難,或者缺乏民族共同語,文字因人因地而不同,最後都難免逐漸自行消失。

3. 在宋代,漢字傳到北方的契丹、女真、黨項等民族,形成"變異仿造"的漢字式詞符文字,法定作為遼金夏三國的朝廷文字,推行 300 年之久。但是,文字沒有文化作為後盾,單靠軍事和政治力量,難於長久維持,終於跟隨政權滅亡而文字也滅亡了。

4. 漢字傳到東方的朝鮮和日本,演變出漢字式的字母。日本使用漢語文言 500 年之後,創造"假名",再過 1000 年,"假名"成為跟漢字混合使用中的主要成分。朝鮮使用漢語文言 1000 年之後，創造"諺文"，再過 500 年，"諺文"成為跟漢字混合使用中的主要成分。這是漢字歷史發展的突變。

5. 漢字從黃河中部的"中原"傳到長江流域、珠江流域和全國各地，形成吳語、閩語、粵語和其他方言的漢字式文字，但是都沒有成為社會的通用文字。在作為英國殖民地的香港（1997 年歸還中國），粵語方言的漢字式文字比較發達，但是正式文書也用中國通用的文言和白話文。

6. 在漢語方言的漢字式文字中，音節性的"江永女書"很特殊。它是一種小地區的婦女社會的秘傳文字，跟其他漢語方言文字迥然不同。這是受了當地瑤族婦女的習俗影響。它書寫漢語方言，但是跟"平地瑤"的文化相融合。在婦女解放和實行全民義務教育之後，婦女專用文字無法再繼續存在下去了。

7. 居住在雲南西部邊陲的傈僳族，長期處於中印兩種文化之外的世外桃源，不滿意基督教會所創造的不中不西的傳教文字，由一位農民開天闢地創造自己的民族文字。這種文字跟江永女書相比，有兩點相同。一、同樣是"變異仿造"的漢字型音節文字，都還沒有規範化。二、同樣是封閉小社會要求突破文化束縛的啟蒙行動。傈僳音節字是漢字大家庭中最晚誕生的小弟弟。

8. 近一個世紀以來，在西洋文化的影響下，漢字文化圈逐步萎縮。越南改用羅馬字，放棄漢字。朝鮮全用諺文，放棄漢字。韓國仍舊使用漢字和諺文的混合體，但是漢字減少到一般使用 1800 個或者更少。日本的正式文字是漢字和假名的混合體，但是漢字減少到一般只用 1945 個常用漢字。日文已經從漢字中間夾用少數假名，變成假名中間夾用少數漢字。

9. 但是，漢字在發源地的中國，地位依然穩定，而且由於不斷掃盲而擴大應用。3000 歲的老壽星正在學習使用電子電腦。

第七章 | 古典文字和六書

上　三大古典文字中的六書

　　兩河流域的丁頭字、埃及的聖書字和中國的漢字，代表着人類早期的三種偉大文化，被稱為"三大古典文字"。這三種文字，外表形體迥然不同，而內在結構如出一轍。它們都屬於表意兼表音的"意音文字"類型，因此它們的造字和用字原理都可以用中國傳統的"六書"來說明。

　　漢字有三類字體：1.圖形體（甲骨文、金文、大篆、小篆），2.筆畫體（隸書、楷書），3.流線體（草書、行書）。聖書字有兩類字體：1.圖形體（碑銘體），2.流線體（僧侶體、人民體），下文舉例用碑銘體。丁頭字有兩類字體：1.圖形體，2.筆畫體（丁頭體），下文舉例少數用圖形體，多數用丁頭體，因為圖形體遺留文獻太少。

一　象形字的比較

　　▼　聖書字中的象形字（上行聖書字碑銘體，下行古漢字）：

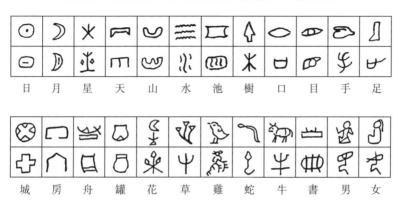

▼ 丁頭字中的象形字（上行丁頭字兩體對照，下行古漢字）：

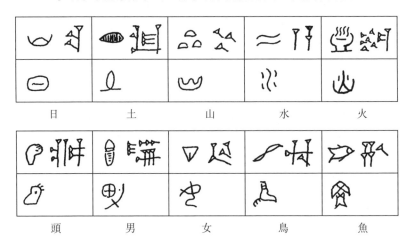

日	土	山	水	火

頭	男	女	鳥	魚

二 指事字的比較

▼ 聖書字中的指事字

定符[1] 口 "r" 多數 定符[2] 雙臂 定符[3] 破壞：hd 加× 分開：pss 加×

上例說明：指事符號"一豎"（定符[1]）表明這個聖書字代表原來的意義，不是引申意義。例如"口"下加"一豎"表示"嘴巴"；如果不加"一豎"就變成音符"r"。三個"一豎"（也可橫寫或參差寫）表示"多數"。"雙斜"（定符[2]）表示"重疊"（漢字有類似的重疊符號）。"臂形"下加"雙斜"表示"雙臂"。"一叉"（定符[3]）表示"破壞"或"分開"。聖書字"破壞"是音符"hd"加"一叉"；"分開"是音符"pss"加"一叉"。

聖書字中的"數字"，一部分是獨立的指事符號，一部分是假借字，這跟漢字相同。獨立的指事符號例如：｜（1），｜｜（2），｜｜｜（3）。比較：漢字"一、二、三"。假借字例如：借用"荷花"表示"千"（借音"ha"，千）；借用"手指"表示"萬"（借音"dba"，萬）。比較：漢字古文"百"（同白）原意"容器"、"火焰"或"拇指"（借音"bai"，百）；漢字古文"萬"原意"蠍子"（借音"wan"，萬）。漢字古文舉例從略。

▼ 丁頭字中的指事字

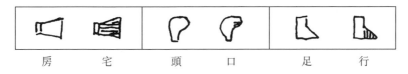

| 房 | 宅 | 頭 | 口 | 足 | 行 |

上例說明："房間"不加線條；加上線條成為"住宅"，表示這裏有人住。"頭"用"頭腦"代表，不加線條；加上線條成為"口"，表示嘴巴的地位。"足"不加線條；加上線條成為"行"（或"立"），表示足的動作。比較漢字："木"，加線條成為"本"、"末"。

丁頭字"一二三"用"一豎、兩豎、三豎"表示，這是獨立的"指事字"，跟漢字相同。

三　會意字的比較

（1）聖書字中的會意字：

單個字符的會意字，例如：

▼ 聖書字中的會意字

| 夜 | 旦 | 育 | 刺 | 哭 | 洗 |

上例說明：聖書字"天星為夜"（古漢字"日月為明"）。"日出高山為旦"（古漢字"日在地平線上為旦"）。"女生子為育"，小圈表示子（古漢字畫出嬰兒頭朝下）。"腿被刀割為刺"（漢字"刖"結構相似）。"目下有淚為哭"（漢

字"淚"結構相同）。"洗"為"水出自瓶，清洗泥足"。古漢字從略。

兩個字符並立的會意字，例如：

| 書記 | 國王 | 人民 | 軍隊 | 婦女 | 天子 |

上例說明："書記"（文具加人），使用文具的人（漢字"仕"結構相似）。"國王"（莎加蜂），莎草代表上埃及，蜜蜂代表下埃及，南北埃及之王。"人民"（男加女），下面三小豎表示多數。"軍隊"（兵加男），男人當兵。"婦女"（乳加女），乳下饅形是表示陰性的定符。"天子"（鴨加日），鴨表兒子，日表太陽神，太陽神的兒子是天子。

(2) 丁頭字中的會意字：

▼ 丁頭字中的會意字

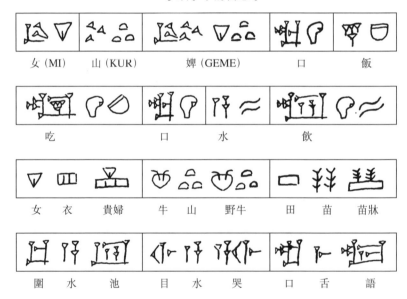

上例說明：1、2行丁頭體和圖形體對照；3行全圖形體；4行全丁頭體。"女"（MI）加"山"（KUR）為"婢"（GEME），婢女是山區來的女孩；"婢"的

讀音跟"女"和"山"的讀音無關（漢字"明"的讀音跟"日"和"月"的讀音無關）。"口"在"飯碗"邊表示"吃"。"口"在"水"旁表示"飲"。"女"人穿華麗的"衣服"為"貴婦"。"山"上的"牛"是"野牛"。"田"上有"苗"是"苗牀"（漢字"苗"相同）。"圍"中有"水"是"池"（古漢字"淵"相似）。"目"下有"水"是"哭"（漢字"淚"相同）。"口"中有"舌"能"言語"。

四　假借字的比較

（1）聖書字中的假借字：

聖書字由假借而產生輔音符號，有單輔音、雙輔音、三輔音。輔音符號實際讀音都附帶元音，不過不寫出來。單輔音實際是單音節，雙輔音實際是雙音節，三輔音實際是三音節。元音不寫出來，要由讀者在閱讀時候按照上下文來確定讀音。"單輔音"符號被稱為聖書字的"字母"，其實基本上不獨立成"字"，一般都要跟意符結合然後成"字"。聖書字的"字母"如下（24 個）：

▼ 圖表7-07　聖書字中的"字母"

上例說明：圖形古老，原意難明。表示原意的漢字都是假定。這裏把 aleph 和 ayin 用 a 和 A 代表，是為了打字方便，實際都是輔音。字母有"異讀"（一母多讀）、有"異體"（一音多寫），從略。

"雙輔音"符號和"三輔音"符號，舉例如下：

▼ 聖書字中的"雙輔音"和"三輔音"

雙輔音				三輔音			
mn	pr	mr	bt	mfr	htp	sdm	kpr
棋盤	房屋	耕犁	蜜蜂	琵琶	台基	耳朵	甲蟲

上例說明：這些符號都是"音符"，完全失去了原來意義。聖書字的"假借"（表音化）已經接近於"字母"了，因此人們認為後來的"字母"源出於聖書字。

（2）丁頭字中的假借字：

▼ 丁頭字中的假借字

| 妻（DAM） | 鎖（GAR） | 商人（DAM-DAR） |

上例說明："妻"（DAM）和"鎖"（GAR）的原來意義沒有了，只是借用它們的讀音，組成新的名詞"商人"（DAM-GAR）。比較：漢字中借"雷"（1ei）和"達"（da）的音構成名詞"雷達"（leida：RADAR），跟原來"雷"（打雷）和"達"（達到）的意義沒有關係。

丁頭字傳到亞述時代，形成一套跟"意符"結合應用的"音節符號"，其中有"元音符號"。這接近於日本的"萬葉假名"。舉例如下：

▼ 丁頭字音節符號舉例

ba	da	ga	kha	ka	qa	la	ma
na	pa	ra	sa	sa	sha	sha	wa
za	a	e	i	o	u		

114

五　形聲字的比較

(1) 聖書字中的形聲字：

聖書字中的"形聲字"佔總字數的極大多數（漢字相同）。"部首"稱為"定符"，由象形字（意符）轉變而成。有常用部首 92 個（根據 Gardiner。漢字部首數:《說文》540 個,《現代漢語詞典》201 個）。"聲旁"是單音節的"字母"和"多音節符號"（漢字"聲旁"都是"單音節符號"）。聖書字中的形聲字舉例如下：

▼ 聖書字中的形聲字

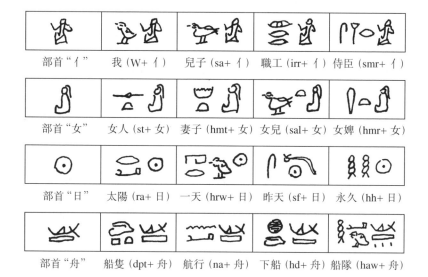

部首"亻"	我（W+亻）	兒子（sa+亻）	職工（irr+亻）	侍臣（smr+亻）
部首"女"	女人（st+女）	妻子（hmt+女）	女兒（sal+女）	女婢（hmr+女）
部首"日"	太陽（ra+日）	一天（hrw+日）	昨天（sf+日）	永久（hh+日）
部首"舟"	船隻（dpt+舟）	航行（na+舟）	下船（hd+舟）	船隊（haw+舟）

上例說明：聖書字的形聲字中，除部首（定符）以外，都是音符，有單輔音，有多輔音，下加"三小豎"是多數。此外，聖書字有"多部首"的形聲字，舉例從略。漢字中也有"多部首字"，例如：聲旁"甫"加一個部首"捕"（扌），兩個部首"傅"（亻寸），三個部首"簿"（竹氵寸），四個部首"礴"（石氵艹寸）。

(2) 丁頭字中的形聲字：

形聲字是"定符"（部首）和"音符"（聲旁）的複合（跟漢字相同）。丁頭字的"部首"舉例如下：

▼ 丁頭字中的部首

| ネ | 星 | 山 | 月 | 氵 | 石 | 風 | 木 | 艹 | 鳥 |

| 魚 | 犭 | 阝 | 阝 | 亻 | 亻 | 女 | 骨 | ネ | 皿 |

上例說明：這些"定符"用作"部首"就放棄了原來的意義和讀音，只表某種詞義類別，或者僅僅有區分同音詞的作用（跟漢字中的部首相似）。

部首（定符）和聲旁（音符）結合成為"形聲字"的方式舉例如下：

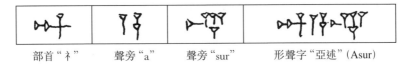

| 部首"ネ" | 聲旁"a" | 聲旁"sur" | 形聲字"亞述"（Asur） |

上例說明：定符"上帝"（相當於漢字部首"ネ"），加聲符"a"，再加聲符"sur"，成為"Asur"（"亞述"，神名）；其中"上帝"（"神"、"日"、"天"）原來讀音為"ilu"，用作定符（部首）不讀音。比較：漢字"神"，其中部首"示"原來讀音 shi，作為"部首"不讀音，表音的只有一個聲旁"申"shen；漢字中沒有兩個聲旁的形聲字。

六 轉注字的比較

（1）聖書字中的轉注字：

"轉注"如果解釋為"字形略變、字義略異"，那麼，聖書字中也有"轉注字"，例如：

▼ 聖書字中的轉注字

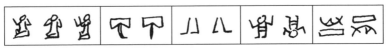

| 人 | 飢餓 | 祈求 | 皮革 | 雜色 | 行進 | 後退 | 喜悅 | 倒下 | 船舶 | 翻船 |

上例說明："人"，坐着，一手向前，為定符"人"；一手指口，為定符"飢餓、飲食、思考"；雙手舉向前，為定符"祈求"。"牛皮"，帶彎尾，為定符"皮革"；帶直尾，為意符"雜色、斑駁"。"雙腿"，腳趾向前，為意符"行進"；腳趾向後，為定符"後退、向後"。"人"，直立，舉雙手，為定符"高、喜悅"；頭向下，倒置，為定符"倒下、顛倒"。"舟"，在水上，為定符"船舶"；倒置，為定符"顛倒、翻船"。（比較古漢字：左右、司後、子巳、子孑）

（2）丁頭字中的轉注字：

丁頭筆畫掩蓋了字形變化，難於看出"轉注"的痕跡。下例以讀音和意義的轉變作為"轉注"（大寫字母為"蘇美爾語"，小寫字母為"阿卡德語"；符號相同，讀音不同）：

"足"（符號見前文），意義轉變為"行"（GIN， alaku）和"立"（GUB， nazazu）。

"山"（符號見前文），意義轉變為"國"（KUR， matu）和"顯"（KUR， napahu）。

聖書字、丁頭字和漢字，外表形體迥然各異，可是內在結構如出一轍。上文不僅說明"六書"有普遍適用性，同時還說明了漢字內在結構的一般性。*

---

* 聖書字參考：Gardiner:《埃及文法》，第一版，牛津大學出版社，1950。Budge:《埃及文初步》，第二版，Trubner 出版社，1923。Bakir:《埃及語導論》，埃及通用出版社，1987。

丁頭字參考：R. J. Lau: *Old Babylonian Temple Records*, AMS 出版社，紐約，1966。杉勇：《楔形文字入門》，日本中央公論社，1976。Diringer:《字母》，Hutchinson 出版社，倫敦，1949。Moorhouse:《字母的凱旋》，Henry Schuman 出版社，紐約，1953。大英博物館：《巴比倫和亞述古物指南》，第二版，倫敦，1908。

下　馬亞文、彝文、東巴文中的六書

一　馬亞文中的六書

為了加深對馬亞文的瞭解，下面再用"六書"進一步說明馬亞文的來源和用法。

象形

馬亞文中有許多象形字，從功能來看，它們是意符。有的可以望文生義，有的不能。符號經過歷史變化，無法一一知道原來畫意。

▼ 馬亞文的象形

1	2	3	4	5	6	7	8	9	10
金字塔	房子	美洲豹	花	頭蓋骨	火	雨	樹叶	貓頭鷹	鸚鵡
mul	otoch	bolay	nic	tzek	pok	ak	yax	muan	moo

上例説明：1 像金字塔，中間是梯道，這種金字塔今天在馬亞地區（墨西哥）還可以看到。2 像房子，樹葉蓋頂，橫樑和支柱。3 像食肉獸的嘴臉，露出牙齒。4 像四瓣的十字花，用虛線方框圍住。5 像頭蓋骨，表形模糊。6 像火舌，表形模糊。7 像水流下降，地面水淹。8 像樹葉，有葉莖葉脈。9 像貓頭鷹的頭。10 像鸚鵡的頭，表形模糊。

象形變為假借

象形變為假借，就是意符變為音符，只留表音功能，失去表意功能。馬亞符號有相互同化現象，這是文字成熟的一種標誌。

▼ 馬亞文的假借

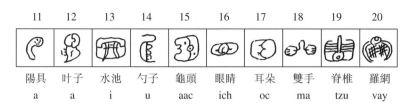

11	12	13	14	15	16	17	18	19	20
陽具	叶子	水池	勺子	龜頭	眼睛	耳朵	雙手	脊椎	羅網
a	a	i	u	aac	ich	oc	ma	tzu	vay

上例說明：11 像男性生殖器。12 像葉子，附加裝飾符號。13 像水池。14 像勺子。15 像烏龜的頭，跟上例 10（鸚鵡）近似。16 像眼睛。17 像野獸的耳朵。18 像伸開雙手表示否定的手勢。19 像脊椎骨。20 像羅網。以上象形字（意符）都已經變成假借字（音符）。

會意

會意字大都表示抽象意義，屬於意符，又往往假借作為音符。

▼ 馬亞文的會意

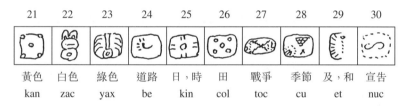

21	22	23	24	25	26	27	28	29	30
黃色	白色	綠色	道路	日，時	田	戰爭	季節	及，和	宣告
kan	zac	yax	be	kin	col	toc	cu	et	nuc

上例說明：21 像四角用石堆定界的小塊土地，土地黃色，表示"黃色"。22 像玉米的稈莖，稈莖白色，表示"白色"。23 同上例 8（樹葉），樹葉綠色，表示"綠色"，用作意符讀 yax，用作音符讀 hal。24 像腳印，表示道路；四周加方框。25 像四瓣的花朵，花開有時，花開向日，表示"時、日"；用實線方框，跟上例 4（花）虛線方框有別；又用作音符讀 kin。26 像播種了的田地，中間有下玉米種子的小坑，用作音符讀 col。27 像矛頭，附加裝飾符號，表示"戰爭"等意義；用作音符讀 toc。28 像天上有雲雨，附加裝飾符號，作為音符讀 cu。29 像水滴，寫在半個方框中，有附加符號，表示"及、和"等虛詞；又用作音符讀 et。30 橫 S 形，像蟲，加虛線方框，表示"宣告"等意義；又用作音符讀 nuc。

形聲

　　馬亞文有許多形聲字，功能屬於意符，但是又可以假借作為音符。形聲字把兩三個符號（文）組合成一個複合體（字）。聲旁表音不一定準確，或近似、或不全，或不能表音，表音只有近似性。馬亞文有複合聲旁，聲旁可以在上、在下、在左上、在右上，位置無定。

▼ 馬亞文的形聲

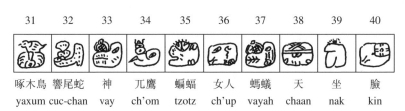

31	32	33	34	35	36	37	38	39	40
啄木鳥	響尾蛇	神	兀鷹	蝙蝠	女人	螞蟻	天	坐	臉
yaxum	cuc-chan	vay	ch'om	tzotz	ch'up	vayah	chaan	nak	kin

　　上例說明：31 上為鳥形，表示鳥類（形旁），下為讀音 yax（聲旁），讀音不全，從 yax 引出啄木鳥 yaxum。32 下為蛇形（形旁），上為讀音 cuc（聲旁），讀音不全，從 cuc 引出響尾蛇 cuc-chan。33 下為獸類的嘴臉，表示"神"的圖騰（形旁），左上為讀音 vay（聲旁）。34 下為鳥頭（形旁），左上為音符（聲旁），音符讀音 ti 跟"兀鷹"ch'om 不符。35 下為蝙蝠的頭形（形旁），表形模糊，上為讀音 itz（聲旁），只能提示蝙蝠 tzotz 的部分讀音。36 像女人的面形（形旁），中右有音符 chup（聲旁），跟女人 ch'up 讀音相近。37 下為嘴臉形（形旁），原意不明，左上為音符 vay，中右還有一個音符 ah，兩個音符組合成為螞蟻 vayah（複合聲旁）。38 上面圖形表示"天"（形旁），下面是音符 cha（聲旁），引申出"天"chaan。39 下面是坐着的人（形旁），上面是音符 mo（聲旁），音符讀音跟"坐"nak 不符。40 圖為臉形（形旁），右上角是音符 kin（聲旁，同上例 25）。

指事

　　指事字大都符形簡單，由意符或音符變成定符時候，失去原有的意義和讀音。

▼ 馬亞文的指事

41	42	43	44	45	46	47	48	49	50
三	二	點子	三圈	蟲	火焰	繁育	符號	神	狩獵
ox	ca	mo	bil	nuc	無音	n-, he	無音	無音	toc

上例說明：41 三個點子表示"三"。42 兩個小圈表示"二"，中間有附加符號；用作音符讀 ca。43 一個點子，外加虛線方框，意義不明；用作音符讀 mo。44 三個小圈，方框圍住；用作音符讀 bil。45 橫 S 形，像蟲，不加方框，上例 30（宣告）加了虛線方框；用作音符讀 nuc。46 定符，像火焰，無讀音。47 定符，有"繁育、犧牲"等意義，又可作音符。48 定符，無意義，無讀音，用於區別字形。49 定符，像臉形，中有"龍目"符號，表示"神"的圖騰，無讀音。50 像矛頭，定符，表示"狩獵"等意義；同上例 27（戰爭）。

轉注

把符號反過來、倒過去，或者略作變更，成為另一個字，這是轉注的一種方法。

▼ 馬亞文的轉注

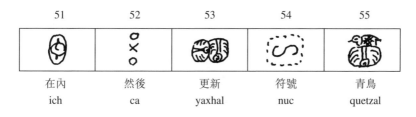

51	52	53	54	55
在內	然後	更新	符號	青鳥
ich	ca	yaxhal	nuc	quetzal

上例說明：51 符號原來橫寫，表示眼睛（上例 16）；改為豎寫變成"在內、內邊"等意義。52 符號原來橫寫，表示"二"（上例 42）；改為豎寫變成"然後"的意義。53 這是複合符號，左邊橫寫，右邊豎寫（上例 23），兩符結合表示"更新"等意義。54 蟲形加虛線方框，定符，表示"符號"等意義；同上例 30（宣告）。55 跟上例 31（啄木鳥）圖形近似，二者分別在鳥形略異，表示"青鳥"。

馬亞人以"黑吼猴"為文字之神，因為以"黑吼猴"為圖騰的部落最先創造了文字。

參考：Iu. V. Knorozov《馬亞文》，蘇聯科學院出版社 1963。Iu. V. Knorozov《古馬亞文研究簡述》，周有光譯；《馬亞文的釋讀》，丁酉誠等譯，文字改革出版社 1964。A. M. Tozzer《蘭大的尤加坦紀事》，美國麻省劍橋博物館 1941。*National Geographic*，vol. 176，no. 4，1989，p. 435。

二　彝文中的六書

彝文符號由"筆畫"構成，筆畫可以歸納為 10 類（根據武自立）。

另一説法，筆畫 10 類是："點、橫、豎、反、側折、正折、倒、一再折、方、圓"；還有 20 類的筆畫分類法。

彝文符號的主要筆畫（主幹）稱為"部首"（不代表"意類"，跟形聲字的"部首"性質不同）。部首數目各地不一。"四川規範彝文"有 26 部首，它們的符號和名稱如下：

▼ 彝文的筆畫

	點	橫	豎	撇	橫折	豎折	撇折	弧	圓	曲
筆畫	、	一	＼	ノ	フ	し	く	∩	○	ɯ
例字										

傳統彝文是獨立發展的"自源"文字，有獨特的形體和結構。彝字和漢字都是"意音文字"，又同樣處於"漢字文化圈"之中。（比較：藏文和傣文屬於印度文化圈）。彝字和漢字都是一個符號代表一個語詞或者一個音節，涼山彝字筆畫跟漢字篆書特別相像。彝字跟漢字是"異源同型"。

▼ 彝文的部首

變部	去部	二部	一部	用部	空部	加部	八部	動部	母部	滑部	搖部	出部
I	J	ſ	ſ	N	N	J	N	S	D	C	U	V

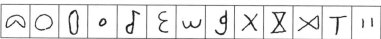

彝字有一小部分可能來源於漢字，大部分不是從漢字演變而成。長期處於漢字的大環境中，少數民族文字多少受些漢字的影響，不會使民族文字失去自己的特性。

彝文經過歷史變化，多數字符難於找尋來源，已經變成假定的抽象符號。但是有一部分可以用"六書"說明來源。舉例如下：

▼ 彝文中的象形字

上例說明："頭"像人頭（1 有髮、2 無髮、3 變方）。"臉"像人臉（突出鼻子）。"梳"像木梳。"飯"像一碗飯。"蛋"像雞蛋。以上象形明顯。"鴨"（鴨浮水上）。"鳥"（像飛鳥，123 逐步簡化）。"胃"、"手"、"樹葉"，近似實物。有的象形不明顯。

▼ 彝文中的會意字

上例說明："湖"（海），四周有岸，水在中央。"雨"，水從天降。"漏"，水在滲漏。"浸"，物在水中，上加蓋子。"滴"，水字倒置，水滴流下。"浮"，水上有漂浮物。"鳧"，野鴨浮水。"孵"，鳥在蛋上（123 逐步簡化）。"灑"，飯粒灑出碗外。"獻"，貢品味散碗外。"走"，兩腳邁開，表示前走。"傻"，心不靈則傻。會意字大都是合體字。

"會意"和"表意"略有區別。"會意"可以"體會意義"，"表意"只能"死記意義"，二者都是"意符"。下面是雲南規範彝文《字彙本》（1991）中開頭三個部首的"表意字"：

▼ 彝文中的表意字

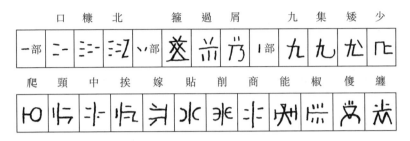

▼ 彝文中的指事字

	地	符	上	下	位	符	左	右

上例說明："地"，上加兩橫為"上"字，下加兩橫為"下"字。"位"，左下加符號為"左"字，右下加符號為"右"字。"指事符號"依附於另一符號而表示意義。

假借，有的借彝字，有的借漢字（注音根據"四川規範彝文"的拼音符號）。

（甲）借彝字（"同音假借"或"近音假借"，借音改意）。

▼ 借彝字的讀音

上例說明："丘" pu（"田"，123 三體），意義借作"打開、價錢、祖先"。"木" sy（"柴"，123 三體），意義借作"死、殺"。翅¹，ddu（貴州大方），意義借作"後、可能、腳跡"。翅²（雲南祿勸），意義借作"通同、腳跡、遺跡、有關、地洞、掃帚、一堆"。翅³（四川涼山），意義借作"出、做完、吃過、激怒、木权"。"浮" bbe（水上有漂浮物），意義借作"山、甕"。"蛋" hla（象形），意義借作"月亮、關牲口"。"哭" nge（兩眼流淚），意義借作"搖、討飯"。"洞" bo（山洞），意義借作"公畜、議論"。

（乙）借漢字（所借古漢字見鼎彝、錢幣、《古泉匯》等，也可能是偶合）。
關於借漢字，各家意見不一，這裏姑從一般説法。

1. "借詞"（形音義兼借）。借中有變。"借形"改形，接近原形；"借音"改
音，接近漢音；"借義"不變，作為彝語（下例一説是彝語所固有，見圖表 7-27）。

2. "借形"（借形，不借音義）。"借形"改形，改讀彝音，改表彝義（見圖
表 7-28）。

3. "借音"（借音、借形，不借義）。"借音"改音，接近原音；"借形"改形，
接近原形；不借漢語意義，改為彝語意義（見圖表 7-29）。

▼ 彝文中的漢語借詞

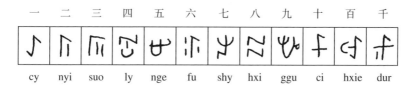

一	二	三	四	五	六	七	八	九	十	百	千
cy	nyi	suo	ly	nge	fu	shy	hxi	ggu	ci	hxie	dur

▼ 借漢字的形體

（漢字）	五	井	生	田	呂	系	口	邑	木	朱	午	巳
（彝義）	ci	ro	ddie	ly	ggu	zo	te	zo	bbi	mi	fu	li
（彝義）	齊	叉	制	象	惊	顛	時	覓	散	名	燒	卷

▼ 借漢字的讀音

五¹	五²	五³	五⁴	九¹	九²	九³	二	箭	眼	匸	甲

上例説明：這些字來源於古漢字，形體略變，讀音各地不同，但都接近
漢音；用作音符，意義任意改變。例如：借"五"ngo（1234 四體），表示"魚"
（雲南綠春、新平），表示"我"（彌勒），表示"借"（祿勸、武定），表示"陰間"
（雙柏），表示"豬嘴拱地"（路南、瀘西），表示"犁地"（貴州大方、畢節）。

借"九"ge（123 三體），表示"跪"（雲南彌勒），表示"土塊"（羅平），表示"裏面、內"（祿勸、武定），表示"搖擺、煙、雷"（貴州大方、畢節）。借"二"ni，表示"天"。借"箭"no，表示"多"。借"眼"nie，表示"看、黑"。又：借古漢字"厄"表示彝語"危"fo。借古漢字"甲"表示彝語"加"ge。

4."借義"（借義、借形、不借音）。"借義"採用漢義；"借形"略改字形；不讀漢音，改讀彝音。

▼ 借漢字的意義

上例說明："白、寫、魚、水"等字來源於古漢字，取義不取音，彝音注於字下。"水 1"（貴州大方，異體 8 個）；"水 2"（雲南，異體 5 個）；"水 3"（四川，異體 7 個）。又，有的彝字，筆畫太繁，改借簡單的漢字，但又略變字形。例如：人 1（太繁），改用漢字：人 2（用於"牧人"、"農人"等）。力 1（太繁），改用漢字：力 2。兵 1（太繁），改用漢字：兵 2。

"假借"主要是"借音"（表音化）。雲南規範彝文中的"表音字"，四川規範彝文中的"音節字"，主要由"假借"（借音）而形成。

一般認為，彝文是從"意音"到"音節"的文字，沒有"形聲字"（比較：納西東巴文有大量的"形聲字"）。

丁椿壽《彝文論》（1993）認為彝文有形聲字，但是為數甚少，處於萌芽期；彝文的形聲字有三種：表音兼表義、一形二聲、會意兼形聲。

▼ 彝文中的形聲字

上例説明："覓、鏽"屬於"表音兼表意"。"頭"有"看"的意思。"鐵"會生鏽。"主"屬於"一形二聲"。"仙"表音,並幫助表意。"財"屬於"會意兼形聲"。"錢"和"糧"都是"財"。

《彝文論》中舉出"形聲字"20例,但是其中的表意符號(相當於部首)沒有一個兼用於兩個形聲字中,這跟表示"意類"的"部首"可以通用於多個形聲字完全不同。這樣的形聲字只能説是"準形聲字"。

三　東巴文中的六書

東巴文的結構可以用"六書"來説明。"六書"不僅可以説明"意音文字",也可以説明"形意文字"。

(1) 東巴文中的象形字

東巴文中,象形字非常豐富。有單體符號和合體符號,有的圖畫性很強,有的圖畫性較弱。符號常有異體。象形是從繁到簡的動態現象,不是一成不變的靜態現象。

▼ 東巴文中的象形字舉例

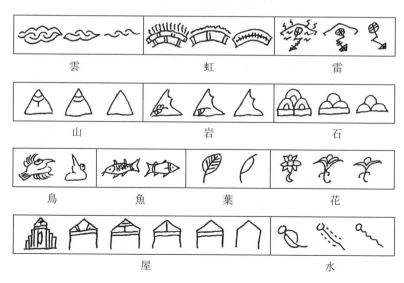

| 日 | 月 | 星 | 火 | 雨 | 男 | 女 | 衣 | 褲 |

東巴文的符號，極大多數來自象形，有的可以望文生義，有的不能，需要經過學習然後形成聯想。

（2）東巴文中的指事字

東巴文中的指事字有兩種：一種是獨立的指事符號（主要是數字），另一種是不獨立的指事符號，附加在其他獨立符號上表示意義。

▼ 東巴文中的指事字舉例

上例說明：數字都是獨立的指事符號。不獨立的指事符號，例如"點子"表示"多數"："實物粉碎"為"粉"；"二人加點"為"眾"；"雙木加點"為"林"；"倉滿"為"富"；"我們"為"咱"；"蕨多"為"增"；"空腹"（飢）加點為"飽"；

"乳頭"（白）加點為"乳"。"小圈"表示"位置"："山頂加圈"為"上、巔"；"圈心串線"為"中"；"腳下有圈"為"下、底"；"圈分左右"為"分"；"圈在蓋下"為"罩"。"折線"表示"聲音"："人口吐線"為"説"；"鳥口吐線"為"鳴"。"線點"表示"大聲"："口出大聲"為"喚"、為"笑"。"單線"表示"方向"："平向、向上、向下、斜豎、彎曲"表示"行、升、降、登、鑽"。"抖線"表示"震動"："雨點搖落"為"露"；"雪珠震動"為"霜"；"板裂、石裂、地裂、刀切、酣睡、光亮"，都是"震動"（"裂"分為"板裂、石裂、地裂"等，同義多字）。

　　"指事"跟"會意"相近。指事符號非常簡單，附加符號離開獨立符號就意義難明，這是指事符號的特點。

（3）東巴文中的會意字

　　東巴文有兩種"會意"。一種是"篇章會意"：一個或一組圖符，代表長篇的語言（篇章、章節、語句、成語、名稱等）。另一種是"語詞會意"：組合兩三個圖符，代表一個語詞。

▼ 東巴文中的篇章會意

　　上面是納西族"開天闢地"神話中的一段，敍述洪水滔天之後，人類始祖"查熱麗恩"上天去找天女"翠紅褒白"的故事。只用幾個圖符；鳥在籬上，箭射嗓子；男人持弓射箭；女人拿梭投擲；織布機。大意："翠紅褒白正在織布的時候，有一隻斑鳩飛來歇在菜園的籬笆上，查熱麗恩帶了弩箭去射它，瞄了三次，不曾射出。翠紅褒白連聲説：射呀，射呀。她趕快拿起織布的梭子往查熱麗恩的手肘上一撞，箭就射出去了，正好射在斑鳩的嗓子上"（《人類遷徙記》，載《納西語簡志》和《納西象形文字譜》）。這很像幼稚園的"看圖講故事"。

　　有的"篇章會意"代表多音節的"名稱"或幾個句子組成的"成語"。

"金沙江"　　　　"納西族"　　　一句成語（見下文）

上例説明：地名"金沙江"用"水"（江）和"金"（金紐扣）來表示。族名"納西族"用"人"和"稻"來表示（"人"頭畫黑點，"黑"na 是納西族的自稱；"稻"xi 是"族"或"人"的意思：連讀就是"納西"naxi）。這裏的一句成語是："艾生坡上先於草，納西歷史起源早"，用"艾"和"坡"來表示（"坡"中黑點na 代表"納西族"）。

東巴文的"語詞會意"跟漢字"會意字"結構相似。

▼ 東巴文中的會意字舉例

晴　　陰　　捕　　涉　　砍　　耕　　縫　　談　　婚

上例説明："日麗於天"為"晴"；"浮雲蔽天"為"陰"；"鷹爪捕鳥"為"捕"；"馬蹄涉水"為"涉"；"斧頭砍樹"為"砍"；"犁地起土"為"耕"；"針線縫裙"為"縫"；"兩人對語"為"談"；"巫師證婚"為"婚"（用酥油塗額）。這都是兩三個符號組合的"複合會意字"（比較漢字："日月"為"明"；"人言"為"信"；"小土"為"塵"；"一火"為"滅"）。

（4）東巴文中的假借字

"假借"：借原字的"音"，不借原字的"意"，這就是"表音化"。"假借"有兩種：一種是"部分假借"，在非表音文字中用一部分"同音代替"，不改變文字體系的性質。另一種是"全部假借"，完全用"同音代替"，把非表音文字改為表音文字。"東巴文"屬於前者，"哥巴文"屬於後者。

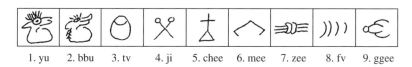

▼ 東巴文中的假借字舉例

1. yu　2. bbu　3. tv　4. ji　5. chee　6. mee　7. zee　8. fv　9. ggee

上面例子中的注音，用“納西拼音文字”（1983，省略調號，便於打字，下同）。上例都是借用字音，改變字義：1. 原意“猴”，借表“祖先、人生、輕”。2. 原意“豬”，借表“姻緣、輪班、吻”。3. 原意“奶渣”，借表“踩踏、出錢、剝豆”。4. 原意“剪刀”，借表“小、怕、馱”。5. 原意“吊”，借表“這、破、堆柴”。6. 原意“天”，借表“萬、疤”。7. 原意“拴”，借表“算”。8. 原意“毛”，借表“去”。9. 原意“嚼”，借表“真”。借用以後的意義，可以跟原來意義完全不同，也可以有某種聯想關係。

“東巴文”中大約有“假借符號”40~50個（武志和《試論納西象形文字的特點》，載《東巴文化論集》1985）。東巴文形聲字中還有許多用作“聲旁”的假借，見後文。

東巴文中的“章節圖符”和“音節字符”，並立應用，可以相互代替。“音節字符”是同音假借。二者對照可以說明“表音化”的演變。

▼ 東巴文中章節圖符和音節字符的對照

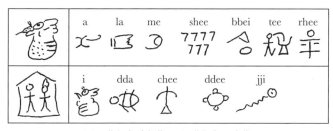

a　la　me　shee　bbei　tee　rhee

i　dda　chee　ddee　jji

（上：“太古時候”；下：“事主一家”）

上行“片語”的意思是“太古時候”；下行“片語”的意思是“事主一家”。同樣的“片語”可以用不同的“東巴文”來書寫。左面是章節圖符的東巴文，只用一個圖符。右面是音節字符的東巴文，一個符號只代表一個音節。這裏可以看到東巴文從表意到表音的“表音化”的演變（比較：日文“私”又寫“わたくし”）。

（5）東巴文中的形聲字

東巴文的"形聲字"相當發達，由"部首"和"聲旁"構成，"部首"表示意義類別（不表音），"聲旁"表示讀音（不表意，跟符號的原來意義無關）。"形聲字"有的代表"語詞"，有的代表或長或短的"語段"。代表"語詞"的"形聲字"跟漢字"形聲字"的結構相似。

▼ 東巴文中的形聲字舉例

上例說明："崗"從"坡"，do（板）聲。"岩"從"岩"，ai（雞，省）聲。"肝"從"肝"，ser（柴）聲。"村"從"屋"，bbei（雪）聲。"樓"從"屋"，co（跳）聲。"親"從"人"，ko（籬，省）聲。"舅"從"人，省"，eggv（熊）聲。"甜"從"人，張口"，qi（刺）聲。"病"從"人，橫臥"，ggu（倉）聲。

東巴文中還有代表"地名"和"人（神）名"的"專名形聲字"。這種"形聲字"往往有多個"聲旁"，代表多音節的語詞或名稱（漢字"形聲字"只有一個聲旁，都是單音節符號）。

▼ 東巴文中的專名形聲字舉例

上例説明："三思河"（sa-see-kai），部首"渠"（kai），聲符 sa（氣），see（羊毛）。"白地白水河"（bber-dder-bber-per-jji），部首"水"（jji），聲符 bber（繩），dder（騾），bber（省），per（解）。"佛婆"（"善神之妻"cee-zhua-jji-ma），部首"女神"，聲符 cee（鑼），zhua（牀），jji（水），ma（簸）。

東巴文"形聲字"有常用"部首"40 來個（用意義類別，不用讀音）。

▼ 東巴文形聲字的部首舉例

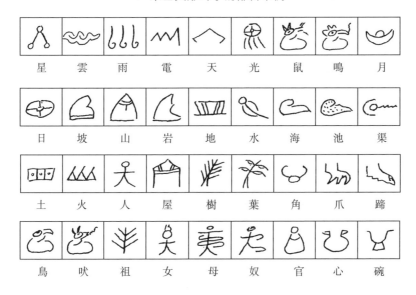

星	雲	雨	電	天	光	鼠	鳴	月
日	坡	山	岩	地	水	海	池	渠
土	火	人	屋	樹	葉	角	爪	蹄
鳥	吠	祖	女	母	奴	官	心	碗

▼ 東巴文形聲字的聲旁舉例

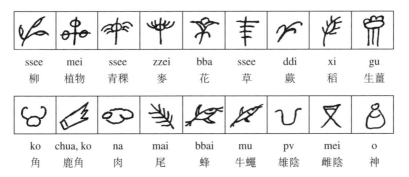

ssee	mei	ssee	zzei	bba	ssee	ddi	xi	gu
柳	植物	青稞	麥	花	草	蕨	稻	生薑

ko	chua, ko	na	mai	bbai	mu	pv	mei	o
角	鹿角	肉	尾	蜂	牛蠅	雄陰	雌陰	神

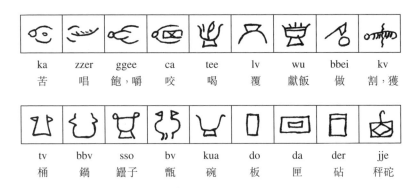

ka	zzer	ggee	ca	tee	lv	wu	bbei	kv
苦	唱	飽，嚼	咬	喝	覆	獻飯	做	割，獲

tv	bbv	sso	bv	kua	do	da	der	jje
桶	鍋	罐子	甌	碗	板	匣	砧	秤砣

東巴文"形聲字"有常用"聲旁"200多個（用讀音，原義僅作參考）。

(6) 東巴文中的轉注字

"轉注"的意義如果解釋為"字形略改、字義略變"，那麼，"東巴文"中也有許多"轉注"字。

▼ 東巴文中的轉注字舉例

月	夜	飯	餓	人	臥	鬼	死	站

坐	跳	舞	走	跑	爬	跪	左	右

上例"轉注"有兩種：一種是改變符號的方向，例如："月"和"夜"，"飯"和"餓"（缺糧）。另一種是改變符號的畫法，例如："人"和"臥"，"鬼"和"死"，"站"和"坐"，"跳"和"舞"，"走"和"跑"，"爬"和"跪"，"左"和"右"。兩種方法都是微小的"變形"。

第八章 | 彝文的傳統和規範化

一　彝族和彝語

彝族是古羌人從中國西北南下，在長期發展過程中，與西南土著部落不斷融合而成的民族。有人口 650 多萬（1990），居住在雲南、四川、貴州、廣西等省區，一小部分居住在緬甸、泰國、越南和老撾。四川涼山彝族自治州（大涼山）是最大的彝族聚居區。

彝語屬漢藏語系、藏緬語族、彝語支，分為六個方言和若干次方言，方言之間相互通話困難，尚未形成民族共同語。

二　傳統彝文

彝族有古代傳下的老彝文，史稱"韙書"、"爨文"。

金石銘文最早見於明代，有：明成化二十二年（1486）造、貴州大方永興寺銅鐘銘文，彝漢兩文對照。明嘉靖十二年（1533）造、雲南昆明祿勸彝族苗族自治縣《鐫字崖》石刻，彝漢兩文對照。明嘉靖二十五年（1546）造、貴州大方安氏土司《千歲衢碑記》，彝漢兩文對照。明萬曆二十年（1592）造、大方《水西大渡河建石橋碑記》，彝漢文石碑各一，彝文石碑記述水西土司安氏世代歷史，長 1192 字。

史書記載也始於明代。《天啟滇志》（明天啟 1621~1627）爨蠻條："有夷經，見爨字，狀類蝌蚪。"《景泰雲南志》（明景泰 1450~1456）：曲靖風俗和馬龍州風俗條，都說有爨字。《滇系·雜載》："漢時有納垢酋之後阿畊者，為馬龍州人，棄職隱山谷，撰爨字如蝌蚪，二年始成，字母一千八百四十有奇，號書祖。"《開化府志》亦載此說。貴州《大定縣誌》風土志："（明）安國亨所譯夷書幾則，內載阿呵，唐時納垢酋，居岩谷，撰爨字，字如蝌蚪，三年始成，字母一千八百四十，號曰韙書，即今爨字；文字左翻倒念，亦有象形、會意諸義。"《大清一統志》："唐，阿畸（呵），納垢夷之後，撰字母一千八百四十。"《新纂雲南通志》："官府文書必為爨字於後，乃知遵守，是乾嘉之際其字猶行於夷中也。"

根據史書記載和金石銘文，彝文大致創始於唐而發展於明。也可能在唐以前很早就有文字，到唐代進行了整理。

現存彝文書籍以手抄本居多，刻本很少。內容有關宗教祭祀的居多，也有部分歷史、哲學、文學、醫藥等書，總數萬冊以上。名著有：敍事長詩《阿詩瑪》（路南）。《古代戰爭故事》、《醫藥、曆法、政教彙集》（祿勸）。醫藥專書（雲南雙柏縣，明嘉靖四十五年）。《西南彝志》（貴州，共 37 萬字）。四川涼山三大名著：《橋杩》、《孝經》、《媽媽的女兒》。上述書籍中，《阿詩瑪》、《西南彝志》和涼山三大名著已經翻譯成漢文。

彝族居地分散，交通險阻，"言語異聲、文字異形"。傳統彝文各地不同。四川涼山彝文近似篆書，多作長方直立形；雲貴彝文，在篆書隸書之間，多作長方橫臥形。同一字形，雲貴與涼山約呈九十度的差異。彝文大約每字一至七筆，筆畫分為 10 種或 20 種，分類無定。彝文由"主幹"和附加符號組成，主幹稱"部首"，分部各地不同。貴州《彝文字典》分 119 部；"雲南規範彝文"《字彙本》（1991）分 71 部；"四川規範彝文"（1979）分 26 部。彝字數量，雲南最多，有 14200 多字；四川有 8000 多字；貴州有 7000 多字；最少是廣西，約 800 多字。異體甚多，最多一字有一百多個異體。雲南、貴州和廣西由左向右豎行書寫；四川大涼山和雲南寧蒗從右向左橫行書寫。

這種分歧，不足為怪。漢語漢字經過兩千多年的規範化，至今依舊是字無定量，異體紛呈，方言異聲，簡繁由之。彝文的分歧可以幫助我們推想漢語漢字在"書同文"之前的春秋戰國時代。

由於傳統彝文是如此紛繁，1956 年的調查表明，彝族識字率只有 2.75%。傳授傳統彝文由宗教的經師（"畢摩"）掌握。

三 彝文的規範化

彝文在 50 年代嘗試拉丁化失敗之後，改為實行老彝文的規範化。

四川省制訂"四川規範彝文"，1976 年試行，1980 年經國務院批准正式推行。它從老彝文中選用 819 個字符（廢除 7000 多個異體字），代表四川大涼山的彝語方言（北部方言）的分調音節，以聖乍話為基礎方言，以喜德語音為標準音。這是民族形式的"涼山彝語方言音節文字"（參看後文"音節文字"章中的"規範彝文"）。

雲南的彝族，支系多、方言多，難於採用統一的音節文字。雲南的老彝文有 14200 多字，各地寫法和讀法都不一樣，既有表意字，又有表音字，原來是一種"表意兼表音"的"意音文字"。1983 年開始擬訂"雲南規範彝文"，從老彝文中選取"表意字"2300 字，"表音字"350 字，共計 2650 字。1987 年雲南省批准在雲南彝族地區試行。"表意字"表示彝語的語詞意義，各地可以讀成各地的方音（"超方言"）。"表音字"用於書寫彝語中的大量漢語借詞。"雲南規範彝文"是表意兼表音的"雲南彝語超方言意音文字"。

彝族還採用以中文拼音為基礎的"彝語拼音符號"，說明注音正音，學習漢文。

傳統彝文本來屬於甚麼"文字類型"呢？這有三種說法：

1. 表意文字。"彝文發展初期也是和世界各國文字發展的規律相同，即由象形文字（表形）發展到表意文字（表意）。""彝文是表意類型的文字，因為它具有從形見義、因義知音的特點。"

2. 表音文字（音節文字）。"彝文既不是表達彝語的詞或詞素的表意符號，也不是表達彝語音素的音素符號，而是表達音節的音節符號，也就是音節文字。"

3. 意音文字（表意兼表音）。"傳統彝文的類型是：主要具有表意特點，也具有表音特點的綜合型文字。""雲南和貴州的彝文，一部分有固定的意義，另一部分同音假借；四川彝文不同，文字本義都已消失，同音詞都用同音字書寫；從整體看，彝文從表意文字逐漸向表音文字轉化，它的類型是表意兼表音。"

單看一個地區，上面三種說法各有各的道理。從全域來看，第三種說法可以概括各地的事實。一種文字在不同的地區有不同的發展狀態，這是許多民族的常見現象。彝文處於從"意音文字"到"音節文字"的演變之中。雲南的規範彝文屬於"意音文字"性質，四川的規範彝文屬於"音節文字"性質。

（參看第七章彝文中的六書）。

四　彝文演變的特點

1. 除印度系統的藏文和四種傣文之外，中國西南民族的傳統文字只有一種保存下來並加以規範化，成為今大的正式民族文字，那就是老彝文。

2. 老彝文今天處於從"意音文字"到"音節文字"的演變過程中。老彝文有"表意字"和"表音字"，但是沒有"形聲字"或者只有極少幾個"准形聲字"。"意音化"不一定等於"形聲化"，這一現象值得注意。納西東巴文有豐富的形聲字而老彝文幾乎沒有形聲字，這是鮮明的對比。

3. "意音文字"向前發展有兩條道路。一條是"意符"和"音符"並用（形聲化）。另一條是全用"音符"（音節化）。雲南規範彝文走前一條道路。四川規範彝文走後一條道路。兩條道路都是從"表意"到"表音"。在同一民族的同一文字中，發生從"表意"變為"表音"的現象，這是很少見的事例。

4. 雲南規範彝文跟正規日文相似。正規日文是表意字符（漢字）和音節符號（假名）的混合體。雲南規範彝文是"表意字"和"表音字"的混合體。日文由於有了假名，可以限制漢字數目，法律和公文只用 1945 個常用漢字。雲南規範彝文如果適當運用"表音字"，也可以限制"表意字"的數目（比較：漢文沒有表音字）。

5. 四川規範彝文跟日本全用假名的"假名文字"相似。彝文的"音節字"和日文的"假名"同樣都是不能分析的音節字符。

6. 四川和雲南有了規範彝文，貴州和廣西還沒有。有人主張設計雲貴川桂四省區統一的規範彝文。統一是好事，但是條件沒有成熟的時候，勉強統一是難於成功的。彝文從傳統狀態向規範化前進，這是腳踏實地、因地制宜的文字改革，符合文字發展的漸進要求。

7. 基督教會在 20 世紀初期設計了五種彝語文字，都沒有發展成為現代通用文字，從略不述。

本節承彝族專家武自立先生、畢雲鼎先生、姚昌道先生通信指正並提供資料，特此申謝！
參考：陳士林《彝語簡志》1985；《四川規範彝文》，載《中國少數民族文字》1992；《試論彝文的起源、
　　　類型和造字法原則問題》，載《羅常培紀念文集》1984。武自立《傳統彝文》，載《中國少數民
　　　族文字》1992；《規範彝文在涼山彝族地區的巨大作用》，載《中國少數民族語言文字使用和發
　　　展問題》1993；武自立專家的通信資料。武自立、紀嘉發、肖家成《雲貴彝文淺論》，載《民族
　　　語文》1980 年第 4 期。朱文旭《彝文類型淺議》，畢雲鼎《雲南規範彝文概況》，載《文字比較
　　　研究散論》1993；畢雲鼎專家的通信資料。馬學良《彝文》。陳士林《彝語》，胡慶均《彝族》，
　　　載《中國大百科全書·民族》1986。馬學良《再論彝文書同文的問題》，載《民族語言教學文集》
　　　1988。涼山州編譯局選編《彝族語言文字論文集》1988。丁椿壽《彝文論》，四川民族出版社
　　　1993。李民《彝文》，載《民族語文》1979 年第 4 期。姚昌道專家的通信資料。

第九章 馬亞文及其音節化

一 美洲的文化搖籃

文化搖籃的主要標記是創造文字。不少人以為，美洲原住民沒有創造過達到成熟水平的本土文字，談不上有過文化搖籃。事實並非如此。

哥倫布到達以前的美洲，有兩個文化中心。一個是南美的印卡（Inca），在現在的秘魯 *。一個是中美的馬亞（Maya），在現在的墨西哥、貝里斯（Belize）和危地馬拉，以尤卡坦（Yucatan）半島為中心。馬亞人創造了達到成熟水平的本土文字：馬亞文。

馬亞文大致形成於公元前不久。從現存石碑銘文來看，最早的年代是公元後 328 年，一直應用到 16 世紀。西班牙人入侵，野蠻地破壞了馬亞文化，焚燒馬亞書籍，屠殺掌握文字的馬亞巫師。曾經在 1500 年間應用的馬亞文，到 17 世紀已無人認識，甚至很少人知道有過這種文字。

晚近學者搜集到的馬亞文獻分為兩類：

一類是寫本。馬亞人用毛髮製筆，主要用人的頭髮；用樹皮製紙，主要用無花果樹皮；有寫本，沒有印刷術。西班牙人焚書以後，只有三部殘缺的寫本倖存下來，分別收藏在西班牙、法國和德國的圖書館，以收藏地點命名為馬德里（Madrid）寫本（一說稱"特羅科爾特霞諾"本），巴黎（Paris）寫本和德累斯頓（Dresden）寫本。寫本由一行文字、一行圖畫組成，很像連環畫。

---

* 印卡帝國的手工藝達到相當高的水準水平，例如能製作精美的金器，但是在前哥倫布時期處在"結繩而治"的階段。不過南美學者說印卡也有過文字，見 D. E. Ibarra Grasso: *La Escritura Indigena Andina*, La Paz, Bolivia, 1953。

寫本是釋讀馬亞文的基本資料。

另一類是銘文，刻在石碑上和其他器物上。馬亞人每隔幾年要刻一塊石碑，記錄經過的歷史。銘文文字比寫本文字早，但是二者一脈相承、基本一致，雖然並不完全相同。

此外，馬亞人還遺留下極少一些在西班牙佔領以後用拉丁字母（所謂"傳統字母"）書寫的馬亞文獻。一種叫做《先知集》(*Chilam Balam*)，是一本傳説和神話集。另一種叫做《波普爾武》(*The Popul Voh*)，是 16 世紀中葉用危地馬拉的馬亞方言（Quiché 語）寫成的傳説，被稱為"馬亞聖經"。

二　馬亞文的釋讀

丁頭字和埃及聖書字的發現和釋讀，都是極有趣味的故事，可惜限於篇幅未能多談。馬亞文的發現和釋讀，另是一種情況，這裏略談幾句。

近百年來，考古學者和語文學者努力釋讀被遺忘了 300 年的馬亞文，可是成果極少。直到 20 世紀 50 年代，蘇聯學者克諾羅作甫（Iu. V. Knorozov）找到了門徑，才獲得基本成功。

門徑是甚麼呢？門徑是正確地認定馬亞文的文字類型。

過去所以成果極少，據克諾羅作甫説，主要是由於受了兩種錯誤假定的影響。一種假定是把馬亞文當作純粹的表音文字來釋讀。另一種假定是把馬亞文當作純粹的表意文字來釋讀。

法國的美洲學者在 1863 年找到了西班牙侵略者蘭大（Diego de Landa）在 1566 年寫的《尤卡坦紀事》，其中有用拉丁字母拼寫馬亞語的"蘭大字母表"。於是，人們把馬亞文當作純粹的"拼音文字"來釋讀，結果失敗。

馬亞文的外形是圖形性的。另外一些人把馬亞文看作是純粹的"表意文字",想用"看圖識字"的方法來探索馬亞文各個符號所代表的事物和意義,並且把"字源"意義當作"實用"意義。結果也是失敗。

所有古代的"始創"文字在達到成熟水平以後,都不是簡單地表音或表意,而是複雜地結合應用表音和表意等方法。克諾羅作甫說:"聖書字(意音文字)在世界不同地方的人民中間出現於一定的發展階段。……不應當假定馬亞人所用的不是其他大多數古文明所用的聖書字,或者假定他們的文字是一種(純粹的)表意文字。……這樣的(表意)文字是否存在過,還有待證明。"*

他以比較文字學的發展觀點作為釋讀馬亞文的指導原理,一方面排除純表音說,另一方面排除純表意說,正確地認定馬亞字屬於"聖書字"類型,跟漢字、古埃及字、古蘇美爾字等,屬於同一類型。這一類型的各種文字雖然在外形上彼此迥然不同,可是它們的基本結構是相同的,都是結合運用表意和表音等方法,有意符、音符、定符(部首)等三類符號。由於正確地認定了馬亞文的類型,他衝破了前人所遇到的"假設屏障"。

馬亞文沒有雙語文的文獻可供對照釋讀。這是釋讀的不利條件。可是,馬亞語的方言今天還活着,而且有拉丁字母拼寫的文獻作為考釋字義和解讀字音的參考。這是釋讀的有利的條件。

三　符號的分類和解說

馬亞文的發祥地大致在中美洲皮屯伊扎湖(Peten Itza,在今危地馬拉)東北的一些古代城邦。它們一直存在到 16 世紀西班牙人的入侵。巫師們把文字的發明歸功於"日眼大神"(Kinich Ahau)。文字是神聖的,只有巫師們能夠學習。常見的文字內容有曆法、禮儀、神話、歷史、預言等,還有一些敍

---

* 　《古馬亞文研究簡述》,周有光譯,收入《馬亞文的釋讀》,文字改革出版社,1964。

事詩和劇本。

　　一切文字都來源於原始圖畫。馬亞文離開原始圖畫還不太久。符號的外形保留着明顯的圖形性質。大多數像是畫在微型鏡框中的圖畫。人和動物通常畫出頭部和側影，稱為“面形”符號。器皿和實物畫出特徵部分。從符號中可以看出，當時的生產主要是刀耕火種的農業和狩獵。

　　從符號的外形來看，馬亞文的“書體化”水平是很低的。從符號的功能來看，表音功能已經超過了表意，而且有字符“音節化”的趨向。所以不能從外形來過分低估它的文字地位。

　　馬亞文的基本符號總數大約有 270 個，其中有些很少出現。常用符號 170 來個。基本符號分三類：意符、音符和定符（部首）。分述如下：

1. 意符

　　有的意符是明顯的象形字，可是這樣的字不多。例如（請看圖表 9-02），附圖 [a1]mul“金字塔”，是金字塔的簡單圖畫。[a2]otoch“房子”，上面是樹葉蓋的屋頂，下面是橫樑和支柱。

　　有的要經過解釋，才能把圖像和意義聯繫起來。例如，[a3]bolay“美洲豹”；[a4]nic“花”；[a7]ak“雨”。

　　有的是不象形的象形字。例如，[a5]tzek“頭骨”，不像頭蓋骨；[a6]pok“火”，不像火舌。

　　表示抽象概念的符號，要用聯想來理解。例如，[a8]kan“黃”，要用土地是黃色來聯想；[a10]zac“白”，要用玉米的稈莖是白色來聯想；[a11]yax“綠”，要用樹葉是綠色來聯想。而 [a11] 又作音符，讀 hal，像這樣的一符兩用或一符多用是常有的。這叫做意音文字符號的多功能性。

　　不少意符有“形聲字”的性質。例如，[a14]vay“圖騰”（神獸？），由意符（像獸頭）和音符 vay 合成。[a21]vayah“螞蟻”，由意符（像獸臉？）和兩個音符 vay 和 ah 合成。有的“形聲字”中的音符只代表讀音的一部分。例如，

[a13]cuc—chan"響尾蛇"，由意符（蛇形）和音符 cuc 合成，音符只表讀音的一半。[a12]yaxum"啄木鳥"，由意符（像鳥）和另一意符 yax 合成，yax 只表讀音的一半，而且，作為音符要讀 hal。這叫做形聲字的表音功能不全。[a19]ch'up"女人"，由意符（人面）和音符 chup 合成，ch'up 和 chup 是近似音，這叫做表音的近似性。

意符雖然大都從象形而來，可是成為代表固定的意義以後，不能望文生義，必須各個強記，因為符號本身表意不明。例如 [a23]tun"聲音"，圖意不明，不知意義和讀音的依據是甚麼。即使圖形清楚，例如 [a20] 像人的足跡，也要記好它代表的是 be"路"，不是"腳"。

意符有的代表一個詞（詞字），有的只代表詞的一部分（詞素字），不能單獨成詞，要跟別的成分結合成詞。

2. 音符

大多數基本符號都是音符。音符來源於意符。有的擔任音符以後，還兼任原來的意符職能。發揮表音功能時候，跟原來的表意功能脫離關係，至少多數是如此。所表示的讀音，有的就是原來意符的讀音，有的是原來讀音的一部分。

音符分為如下幾種：

A 型——音符表示單元音。例如，[b1] 代表 a 音，[b3] 代表 e 音，[b4] 代表 i 音，[b5] 代表 o 音，[b6] 代表 u 音。符號的音值固定以後，符號的來源就失去作用。

AB 型——這是元音加輔音的"閉音節"音節符號。例如，[b7] 是音符 aac，[b10] 是音符 et，[b11] 是音符 ich，[b13] 是音符 oc，[b15] 是音符 um。

B（A）型——輔音加元音的"開音節"音節符號，或者去掉元音、只表輔音。這是音節·音素符號，有向着輔音字母演變的趨勢。例如，[b16] 是音

符 m（a），［b18］是音符 k（e），［b22］是音符 t（i），［b24］是音符 m（o），
［b25］是音符 tz（u）。括弧中的元音，有時有，有時無。

BAB 型——這是輔音・元音・輔音的"閉音節"的符號，一般用來書寫
詞根或尾碼。例如，［b27］是音符 nak，［b29］是音符 kan，［b33］是音符
ben，［b39］是音符 bil，［b41］是音符 poc，［b45］是音符 cuc。還有，［b37］
是音符 kin，同時又作意符 kin"時"、"日"。而［b38］也是音符 kin，這個音
符中間又包含另一個也讀 kin 的音符。

音符的表音功能並非都像上面例子那樣穩定，往往只是近似的，或者不
規則的。

3. 定符

定符數目不多。它的功能是説明詞義屬於哪個類別，或者區分同音異義
詞，或者跟別的符號配合，發生定型的作用。定符不讀音，可是有的定符兼
作音符。定符跟別的符號結合的例子，見後文的詞例。

指示符號［c6］可以用於許多場合，沒有表示類別意義的功能，只有定型
和區別功能。

馬亞字的基本符號是"字"。單個的"字"，可以只包含一個"文"，也可
以包含兩個或更多的"文"。由幾個"文"組成的"字"，有不同的組合方式。
舉例如下：

（1）外加式：一個符號加在另一個符號之外。可以是上下重疊，例如
［a12］上面是鳥形，下面加表音的樹葉；［a13］下面是蛇形，上面加表音的蛇
尾；［b27］下面是人形，上面加不表音的音符。可以是外加在左上角，例如
［a14］神獸的左上角擠寫一個音符；［a16］鳥頭的左上角外加一個不表音的音
符。可以是上加而擠成半包圍的格式，例如［a18］頭形上面凹下一塊使音符
擠入。

（2）內包式：一個符號包孕於另一個符號之內。可以是包孕在中心，例如

[b21]獸頭符號中心包孕音符 ke 和意符 pok（省形）。這是一個三個符號組合的符號。可以是包孕在右上角，例如 [a19] 女人臉形的右上角包孕一個音符；[b38] 臉形的右上角包孕一個音符。

（3）外加又內包：例如 [a21] 臉形左上角外加一個音符，內部右邊又包孕一個音符，這也是三個符號合成的符號。

四　連字成詞

少數基本符號（單字）可以獨自成詞。但是，"單字成詞"只能説是例外。它們大都是虛詞，以及某些事物名稱。

例如，[d1]et"及"，"和"，用音符 [b10] 表示。[d2]ich"在內"，用音符 [b11] 表示，符號由橫臥改成豎立。像這樣的符號橫豎變化是常見的。[d3]ti"在"，"由"，用音符 [b22] 表示，用作音節 ti，而不是只用 t。[d4]ca"然後"，用 [a25] 表示，用作音符，不作意符"二"。[d5]u"他的"，用音符 [b6] 表示。這些都是單"文"成"字"，單"字"成"詞"。

又如，[d9]bol"祭品"，用意符 [a24]，既用其音，又用其意。這個"字"包含兩個"文"，但是弄不清它的構造。像這樣弄不清構造的符號很多。又如，[d10]nuc"宣告"，用音符 [b49] 表示，但是在外面加上了虛線方框。大概馬亞人的心理，符號不放在方框裏就缺乏穩定的感覺；沒有"實線"方框，也要有個"虛線"方框。

多數詞兒要用兩個或更多的符號單位連結而成，這是連"字"成"詞"。例如，[d11]zac ch'up"處女"，用兩個意符 [a10] 和 [a19] 組合而成；[a10] 用讀音，同時用意義，使"白"的意義隱含"處"的意義；[a19] 用讀音，同時用意義，表示"女人"。[d12]nucxib"老人"，用兩個音符，[b49]nuc 從橫臥改為豎立；[b50]xib，不僅是音符，還是意符"男人"。這兩個例子都是左右兩字，並列成詞。

又如，［d13］nicte"花"，由兩字連成；［a4］意符既表意"花"，又表音nic；［b51］補足讀音 te，也帶有植物（樹）的含義。後一符號為了方便書寫，反了下來，並省略一條線。部分省略在連"字"成"詞"中也是常有的。［d14］molhal"集合"，由兩字連成；［b52］用其音 mol，［a11］用其音 hal，表示的意義是抽象的。這兩個詞兒是用上下重疊格式組成的。

又如，［d15］yaxhal"變綠"，"更新"，用兩個［a11］連接而成，一個橫臥，一個豎立，前者照意符讀 yax，後者照音符讀 hal，強調綠葉新生，引申為"更新"。［d16］yax col"新田"（尚未燒荒），由［a11］yax"新"，"綠"，和［b42］col"田地"，結合音義而成。

又如，［d17］cahol kan"新的食物"（五穀），由三個單符合成；［a25］作音符 ca；［a11］作意符"新"，可能同時作音符 hol（hal 變音？）；［a8］用讀音 kan，"食物"（五穀）出自土地，成熟為"黃"色，隱含表意。［d18］cahol kin"新的時間"，由［a25］，［a11］，［b37］組成，最後的［b37］既表音 kin，又表意"時間"。這兩個例子是左右並列，上加一符。

下面再舉幾個有定符的例子。

［d19］toc"燃燒"，由［c3］和［c2］組成，這兩個都是定符，但是後者用作音符 toc（tok）。［d22］yax"新月"（月份名），由［a11］yax"新"和［c4］定符"季節"組成，前者表意又表音；後者說明這是月份（季節）名稱。［d20］che"鹿"，音符［b19］下面加了［c6］指示符號，說明這不是一般的 che 音節，而是"鹿"的意思。［d21］kin ak"雨季"，由三個符號組成，［b37］既表 kin 音，又表"時期"（季節）；［a7］既表 ak 音，又表"下雨"；［c6］指示符號，說明這個詞兒不與其他同音詞相混。

最後，再舉一個重疊省略的例子。［d24］kuk"啄木鳥"，由兩個［b46］結合而成，前一個用全音 ku，後一個用輔音 k，略去"（a）"音；二者連結書寫，省去一部分符號。這樣的例子也常見。

五　連詞造句

連"詞"造"句"有語法問題，因此對照説明要困難些。可是，選一些主要用音符書寫的詞兒，組成句子，那就不難解説。例如：

[e1] nak chaan tippan. "晴天出現了。"其中的結構是：[nak]

[chaan]，[ti] [ppa]。
　[n]　　　　[n]

[e2] ziimal chab kin. "太陽曬乾土地。"其中的結構是：[zii]

[mal]，[chab] [kin]。
　　　　　[b]　　[n]

[e3] kin ak ichinah ti chab. "雨水潤肥土地。"

[kin][ak]， [ich]，[ah]，[ti] [chab]。
　　[c6]　[in]　　　　　[b]

上面有的 [n] 和 [b] 是重複的，這叫做"表音補充"或者"重疊表音"。早期文字常有這種現象。

[e4]picbilah u pop zac ch'up ox ocaan. "處女（少女）常常編織蓆子。"

[pic]，[ah]，[u] [po]，[zac][ch'up]，[ox] [oc]。
[bil]　　　　　[p]　　　　　　　　　　　[aan]

第二個"詞兒"中重疊兩個 [b23]，上一個取全音 po，下一個只取輔音 p。

馬亞文的書寫順序通常是從左而右和從上而下。符號可以轉身，轉 90 度，甚至 180 度。定符的地位是不固定的，有時在前，有時在後，有時在上，有時在下。有的符號省略一部分，有的符號增加一部分。同一個詞兒可以寫成不同的樣子，有時全用意符，有時全用音符，有時意符和音符夾用，有時又加上定符。這種不固定的情況，在其他意音文字中間也是常見的。

▼ 馬亞文舉例解説

a. 意符

[a1] 　　　　　意符 mul"金字塔"，像金字塔。

[a2]　意符 otoch "房子"，像樹葉的屋頂加支柱。

[a3]　意符 bolay "美洲豹"，像食肉獸的嘴臉，露出牙齒。

[a4]　意符 nic "花"，像四瓣的花，在虛線橢圓形內。

[a5]　意符 tzek "頭骨"，像頭蓋骨（？）。

[a6]　意符 pok "火"，像火舌（？）。

[a7]　意符 ak "雨"，像水流下降，地面水淹。

[a8]　意符 kan "黃"，像四角用石堆定界的小塊土地，土地黃色，
引申為 "黃"。比較：kaan "一塊土地"。

[a9]　• • •　意符 ox "三"。

[a10]　意符 zac "白"，像玉米的稈莖，白色。

[a11]　意符 yax "綠"，像莖帶葉。又作音符 hal。

[a12]　意符 yaxum "啄木鳥"，像鳥，加意符 yax。

[a13]　意符 cuc—chan "響尾蛇"，像蛇，加音符 cuc。

[a14]　意符 vay "圖騰"（神的象徵），像獸類的嘴臉，加音符 vay。

[a15]　意符 muan "貓頭鷹"，像貓頭鷹的頭。

[a16]　意符 ch'om "兀鷹"，像鳥頭，加音符 ti（？）。

[a17]　意符 moo "鸚鵡"，像鸚鵡的頭。

[a18]　意符 tzotz "蝙蝠"，像蝙蝠的頭（？），加音符 itz。

[a19] 意符 ch'up "女人"，像臉形，加音符 chup。

[a20] 意符 be "路"，像人的足跡。

[a21] 意符 vayah "螞蟻"，像獸臉，加音符 vay 和 ah。

[a22] 意符 chaan "天"，圖意不明，加音符 cha。

[a23] 意符 tun "聲音"，圖意不明。

[a24] 意符 bol "一份食物"，像獸臉，加角狀形符號（？）。

[a25] 意符 ca "二"。又作音符 ca。

b. 音符

[b1] 音符 a，像男生殖器，加附加成分（？）。

[b2] 音符 a，像葉子（？），加附加成分（？）。

[b3] 音符 e，像鳥卵（？）。

[b4] 音符 i，像水池。

[b5] 音符 o，像玉米果穗（？），加附加成分（？）。

[b6] 音符 u，像杓子（？）。

[b7] 音符 aac，像龜的頭（？）。

[b8] 音符 aac，像龜的頭，加意符 kan "黃"（？）。

[b9] 音符 ac，像手鐲（？）。

[b10] 音符 et，像水滴，加不明的成分。

[b11] 音符 ich，像眼睛。

[b12] 音符 ik，像辣椒串（？）。

[b13] 音符 oc，像獸類的嘴臉，口邊有毛，圓眼睛，耳朵，毛皮。

[b14] 音符 oc，像獸耳。

[b15] 音符 um，像占卜小石。

[b16] 音符 m（a），像伸開的手，否定的手勢。

[b17] 音符 k（a），像拳頭，加附加成分（？）。

[b18] 音符 k（e），像張開的口，上門牙，犬齒，舌頭和喉嚨。

[b19] 音符 ch（e），像緊握的拳頭。

[b20] 音符 l（e），來源不明。

[b21] 音符 z（ii），像獸頭（？），加音符 ke 和意符 pok"火"省略（？）。

[b22] 音符 t（i），像植物（？）或花（？）。

[b23] 音符 p（oo），像頭，加音符 pp（a）。

[b24] 音符 m（o）。

[b25] 音符 tz（u），像骨骼，脊椎，骨盤及肋骨。

[b26] 音符 m（u），像尾巴（？）。

[b27] 音符 nak，像坐着的人，加音符 m（o）。

[b28]　　　音符 nab（？），像向右的手掌。

[b29]　　　音符 kan。又作定符"食物"，像貝殼（？）。

[b30]　　　音符 vay，像網。

[b31]　　　音符 mak，像朝下的拳頭。

[b32]　　　音符 kak，像新芽（？）。

[b33]　　　音符 ben，像房子，柱子，樑木和屋頂的支柱。

[b34]　　　音符 bel（？），像一捆繩。

[b35]　　　音符 lem，附加音符 m（o）。

[b36]　　　音符 cim，像顎骨，加附加成分（死眼睛）。

[b37]　　　音符 kin。又意符 kin"日"，"時"。像四瓣的花（？）。

[b38]　　　音符 kin，像臉，加音符 kin。

[b39]　　　音符 bil（？）。

[b40]　　　音符 toz。又定符"雨"，像水滴。

[b41]　　　音符 poc，像灌溉了的田地。

[b42]　　　音符 col，像播種了的田地，中有下玉米種子的小坑。

[b43]　　　音符 chuc，像拳頭，加附加成分（？）。

[b44]　　　音符 tun（或 t）。意符 tun"一年"（360 天）。

[b45]　　　音符 cuc，像響尾蛇的尾巴。

[b46]　　　音符 k（u）。

[b47] 音符 ah，像腰帶（？）。

[b48] 音符 chup，像流體。

[b49] 音符 nuc，像蟲。

[b50] 音符 xib。又意符 xib"男人"。像人臉，加意義不明的符號。

[b51] 音符 te。又意符 te"樹"。像投矛器（？），或樹。

[b52] 音符 nal（mal，mol）。像玉米穗軸。

[b53] 音符 pp（a），像幼芽（？）。

[b54] 音符 n（a），像器皿蓋子（？）。

[b55] 音符 chab（cab），像流水。

[b56] 音符 b（a）。

[b57] 音符 an（aan），像葉子。

[b58] 音符 pic（pec），像棉花。

[b59] 音符—ah，h（—？），像水滴和未明符號。

[b60] 音符 in，圖意不明。

    c. 定符

[c1] 定符"神"，像臉，加"龍目"。

[c2] 定符"戰"，"獵"，像矛頭，加附加成分。又作音符 tok（toc）。

[c3] 定符"火"，像火焰。

[c4]　定符"季"，"時"。像雲（？），加附加符號（？）。又作音符 c（u）。

[c5]　定符"犧牲"，"繁育"。又作音符 n（—？）或 h（e）。

[c6]　指示符號。

　　d. 詞兒

[d1]　et"及"，"和"。即［b10］。

[d2]　ich"內邊"，"在內"。即［b11］，由橫變豎。

[d3]　ti"在，由，為"。即［b22］。

[d4]　ca"然後"。即［a25］，由橫變豎。

[d5]　u"他的"（物主代詞首碼）。即［b6］。

[d6]　vay"圖騰"，"妖魔"。即［a14］。

[d7]　vayah"螞蟻"（神話人物）。即［a21］，圖略省。

[d8]　yaxum"quetzal 鳥"（字面：青鳥）。即［a12］，略異。

[d9]　bol"一份食物"，"祭品"。即［a24］。

[d10]　nuc"符號"，"宣告"，"順序"。即［b49］，加方框虛線。

[d11]　zac ch'up"處女"，"石女"。即［a10］，［a19］。

[d12]　nucxib"老人"。即［b49］橫臥改豎立，［b50］。

[d13]　nicte"花"。即［a4］，［b51］反畫並略省。

[d14] molhal "集合"。即 [b52]，[a11] 用作音符。

[d15] yaxhal "更新"，"變綠"。即 [a11] 豎立改橫臥，[a11]。

[d16] yax col "新田"（未燒而種的地）。即 [a11]，[b42]。

[d17] cahol kan "新的食物"。即 [a25] 作音符，[a11]，[a8]。

[d18] cahol kin "新的時間"。即 [a25]，[a11]，[b37]。

[d19] toc "燃燒"。即 [c3]，[c2] 作音符。

[d20] che "鹿"。即 [b19]，[c6]。

[d21] kin ak "雨季"。即 [b37]，[a7]，[c6]。

[d22] yax "新月"（月份名）。即 [a11]，[c4]。

[d23] ichin (in？) "貓頭鷹"。即 [b4]，[c5] 作音符 n。

[d24] kuk "啄木鳥"。即 [b46]，b[46]。

e. 句子

[e1]
nak chaan tippan.
晴天出現了。

[b27] [a22]
[b54]，[b22] [b53]
[b54]。

[e2]
ziimal chab kin.
太陽曬乾土地。

[b21][b52]，[b55]，[b37]
[b56] [b54]。

[e3]   kin ak ichinah ti chab。
雨水潤肥土地。

[b37][a7]，[b11] [b59]，[b22] [b55]
[c6]　　[b60]　　　　　 [b56]　。

[e4]  picbilah u pop zac
ch'up ox ocaan。
處女常常編織蓆子。

[b58] [b59]，[b6] [b23]，[a10][a19]，[a9] [b14]
[b39]　　　　　 [b23]　　　　　　　　 [b57]　。

馬亞文的創始，比西亞的丁頭字和北非的埃及聖書字晚 3500 年，比東亞的漢字晚 1500 年。在發展水平上馬亞文遠遠不如它們。

馬亞字創造和應用的時代，美洲是與世隔絕的。在前哥倫布時代，美洲是一個由於海洋難於逾越而天然形成的封閉社會。

（參看第七章馬亞文中的六書）

六　中美洲的其他古文字

在歷史上，繼續馬亞人統治中美洲的是：1. 薩波特克人（Zapotecs）。2. 托爾特克人（Toltecs）和 3. 阿茲特克人（Aztecs）。

西班牙人侵入中美洲的時候，是阿茲特克人時代。西班牙人不僅焚燒馬亞寫本，同樣焚燒了阿茲特克人的寫本。在這以後，只有 14 種阿茲特克寫本倖存下來，現藏英國（五本）、意大利（四本）、法國（二本）、美國、墨西哥和奧地利（各一本）。從現存的這些文獻來看，阿茲特克的文字是真正的圖畫文字，是文字性質的圖畫（文字畫），不是圖畫性質的文字（圖形字），離開所謂成熟的文字還遠。

▼ 阿茲特克文字畫的 "十誡"

註：圓圈代表數目，第一行自左而右，第二行自右而左。順序是 "牛耕式"。

　　繼續馬亞人統治中美洲的三個民族，對馬亞文化破壞多而繼承少。他們沒有學習馬亞文字。他們的 "文字畫" 比馬亞字落後很多。阿茲特克文字畫的 "十誡"，是西班牙人佔領以後阿茲特克人信奉基督教初期的文字樣品，比以前的 "文字畫" 已經進步了。

　　馬亞字沒有傳播到異民族中去，沒有發展和繼承，就遇到西班牙人的侵略而退出歷史舞台了。

第 三 卷

字母文字（上）

引 子

　　字母誕生在地中海東岸。這裏東北有兩河流域的丁頭字，西南有尼羅河的聖書字，是兩大古代文化之間的走廊。字母在文化走廊中悠悠孕育，經過 2000 年然後誕生。

　　字母在誕生以後，分兩支向外傳播。一支向東，成為阿拉馬字母系統和印度字母系統。一支向西，成為迦南字母系統和希臘字母系統。前者維持音節和輔音文字的特色，後者發展成為音素文字。

　　阿拉馬字母的傳播橫跨整個亞洲，從地中海的東岸到中國的東北，形成幾十種文字，在 1000 年間，書寫五大宗教的經典。它的主要後裔是阿拉伯字母，也用於中國的新疆。蒙古文和滿文都是從它演變出來的。

　　印度字母的老祖宗婆羅米字母，大致傳承於阿拉馬字母的形制。它的主要後裔梵文天城體字母，是今天印度、南亞和印度支那多種文字的共同祖先。中國西藏的藏文和雲南的傣文也來源於印度。

　　阿拉馬字母和印度字母雖然也發展了表示元音的方法，但是沒有擺脫輔音文字的窠臼。所以阿拉伯字母和藏文字母都用附加符號表示元音。

　　撒巴字母的後裔埃塞俄比亞的阿姆哈拉字母，是今天世界上正式應用的唯一的純音節文字。

　　音節文字（包括音節・輔音文字）多半是從古典文字簡化而成，今天在一些國家用作少數民族文字。日本假名和朝鮮諺文，既可跟漢字夾用，又可單獨使用，是今天使用活躍的漢字式音節字符。

第十章 字母的誕生

一 平凡而偉大的創造

許多文化史的研究者認為，人類第一種偉大的創造是語言，第二種偉大的創造是字母。

人類嘗試把語言寫成文字，開頭不知道把語言分段，寫下來的文字難於閱讀。後來知道，語言是一個個語詞連接起來的，同一個語詞重複出現在多次談話之中；只要把語詞作為單位，給每一個語詞創造一個或一套符號，就可以把語言完備地寫成文字。這是文字的"語詞階段"。

可是，語詞數量極多，以語詞為書寫單位，需要無止境地創造許許多多符號或符號組合，加上抽象概念和語法詞素難於書寫，寫成的文字十分繁難，應用不便。

進一步，又知道語詞是由音節組成的；如果給每一個音節設計一個符號，符號數量就可以大大減少，而且，抽象詞和語法詞也書寫容易了。這樣，文字進入"音節階段"。起初不習慣於用音節符號來代表語言，先在語詞符號中間夾進一些音節符號，成為"語詞‧音節文字"。這種文字是最初達到能夠無遺漏地按照語詞次序寫下語言的成熟的文字。

後來又進一步，知道音節還可以分析，成為音素，也就是元音和輔音；給每個音素規定一個符號，可以用更少的符號寫成文字，而且拼音靈活。於是，文字進入"音素階段"。假如有一種語言，有 5 個元音、30 個輔音，用音節符號要 155 個符號，用音素字母只要 35 個字母。可是這一步的前進極其困難，因為人的"直覺"只能把語音分到音節為止，把音節分為音素需要有"超越直覺"的分析能力，這是人類到很晚時候才達到的智慧水平。

▼ 字母系統發展示意圖

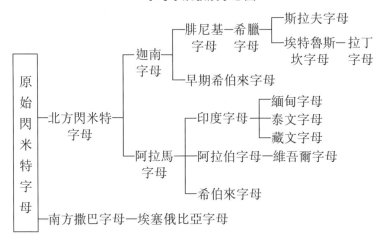

事實上，從音節符號到音素字母是分兩步走的。第一步從表意兼表音的"語詞・音節文字"發展為音節性的"輔音字母"，第二步從"輔音字母"發展為"音素字母"。第一步的完成經過了 2000 年，第二步的完成經過了兩百多年。文字史的前進是艱難的。

可能是歷史發展的"必然性"遇到了歷史發展的"偶然性"。住在地中海東岸古稱"敍利亞・巴勒斯坦"（現在黎巴嫩一帶）的北方閃米特人（Semites），是以經商為生的人民。他們東北有兩河流域的丁頭字文化，西南有埃及的聖書字文化。這裏的官方文書和外交條約都用丁頭字。商人們沒有時間學習這種繁難的文字，只好模仿外來文字中的表音符號，或者加以簡化，書寫本地語言，記錄商品的名稱、數量和價格。這是不登大雅之堂的便用符號，説不上叫作文字。湊巧的是，這裏的北方閃米特語，詞根主要依靠輔音，元音在構詞中間處於次要地位，而且輔音穩定，元音易變。他們沒有輔音和元音的概念，他們直接感覺到的也只是音節。他們把音節寫成符號，實際是輔音穩定而元音不穩定的符號，用成習慣以後成為一套"輔音字母"。這是一件了不起的創造，而他們並不認識這一創造的價值，能夠充分理解它的價值那是很久以後的事。

就是這樣，字母——平凡而偉大的創造——在不受人們注意的情況下誕生了。

字母誕生以後大約 1700 年，"字母"這個字母表的集體名稱才初次出現在羅馬的宗教文獻中。年代是公元後 200 年左右，"字母"的集體名稱在拉丁文中叫做 alphabetum。這個名稱是用希臘字母表中頭兩個字母的個體名稱 alpha 和 beta 連接起來造成的，連接起來以後就不是代表兩個字母的個體名稱，而是代表整個字母表的集體名稱了。在希臘文中原來只有"文字"（togramma）這種說法，後來受了拉丁文的影響才有"字母"的說法。在歐洲許多文字中，去掉拉丁文的詞尾，叫它 alphabet。這個名稱如果音譯為"阿爾發彼他"，這在漢語不容易接受。唐宋時代有過"三十六字母"，就把它意譯為"字母"，十分妥帖。從它能組成文字來看，它是"文字的母親"。從早期埃及和兩河流域的文字成熟了 2000 年才誕生字母來看，它又是"文字的子孫"。

二　字母的故鄉

為甚麼字母的故鄉不是兩河流域，也不是埃及，而是"敘利亞・巴勒斯坦"（Syria-palestine）呢？可能的解釋是：1. 經濟地理條件，2. 文字發展規律。

地中海實際是一個廣闊的內陸湖。同大西洋相比，它風平浪靜，氣候宜人。在西歐還沉睡在蒙昧之中的時候，地中海東部已經進入文明時代，發展了水上航行和國際貿易。公元前一千年以前的字母遺跡全部是發現在這個地區的。地中海東岸的"敘利亞・巴勒斯坦"，以其沿海北部的狹長地帶（後來稱為腓尼基）為中心，曾經是東地中海文明區的橋樑。它的東北是兩河流域，西南是埃及和西奈半島，北面是阿納托利亞（Anatolia，現在的土耳其），西面海中有塞浦路斯島（Cyprus）、克里特島（crete）和希臘諸島。這些地方都發現了古代的字母遺物，其中已經釋讀成功並證明有較大的字母史價值的，主要出土於"敍利亞・巴勒斯坦"。

　　字母的創造跟東地中海的貿易有重大關係。貿易需要記賬，經商需要知識。但是他們無暇十年窗下，慢讀細寫。他們需要的是最簡單的記錄，高效率的文字，至於這種文字是否受到當時上層社會的尊重，他們無暇考慮。他們的文字主要是自己書寫、自己查看，很像今天的速記，不求傳之久遠。至於書寫高深的學問，已經有丁頭字和聖書字。所以在這一小片東地中海地區，創造了多種字母文字，甚至一個島上也不止一種文字。作為商業文字，丁頭字是不適用的，那笨重的泥板，怎能攜帶在小小的載貨的商船上呢？聖書字也不適用，學讀學寫太麻煩了，這跟商人必須爭取時間是格格不入的。北方閃米特人的子孫，叫作迦南人和腓尼基人，他們都是有名的商人。腓尼基這個名詞是希臘人稱呼這些商人用的，這個名詞的原義就是"商人"的意思。

　　文字發展規律是文化發展規律的構成部分。從兩河流域和古代埃及來看，他們的文字和文化經歷了產生、發展、成熟、衰老、死亡各階段。死亡之後不是就此煙消雲滅了，而是文化的有效成分以種子的形式播種到鄰國的土壤中去，同鄰國的新興文化雜交，產生全新的高一級的文化。魚類有到異地產卵的習性。語詞・音節文字傳到異地，為了適應不同語言和不同應用的要求，脫胎出字母文字，也可說是異地產卵現象 *。北方閃米特人創造字母，雖然還沒有找到跟聖書字或丁頭字的直接關係，但是，"敍利亞・巴勒斯坦"是兩河流域和古代埃及之間的走廊地帶，深刻地受到兩大文化的影響是毫無疑問的。字母的創造，主要依靠獲得創造字母的可行性的認識，在實踐中逐步加以改進，而不是一點一劃的依樣畫葫蘆。

　　字母的起源有許多種"假說"，其中埃及起源假說流傳最廣 **。字母學者認為，這個假說也還證據不足。聖書字中間既有表意符號，又有表音符號；表音符號中間既有雙輔音符號，又有單輔音符號。只要放棄表意符號和雙輔音

---

* 　漢字傳到日本產生"假名"字母，也是異地產卵。

** 　另一重要假說是字母起源於西奈字母假說，請參看圖表10圖表10-03。

▼ 字母起源於埃及聖書字的假説

	a.	b.	c.			a.	b.	c.	
'				'	l				l
b				b	m				m
k				g	n				n
t				d	s				s
h				h	'				'
w				w	p				p
z				z	ts				ṣ
kh				ḥ	q				q
th				t	r				r
i				y	sh				sh
k				k	t				t

a.碑銘體　b.僧侶體　c.北方閃米特字母

符號，專用單輔音符號，不就是"輔音字母"文字了嗎？事實不是如此簡易。
聖書字從成熟到消亡歷時 4000 年之久，埃及人始終沒有放棄表意符號。而
且，字母文字在東地中海相當流行之後，埃及人還在搞字形簡化，把"僧侶體"
簡化為"人民體"，沒有向字母文字前進；在表音符號中間，一音多符而一符
多音，始終沒有做過歸併音符的努力；聖書字的基本符號的數量不斷積累，
據考證，從 604 個增加為 734 個，又增加為 749 個，晚期多到幾千個。雖然
實際常用的不是那麼多，可是沒有廢除不必要的符號，不必要的符號可以隨
意使用。早期閃米特字母跟聖書字中的音符有符形聯繫和讀音近似的證明的，

只有極少幾個字母。這只能說是受了影響，不能說是有傳承關係。所以現在重提字母埃及起源假說的學者不多了。字母是全新的創造，是在極長時期的摸索之中逐漸形成的，是受了聖書字和丁頭字中的音符的啟發而發展起來的，是在書寫的“急就”要求之下創造出來的。它是文字發展史的必然產物，又是當時東地中海的經濟條件和語言特點的偶然產物。

▼ 早期西奈字母跟其他字母的比較

	希伯來	南方阿拉伯	早期西奈	迦南腓尼基	丁頭字
'					
b					
g					
d					
h					
w					
kh					
y					
k					
l					
m					
n					
s					
'					
p					
ts̱					
q					
r					
sh					
t					

西方的文字學者認為，丁頭字和聖書字是貴族文字、神權文字，起初掌

握在僧侶手中，後來擴大作為一般應用，也只限於貴族子弟和富裕階級。他們把文字看作是神聖的，輕易更改是犯罪行為，帝王不容，神明狙擊。他們是如此保守，越是繁難，越覺珍貴，根本不容許產生創造字母的念頭。文字學者認為，字母文字完全相反，它是平民文字、民主文字，在實用中生長，為商旅所掌握；不準備用來寫長篇大論，只作記賬錄事之用；根本沒有跟神權文字爭地位的意思。字母後來終於代替了丁頭字和聖書字，這是極其緩慢地而且幾乎是不知不覺地發生的，是在中東地區的經濟和文化進入一個全新時期才發生的。文字史上的突變性發展，不是一個民族、一個世代所能實現，而是許多民族、許多世代積累而成的業績。

三　字母的祖先

誰是字母的"元祖"，今天還不知道。誰是字母的"高祖"，考古學者和字母學者已經找到了根據。大致説來，公元前 1700 ～ 前 1500 年以前的字母歷史是不清楚的。有根據的字母歷史只能從那時以後談起。

現存的字母的最早碑銘屬於公元前 1700 年左右，是在巴勒斯坦的幾處地方發掘出來的。雖然其中的語言還沒有完全解讀出來，可是字母的形體跟較晚的發現相比是一致的。公元前 1700 年到公元前 1500 年的碑銘字母，在東地中海（以迦南和腓尼基為中心）各地發現的，被稱為"北方閃米特字母"。這些碑銘字母中的主要幾種見附圖"北方閃米特字母早期發展示意圖"（表中年代不是定論）。

這些古碑中最早的而又已經解讀清楚的是阿希拉姆（Ahiram）墓碑，發現於古代腓尼基的比撥羅（Byblos）地方（現在黎巴嫩的Jubayi）。

這塊墓碑的年代起初定為公元前 13 世紀或者更早，後來又改定為公元前 11 世紀。它相當完整，是目前能見到而又毫無疑問的最古字母文字。它是傳

▼ 阿希拉姆碑文（臨摹）

▼ Shafatba‘al 碑銘殘片臨摹

▼ Asdrubal刮刀殘片文字

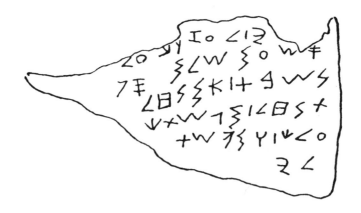

▼ Abdo殘片文字

▼ 北方閃米特字母早期發展示意圖

	Abdo	shafatba'al	Asdrubal	Akhiram	Yekhimilk	Rueisseh	Abiba'al	Eliba'al	Mesha (Moab)
'									
b									
g									
d									
h									
w									
z									
kh									
th									
y									
k									
l									
m									
n									
s									
'									
p									
ts									
q									
r									
sh									
t									
	前17世紀	前17-16世紀	前14世紀	前13世紀	前12世紀	前11世紀	前10世紀	前10世紀	前842年

世的最古腓尼基字母，稱為"比撥羅字母"。

在這塊墓碑發現以前，最早的傳世字母碑銘是莫阿比碑（Moab），又名美沙（Mesha）王功勳碑，發現於死海東面的第朋（Dibon）地方，時間屬於公元前842年。這也是可靠的資料。

這些不同的早期北方閃米特字母碑銘，在字母形體上，經幾百年而完全一致。由此可以推想，更早的"原始"北方閃米特字母的形體，不會有很大的不同。以比撥羅字母代表北方閃米特字母，以北方閃米特字母代表人類字母的始祖，是大致不差的。

北方閃米特字母有22個字母，自右而左書寫。字母都是音節性的輔音字母，代表明確的輔音，附帶可變的元音。字母有排列順序，每個字母有名稱。可以從希伯來字母的名稱而推知古代名稱。

比撥羅是古代腓尼基的主要海港，聖書字中稱它為 Kubla，丁頭字中稱它為 Gubla，希臘文中稱它為 Byblos。它是一個商業碼頭，也是一個文化碼頭。古代埃及的建築木材是從這裏運去的。埃及的"紙草"是從這裏轉運到愛琴海諸島去的，因此紙草的名稱（papyrus）從比撥羅（byblos，byblinos）地名而得名。"聖經"（Bible）這個名詞也是從比撥羅而得名，原義是"紙草的書"（papyrus book）。比撥羅的重要由此可知。

四　字母的大家庭

字母的發明是極其困難的。字母的傳播，在它的本鄉證明是高效率的文字以後，能夠不脛而走，無隙不入。許多民族，一接觸字母，如魚之得水，就不肯再在文化的大道上後退了。由於字母有極寬的適應性，只要作微小的變更，就可以書寫任何語言，所以接受字母的民族，既接受字母的形體，也接受字母的讀音。只有極少幾個民族，接受字母的原理而另行自造符號，例如烏加里特（Ugarit）字母（約公元前15世紀）採取丁頭字形；麥洛埃（Meroitic）

字母（約公元前 2 世紀）採取古埃及聖書字的字形。由於北方閃米特字母兼有內容和外形的優越性，3000 年來流傳極廣，幾乎全人類都向它招手歡迎。

公元前 1000 年時候，埃及、巴比倫、赫梯（Hittites）和克里特（Crete）等古國衰老了，中東的青銅器時代結束了，新的歷史時代開始了。在被稱為"肥沃的新月"的中心地帶，即敍利亞・巴勒斯坦，三個新興國家發揮了越來越大的經濟和文化作用，那就是以色列（Israel）、腓尼基（Phoenicia）和阿拉馬（Aramaeans）。在"肥沃的新月"的南面，一個南方閃米特人的撒巴（Sabaens）王國成為東方和地中海之間的貿易交通中繼站而富裕起來。在西面，文字和文化的種子很快在希臘發芽，茁壯成長。這樣，字母就發展成為四個主要的字母系統：

1. 迦南（Canaanite）字母系統，又分為早期希伯來字母和腓尼基字母系統；

2. 阿拉馬（Aramaic）字母系統；

3. 南方閃米特，即撒巴（Saba）字母系統；

4. 希臘字母系統，由此演變成西方各種字母，包括埃特魯斯坎（Etruscan）字母和拉丁字母，以及斯拉夫字母等。

迦南字母系統和阿拉馬字母系統是北方閃米特字母的最主要的兩個分支。

此外，印度（婆羅米）字母在字母史上自成一個系統，對印度次大陸和南亞、中亞和東南亞有重要影響。字母學者認為，印度字母系統是阿拉馬系統的一個特殊的支脈。

文字的起源不是一元的。許多民族都曾創造過自己的文字。但是，作為文字最後階段的字母文字，根據考古學者和字母學者考證，基本上是從一個源頭傳承下來的。今天的希伯來字母、阿拉伯字母、希臘字母、斯拉夫字母、拉丁字母、印度字母、藏文字母等等，看起來是迥然不同的面貌，追本溯源，都是同一個祖先傳下來的叔伯兄弟一家人！字母的大家庭人丁興旺、子孫滿堂！

第十一章 | 阿拉馬字母系統

一　阿拉馬字母在各種閃米特語言中的傳播

1. 丁頭字以後的中東通用文字

　　公元前 11 世紀以來，居住在敍利亞和兩河流域的阿拉馬人（Aramaeans），建立了許多個城市國家。這些小國之中，最有勢力的一個，是歷史上有名的大馬士革（Damascus）。公元前 732 年，大馬士革被亞述滅亡，阿拉馬人的鬆散的政治組織就此解體。

　　在失去了政治獨立以後，阿拉馬人的文化影響繼續擴展開來。到公元前 7 世紀末葉，阿拉馬語文成為敍利亞和兩河流域的通用語文。在公元前第 1 個"千年紀"的後半，阿拉馬語文成為波斯帝國的官方語文之一，並且是從埃及經小亞細亞到印度這一條漫長的國際商路上的通商語文。説來奇怪，當阿拉馬人的許多小國存在的時候，阿拉馬語文在亞洲西部並不重要；在政治解體以後，反而愈來愈重要。它的活力竟持續達 1000 年以上。在這 1000 年以後，它所遺留下來的各地方言，帶着變化了的阿拉馬字母，在更廣闊的天地裏，又流行了好幾百年。

　　阿拉馬語是當時以色列（Israel）的白話，也就是耶穌基督和他的門徒們的口語。"福音書"的原始記錄大致就是用阿拉馬文寫下的。

　　阿拉馬字母（Aramaic）和迦南字母都是北方閃米特字母這同一個母親生下來的姐妹。她們之間好像是有了默契似的，迦南（腓尼基）字母向敍利亞以西的地中海各地繁衍，阿拉馬字母向敍利亞以東的亞洲西部以及更遠的東方流傳。阿拉馬字母的波浪達到了非常遼闊的文化疆界。

▼ 阿拉馬系統的主要字母

	阿拉馬	敍利亞	近代希伯來	近代阿拉伯
'	𐡀	ܐ	א	ا
b	𐡁	ܒ	ב	ب
g	𐡂	ܓ	גנ	ج
d	𐡃	ܕ	דד	د ذ
h	𐡄	ܗ	הח	ه
w	𐡅	ܘ	וו	و
z	𐡆	ܙ	ז	ز
ḥ	𐡇	ܚ	ח	ح خ
ṭ	𐡈	ܛ	ש	ظ ط
y	𐡉	ܝ	י	ي
k	𐡊	ܟ	דכ	ك
l	𐡋	ܠ	ל	ل
m	𐡌	ܡ	מם	م
n	𐡍	ܢ	נן	ن
s	𐡎	ܣ	ס	س
'	𐡏	ܥ	ע	غ ع
p	𐡐	ܦ	פף	ف
ṣ	𐡑	ܨ	צץ	ض ص
q	𐡒	ܩ	ק	ق
r	𐡓	ܪ	ר	ر
sh	𐡔	ܫ	שׁשׂ	ش
t	𐡕	ܬ	ת	ت ث

阿拉馬字母傳播的地區，原來是丁頭字的世界。這兩種文字進行着長期的無聲的鬥爭。一直到公元開始的時候，才決定了勝敗。特權階級壟斷着的、繁難的、神權的丁頭字失敗了。比較接近人民的、簡易的、通俗的阿拉馬字母取得了勝利。

阿拉馬文的碑銘，發現在阿拉馬人的故鄉的，只有不多幾件，大都是公元前 9 ～ 前 7 世紀的遺物。其中重要的有希臘文和阿拉馬文兩種文字的對照碑銘。更多的遺物發現在敍利亞以外的地區，如埃及、希臘、北方阿拉伯、波斯、阿富汗、印度等地。

波斯帝國瓦解（公元前 331 年）以後，阿拉馬字母的黃金時代過去了。各地的阿拉馬字母開始分化。它的後裔可以分為兩大類。一類是各種閃米特語的字母。另一類是各種非閃米特語的字母。各種閃米特語的字母分為六支：(1) 希伯來字母，(2) 阿拉伯字母，(3) 敍利亞字母，這三支是阿拉馬字母的主要後裔。(4) 巴爾米拉（Palmyra）字母，(5) 曼代（Mandai）字母，(6) 摩尼（Manes）字母，這三支的影響比較小些。這些字母是阿拉馬字母進一步傳衍成為亞洲中部、南部和東南部多種非閃米特語的字母的橋樑。

2. 希伯來字母

(1) 方塊字式的字母 —— 早期希伯來字母原屬迦南字母系統。根據傳説，希伯來人在公元前 6 世紀末葉以前，從巴比倫"返歸故土"。以後，他們放棄了早期的字母，改用阿拉馬字母，後來字母形體發生"方化"，成為風格獨特的方塊字式的"方形字母"（Katab mkruba）。它是現代希伯來（猶太）字母的母親。

在約旦（Trans Jordan）發現的公元前 6 世紀的墓碑，上面的字母是早期希伯來字母和方形希伯來字母之間的過渡形態。公元前 1 世紀時候，方形希伯來字母完成了定型化。

方形字體逐步變成整齊勻稱的近代希伯來印刷體。另由草書體逐步變為各種地區性的希伯來字體。此外還有一種叫做"猶太法師"(rabbin)字體。

在中世紀時期，希伯來語跟各地語言結合，形成不同的希伯來方言。這些方言也用希伯來字母寫成文字。其中比較重要的有兩種。一種是日爾曼希伯來語文 (Yiddish)，起源於中世紀的萊茵河地區。它是後來住在東歐以及移居美洲的猶太人的語文。另一種是西班牙希伯來語文 (Judezmo)，起源於 15 世紀以前的西班牙。它是後來散佈在地中海各地的猶太人的語文。

(2) 元音符號的採用 —— 希伯來字母有 22 個，從右而左書寫。它跟其他閃米特字母一樣，字母只表輔音，不表元音。可是 aleph，he，waw，yod 四個字母，由於逐漸失去了原來表示的輕微輔音，成為無聲字母，後來被用來表示長元音。元音在閃米特語言裏不佔重要地位，只要能說閃米特語言，看了輔音字母組成的文字，不難讀出近似的元音來。

《聖經》上所寫的希伯來語，後來失去了日常語言的作用。為了正確地誦讀《聖經》上的過時語言，就有在輔音字母之外，增加元音記錄的必要。守舊的教徒們不許改變《聖經》文字的寫法。他們說，"一個字母的增損就會毀滅整個世界"。結果，產生了不動原文，只附加一些符號，以表示元音的制度。希伯來字母附加元音符號，開始於公元 750 年以後，大致是效法轟思脫里 (Nestorian) 教派 (中譯 "景教") 初期的加點方法，並加以發展。

歷史上不同的宗教中心，創造了不同的元音標記法。有所謂 "巴比倫法"，主要用小字母加在原有文字上面：(')表示長 a，(')表示短 a，w 表示 u，y 表示 i，雙 y 表示長 e，雙 w 表示長 o。有所謂 "巴勒斯坦法"，主要加點：點的不同位置、不同排列、不同數目，表示不同的元音。有所謂 "梯伯利 (Tiberias) 法"，主要是字下加點，用短橫表示半元音，還有表示音調、次重音和輔音軟硬等的方法。

(3) 古語文的人為復活 —— 早期希伯來語稱為 "聖經 (古典) 希伯來語"，在公元前 3 世紀以前是活的語言。後來成為只寫不說的 "猶太法師希伯來語"。猶太人散居世界各地，成為不同國家的公民，除保持宗教的特點以外，逐漸同化於不同的民族。1948 年獨立建國以後，以色列努力使已經死亡的希伯來語文重新復活，把它定為法定語文，在本地一切正式場合應用。這是古語文復活的僅有事例。復活的古語實際也是一種"人造語"。這種現代希伯來語，又稱以色列語。不過，以色列的高等教育、外交活動、國際貿易等，凡是跟本地以外的交往，都用英文。希伯來字母沒有國際流通功能。

3. 阿拉伯字母

（1）伊斯蘭教的文字 —— 阿拉伯字母是伊斯蘭教的文字。字母跟着宗教走。阿拉伯字母跟着阿拉伯帝國的擴張和伊斯蘭教的傳播，成為"阿拉伯文化圈"的標記。它的流通領域，直到近代，雖然經過一再縮小，仍然僅次於拉丁字母。在阿拉馬系統的近百種字母之中，阿拉伯字母可說是一枝獨秀。

公元前 200 年的時候，居住在阿拉伯半島的那巴泰（Nabataeans）人，把他們的阿拉伯語用阿拉馬字母寫成文字。那巴泰國滅亡（106 年）以後，那巴泰字母演變成為新的西奈（Sinai）字母（跟早期西奈字母不同）。到了公元後第 5 世紀的初葉，新的西奈字母又演變成為阿拉伯字母。阿拉伯字母的發祥地，依照傳説，大致是兩河流域的阿爾希拉（al-Hira）。發現的最早碑銘，有公元後 512 年時候的希臘文、敍利亞文和阿拉伯文三種文字的對照石刻。

▼ 阿拉伯文樣品

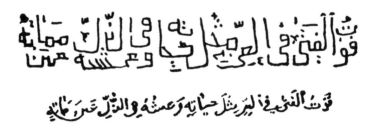

上：庫法碑銘體下：那斯基草體

文曰："榮譽的死就是生命，恥辱的生却是死亡。"

176

伊斯蘭教的《古蘭經》(*Qur'an*) 是用阿拉伯文字書寫的。阿拉伯人在公元後 7～8 世紀擴張領土，建立龐大的帝國。阿拉伯語曾經是從印度經北非到西班牙這一廣袤的土地上的通用語言。西班牙、巴厘阿里 (Balearic) 群島和西西里島都通行過阿拉伯語。現在，阿拉伯語是阿拉伯半島、巴勒斯坦、敍利亞、兩河流域、埃及和北部非洲的共同語。

阿拉伯字母的傳播，比阿拉伯語更廣。它曾經是波斯帝國的文字，以及奧托曼 (Ottoman) 帝國的文字。它跟着伊斯蘭教，跟着阿拉伯人所控制的陸上和海上交通線，傳播到巴爾幹半島、俄羅斯的南部、亞洲的西部、中部和東南部，以及非洲撒哈拉沙漠以南的大部分地區。

除阿拉伯語以外，它曾書寫了許多種不同的語言和方言，有波斯語、印度斯坦語 (Urdu 文)、突厥語 (土耳其語，維吾爾語)、希伯來語、普什圖語 (Pushtu，在阿富汗東部)、斯拉夫語 (在 Bosnia)、西班牙語 (Aljamiah 文)，各種馬來語，各種非洲語言 (如 Berber 語、Swahili 語、Sudan 語、Hansa 語、Malagasy 語等)。它的影響廣及亞、非、歐三大洲。

(2) 字體演變和加符加點 —— 阿拉伯字母分為兩種主要的字體。一種叫庫法 (Kufa) 字體。它是 17 世紀末葉以庫法和巴斯拉 (Basra) 兩地為中心所形成的粗壯方正的碑銘字體。這種字體早已不用了。另一種叫那斯基 (Naski) 字體。它是以麥加 (Mecca) 和麥迪那 (Medina) 兩地為中心而演變出來的流線形草書字體。現在的阿拉伯字母便是從這種草書字體傳承而來的。

阿拉伯字母有 28 個，從右而左書寫。其中 22 個是原來的閃米特字母，另加的 6 個是從原來的字母分化出來的。此外，還有一個表示聲門關閉音的 [’] 符號 (hamza)。

同一個字母按照書寫地位而有幾種不同的寫法。獨用和拼寫不同。詞頭 (開頭)、詞中 (中間) 和詞尾 (末尾) 不同。獨用或詞尾，寫成比較長的一筆。詞頭或詞中，寫成比較短的彎曲。在手抄和印刷的時候，兩三個字母常常結合在一起，形成連結的筆畫，造成閱讀和打字的困難。

阿拉伯字母本來只表輔音。後來，用 alif、waw、ya 三個字母表示長元音 a、u、i。此外又用短橫或點子表示元音，例如字上加點表示 a-e，字下加點表示 i-y，中間加點表示 u-o。各地方言發音不一，元音符號也就互異。加點辦法不僅用來表示元音，還用來分辨輔音。草書字母的形體相互同化，使

▼ 阿拉伯字母的來源和演變

	那巴泰	西奈	早期阿拉伯	庫法	早期那斯基	近代那斯基
'						
b						
g						
d						
h						
w						
z						
ḥ						
ṭ						
y						
k						
l						
m						
n						
s						
'						
p						
ṣ						
q						
r						
sh						
t						

許多字母變成近似或雷同，無法分辨。於是輔音字母也不得不附加符號，以示分別。這樣，阿拉伯字母就形成點點與斑斑的特點。直到今天，阿拉伯文字的元音標記法還是不完備的，而輔音字母則像一連串的葡萄藤。

（3）阿拉伯字母文化圈的盛衰——在文藝復興（14～16世紀）以前，阿拉伯字母所代表的文化高出西洋（西歐）文化。後來，西洋的科技文化上升，阿拉伯字母文化就相形見絀了。第一次世界大戰以後，奧托曼（Ottoman）帝國瓦解，阿拉伯字母文化由式微而沒落。首先是東歐和巴爾幹半島的國家和民族，放棄阿拉伯字母，改用拉丁字母。其次是撒哈拉沙漠以南的許多地區，在成為西歐的殖民地以後，放棄阿拉伯字母，改用宗主國的拉丁字母。一次大戰以後的土耳其革命（1922），取消了伊斯蘭教的國教地位，同時放棄阿拉伯字母，採用拉丁字母作為土耳其的正式文字（1928），成功地實現了文字改革。第二次世界大戰以後，阿拉伯字母文化圈繼續作更大的萎縮。在東南亞，原來阿拉伯字母已經代替印度字母的地區，包括印尼、馬來西亞、菲律賓等國，一一正式採用拉丁字母作為法定文字。在非洲，撒哈拉沙漠以南的殖民地，在獨立以後，紛紛採用拉丁字母作為正式文字。例如斯瓦希里語（Swahili），採用拉丁字母書寫，代替阿拉伯字母，成為東非幾個國家的公用文字。索馬里的新文字，在斟酌於阿拉伯字母和拉丁字母之間以後，終於選擇了拉丁字母，使這個人口十分之九以上是伊斯蘭教徒的國家，放棄了阿拉伯字母。

蘇聯在十月革命以後，掀起一個文字改革運動。主要目的是在蘇聯南方信奉伊斯蘭教的諸民族中間，放棄阿拉伯字母，改用拉丁字母。首先拉丁化的民族文字是阿塞拜疆的突厥語的文字。這些原用阿拉伯字母的民族，分佈在高加索以北和中國新疆以西的廣大地區。起先在1921～1932年間，放棄阿拉伯字母，改用拉丁字母。後來在1936～1940年間，又放棄拉丁字母，改用斯拉夫字母，向俄文看齊。對拉丁字母來說，沒有在蘇聯國內擴大流通區域。對阿拉伯字母來說，失去了蘇聯境內的大片流通區域，這些區域在歷史上屬於奧托曼帝國，現在仍舊信奉伊斯蘭教。

現在，有 20 多個阿拉伯語國家用阿拉伯字母作為正式文字，它們是：沙特阿拉伯、伊拉克、約旦、敍利亞、黎巴嫩、巴勒斯坦、科威特、巴林、卡塔爾、阿拉伯聯合酋長國、阿曼、也門、埃及、蘇丹、利比亞、突尼斯、阿

▼ 阿拉伯字母表

獨用	開頭	中間	收尾		獨用	開頭	中間	收尾	
ا			ـا	'alif	ض	ض	ـضـ	ـض	dad˙
ب	ﺑ	ـبـ	ـب	ba	ط	ط	ـطـ	ـط	ta
ت	ﺗ	ـتـ	ـت	ta	ظ	ظ	ـظـ	ـظ	za˙
ث	ﺛ	ـثـ	ـث	tha˙	ع	عـ	ـعـ	ـع	'ain
ج	ﺟ	ـجـ	ـج	gim	غ	غـ	ـغـ	ـغ	ghain˙
ح	ﺣ	ـحـ	ـح	ha	ف	فـ	ـفـ	ـف	fa˙
خ	ﺧ	ـخـ	ـخ	kha˙	ق	قـ	ـقـ	ـق	qaf
د		ـد	dai	ك	كـ	ـكـ	ـك	kaf
ذ		ـذ	dhal˙	ل	لـ	ـلـ	ـل	larn
ر		ـر	ra	م	مـ	ـمـ	ـم	min
ز		ـز	zai	ن	نـ	ـنـ	ـن	nun
س	ﺳ	ـسـ	ـس	sin	ه	هـ	ـهـ	ـه	ha
ش	ﺷ	ـشـ	ـش	shin	و		ـو	waw
ص	صـ	ـصـ	ـص	sad	ي	ﻳ	ـيـ	ـي	ya

有*號的是從原有字母分化而成。

爾及利亞、摩洛哥、毛里塔尼亞等。又有非阿拉伯語的伊斯蘭教國家用阿拉伯字母作為正式文字，它們是：伊朗，阿富汗，巴基斯坦。這些國家大都是同一個大帝國瓦解分裂而成的許多獨立國家。人們把這許多國家籠統地稱為“中東”阿拉伯字母諸國。

在這“中東”阿拉伯字母諸國以外，還有中國的新疆維吾爾自治區，以阿拉伯字母書寫的維吾爾文作為省區級的正式文字。新疆哈薩克文也用阿拉伯字母。維吾爾文一度放棄阿拉伯字母，改用拉丁字母。

不久，又恢復阿拉伯字母。這說明這種地區性的阿拉伯字母文字也在動搖之中。

跟全盛時代相比，今天的阿拉伯字母文化圈真是盛極而衰了。

聯合國原來規定五種工作文字：英文、法文、西班牙文、俄文和中文。後來，應阿拉伯諸國的要求，增加阿拉伯文作為第六種工作文字。阿拉伯字母雖然盛極而衰了，但在今天仍舊是僅次於拉丁字母的多國通用字母。

4. 敍利亞字母

（1）敍利亞基督教的文字 —— 現在的敍利亞是一個阿拉伯國家，說的是阿拉伯語，寫的是阿拉伯文。在中世紀時候，情況不同。那時候（主要在 4 ～ 7 世紀），敍利亞的基督教勢力很大，教會用敍利亞字母（Syriac）作為傳教工具。敍利亞教會，以阿拉馬文化為基礎，吸收希臘文化，發展成一種特殊的基督教文化。這在基督教的早期歷史上佔有重要地位，直至 7 世紀伊斯蘭教徒侵入而終止。

兩河流域西北的厄德薩（Edessa，現稱 Urfa），是敍利亞語流行地區中最早的一個基督教中心。從此地，基督教傳佈到波斯及其四周。信奉基督教的阿拉馬人都用厄德薩的敍利亞語為宗教及文化的語言。在幼發拉底河（Euphrates）流域，這種語言又用作通商語言。

敍利亞字母脫胎於草體的阿拉馬字母。遺留的碑銘，最早的是公元 73 年的一個墓碑。4～6世紀，是敍利亞字母流通最盛的時期。7世紀以後，阿拉伯語代替了敍利亞語成為日常語言，敍利亞文字也就衰落下來，變成僅僅應用於祈禱的文字。

敍利亞字母也是 22 個輔音字母。字母順序跟希伯來字母一樣，可是字母名稱略異。有些字母的讀音分硬音和軟音，而軟音又分送氣和不送氣。敍利亞字母像阿拉伯字母，按照在詞兒中的地位，寫成詞頭、詞中和詞尾的不同格式，又分獨用和連結兩種寫法。輔音字母（'），w 和 y 用作表示元音的符號。後期，表示元音分成三種寫法：(1) 聶思脫里派（Nestorian）寫法，用 w、y 和點子寫在字上或字下，有些場合用一點或兩點寫在字上或字下。(2) 雅谷派（Jacobite）寫法，大約開始於公元 700 年，用小型希臘字母寫在字上或字下。(3) 西部敍利亞寫法，混合用分音符號和小型希臘字母。

敍利亞字母跟其他閃米特字母一樣，書寫順序是自右而左。可是發現了一些從上而下書寫的文獻。這種豎寫的方法，聶斯脫里文字曾在 8～14 世紀採用，可能它的起源還要更早些。

阿拉伯語也曾一度用敍利亞字母書寫，這種文字名叫加許尼文（Garshuni）。此外，還有用敍利亞字母寫的希臘文。

(2) 傳來中國的景教 —— 公元 431 年以後，敍利亞教會分裂成東西兩派。西派又分為雅谷派和美爾基派（Melkite）。東派是聶思脫里派。在伊斯蘭教的壓迫下，聶思脫里派離開本土，向東發展，把字母帶到遙遠的東方。

聶思脫里教成為波斯的國教以後，沿着歐亞之間的商路，把教義和字母傳到庫爾德斯坦（Kurdistan）高原、土耳其、印度南部、中國以西的地區和中國西北部。公元 635 年（唐貞觀九年），聶思脫里教士來到中國；後三年，在長安建築教堂；公元 781 年立有“大秦景教流行中國碑”（現存西安碑林）。當時中國人把聶思脫里基督教稱為“景教”。這塊石碑上刻有 1900 個漢字，碑的下部刻着 70 個直行的敍利亞字，碑的兩旁還有敍利亞文和中文對照的人名。在敦煌和新疆發現的敍利亞文《聖經》譯本，同樣說明當時聶思脫里教派的活動。元朝時候馬可・波羅（Marco Polo）曾記載從巴格達（Baghdad）到大都（北京）一路上有很多聶思脫里教堂。聶思脫里教派及其敘利亞字母在東方的流傳歷時約七百餘年之久。

▼ 阿拉伯字母在中國新疆

a.維吾爾阿拉伯字母表

	單寫	詞首	詞中	詞末			單寫	詞首	詞中	詞末	
1	ا ئا			ـا	a	16	ژ			ـژ	ʒ
2	ب	بـ	ـبـ	ـب	b	17	ۋ			ـۋ	v
3	پ	پـ	ـپـ	ـپ	p	18	ۇ ئۇ			ـۇ	u
4	ت	تـ	ـتـ	ـت	t	19	ف	فـ	ـفـ	ـف	f
5	د			ـد	d	20	ق	قـ	ـقـ	ـق	q
6	ە ئە			ـە	ɛ	21	ك	كـ	ـكـ	ـك	k
7	ج	جـ	ـجـ	ـج	dʒ	22	ڭ	ڭـ	ـڭـ	ـڭ	ŋ
8	چ	چـ	ـچـ	ـچ	tʃ	23	ې ئې	ېـ ئېـ	ـېـ	ـې	e
9	خ	خـ	ـخـ	ـخ	x	24	ى ئى	ىـ ئىـ	ـىـ	ـى	i
10	ھ	ھـ	ـھـ	ـھ	h	25	ي	يـ	ـيـ	ـي	j
11	و ئو			ـو	o	26	غ	غـ	ـغـ	ـغ	ʁ
12	س	سـ	ـسـ	ـس	s	27	گ	گـ	ـگـ	ـگ	g
13	ش	شـ	ـشـ	ـش	ʃ	28	ل	لـ	ـلـ	ـل	l
14	ر			ـر	r	29	م	مـ	ـمـ	ـم	m
15	ز			ـز	z	30	ن	نـ	ـنـ	ـن	n

根據胡振華《維吾爾族的文字》，《民族語文》1979年第2期。

	單寫	詞首	詞間	詞尾	新字母		單寫	詞首	詞間	詞尾	新字母
1	ا	١		ل	a	19	ر	ر		ﺭ	r
2	ٵ	ٵ		ٵ	ə	20	س	ﺳ	ﺴ	ﺲ	s
3	ب	ﺑ	ﺒ	ﺐ	b	21	ت	ﺗ	ﺘ	ﺖ	t
4					c	22	ۆ	ۆ		ۆ	w
5	ۆ	ۆ		ۆ	v	23	ف	ﻓ	ﻔ	ﻒ	f
6	گ	ﮔ	ﮕ	ﮓ	g	24	ح	ﺣ	ﺤ	ﺢ	h
7	د	د		ﺪ	d	25	ج	ﺟ	ﺤ	ﺞ	q
8	ه	ه	ﻪ		ê	26	ﺵ	ﺷ	ﺸ	ﺶ	x
9	ح	ﺣ	ﺤ	ﺢ	j	27	ى	ﻯ	ﻰ	ﻰ	e
10	ز	ز		ﺰ	z	28	ﻉ	ﻋ	ﻌ	ﻊ	i
11	ي	ﯾ	ﯿ	ﯽ	y	29	ق	ﻗ	ﻘ	ﻖ	k
12	ك	ﻛ	ﻜ	ﻚ	k	30	ﯕ	ﯔ	ﯖ	ﯔ	ng
13	ل	ﻟ	ﻠ	ﻞ	l	31	ﻉ			ﻊ	ơ
14	م	ﻣ	ﻤ	ﻢ	m	32	ﯗ	ﯗ		ﯗ	u
15	ن	ﻧ	ﻨ	ﻦ	n	33	ﯟ	ﯟ		ﯟ	ü
16	و	و		ﻮ	o	34	ھ	ھ	ﻬ	ﻪ	h
17	ٶ	ٶ		ٶ	ө	35	ء				軟音
18	پ	ﭘ	ﭙ	ﭗ	p						

根據耿世民《哈薩克族的文字》，《民族語文》1980年第3期。

敘利亞字母最重要的一種字體叫"福音字體"（Estrangela）。這種字體後來分化為兩種字體："碑銘體"和"大寫體"。大寫體又演變出"小寫體"。小寫體又演變出"半小寫體"。

5. 巴爾米拉字母

巴爾米拉（Palmyra）是敍利亞沙漠中的一個綠洲城市，位於從敍利亞到兩河流域的通商路線上，在公元1～2世紀頗為興盛。公元272年，巴爾米拉女王戰敗，向羅馬帝國投降。

巴爾米拉字母源出於阿拉馬字母，分為碑銘體和行書體。巴爾米拉石碑在許多地方被發現，西至埃及、北非和意大利，東至裏海沿岸，北至匈牙利，甚至遠達英吉利。有拉丁文和巴爾米拉文的雙語文碑銘，以及希臘文和巴爾米拉文的雙語文碑銘。可見當時商業路線延伸甚長，巴爾米拉字母也隨着商業路線的延長而傳到遠處。

6. 曼代字母

曼代人（Mendai）信奉一種猶太·基督教，發源於巴比倫。他們的語言是東部阿拉馬方言。他們的宗教經典完成於7世紀以前。曼代字母大致起源於阿拉馬字母的草書體，但是受了那巴泰（Nabataean）字母的影響。曼代人把字母看作是神聖的和魔術的。他們把"字母"（alphabet）說成abaga，而abaga另一個意義是"解讀

▼ 阿拉馬系統的幾種派生字母

a.巴爾米拉字母
b.早期敍利亞字母
c.聶斯脫里字母（即東部敍利亞字母）
d.曼代字母
e.摩尼字母

符咒"。遇到疑難問題要請求神明指示，就把刻有字母的金銀片放在枕頭下面睡覺，以期神明託夢解決。

曼代字母表示元音的方法很有趣。他們把簡化了的 alef、waw 和 yod 三個輔音字母表示元音，作為輔音字母的附帶筆畫。這樣，他們的字母就成為跟埃塞俄比亞（Ethiopia）的字母類似，變成一種音節字母。這是音素字母的音節化。

7. 摩尼字母

摩尼（Manes），公元 215 年生於巴比倫，273 年被釘死在十字架上。247年，他創立摩尼教，成為 3～13 世紀 1000 年間傳播極廣的宗教。

在 3～4 世紀中，摩尼教傳播到西亞、南歐、北非，遠達高盧（法國）和西班牙，到 17 世紀消亡。公元 694 年（唐武則天延載元年）傳入中國，公元762 年成為西域回紇（即回鶻，Uighur 維吾爾族的古稱）的國教。回紇亡於公元 840 年，但是摩尼教奉行到 13 世紀。

傳說，摩尼字母是摩尼所創造。事實上，它源出於阿拉馬字母的一種草書體，跟巴爾米拉字母的草書體相似。摩尼本人可能對字母的規範化有過貢獻。摩尼字母的書法優美，字形清晰，閱讀明快。手寫殘頁在中國新疆多有發現，紙張精緻，字形悅目。文獻語言主要是伊朗語和早期突厥語。

二　阿拉馬字母在非閃米特語言中的傳播

1. 印度的佉盧字母

印度有兩種早期的文字。一種是屬於阿拉馬系統的佉盧文（Kharoshti）。另一種是婆羅米文（Brahmi）。

佉盧字母源出阿拉馬字母。它保留着好些字形和讀音都與阿拉馬相同的字母。阿拉馬碑銘在公元前 3 世紀就有跟印度交通的記載。大致在公元前 5世紀波斯統治着印度西北部的時候，阿拉馬字母流傳到印度，於是產生了以當時印度西北部為中心的佉盧文。

佉盧字母是一種通俗實用的草書體。它比阿拉馬字母多出一些輔音字母，例如 bh，gh，dh 等。它用小圈、短劃以及筆畫變化等方法表示元音，實際是音素字母的音節化，成為佉盧音節字母。起初書寫順序自右而左，跟阿拉馬文一樣，後來改為自左而右。字母之外，另有數字。婆羅米文對佉盧文有明顯的影響。

中國唐初（公元 668 年）佛教文獻中就講到印度的佉盧文。實物的發現，最重要的是在今巴基斯坦和阿富汗邊境找到的屬於公元前 251 年的阿育王（Asoka）佉盧文敕令石刻。後來，在新疆的尼雅和樓蘭又發現許多公元 3 世紀的佉盧文寫本，有的寫在紙張和皮革上，有的寫在木簡上。最晚的遺物屬於公元 4 ～ 5 世紀。多數碑銘發現於犍陀羅（Gandhara）地方，即現在阿富汗東部和巴基斯坦北部一帶。

▼ 印度佉盧音節字母及數字舉例

a	am	a	i	u	um	r	e	o	ka	ka	kā	kr	ko
k'a	kum	ka	kha	khi	khu	ga	gu	gar	ga	gu	ḡam	gha	gha
ca	c̄a	cam	ci	ca	co	cha	chi	cham	cha	c̄ha	c̄ham	c̄hu	chun

1	1	1	2	2	3	3	3	4	4	10	20	100	1000

2. 波斯（伊朗）字母

波斯的語文，隨着朝代更迭而時有變化。阿開民尼（Achaemenid）朝代（公元前 558 ～ 330 年），說的是早期伊朗語，寫的是丁頭字。阿薩息斯（Arsaces）朝代（公元前 247 ～公元後 226 年），說的是中期伊朗語，寫的是巴

▼ 巴拉味字母和阿維斯泰字母及其來源和演變

a.二世紀粟特字母　b.埃及紙草阿拉馬字母

c.西北巴拉味字母，又稱 Pahlavik 或 Arsacid

d.西南巴拉味字母，又稱 Parsik 或 Sasanian

e.阿維斯泰字母

拉味（Pahlavi）文。薩珊（Sassan）朝代（公元 226 ～ 651 年），巴拉味文演變成為阿維斯泰（Avesta）文。巴拉味文和阿維斯泰文都是傳承於阿拉馬字母。薩珊朝滅亡以後，伊斯蘭教和阿拉伯字母傳入波斯，語文進入阿拉伯化時期。

（1）巴拉味字母——阿薩息斯朝的統治者是興起於伊朗高原東北部的安息人（Parthian，中國史書有記載）。他們的語言本是一種北部伊朗方言，與粟特語（Sogdian）相近。公元前 3 世紀末葉創造了巴拉味字母，用以書寫安息語言。這種字母，大致是根據阿拉馬字母的草體，經過逐漸演變而形成。它採用 22 個閃米特字母，略有變通和增損。

巴拉味字母分三式：（a）西北巴拉味字母（Pahlavik，Arsacid），是安息人所用的文字，阿薩息斯朝的貨幣上刻着這種文字。（b）西南巴拉味字母（Parsik，Sassanian），是波斯人所用的文字，分為碑銘體和草書體。（c）東部巴拉味字母，只留下草書體。

除了由字母拼音的詞兒之外，巴拉味文還採用了許多不是拼音的阿拉馬會意詞兒。波斯語言變化很快，而巴拉味文保守不變，到後來文字逐漸失去拼音的性質，成為一種以保留古代字形為特點的文字。

（2）阿維斯泰字母——薩珊朝是波斯人推翻外族統治以後建立起來的本族王朝。這時期波斯人發展了他們本族文化的特色。他們崇尚祆教（Zoroastrianism，即拜火教），創造阿維斯泰字母，用以書寫祆教的聖書《阿維斯泰》。

阿維斯泰字母（又名 Pazand 字母），是波斯人創造的各種字母之中最著名的字母。它有 50 個草書字母，是以巴拉味字母為基礎，加上希臘字母的一些特點，改造而成。《阿維斯泰》聖書是用一種阿維斯泰方言所寫成，內容包括傳說、法律、聖詩和禱詞等。直到如今，住在印度和伊朗的巴悉人（Parsis）依然崇奉《阿維斯泰》為神聖的經典。

《阿維斯泰》寫本有兩類：一類是印度寫本，最早的是 13 世紀的遺物，字體直線而有棱角；另一類是波斯寫本，最早的是 17 世紀的遺物，字體是筆畫傾斜的草書。

3. 粟特字母

　　古代的粟特人（Sogdian，即利）説中期伊朗語的東部方言。他們的居住地區大約相當於撒馬爾罕（Samarkand）和布哈拉（Bukhara）一帶，就是今天

▼ 粟特字母和回紇字母比較

阿拉馬巴爾米拉		粟特		回紇	
	'		a-e		a-e
	b		w		w-f
	v		o-u		o-u
	z		(z-ž)		z
	t		t		t
	y		i-y		i-y
			i		i
	k		k-g		k-g
			q-x		g-x
	l		d̠		d-t
	m		m		m
	n		n		n
	s		s		s
	p		p-b		p-b
	ṣ		č		č-ǧ
	r		r		r
			l		l
	š		(š)		š
			(v)		?
			(h)		?

註：粟特字母和回紇字母只列詞頭式，未列詞中式和詞尾式。

的烏茲別克。古代粟特人的商隊遠赴印度和蒙古。粟特語在中亞細亞曾經流行好幾百年，在公元 6 ～ 9 世紀尤為重要。從中國新疆塔里木盆地一直到蒙古，粟特語是當時的國際通商用語。大致在 13 世紀蒙古西征以後，粟特語才漸漸消亡。

蒙古北部斡兒汗（Orkhon，阿魯渾，鄂爾渾）河畔的卡拉巴爾加森（Qara Balgasun）地方，發現屬於 9 世紀的石碑，刻着突厥文、粟特文和漢字三種文字相對照。這塊重要古碑的發現地點，大致就是粟特語文流行區域的東北境界。中國西藏西面的拉達克（Ladakh）也發現了粟特文的石碑，這裏大致就是粟特語文流通區域的西南境界。在吐魯番和敦煌千佛洞曾發現很多粟特文寫本。粟特文的文獻大都是基督教、摩尼教和佛教等宗教的著作，最早的屬於第 2 世紀，多數屬於第 8 ～ 9 世紀。

粟特字母是由一種地區性的草體阿拉馬字母或早期巴拉味字母傳演而來，又受了轟思脫里字母的影響。全部都是輔音字母，元音一般不寫出來，但是有時也用輔音字母 aleph，y 和 w 表示元音。例如，aleph 表示長短 a 音；y 表示長短 i 音或長 e；w 表示長短 u 音或長 o；兩個表示元音的字母可以結合在一起書寫。

4. 早期突厥字母

早期突厥語跟後來的奧斯曼（Ottoman）突厥（土耳其）語，是頗不相同的。早期突厥語早已死亡了，由於早期突厥碑文的發現和解讀，才成為現代人的一種知識。

早期突厥文（Kök Turki）的文獻，最初發現於斡兒汗河附近，所以被稱為斡兒汗文。在西伯利亞南部，蒙古西北部，以及中國新疆東北部，都有同一文字的碑銘發現。最早的遺物屬於第 7 ～ 8 世紀，但是這種文字在第 6 世紀就已經存在。這種字母大致傳承於一種巴拉味字母或初期的粟特字母，它是突厥人信奉伊斯蘭教以前的語文。

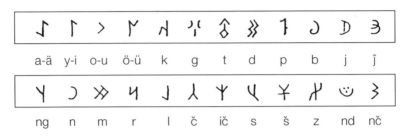

早期突厥字母有碑銘體和草書體。碑銘體跟條頓人的魯納字體（Teutonic Runes）相似，所以也被稱為突厥的魯納字體。

字母有 38 個（或 40 個），有 4 個元音字母。自右而左橫行書寫。但是受了漢字的影響，也可以自上而下直行書寫。輔音字母因結合不同的元音而有不同的格式。例如 K 有五種格式，表示（1）Ka，（2）Ky，（3）Ko，Ku，（4）Kä，Ke，Ki，（5）Kö，Kü。早期突厥字母是音節字母和音素字母的混合物。

5. 早期匈牙利字母

早期匈牙利字母（Szekler）大致是由早期突厥字母傳承而成的。這種文字的碑銘，最早屬於 1501 年，發現於特蘭西爾瓦尼亞（Transylvania）和匈牙利南部。居住在特蘭西爾瓦尼亞的匈牙利人，被認為是純正的匈牙利人即馬札爾人（Magyars）。他們在 9 世紀末遷入現在的匈牙利。早期匈牙利字母的流通地區不廣，它是匈牙利人接受西方文化的早期象徵。

6. 回紇字母

回紇人（Uighur，回鶻，畏兀，畏吾兒）是維吾爾民族的祖先，他們講的是一種突厥語。他們起初住在蒙古地區，8 世紀中葉滅突厥，在從蒙古到新疆的廣大地區建立政權，以卡拉巴爾加森（Qara Balgasun）為都城，與唐朝關係密切。他們原來信奉薩滿教（Shamanism）。9 世紀中葉，他們失去了廣大的蒙古地區，版圖瓦解。西遷新疆的一支回紇人，以高昌為中心建立政權，稱高昌回紇。在新疆，他們接受了佛教，可是後來又改信摩尼教，而一部分人民信轟思脫里基督教。最後又在 10 世紀中葉改信伊斯蘭教。大致是由於回紇人信奉了伊斯蘭教，所以伊斯蘭教在中國曾被稱為"回教"。回紇字母是他們信奉伊斯蘭教以前的文字。

　　回紇字母是以粟特字母為基礎而創製的。共約 19 至 23 個字母，因時代的不同而字母數目不同。字形有詞頭、詞中、詞尾的變化。突厥語元音豐富，用原來主要表示輔音的字母來書寫，遇到了困難。補救辦法是：用 aleph 表示 a 和 ö；用兩個 aleph 表示詞頭 a；用 y 表示 i 和 ï；用 w 表示 u，o 和 ü，ö；用 wy 表示第一音節的 ü 和 ö，等等。這顯示了歷史上從輔音字母發展到真正的音素字母（分別輔音和元音），是多麼困難。

▼ 早期匈牙利字母舉例

a	b	cz	cs	d	e	f	g	gy	h	i	y

k	l	ly	m	n	ny	o	ö	p	r	s	sz

t	ty	u	ü	v	z	zs

　　任何文字都有書寫外來詞的困難。回紇文的外來詞，往往借用粟特文的寫法，成為非拼音的詞兒。

　　回紇文原來從右而左橫寫，後來改為自上而下直寫，但是行序從左而右。這顯然是受了漢字的影響。字體分楷書和草書兩種。楷書用於宗教經典，草書用於一般文書。

　　自唐至明（8 ～ 15 世紀），回紇文流行於今吐魯番盆地和中亞楚河（chu）流域。近代在哈密、吐魯番盆地和甘肅地區發現回紇文的宗教經典、碑刻和契約。留存有回紇文的《福樂智慧》和《高昌館來文》等寫本。

　　回紇人改信伊斯蘭教以後，廢棄回紇字母，改用阿拉伯字母。可是，從回紇字母演變而成的蒙古字母和滿文字母，在更廣的地區和更久的時期中應用着。

7. 蒙古字母

　　成吉思汗統一蒙古（1206 年）以後，蒙古人一躍而成為世界舞台上的重要力量；在極短的時期之內，建成一個橫跨亞洲大陸，甚至達到南俄羅斯，包括中國（元朝）的廣大帝國。

　　蒙古語是阿爾泰（Altaic）語系的一個語族。現代蒙古語的流行區域，有蒙古國、中國的內蒙古和中國的新疆北部，以及阿爾泰山區域。

　　蒙古語有三種主要方言：喀爾喀方言（Khalkha）、衛拉特方言（Oyrat）和布利亞特方言（Buriat）。

　　喀爾喀方言在 13 ～ 14 世紀成為蒙古語的文學語言。起初採用回紇字母書寫蒙古語。回紇字母的碑銘最早的有 13 世紀的"移相哥碑"，又稱"成吉思汗石"。1269 年（至元六年）忽必烈（元世祖）邀請西藏喇嘛僧八思巴（P'ags-pa，尊稱，意為"聖者"，本名羅追堅贊 blo-gros ryryal-mtshan，1234 ～ 1279）到元朝來，根據藏文字母，創製蒙古字母，有 34 個輔音字母，5 個元音字母和 2 個半元音字母，即所謂"八思巴"蒙古文，1272 年推行。這種文字應用不便。1310 年重新改用回紇字母，加以修訂，製成所謂加利加（Kalika）蒙古文。加利加蒙古文保留一部分藏文字母影響。在 14 世紀，加利加字母是蒙古帝國的法定文字。許多佛教經典都有這種文字的譯本。跟後期的蒙古文對比，前期的稱為回紇式蒙古文。

　　中國內蒙古的現行蒙古文有 24 個輔音字母，5 個元音字母（其中有 2 個各表示 2 個元音）。字序從上而下，行序從左而右。大多數字母分詞首、詞中和詞末三式。沒有大寫和小寫的區別。書寫以詞兒為基本的拼寫單位。同一詞兒一串連下，實際是一種以詞兒為書寫單位的表音文字。

▼ 回紇、蒙、滿文字母的演變舉例

敘利亞	回紇	蒙古	滿文

住在中國新疆的蒙古族，曾經使用"陶德"（一作"托忒"，意思是"明確"）蒙古文。這是 1648 年按照衛拉特方言的特點，對原來的蒙古文稍加改變而成的。這種方言文字的拼寫方法比較精密，所以有"明確"的雅稱。

布利亞特方言也有用蒙古字母寫成的文字，曾在蘇聯的伊爾庫次克（Irkutsk）和外貝加爾地區（Transbaikalia）應用。蒙古國在 1941 年廢棄蒙古字母，改用向俄文看齊的斯拉夫字母。布利亞特方言文字也同樣斯拉夫字母化了。

▼ 維吾爾古文字

a.突厥字母表

1	↑ ↑ ⅄	ae	15	X	ḍ	29	1	p
2		ei	16		b	30		ŋ
3		ou	17		ḅ	31		m
4		øy	18		j	32		tʃ
5		q	19		j̄	33		itʃ
6		ġ	20		n̄	34		ʃ
7		q̄	21		n	35		z
8		k	22		r	36		lt
9		k̲	23		r̲	37		nt
10		ḅ	24		l	38		ntʃ
11		g	25		l̠	39		rt
12		t	26		s	40		分詞
13		ṭ	27		ṣ			
14		d	28		鼻化			

b.回鶻（回紇）字母表

	詞首	詞中	詞末			詞首	詞中	詞末	
1				a	13				d
2				e	14				ʒ
3				ə i	15				z
4				o u	16				j
5				ø y	17				l
6				b p	18				m
7				w	19				n
8				b´	20				r
9				q	21				s
10				x	22				ʃ
11				g k	23				tʃ
12				d t					

根據胡振華《維吾爾族的文字》，《民族語文》雜誌1979年第2期。

▼ 八思巴字母和藏文字母對照

	八思巴	藏文			八思巴	藏文			八思巴	藏文	
1	𐃬	𐃬	k	15			b	29			h
2			k'	16			m	30			f
3			g	17			c	31			,
4			ŋ	18			c'	18			G
5			č	19			j	19			ɣ
6			č	20			w	20			i̯
7			ǰ	21			ž	21			u̯
8			ň	22			z	22			i
9			t	23			·	23			u
10			t'	24			y	24			ė
11			d	25			r	25			o
12			n	26			l	26			e
13			p	27			š	27			
14			p'	28			s				

根據照那斯圖《論八思巴字》，《民族語文》1980年第1期。

▼ 現代蒙古字母

a.內蒙古現用字母表

	詞首	詞中	詞末			詞首	詞中	詞末	
1				ɑ	17				t'
2				e	18				d
3				i	19				tʃ'
4				ɔ	20				dʒ
5				u	21				j
6				o	22				r
7				u	23				w
8				n	24				f
9				b	25				k'
10				p'	26				x
11				x	27				ts
12				g	28				dz
13				l	29				ʐ
14				m	30				ɖ
15				s	31				ŋ
16				ʃ					

	詞首	詞中	詞末			詞首	詞中	詞末	
1				a	17				j
2				e	18				r
3				i	19				t'
4				ɔ	20				d
5				U	21				ts'
6				ø	22				z
7				y	23				b
8				n	24				p'
9				x	25				w
10				G	26				k'
11				g	27				q'
12				g	28				tʃ'
13				m	29				dʒ
14				l	30				f
15				s	31				x
16				ʃ					

根據包力高《蒙古文》，《民族語文》雜誌1980年第2期。

8. 滿文字母

滿族人是金朝女真人的旁支後裔，所以入主中原初期自稱後金。滿語是南部通古斯（Tungus）語，也是阿爾泰語的一支。

1599年（明萬曆二十七年）額爾德尼（Erdeni）和噶蓋奉努爾哈赤（Nurhachu）之命，以蒙古文字為基礎，創製滿族文字。這種文字不能正確表示語音。1632 年（清太宗天聰六年）達海作了改進，增加圈點符號，改變某些字母形體，增加幾個新字母，區別原來不能區別的語音，又增加一些借詞語音的書寫形式。這種經過改進的稱作"有圈點滿文"，而原來的叫做"老滿文"或"無圈點滿文"。1748 年（清高宗乾隆十二年）又一次加以整理，在多種變體之中選定一種作為標準。

　　滿文字母有元音 6 個，輔音 18 個，漢音特定字母 10 個，一共 34 個字母，分楷書和草書兩體。大多數字母有獨用、詞頭、詞中、詞尾等形式。它跟蒙古文相同，字序從上而下，行序從左而右。

　　清朝以滿文為官方文字，留下很多滿文書籍和檔案。清末停止使用滿文。滿語自清中葉漸為漢語所代。今天，東北地名中有很多滿語地名留傳下來。

▼ 滿文字母表

a.滿文元音字母表

註：滿文字母表 a 和 b 根據愛新覺羅・烏拉熙春《滿語讀本》1985。

	a	e	i	o	u	ū
n						
k						
g						
h						
b						
p						
s						
š						
t						
d						
l						
m						
c						
j						
y						
r						
f						
w						
ng						

c.滿文（首中末）字母表

首 中 末			首 中 末			首 中 末	
1	a	15	p	29	w
2	e	16	s	*30	ng
3	i	17	sh	*31	kk
4	o	18	t	*32	gg
5	u	*19	t	*33	hh
6	uu	20	d	*34	c
7	n	*21	d	*35	cy
8	k	22	l	*36	z
9	g	23	m	*37	rr
10	h	24	ch	*38	sy
*11	k	25	zh	*39	chy
*12	g	26	y	*40	zhy
*13	h	27	r		
14	b	28	f		

*基本字母表不列，根據慶豐《滿文》，《民族語文》雜誌1980年第4期。

9. 亞美尼亞字母

亞美尼亞（Armenia），地處高加索高原之南。亞美尼亞語是印歐語言中的一支。

字母傳到亞美尼亞是在亞美尼亞基督教會獨立（369 年）以後的事情。大約在公元 400 年的時候，美士羅（St. Mesrop）在薩哈（St. Sahak）和希臘人魯方拿（Rufanos）協助之下，創造了亞美尼亞字母。第 5 世紀是亞美尼亞文學興盛時期，當時有許多"聖書翻譯者"把敍利亞的《聖經》以及希臘、羅馬的名著譯成亞美尼亞文。現在遺留的早期寫本多半是 12 世紀的東西。

亞美尼亞文有文言（Grabar）和白話（Ashksarhabar）兩種。亞美尼亞語有兩種主要方言：1. 東部方言是標準方言，2. 西部方言主要流傳於本土以外。

▼ 亞美尼亞字母大寫體

Ա	Բ	Գ	Դ	Ե	Զ	Է	Ը	Թ	Ժ	Ի	Լ	Խ
a	b	g	d	e	z	ē	e	t'	ž	i	l	ḫ

Ծ	Կ	Հ	Ձ	Ղ	Ճ	Մ	Յ	Ն	Շ	Ո	Չ	Պ
ts	k	h	dz	gh	č	m	y	n	š	o	čh	p

Ջ	Ռ	Ս	Վ	Տ	Ր	Ց	Ւ	Փ	Ք	Օ	Ֆ
ǧ	rr	s	v	t	r	t'	u	ph	x	o	f

亞美尼亞字母原有 36 個，後來增加 2 個，共為 38 個。分大寫和小寫兩體。它所表達的語音相當精確。亞美尼亞字母是以巴拉味（Pahlavik）字母為基礎，加上一些阿維斯泰字母。由於希臘字母的影響，它的元音字母比較完備，書寫自左而右，字體端正規則。

10. 喬治亞字母

喬治亞（Georgia，即格魯吉亞）是南高加索的一部分，自從 7 世紀以來，就住着喬治亞人（原名 Kartli）。他們説着一種黏結式的西南高加索語（Kartuliena），包含很多外來詞。12 世紀到 13 世紀初是喬治亞文學的黃金時代。

喬治亞文的遺物中，最早的碑銘屬於 5 世紀，最早的寫本屬於 8 世紀。

喬治亞字母源出阿拉馬字母，原有兩種字體。一種叫僧侶體（Khutsuri），有 38 個字母，分大寫小寫，筆畫是有角的，現已不用。另一種是武士體（Mkhedruli），有 40 個字母，其中 7 個已經不用，分正楷和草書，是現代應用的文字。

▼ 喬治亞字母大寫體

ჱ	Ⴁ	ჳ	ჴ	ჟ	Ⴎ	ჱ	ჵ	ჶ	ჷ	ჸ	ჹ	ჺ
a	b	g	d	e	v	z	ē	th	i	k	l	m

ჼ	ჽ	ჾ	ჿ	ჴ	ჶ	ჷ	ჸ	ჹ	ჺ	ჼ	ჽ	ჾ
n	y	o	p	zh	r	s	t	u	w	ph	kh	gh

ჿ	ჼ	ჽ	ჾ	ჿ	ჼ	ჽ	ჾ	ჿ	ჼ	ჽ	ჾ	ჿ
q	sh	č	ts	dz	ds	dš	x	xh	dž	h	hō	

傳說把喬治亞字母的創造也歸功於美士羅。但是從這種字母能分析地表達豐富的喬治亞語音來看，似乎不像一個外國人一次的創造，而是長期在實踐中經過不斷修正而形成的。

11. 阿爾班字母

阿爾班人（Alban，Alvan）原住高加索（現在的阿塞拜疆）。他們跟現在巴爾幹半島上的阿爾巴尼亞人不是同種，僅僅名稱相似。在 5 ～ 11 世紀，他們的文化達到相當高的水平。但是，他們的文字後來失傳了。晚近學者在 15 世紀的亞美尼亞寫本文獻中重新把它發現了出來。阿爾班字母有 32 個，但是文獻中只見到 21 個。據亞美尼亞傳說，阿爾班字母也是美士羅所創造的。

▼ 阿爾班字母舉例

| a | e | x | é | i | k | t | m | y | n | sh |

| o | p | a | v | t | r | ts | p | k | (v) |

小結：橫跨亞洲 1000 年

　　阿拉馬字母的傳播非常廣闊，西自地中海東岸的敍利亞，東至中國東北地區以東的日本海，橫跨一個亞洲。經過字母形式的演變，它在 1000 多年間書寫了多種宗教的經典，包括猶太教、基督教、伊斯蘭教、摩尼教、祆教。它書寫過的語言，有各種閃米特語，也有各種非閃米特語。在中國，它留下新疆的阿拉伯字母、元朝的蒙古字母和清朝的滿乂字母。它的特殊後裔是印度婆羅米字母，在印度和印度以東自成一個盛大系統。阿拉馬字母對人類文化貢獻之大，由此可見。可是，阿拉馬字母的子孫雖多，到現代還能起國際流通作用的，只有阿拉伯字母，而阿拉伯字母的國際流通作用，遠遠不及拉丁字母。阿拉伯字母文化圈和印度字母文化圈都萎縮了，它們讓出的空間都被拉丁字母所佔領。

第十二章 | 印度字母系統

一 印度：字母的花園

印度，好比是一個字母的花園。

古代印度，主要指今天的印度以及巴基斯坦和孟加拉。在這被稱為南亞次大陸的廣大土地上，從古代到今天經歷了王朝的興替，居住着許多種民族，說着許多種語言，寫着許多種文字。

這許多種文字所用的字母，都是從產生於公元前 7 世紀的婆羅米（Brahmi）字母傳衍而來。婆羅米字母不僅在印度開遍了字母之花，並且傳播出去成為印度以外許多亞洲民族的文字，形成一個廣大的印度字母文化圈。

早期跟婆羅米字母並存的，有印度西北部在公元前 5 世紀產生的音節式的佉盧字母（Kharoshti）。隨着伊斯蘭教的傳入，阿拉伯字母也被用來書寫印度語言。在英國統治印度以後，又用羅馬字母拼寫印度語言。

遠在這些文字之前，還有在印度河（Indus）流域發掘出來的一種至今未能釋讀的古代文字。

印度字母的故事，在整個人類文字的歷史中，是漫長而複雜的一章。

1. 無人認識的印度河文字

過去的歷史學家認為，印度文化開始於公元前第二個"千年紀"中葉雅利安人的進入印度。晚近在印度河流域（現屬巴基斯坦）的哈拉帕（Harappa）和摩亨約・達羅（Mohenjo—daro）等地發掘出公元前第三個"千年紀"後期的古代城市，把印度的歷史推前了 1000 年。

發掘出來的印度河古城中間，有秩序井然的街道，有規模可觀的下水道和給水系統，有精美的磚砌住宅。遺物證明，當時已經有發達的農業、畜牧業、棉紡織業以及海陸兩路的商業。還發現了許多雕工精緻的印章，上面刻着文字符號。

▼ 印度河文字

a.印章文字舉例

b.印章符號比較

這些發現說明，在雅利安人來到之前，這裏就住着一個有相當高度文化的民族。他們是甚麼人呢？他們說的是甚麼語言呢？至今還沒有人能肯定回答。

發掘出來的印章，有石頭的，有象牙的，還有瓷的和銅的。已經得到了大約 800 枚。這種印章上的文字被稱為"印度河文字"。

印度河文字是一種圖形符號，可是已經"書體化"了。世界上各種書體化的圖形符號，都容易有一部分彼此相像。印度河文字有些符號跟婆羅米文相像，有些還跟中國古代的甲骨文相像。印度河文字的釋讀研究還沒有成功。僅僅把印度河文字按外形分一下類，也不是簡單的事兒。究竟已經發現了多少種文字符號，也無法肯定。有人分為 396 種，有人分為 253 種。有人把這些文字符號分為頭符、尾符和數字三類。

印度河文字既然有 300 個左右的符號，那麼，它不可能是音素字母，因為音素字母用不到那麼多的字母。另一方面，也不像是純粹的詞素文字，因為，如果是詞素文字，符號又太少了。從這些情況來看，它或許是既有詞素符號，又有音節符號，可能還有一些表示類別的定性符號，也就是說，它或許是一種"語詞‧音節文字"。

我們既然還無法認識印度河文字，那麼，印度字母的故事只能從婆羅米字母說起了。

2. 婆羅米字母的來源

雅利安人在公元前第二個"千年紀"中葉移入印度以後，就創作了口頭傳誦的經典《吠陀經》。在《吠陀經》中，有智慧之神（sarasvati）而沒有文字之神，也沒有關於文字的任何傳說。可見當時來到印度的雅利安人還沒有文字，大概也不知道過去在印度河流域有過文字。關於文字的敘述，是到佛教文獻中才開始出現的。《佛陀傳》（*Lalita Vistara*）中敘述佛陀釋迦牟尼幼年學習書寫文字。大致在公元前 7 ～前 6 世紀時候，印度的雅利安人已經有了文字，即早期的婆羅米文。到公元前 6 ～前 5 世紀（中國東周），文字的應用逐漸推廣開來。

古代的羅馬帝國和中國的秦漢時代都實行"書同文"政策。印度不同。印度實行的是多語言、多文字。佛教反對專用一種特權階級所掌握的文言文──梵文（Sanskrit，意為雅語），主張兼用各地人民的活語言寫成民間文字。這也許是印度有多種文字並行的一個原因。

印度次大陸的西北部，即印度河地區，在公元前 5 世紀末期曾經在波斯帝國的統治之下，這時期形成一種跟婆羅米並行存在的早期印度字母，叫做佉盧字母＊。這種音節式的佉盧字母後來在印度沒有演變成為其他字母。印度各種字母的共同始祖是婆羅米。

＊　參看本書阿拉馬字母系統一章中的佉盧字母。

婆羅米字母的來源有"自創"和"外來"兩種說法。自創說起初認為它是印度上古居民達羅毗荼人（Dravidian）的創造，後來印度河文字被發現，又認為是從古代印度河文字傳承而來。把起源聯繫到古代印度河文字，是最自然的推想。不過，印度河文字至今尚未釋讀，雖有一些符號跟婆羅米相似，但無法知道讀音是否也相同。傳說中又沒有提到文字的傳承關係。因此尚不能找到自創說的肯定證明。

外來說又分幾種不同的說法。有人認為婆羅米字母起源於希臘字母。但是，早在印度和希臘有直接的文化接觸之前，婆羅米字母就已經存在了。希臘字母的優點在於它有完備的元音字母，婆羅米字母的主要缺點在於元音標記法不完善。可見婆羅米字母也不是起源於希臘字母。

比較可信的推測是，婆羅米字母起源於阿拉馬字母（Aramaic）。早期婆羅米字母跟阿拉馬字母，有三分之一相同，三分之一近似，另三分之一也有和諧的痕跡。婆羅米文最早自右而左書寫，跟阿拉馬文相同，後來才改為自左而右排列。最早跟印度的雅利安人通商的便有阿拉馬人。

佉盧字母也源出於阿拉馬字母，書寫自右而左，近似符號有相同的讀音。婆羅米和盧同出　源，但是各自獨立。

語音學的知識在印度發展得很早。印度人從阿拉馬人那裏學得的主要是拼音的原理，至於字母的形體有自己的創造。

婆羅米（Brahmi）這個名稱，到公元第 3 ～ 4 世紀才出現。這時候這種文字已經存在了 1000 年了。文字的真正起源已經遺忘，就把文字的創造歸功於萬能的上帝"婆羅馬"（Brahma，梵天大帝）。古代的婆羅米文又被後世的印度人遺忘了，直到 19 世紀 30 年代才由文字考古學者重新釋讀出來。

3. 早期的印度字母

在印度，很早就發展了多種文字，書寫着不同的語言和方言。《佛陀傳》記載，在佛陀釋迦牟尼時代，印度有文字 64 種。考古學者認為，這個數目太大了。在一個耆那教 (Jainism) 古廟中，刻着 18 種文字。可見早期就有多種文字是無疑的。

▼ 印度愛蘭古幣文字

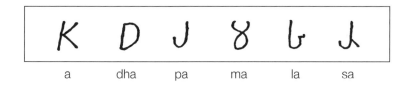

a   dha   pa   ma   la   sa

在印度中部一個名叫"愛蘭"(Eran) 的小村莊，發現一枚公元前 4～前 3 世紀的古幣 (愛蘭古幣)，上面刻着自右而左的婆羅米文字。考古學者鑒定，自右而左是最古的婆羅米字母的書寫順序。在阿育王 (Asoka) 的碑銘中，有一個敕令的文字是用一行向左、一行向右、左右交替的所謂"牛耕式"書寫的。"牛耕式"是從初期的"自右而左"順序演變到後期的"自左而右"順序之間的過渡時期的書寫方式。

摩立亞王朝 (Maurya，即孔雀王朝) 的阿育王 (約公元前 264 年～前 227 年在位) 時期，遺留下來碑銘 35 件，這是印度文化史上寶貴的古文字記錄。這些碑銘，除西北邊境的兩種用佉盧字母以外，其餘都用婆羅米字母的某一變體書寫。這時期的婆羅米字母稱為早期摩立亞字體。它比更早的字母已經有明顯的進步，例如它已經應用長元音符號，這在更早的時代是沒有的。繼承摩立亞王朝的是巽伽王朝 (Sunga，公元前 185 年～前 73 年)。這時期的字母稱為巽伽字體。從摩立亞字體和巽伽字體，一步步發展成為北部印度的各種字母。

在古代，印度東南有一個王國，叫羯陵伽 (Kalinga)，在公元前 5 世紀，從婆羅米字母分化出一種早期羯陵伽字體。在此同時，德干 (Deccan) 高原以南的安得拉 (Andhra) 民族也從婆羅米字母演變出一種早期安得拉字體。這兩地人民都是達羅毗荼人。

4. 天城體字母和梵文

到笈多（Gapta）王朝（公元 4 ～ 5 世紀），印度文化繁榮，碑銘文字發展成為笈多字體。笈多字體的一個分支叫做悉達字母（Siddhamatrka），演變成為天城體字母（Devanagari）。天城體字母成熟於 7 世紀，後來演變成多種字母。

▼ 圖表12-03　中亞笈多斜體舉例

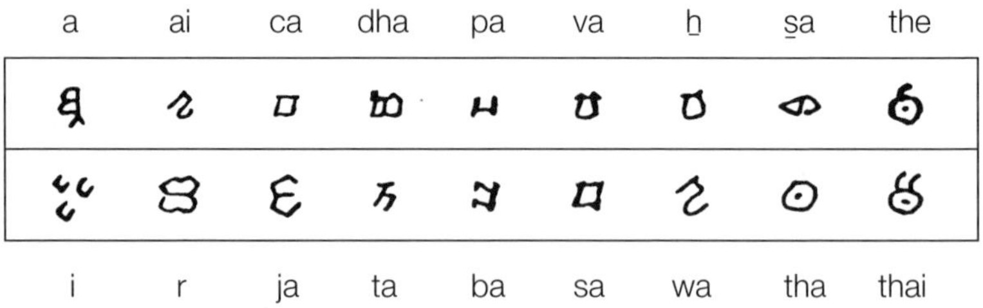

天城體字母有符號 48 個，其中 14 個代表元音和複元音，34 個代表輔音（分七組）。元音字母分字頭和字中兩式。一個音節或一個詞兒的開頭，用元音字母的字頭式，即基本式。元音連接在輔音後面的時候，用字中式。字中式是基本式的簡縮寫法。每一個輔音字母在不跟元音字母拼合的時候，都本身帶上短元音 a，但是這 a 音在詞兒末尾或者非重音的地位，往往不發音。在形體上，它的顯著特點是以一個 "T" 形的筆畫作為字母的骨架。尤其是字母頭頂一橫的 "頂線"，是它的特別標誌。

天城體字母是印度字母中最重要的一種字母。它是書寫 "梵文" 的字母。梵文在印度北方長期作為知識分子的正規文字。它是一種文言文，早已脫離人民的日常語言，經過 2000 年而變化很少。書寫梵文的天城體字母在許多世紀中保持着字體的標準形式。這跟書寫實際語言的字母不斷分化和變化，情況很不相同。

天城體用來書寫不同的語言和方言的時候，演變成各種不同的字體。有的字體只用於一種文字，有的字體用於幾種文字。

5. 雅言和俗語

《吠陀經》所用的語言，本來是印度西北部的一種印度雅利安方言。這種

▼ 梵文天城體字母表

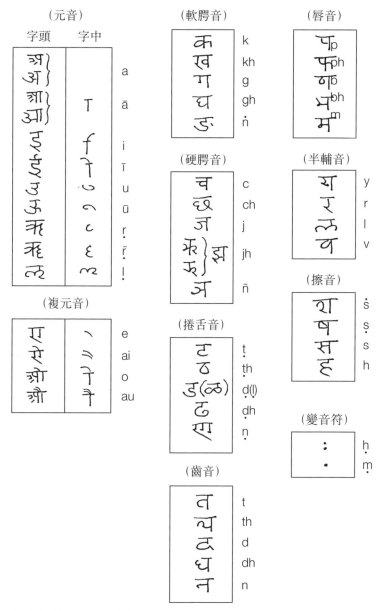

根據日文《不列顛國際百科大事典》8，引自 A. A. MacDaneli:《學生梵文語法》。

▼ 天城體字母演變舉例

	a			ka		
公元前250	（字形）			（字形）		
公元前100	（字形）			（字形）		
200	（字形）			（字形）		
400	（字形）			（字形）		
	北 方	南 方	泰米爾	北 方	南 方	泰米爾
400	（字形）	（字形）	（字形）	（字形）	（字形）	（字形）
500	（字形）	（字形）		（字形）	（字形）	
600	（字形）	（字形）	（字形）	（字形）	（字形）	
750	（字形）	（字形）		（字形）	（字形）	
800-1200	（字形）	（字形）	（字形）	（字形）	（字形）	（字形）
現在	（字形）	（字形）	（字形）	（字形）	（字形）	（字形）

方言，經過書寫成為文字，又經過文法學者的洗煉，到公元前 3 世紀以後，成為印度古典文學的梵文雅言。此外的印度雅利安方言，即使寫成文字，也被稱為俗語。大體說來，婆羅門教用雅言（梵文），而佛教和耆那教在早期都用俗語。

俗語寫成文字很早就有了。阿育王時期的碑銘是用各地方言（俗語）寫成的。佛陀釋迦牟尼自己在公元前 6 世紀傳教用的語言，是佛教聖地摩揭陀（Magadha）的俗語。這種俗語，經過佛教經典的洗煉，成為佛教的神聖文字

▼ 巴利文樣品

"巴利文"（Pali）。凡是佛教和耆那教昌盛的時代和地方，書寫俗語的文字就發展起來。阿育王提倡佛教，俗語文字在阿育王時代的勢力蓋過了梵文。

到了巽伽王朝，梵文又隨着婆羅門教而復活起來。梵文的最早碑銘出現於公元前 33 年。公元 2 世紀以後，梵文碑銘逐漸在印度西北部奪去了俗語碑銘的地位。到笈多王朝的海護王（Samudragupta，約 340 ～ 375 年在位）時期，梵文成為北部印度的唯一碑銘文字。後來，梵文統治整個印度，連佛教也不得不用梵文。梵文復興，俗語文字消退，反映了佛教在印度次大陸上逐漸失勢，婆羅門教重新抬頭。後來婆羅門教演變成為近代的印度教（Hinduism）。

6. 印度字母和阿拉伯字母的並用

公元 1000 年以後，信奉伊斯蘭教的外族，從西北侵入印度。從"奴隸王朝"的建立（1206）一直到莫臥兒（Mughal）王朝的滅亡（1857），伊斯蘭教都是統治者的宗教。隨着宗教，波斯阿拉伯字母傳入了印度。

阿拉伯字母的傳入，破壞了梵文的統治。印度各地的口語重又書寫成為文字。一方面，伊斯蘭教徒用阿拉伯字母書寫各地的語言或方言；另一方面，印度教徒用天城體字母或其他變體字母書寫各地的語言或方言。好些印度語言或方言就有兩種或兩種以上不同的文字。

這時候，印度西部的一種方言傳播開來，成為大半個印度的通用語言，稱為印度斯坦語（Hindustani）。同一種印度斯坦語寫成文字的時候，用印度字母和阿拉伯字母兩種文字。伊斯蘭教徒用阿拉伯字母，寫出來的文字叫"烏爾都文"（Urdu）。巴基斯坦分立成為國家以後，以烏爾都文為官方文字。印度教徒用天城體字母，寫出來的文字叫"印地文"（Hindi）。印度教徒除在正式場合用天城體外，又在日用和商業場合用各種不同的字母。

羅馬字母傳入以後，出版了多種用羅馬字母書寫印度斯坦語的書刊。不少人主張，以羅馬字母統一烏爾都文和印地文，同時還可以改進兩種文字的拼音技術。這個主張在印巴分治為兩個國家以後，更是無法實現了。

二 印度字母在印度的傳播和演變

印度次大陸分南北兩部分。北部古稱"北路"（uttarapatha），是印度雅利安人（Indo-Aryans）的主要居住地區，又稱雅利安居住區（Aryavarta）。這個地區包括印度河流域和恆河流域兩大平原。南部古稱"南路"（dakshinapatha），現今"德干"（Deccan）高原這個名詞便是由 dak 字音變來。在歷史上這裏是達羅毗荼人（Dravidians）的居住地區。這只是大致的劃分，印度的民族成分是很複雜的。

1. 印度字母的形體演變

（1）言語異聲、文字異形 —— 文字的形體演變有兩種傾向，一種是同化，一種是異化。印度字母充分發揮了異化傾向。

從婆羅米字母以來，2000 年間，印度字母在結構上沒有值得重視的變化。在外形上，變化多端。現在的多種印度字母，可以大體分為北方、西北和南方三組。

北方字母：a. 孟加拉字母（Bengali），b. 比哈利字母（Bihari），c. 阿薩姆字母（Assamese），d. 曼尼普利字母（Manipuri），e. 古吉拉特字母（Gujarati），f. 馬華利字母（Mawari），g. 木地字母（Modi），h. 奧里亞字母（Oriya），i. 開梯字母（Kaithi），等。

西北字母：a. 薩拉達字母（Sarada），b. 他克里字母（Takri），c. 多格里字母（Dogri），d. 蘭達字母（Lahnda），e. 古墨氣字母（Gurmuki），等。

南方字母：a. 格蘭他字母（Grantha），b. 泰盧固字母（Telugu），c. 坎納達字母（Kannada，即 Kanarese），d. 馬拉亞拉姆字母（Tulu—Malayalam），e. 泰米爾字母（Tamil），等。

以上 19 種字母，還只是舉其大端。印度有這許多種字母，說明它古代文化發達。但是，文字分化過甚，妨礙文化交流。所以印度獨立後實行語文的新規劃。

▼ 西北三種字母舉例比較

	a. 蘭達	b. 他克里	c. 薩拉達
ra			
va			
la			
ra			
yo			
ma			
bha			
ba			
pha			
pa			
na			

（2）"T"字頭的形體特點 —— 天城體字母在形體上突出的特點是以一個"T"字形筆畫作為字母的骨架。特別是上面的一橫，可以稱為"頂線"，把整個的語詞連成一氣。好像是一面書寫，一面在畫橫格子。繼承天城體的字母都有同樣的"T"形頂線，例如：梵文、印地文、旁遮普文、克什米爾文、馬拉蒂文、孟加拉文、阿薩姆文、比哈爾邦文、尼泊爾文，等等。

但是，也有大膽地把"頂線"省略掉的，例如，古吉拉特字母、開梯字母，等等。

（3）字母的"懸掛式"書寫法 —— 字母在橫線格子的紙張上書寫，有兩種寫法。一種是緊靠在字下的線條，好像是坐在線條上，叫做"蹲坐式"書寫法（烏鴉棲樹式）。另一種是緊靠在字上的線條，像是掛在線條下，叫做"懸掛式"

書寫法（蝙蝠懸樑式）。大致由於"頂線"的影響，印度字母採取"懸掛式"書寫法。這在馬華利字母、木地字母、開梯字母等尤為顯著。

▼ 有頂線和無頂線的對比

a.

b.

註：a.孟加拉文　　b.古吉拉特文

（4）南方字母的圓化——字母的筆形有直線方化和曲線圓化兩種主要可能。南方印度字母由於用鐵針筆在棕櫚葉上書寫，直線容易劃破，曲線較難劃破，所以發展了筆畫圓化。但是，北方字母並沒有圓化。從靠近南方的奧利亞字母起，南方的泰盧固字母、坎納達字母、泰米爾字母、馬拉亞拉姆字母，都是顯著地圓化的。在印度以外，印度的派生字母也圓化。例如，斯里蘭卡的僧伽羅字母、緬甸字母以及印度支那半島的印度系統字母。圓化最徹底的是緬甸字母。從印度的奧里薩邦（Orissa）的北面邊境起，劃一條線，連接安德拉邦（Andhra）和卡納塔克邦（Karnataka）的北面邊境，這一條線可以說是"圓化分界線"。此線以南，字母都有顯著的圓化現象。奧利亞字母沒有省略"頂線"，而是把"頂線"畫成一個大圓圈，縮小區別形體的筆畫，覆蓋在大圓圈之下，這種演變是很特別的。

（5）宗教和商業對字母的影響——不同的宗教用不同的文字，並且把經典跟文字聯繫起來，使文字神聖化，這是到處可見的現象。印度教用梵文，伊斯蘭教用阿拉伯文，這是眾所周知的。佛教用的巴利文，由於佛教退出印度本土，要到斯里蘭卡和其他地方才能見到。印度還有兩種宗教。一種是錫克教（Sikh），用古墨氣字母（Gurmuki）作為經典文字。由於錫克教徒在 19 世紀初期曾掌握印度西北的政權，古墨氣字母傳播甚廣。錫克傳說，古墨氣字母是錫克教第二代教主古魯（Guru-Angad，1539～1592 在位）所創造。另一種是耆那教（Jainism），用格蘭他字母（Grantha）的圓化字體作為經典文字。

▼ 懸掛式字母樣品

a.馬華利字母

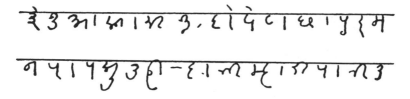

b.木地字母

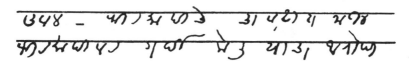

c.開梯字母

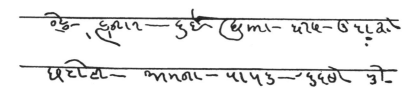

商人為了書寫的"急就"，創造簡易文字。例如，古吉拉特字母有一種變體，叫做"商人體"（Vaniai），是商人書寫商業文件用的。拉賈斯坦邦（Rajasthan）的商人創造馬華利字母（Mawari），成為遍傳北部印度的商用行書，雖以天城體為基礎，但頗多簡省，近於速記。旁遮普邦（Panjab）的蘭達字母（Lahnda），由於主要是商人應用，被稱為商業文字。在封建社會，首先需要文字的是官吏，其次需要文字的是商人。

a.
b.
c.
d.

註：a.梵文　b.印地文　c.奧里亞文　d.泰米爾文

(6) 傳到海外的格蘭他字母 —— 格蘭他字母（Grantha）源出天城體，最早是書寫南印梵語的字母，從 5 世紀起，就有碑銘傳下。在歷史上，它分為早期格蘭他字母（5 ～ 6 世紀），中期格蘭他字母（7 ～ 8 世紀），過渡期格蘭他字母（9 ～ 14 世紀），和近代格蘭他字母（1300 年以後）。有 33 個字母，其中 5 個是元音字母，從左而右書寫，分為方化和圓化兩種字體。婆羅門教用方化體，耆那教用圓化體。格蘭他字母在印度字母系統中有特殊的重要性，因為它是南亞和東南亞許多種字母的祖先。

2. 印度獨立後的 14 種法定文字

英國在 1757 年征服印度莫臥兒（Mughal）帝國，統治印度次大陸近 200 年。1947 年印度獨立，但是按照宗教的不同分裂成兩個國家。1950 年印度

▼ 印度歷史上幾種重要字母樣品比較

	婆羅米 摩立亞 (公元前3世紀)	婆羅米 巽伽 (公元前2世紀)	笈多 (公元4世紀)	北方 天城 (公元7世紀)	北方 古墨氣 (公元16世紀)	東北 孟加拉 (公元15世紀)	東北 奧里亞 (公元15世紀)	南方 泰盧固 (公元9世紀)	南方 格蘭他 (公元14世紀)
a									
i									
u									
e									
o									
ka									
kha									
ga									
gha									
ca									
cha									
ja									
jha									
ñ									
ṭa									
ṭha									
ḍa									
dha									
ṇa									

▼ 印度歷史上幾種重要字母樣品比較（續）

	婆羅米（公元前7世紀）		笈多（公元4世紀）	北方		東北		南方	
	摩立亞（公元前3世紀）	巽伽（公元前2世紀）		天城（公元7世紀）	古墨氣（公元16世紀）	孟加拉（公元15世紀）	奧里亞（公元15世紀）	泰盧固（公元9世紀）	格蘭他（公元14世紀）
ta									
tha									
da									
dha									
n									
pa									
pha									
ba									
bha									
ma									
ya									
ra									
la									
va									
ṡa									
sha									
sa									
ha									

（按照《不列顛百科全書》摘錄臨摹）

共和國成立，以印度教徒為主。另一個是巴基斯坦，以伊斯蘭教徒為主。巴基斯坦後來又分裂為兩個國家。印度以西是巴基斯坦，印度以東是孟加拉。印度人口超過十億（2000）。

英國殖民者統治時期，印度以英文為行政和教育的文字。當地印度人民的語文，聽其繁多紊亂，不加整理。印度共和國成立後，實行漸進的語文改革。憲法規定以印地語為官方語言。但是，能說印地語的人不到總人口的一半，而印地文出版物遠遠不及英文的多。印度不得不承認英語為聯繫全國不同語言的"紐帶語言"。這一事實是英帝國主義強加於印度人民的。可是，在英語成為國際通用語言和科技語言的今天，印度人可以利用英語吸收科技知識並從事國際社會活動。

印度在獨立以後，基本上按照語文是否相同，重新劃定各邦的界線。一個邦或者幾個邦以一種語文作為法定的邦用語文。除英文以外，憲法規定 14 種法定文字。

（1）全國通用的法定文字

首先，梵文是全國通用文字。梵文是文言文，印度知識分子大都認識。英文成為統治文字以後，傳統的梵文的地位逐漸下降，實際成為應用有限的古文字。

其次，印度有 3000 萬伊斯蘭教徒，仍然使用烏爾都文。

印度本土的全國通用文字是印地文（Hindi）。憲法規定它為"唯一的"全國性的官方文字。

除以上三種不以"邦"為範圍的法定文字以外，印度有 11 種"邦用"文字。

（2）印度雅利安語各邦的法定文字

a. 馬拉蒂文（Marathi）：主要通行於印度西部的馬哈拉斯特拉邦（Maharashtra），包括孟買市（Bombay）。字母表跟印地文相同。

b. 古吉拉特文（Gujarati）：主要通行於印度西部的古吉拉突邦。字母跟印地文相似，但是省去了"頂線"。

c. 旁遮普文（Panjabi）：這是錫克教的古墨氣字母文字，同時作為邦用文字。但是有漸被印地文代替的趨勢。印巴分治，把旁遮普分割為二，大半屬於巴基斯坦，小半屬於印度。除古墨氣字母以外，還有一種蘭達字母

（Lahnda），也在本地應用，但不是法定文字。

d. 克什米爾文（Kashmir）：印度西北的克什米爾也有印度和阿拉伯兩種文字。印度教徒的克什米爾文用天城體字母。

e. 孟加拉文（Bengali）：印度東北的孟加拉，由印巴分治而分為東西兩部分。東部起初屬於巴基斯坦，1971 年獨立成為孟加拉（Bangladesh）。孟加拉文原用天城體字母，11 世紀變成新的字體。孟加拉地區分裂了，但是孟加拉語言和文字沒有分裂。屬於印度的西孟加拉邦（West Bengal），包括人口眾多的加爾各答市（Calcutta），和孟加拉，同樣用孟加拉文。孟加拉文是詩人泰戈爾（Rabindranath Tagore，1861～1941）所用的文字。

f. 阿薩姆文（Assamese）：印度東北阿薩姆邦的邦用文字，字母相近於孟加拉字母。

g. 奧里亞文（Oriya）：印度東部奧里薩邦（Orissa）的邦用文字。

奧里薩邦北面有一個比哈爾邦邦（Bihar），有比哈爾邦文（Bihari），這不是法定文字。比哈爾邦邦的學校用印地文。

印地文的根據地是北方邦和中央邦，這兩個大邦奠定了印地文的基礎。除東面的比哈爾邦以外，西面的拉賈斯坦邦（Rajasthan）、哈里亞那邦（Haryana）、喜馬偕爾郡（Himachal）等，沒有法定的邦用文字，也用印地文。就是有邦用文字的古吉拉突邦、旁遮普邦、馬哈拉斯特拉邦、奧利薩邦等，也通用印地文。甚至尼泊爾王國也通用印地文。在德干高原以北，印地文是通用文字。以上印度雅利安語各邦共有法定文字七種。

（3）達羅毗荼語各邦的法定文字

h. 泰盧固文（Telugu）：南印安德拉邦（Andhra）的邦用文字，在達羅毗荼語的南部印度，流通最廣。

i. 坎納達文（Kannada）：南印卡納塔克邦（Karnataka）的邦用文字。

j. 馬拉亞拉姆文（Malayalam）：印度南端靠西的喀拉拉邦（Kerala）的邦用文字。

k. 泰米爾文（Tamil）：印度南端泰米爾納德邦（Tamil Nadu，原名 Madras）的邦用文字。它是斯里蘭卡的第二種文字，又是新加坡的法定文字之一。

以上南部四個達羅毗荼語的邦，各有一種邦用文字。

綜觀印度共和國的語文，實際分為三個層次。高層語文是英文和印地文。中層語文是各種法定的邦用語文。底層語文是法定以外的民間語文。

此外，烏爾都文用阿拉伯字母。以上共計 14 種文字（參看《印度各邦文字分佈示意地圖》）。

▼ 印度法定文字樣品

1. 梵文（Sanskrit）

अस्ति हस्तिनापुरे कर्पूरविलासो नाम रजकः । तस्य गर्द-
भो ऽतिभारवाहनादुर्बलो मुमूर्षुरिवाभवत् । ततस्तेन रज-

2. 印地文（Hindi）

गोबर ने और कुछ न कहा । लाठो कन्धे पर रखो ओर चल दिया । होरी उसे जाते देखता हुआ अपना कलेजा ठंडा करता रहा । अब लड़के की सगाई में देर न करना

3.（a）馬拉蒂文（Marathi）

मला उगीच मंधुक मंधुक प्रशा गोष्टी प्राठवतात. परंतु त्या जशा प्राठवतात वशाव बरोब्बर प्रात्या, कों, त्यांच्या-संबंधीं प्राठवणींत माझ्या चपल कष्टनेनें

4.（b）古吉拉特（Gujarati）

भानवीना हैयाने रंजवामां वार शी !
એना એ हैयाने नंदवामां वार थी !

5. (c) 旁遮普文 (panjabi)

ਜੈ ਘਰਿ ਕੀਰਤਿ ਆਖੀਐ
ਕਰਤੇ ਕਾ ਹੋਇ ਬੀਚਾਰੋ ॥ ਤਿਤੁ

6. (d) 克什米爾文 (kashmiri)

राधा राधा राधा राधा कृष्ण जी । ... ॥
रास·मंडलिस च्यन प्रेनुक मम ।

7. (e) 孟加拉文 (Bengali)

কত অজানারে জানাইলে তুমি,
কত ঘরে দিলে ঠাঁই--

8. (f) 阿薩姆文 (Assamese)

অসমীয়া ভাষা অতি প্রাচীন আৰু ঐতিহ্যপূর্ণ। খৃষ্টীয় সপ্তম শতিকাতে
বিখ্যাত চীনা পবিত্রাৰ্থকাচায হিউয়েন চাঙে ইয়াৰ বৈশিষ্ট্যৰ কথা প্ৰকাৰাছবে

9. (g) 奧里亞文 (Oriya)

ଦକ୍ଷିଣ ଦେଶରେ ସିନ୍ଧୁ ନାମକ. ଏକ ଗ୍ରାମ୍ୟ ଥୁଲା।ସେ।।ରେ
ଶାଉବାନ୍ତ ବୋଲ ଜଣେ ଗଣା ଥଲୋ।ତାଙ୍କର ହୁଇଟ ଘଣୀ

10. (h) 泰盧固文 (Telugu)

చెవులు గొరుసు మంచి జవియ పాటల,
ఇయ్యుఒ మాటల తెగఆ ఇనఆ

11. (i) 卡納達文 (kannada)

ರಾಮ ತನ್ನೊಳು ನಂಬಿಸ್ಸು ಮಾಡ ಕನ್ನ ಲೆಸ್ಸಾಗುಂತ ತಸ್ಸ ಅಡಲ ತೆಲಗ ಸಲ್ಸೊಲ್ಲೆಮ್ಮು
ಲ್ತೀಮುತ್ತ, ನೊಲ್ಡಲ್ಲ. ಲಽಾಲಠ ಲಽಸಲ್ಲಾಮು ಮುನಲ್ಲ ಲೆಲಗ ಮೊಲಲಲ್ಲ. ಲಽಾಠ

12. (j) 馬拉亞拉姆文（Malayalam）

കഴുത്തിലെ കെട്ടുപിണഞ്ഞ നാഗങ്ങളെയും അവയിൽ
കണ്ണനട്ടിരിക്കുന്ന, ആ നിലവിളക്കിലെ നാളംപോലെതിളു

13. (k) 泰米爾文（Tamil）

தொந்தவிழ் மலர்ச்சோலை நன்னீழல் வைகினுங்
குளிர்தம் புனற் கையள்ளிக்

14. 烏爾都文（Urdu）

ابتدائی پروگرام کے بارے میں تفصیلی معلومات
استقرائی پروگرام کے بارے میں تفصیلی معلومات

新聞報導，20 世紀末，又加 4 種邦用語言：1.Konkani（Goa）；2.Nepali
（西 Bengal）；3.Sindi（Sind）；以上 3 種屬於印歐語系。4.Manipuri（Manipur，
印度東北），屬於漢藏語系。

三　印度字母在印度以外的傳播和演變

印度雅利安人在公元前 7 ～前 6 世紀創始文字，相當於中國春秋早期。
約公元前 525 年興起佛教，相當於中國春秋後期。印度字母從恆河和印度河
的雅利安人傳播到德干高原的達羅毗荼人。又從印度大陸擴大開來，向南傳
播到斯里蘭卡島和馬爾代夫群島，向北傳播到中國的西藏和新疆，向東傳播
到現在的中南半島、印尼群島和菲律賓群島。依靠宗教和文化，不依靠政治
和軍事，開闢了一個土地廣袤、歷史悠久的印度字母文化圈。

1. 南向傳播和演變

(1) 印度字母在斯里蘭卡：僧伽羅字母

公元前 5 世紀，印度雅利安人開始移居錫蘭島，被稱為僧伽羅人（Sinhala）。錫蘭（Ceylon）島名由此轉音而成，現稱斯里蘭卡島。泰米爾語稱此島為伊拉姆（Ilam）。公元前 3 世紀後半，僧伽羅人皈依佛教。起初佛經用口語傳授，公元前 1 世紀末寫成文字。書寫佛經的巴利文（Pali）在錫蘭島上留下深刻的影響。佛教在印度大陸衰微以後，錫蘭島成為佛教的根據地。

公元 16 ～ 17 世紀，葡萄牙人和荷蘭人先後佔領錫蘭島。18 世紀末葉開始，英國人統治錫蘭島。1948 年獨立，後來改正國名為斯里蘭卡（Sri Lanka）。人口 1600 萬（1986），僧伽羅人 74%，泰米爾人 18%；佛教徒佔總人口的 69%，沒有國教的規定。官方文字是僧伽羅文（Sinhalese）。

僧伽羅字母因時代而變化。最古的碑銘是公元前 3 世紀後期的遺物。公元 8 世紀以後，受了格蘭他字母的影響，逐漸變化成近代的僧伽羅字母。字母的特點是"圓化"。

近代僧伽羅字母有 54 個，其中元音 18 個，輔音 30 個，分為兩種字體（Elu 體和 Sinhala 體）。

▼ 斯里蘭卡的僧伽羅文樣品

මල් රැැකින් බොයෝ මල් දේ ගොඩගේගේ
සමේ ද, එසේ ම, උපන් මිනිසා විසින් බොයෝ කුසල්
කටයුතු ය.

僧伽羅語是一種印度雅利安語言。泰米爾語是一種達羅毗荼語言。由於第二個人口較多的民族是泰米爾人，所以泰米爾字母在斯里蘭卡也很流行。

(2) 印度字母在馬爾代夫：代夫字母

印度南面 650 公里印度洋中的馬爾代夫群島（Maldives），有小島兩千來個。公元前 5 世紀，錫蘭島人移居來此。近四百年來，先後受葡萄牙、荷蘭和英國統治。1965 年獨立，1968 年由蘇丹國改為共和國。早期信佛教，12 世紀改信伊斯蘭教。人口 20 萬。當地的代維希語（Devehi）是一種印歐語言。

▼ 馬爾代夫的文字樣品

a.代夫文字　　　　　　　　b.Tana數字文字

馬爾代夫的早期文字叫做 Evela Akuru（古文字），遺有 1356 年的刻碑，字母很像 10 ～ 12 世紀的僧伽羅字體，也像更早的格蘭他字體。後期文字叫做 Dives Akuru（代夫文字），較晚才發現和解讀，分為碑銘體和行書體。

晚近島民採用兩種文字。一種用阿拉伯字母書寫阿拉伯語，如果書寫馬爾代夫語，要加上點子符號表示特殊的馬爾代夫語音。另一種叫做 Tana（或 Gabuli Tana）文字，開始應用於 18 世紀，有 26 個字母，包含 9 個阿拉伯數碼符號（從 1 到 9），9 個馬爾代夫數碼符號（也是從 1 到 9），還有 8 個波斯阿拉伯字母作為表示外來的波斯阿拉伯語音的補充符號。這些都是輔音字母，在需要表示元音的場合，再上加或下加符號。書寫順序是從右而左。這種以數碼為字母的奇特文字大致是阿拉伯人創造的。

2. 北向傳播和演變

(1) 印度字母在尼泊爾：尼泊爾文和尼華爾字母

中國和印度之間的尼泊爾王國，有人口 1846.2 萬（1991）。尼泊爾語屬於印歐語系印度雅利安語族。官方文字是尼泊爾文（Nepalese），用梵文字母，跟印地文相同。全國人口十分之九信印度教，信佛教的不到十分之一。

尼泊爾的早期文化是今天的少數民族尼華爾人（Newar）創造的。他們的語言屬於漢藏語系、藏緬語族，字母接近孟加拉字母，遺留下許多佛教譯著。佛教曾興盛於尼泊爾，後來隨着在印度衰落而在尼泊爾也衰落了。

▼ 尼泊爾文樣品

एक दिन एउठा कुकुर मासुको पमलबाट मामुको चांटो चोरेर वस्तीतिर
भागूयो। बाटामा ठूलो खोलो पय्यों। त्यस खोलामाथि सांघु बियो। सांघुमा

佛陀（Buddha，"覺悟者"，尊稱）釋迦牟尼（Sakyamuni，釋迦族的聖人）名叫喬答摩・悉達多（名 Siddhartha，姓 Gautama，約公元前 563 ～公元前 480），生於尼泊爾的蘭毗尼（Lumbini），鄰近印度。佛教在印度以外的傳播（除原用漢字的地區以外），是傳播印度字母的主要動力。

(2) 印度字母在中國西藏及其鄰近地區

中國的西藏，1965 年成立自治區，有人口 202 萬（1986）。隨着佛教的傳入，印度字母來到了西藏。

a. 藏文字母

西藏傳說，藏文字母是屯彌三菩札（thumi-sambhota "屯村好人"）在 639 年採用印度字母而創造的。他曾去印度留學，根據迦濕彌羅（克什米爾 Kashmir）的天城體字母，創造藏文字母。晚近研究者認為，這個傳說不完全正確。西藏字母傳承於笈多（Gupta）字體，在屯彌時代以前早就存在，屯彌大概進行了修改。古代西藏翻譯佛經，留下寶貴的巨著《大藏經》，包含各類著作 4500 多種，有許多在印度本國早已失傳。

藏文有 30 個輔音字母，4 個元音符號和 5 個書寫外來詞的反寫字母。每個音節末尾右上角加一點表示音節分界。字體分兩種：1. 楷書體，字頭有橫線（跟梵文相同），又稱"有頭字"（dbu-chan，u-chan）；2. 草書體，又稱"無頭字"（dbu-med，u-med）。千餘年來，字體變化極少。拼法最早符合語音，後來語音變化而拼法不變，成為脫離口語的文言文。藏語屬漢藏語系藏緬語族藏語支，有三種主要方言。衛藏方言和康方言有聲調，安多方言沒有聲調。脫離口語的拼法使藏文成為超方言文字。

用西藏字母書寫的藏文，是西藏自治區的官方文字、宗教文字和教育文字。

▼ 藏文字母表

説明：

1. 上表輔音字母是印刷體（有頭字），此外有簡化的手寫體（無頭字）。

2. 輔音字母都帶 "a" 音，跟其他元音相拼或作輔音韻尾時，去掉 "a" 音。

3. 字母自左而右書寫，但是部分輔音字母加在另一輔音字母的上面或下面，有的數層重疊。

4. 四個元音符號不能獨立單用：i，e，o寫在輔音字母的上面，u寫在輔音字母的下面；元音a附帶於輔音字母，沒有獨立的符號。

5. 藏文大致是在初創時候所寫定，後來經過幾次調整統一，但是跟不上語音的歷史變化，於是拼寫與讀音脫節，寫法相同而各地讀音不同，"書同文" 而 "語異音"。例如：拼寫形式是 "bsk"（sk上下重疊），實際讀音是 "ka"。拼寫形式是 "tr-tmr"，實際讀音是 "tar-ma"。拼寫形式是 "brgyd"（rgy上下三層重疊），實際讀音是 "gye"。

6. 音節末尾用一點表示音節完了。有4個聲調，沒有聲調符號。

（根據美國Waxhaw字母博物館《字母的創造者》）

▼ 藏文有頭字和無頭字對照

	有頭字	無頭字			有頭字	無頭字	
1			ka	16			ma
2			kha	17			tsa
3			ga	18			tsha
4			nga	19			dza
5			ca	20			wa
6			cha	21			zha
7			ia	22			za
8			nya	23			va
9			ta	24			ya
10			tha	25			ra
11			da	26			la
12			na	27			sha
13			pa	28			sa
14			pha	29			ha
15			ba	30			a

根據王堯《藏文》,《民族語文》1979年第1期。

b. 八思巴蒙文字母

元世祖忽必烈(Kublai)在 1269 年請西藏喇嘛僧八思巴(Passepa,Pags-pa,1234 ~ 1279)採用西藏字母制訂一套蒙古字母,代替原有的用回紇

（Uighur，維吾爾的祖先）字母書寫的蒙古文。這種新造的文字，名為八思巴蒙古文，1272 年正式採用。（參見圖表 11-14）

這種字母沒有回紇字母方便，不久在事實上廢止了。1310 年重新採用回紇字母創製一種新的蒙古文，即加利加（Kalika）文，其中也還保留一些西藏文的影響。在中國元朝的官方文書中，尤其在官印上面，八思巴文沿用得比較長久。在漢字的影響下，八思巴文和加利加文都是由上而下直寫，但是行序自左而右排列。

▼ 藏文樣品

c. 錫金的勒佳字母

錫金（Sikkim，原義"新居"或"福屋"），中國史稱哲孟雄。錫金最早的原住民勒佳族（Lepcha，又稱 Rong），採用藏文字母書寫他們的語言。

中國西藏的喇嘛教大致在 17 世紀傳入錫金。傳說錫金國王（稱 chogyal）贊多南吉（Chagdor Namgyal，Phyag-rdor Rnam-gyal）在 18 世紀創製勒佳文字。字母上面或前面有點、橫、小圈等符號，表示元音。英國統治後，錫金用英文作為官方文字。

▼ 錫金勒佳字母舉例

ka	kla	kha	ga	gla	pa	pla	pha	fa	fla

a	á	aṇ	i	í	ú	u	e	o	ó

晚近在古代遺物中發現一種南文（Nam），它的語言結構和文字形式接近西藏文。人們推測是古代住在中國新疆南部的一種氐羌人的文字。

在 8 ～ 10 世紀的古文獻中，還發現了幾種用西藏字母拼寫漢語的佛教著作。這是文字傳播史上有趣的發現。印度佛教文化曾長期地、大量地、深入地傳播到中國，但是印度字母沒有被漢族所接受，只是在印度字母的影響下發展了"反切"和"三十六字母"（聲母）。

(3) 印度字母在西域

印度笈多（Gupta）字體的西部變體，傳到西域發展成為兩種變體：西域笈多斜體和西域笈多草體。

a. 西域龜茲字母和焉耆字母

中國敦煌和新疆塔里木盆地，發現笈多斜體的古代寫本。其中有兩種文字的對照寫本。從古代印度梵文，解讀出另一種原來不認識的文字。這樣，才知道在一千多年前，中國塔里木河和天山之間，包括吐魯番和庫車等地，居民的語言屬於印歐語系。這種語言分為兩種方言，一種是龜茲（庫車 Kucha）方言，另一種是焉耆（阿爾幾 Argi）方言。兩種方言的文字都是用笈多斜體字母書寫的。大致在第 4 世紀就有這種笈多斜體。現存文獻多數為宗教寫本。庫車文獻中還有商業和醫藥文件。

▼ 西域笈多斜體和草體

| | ka | kha | ga | gha | ca | cha | ja | jha |

a.西域笈多斜體　b.草體　c.藏文字母

234

b. 西域和田字母

中國甘肅敦煌和新疆東部還發現了古代的和田（Khotan）文字。和田語言也屬於印歐語系，是最東部伊朗語的一支。採用笈多草體書寫的和田文，大致開始於第 2 世紀，成熟於 6 ～ 7 世紀，現存的文獻是 7 ～ 10 世紀的遺物。當時，印度的雅言文字和俗語文字在和田都很流行。現存文獻中有官府文件、商業文件、印度故事、宗教詩歌、醫藥文件等。和田字母的形式和用法，對笈多字母作了改變和增損，有佉盧字母和閃米特字母的影響。

值得注意的是，笈多草體的古文獻中，也發現了拼寫漢語的記錄。古代的西域人也覺得漢字難學，嘗試用字母拼寫漢語，作為溝通語文的橋樑。

3. 東向傳播和演變

印度字母南向傳播，遇到一片大洋。斯里蘭卡島和馬爾代夫群島，土地不大，人口不多。南向傳播的成果不大。印度字母北向傳播，遇到荒涼的高原（中國的西藏）和浩瀚的沙漠（中國的新疆），土地很大，人口不多。由於漢字很早佔領了人多地富的中國、朝鮮和日本，印度字母未能隨同佛教而傳播開來。"字母跟着宗教走"的歷史規律在這裏失去了作用。北向傳播的成果也不大。印度字母的擴大傳播，成果最大的是東向。在中南半島，漢字文化在歷史上只達到越南的北部；中南半島大部分以及東南亞的廣大島嶼區域，整個是印度字母的傳播空間。如果不是太平洋的阻隔，印度字母是會傳到美洲去的。今天，雖然廣大島嶼區域和半島上的越南、馬來亞已經被拉丁字母所佔領，但在四個信奉佛教的半島國家（緬、泰、老、柬）依然保留着印度字母的地盤。

(1) 印度字母在孟加拉：孟加拉字母

關於孟加拉文，前面已經談過。

(2) 印度字母在緬甸

緬甸（Burma，Myanma）是東南亞信奉佛教最早的國家。3 世紀時候，孟人（Mon）開拓緬甸南部，吸收印度文化。9世紀，緬人在北方建立蒲甘（Pagan）王國，1044年南征，統一全緬，成為小乘佛教（Hinayana）的中心。1287年被蒙古人滅亡。1885年被英國吞併，1897年成為英屬印度的一個省，1937年從印度分出，由英國直接管理。二次大戰後，1948年獨立。不規定國教，信佛教的佔總人口87%，官方文字是緬文。印度格蘭他字母傳到緬甸，產生三種主要的字母：孟文字母、標文字母和緬文字母。

a. 孟文字母

孟人（Mon）最早開拓緬甸南部的三角洲和沿海地區，接受印度文化，創造孟文字母。孟人的後裔又稱為他朗人（Talaing）。

孟人和高棉人的語言同屬一支，合稱孟高棉語（Mon-Khmer）。高棉人向東發展，孟人向西發展。公元573年孟人建設庇古城（Pegu，即勃臥），因此又稱庇古人。他們的首都泰通（Thaton），當時是一個重要的海口商埠。

孟人傳說，印度的阿育王曾派高僧前來傳授佛教。一千多年前，泰通是古代佛教的中心之一。早期文獻沒有留傳下來。現存最早的文獻是11～12世紀的碑銘。1044年北方蒲甘（Pagan）王國的緬人征服孟人。13世紀孟人獲得自由，重建"中世"王國，但是1540年又被緬人征服。現存文獻多數是"中世"王國的遺物。

現在，多數孟人已經同化於緬人，只有泰通等地的孟人還說孟語，成為少數民族。

在蒲甘的 Myinkaba 地方，發現妙色地（Myazedi）寶塔旁邊的石柱，刻着四種對照的文字：孟文、標文、緬文和巴利文。這是1113年的遺物。這個碑銘的解讀，使今人重新瞭解了古代孟人和標人的語文。

孟文字母大致傳承於南印的格蘭他字體，但是經過了修改，增加了幾個字母和符號。孟文字母由有棱角的筆畫逐漸變為圓圈形的筆畫。各個字母相互同化，彼此近似。"中世"王國時期的字體已經不同於早期的孟文字母。早期孟文字母不僅是後期孟文字母的祖先，也是緬文字母的祖先。

b. 標文字母

標人（Pyu，又譯驃人），比緬人更早來到緬甸的伊洛瓦底江（Irrawaddy）下游，曾在勃朗（Prome，即卑謬）建立政治和文化中心。妙色地碑銘的解讀，發現標語是一種藏緬語言。這種語言大致在 600 年以前就已經消失了。

標文字母不像傳承於孟文字母，而像傳承於另一種南印西部的字體。各個字母相互同化，難以分辨。

c. 緬文字母

緬語（Burmese）是藏緬語族的一支，有聲調變化。緬人建國於北方的蒲甘，崇信佛教，曾南下三角洲，征服泰通的孟人和勃朗的標人。

征服孟人以後，緬人吸收孟人的文化，採用孟人的字母。泰通的和尚成為緬人王國的文化傳播者。直到晚近，緬甸和尚還主持着基礎教育。緬甸文盲極少，一方面因為拼音文字容易學，同時也要歸功於和尚的教育。

11 ～ 12 世紀，巴利（Pali）佛教從斯里蘭卡島傳入，使原有的佛教文化增添新的光彩。以孟文字母為基礎的緬文字母，又採取巴利字母的特點。

古代緬文字母分為兩種字體：1. 方角形直線的碑銘體（Kyok-cha，Kiusa）；2. 方形巴利體，筆畫已有圓化的趨勢。

現代緬文字母的圓化特徵是十分突出的。圓化趨勢在"中世"孟文字母裏已經初步發展，到現代緬文字母達到了登峰造極的程度。任何文字的手寫體，由於運筆迅速的要求，必然趨向流線化和圓形化。緬文字母由於用針筆在棕櫚葉上書寫，直筆容易劃破，圓筆較難劃破，於是形成圓形端正的圈兒體（chalonh）。整圈兒，破圈兒，單圈兒，雙圈兒，圈內圈外帶着小圈兒，一路圈兒圈到底。

現代緬文字母有 42 個，其中有元音字母長音短音各 5 個，輔音字母 32 個。元音字母跟輔音相拼的時候，要改寫為簡體，這是繼承印度字母的特點。緬文另有數碼字。

緬文字母在 1832 年被緬甸的克倫人（Karen）採用。這是緬文字母的新發

▼ 緬文字母由方到圓的演變

	1 2 3		1 2 3		1 2 3
a		jha		pha	
i		ṅa		ba	
u		ṭa		bha	
e		tha		ma	
o		dạ		ya	
ka		dha		ra	
kha		nạ		la	
ga		ta		av	
gha		tha		śa	
ṅa		daa		sha	
tsa		dha		sa	
tsha		na		ha	
ja		pa			

展。克倫人口今天佔緬甸人口第二位，他們的語言是另一種漢藏語言，有聲調變化。

(3) 印度字母在泰國：泰文字母

泰國（Thailand），全稱是泰王國，原稱暹羅（Siam），1939 年改現名。它是中南半島上未曾成為殖民地的唯一國家。泰族（暹羅族）佔人口多數。官方文字是泰文（暹羅文）。泰國是以佛教為國教的唯一國家。泰語（暹羅語）是中南半島上的一種重要語言。在緬語中，緬甸撣邦的泰人被稱為撣（Shans）人。更古的稱呼是寮（Lao 老撾）人。暹羅的“暹”（Sayam）跟“撣”（Shan）同源；暹羅的“羅”跟“寮”（Lao）同源。

公元 11 世紀以後，撣人（泰人）居住在湄公河上游和薩爾溫江流域。撣人的一族，稱為阿洪姆人（Ahom，跟 Assam 同為 Shan 的變音），在 1228 年西征阿薩姆（Assam）。另一族佔據卡姆底（Khamti）。撣人又征服北部緬甸，那裏至今有撣邦（Shan State）。1275 年，他們的一族以湄南河三角洲為中心，建立蘇可台（Sukhotai）王國。這是泰國的早期歷史。

薩爾溫江沿岸的高山，把撣人（泰人）的語言分為南北兩支。南支成為泰語（暹羅語）、寮語（老撾語）、仂語（Lü）、亨語（Hkün）。北支成為撣語（北緬撣語、南緬撣語、雲南撣語）、卡姆底語、阿洪姆語。

泰國的最古文獻是 1292 年的蘇可台石碑（現存曼谷國立圖書館內）。碑上記載說，泰文（暹羅文）是國王鑾綱恆（Ram Khamheng）所創造。泰文字母大致是根據高棉（Khmer）字母而改造成功的。字母中有高棉字母所依據的南印格蘭他字體的字母，這是巴利字母和緬文字母中所沒有的。後來受佛教和巴利字母的影響，字母的外形採取巴利字母的方塊形式，可是結構上沒有共同之處。蘇可台字母不論輔音或元音，都一線平列書寫，跟今天的拉丁字母相同。後期改為元音符號寫在輔音字母的上、下、前、後，像是音節字母了。

蘇可台石碑以後

▼ 緬文元音字母和數字

a. 緬文元音字母簡體舉例		b. 緬文數碼字
a		1
ā		2
i		3
ī		4
u		5
ū		6
e		7
ē		8
o		9
ō		0

200 年間，沒有其他文獻留下來。從蘇可台字母到現代字母，由於書寫工具更改，外形發生了變化。

▼ 緬甸文舉例

မင်္ဂလာချောင်း တောင်ခြေက လွမ်းပါရ
ပွဲခံညှောင်း ရေစင်သွန်းချိန်မို့
သဲသာသောင်ခြေကျွန်းရယ်က ခွေပ်တ်လည်။

▼ 泰文舉例

ผลมะเกือเมือสุกไธร้

ภายนอกดูแดงงาน

現代泰文字母有輔音字母 44 個，都包含有 a 音在內；有元音 32 個，用加在輔音字母上、下、前、後的符號來表示，沒有獨立的元音字母。同一個輔音有幾個字母表示。有五種聲調，四種用符號標出，另一種不標。

泰文字母自左而右書寫，不用標點。詞兒和詞兒之間不留空格。一句話從頭到尾連續不斷寫完以後，才間隔開來。19 世紀初期採用印刷機，開始嘗試詞兒分隔的辦法。

(4) 印度字母在老撾：寮文字母

老撾（Laos，寮國），1893 年淪為法國"保護國"，1945 年獨立，1975 年廢君主，成立老撾人民民主共和國（Sathalanalat Paxathipatal Paxaxôn Lao）。人口 424.8 萬（1991），分為佬魯族（Lao-Lu）49%，佬聽族（Lao-Theng）25%，佬泰族（Lao-Tai）13%，佬松族（Lao-Soung）和其他。沒有國教的規定，人民中 58% 信佛教。官方文字為老撾文（Laotian，寮文）。

公元 749 年，南詔王國的一支泰人建立瀾滄江國（"萬象之國"），引進佛

▼ 東南亞五種印度式字母對照表

	ă	a	ǐ	i	ǔ	u	e	o		k	kh	g	gh	ŋ
東														
泰														
老														
傣														
緬														

	c	ch	j	jh	ñ	ṭ	ṭh	ḍ	ḍh	ṇ
東										
泰										
老										
傣										
緬										

	t	th	d	dh	n	p	ph	b	bh	m
東										
泰										
老										
傣										
緬										

	y	r	l	v	s	h	ḷ	?		
東										
泰										
老										
傣										
緬										

註：錄自羅美珍《試論我國傣文和東南亞幾種文字的關係》，《民族語文》1981年第4期。

教。寮文是最早的泰語文字。傳説，在公元 500 年左右，寮王（名 Ruang）創製文字。另一傳説，寮文起源於 11 ～ 12 世紀從緬甸傳入的佛教巴利文。經過考證，前一説失之過早，後一説失之過晚。根據早期文字的比較研究，證明寮文是從孟人文字傳承而來。大致在 10 世紀初期，即在高棉人征服湄南河的孟人以前，寮人就跟孟人有了文化上的接觸，並從孟人那裏取得了字母。寮人接觸孟人早於接觸緬人。

▼ 老撾文舉例

早期的寮文字母被稱為豆莢文字（fak kham），形狀像羅望子莢。最早的遺物有 13 世紀的一張棕櫚葉寫本。近代寮文（老撾文）跟 13 世紀的文字基本上相同，不過受了緬文字母和撣文字母的影響。寮文有 45 個輔音字母，其中大約一半是專為區別聲調而創造的。寮文字母后來又分化出幾種變體，用於不同的方言。

(5) 緬、印、中邊境地區的傣語字母

在傣語諸民族中，有幾族分佈在緬甸東北的撣邦，印度東北的阿薩姆，中國西南的雲南等邊境地區。他們都有自己的文字，採用印度字母的某種變體作為創造字母的基礎。

a. 撣邦的撣文字母 —— 緬甸的撣人，多數住在緬甸東北的撣邦。他們的語言屬於東南亞傣語的西南語支，跟泰語（暹羅語）和老撾語（寮語）關係密切，但是有更明顯的單音節性。撣文早期採用高棉字母，後來改用緬文字母，有兩種變體。

▼ 撣邦和阿薩姆的字母樣品

a. 亨語字母樣品

b.阿洪姆字母樣品

c.卡姆底字母樣品

(1)

(2)

（1）印刷體（無黑點）（2）手寫體（有黑點）

▼ 雲南四種傣文字母

傣仂 （西雙）												
金平											
傣哪 （德宏）											
傣繃											
	p	ph	b	m	f	v	t	th	d	n	l

傣仂											
金平											
傣哪											
傣繃											
	ts	tsh	s	ny	j	k	kh	x	ng	h	?

註：錄自張公瑾《傣族的文字和文獻》，載《中國民族古文字研究》。

但是，在撣邦東部的景棟（Kentung）地方的撣人，講的是仍語（Lü）和亨語（Hkün）方言，有自己的文字，字母傳承於寮文字母，跟緬文式的撣語文字不同。

b. 阿薩姆的阿洪姆字母和卡姆底字母 —— 阿薩姆語屬印度雅利安語族。阿薩姆邦的傣語少數民族，不僅保留着自己的語言，還曾經有自己的文字。

阿洪姆語（Ahom）雖然已經消逝，阿洪姆文字還被少數人保存着作為"神聖"文字。阿洪姆字母有 41 個，其中 18 個表元音，23 個表輔音。研究阿洪姆字母，可以窺見早期寮文的某些特點。

阿薩姆的卡姆底語（Khamti），採用撣文字母的一種變體，分為印刷體（無黑點）和行書體（有黑點）。黑點字母（見樣品）是比較奇特的。共有字母 33 個，其中 16 個元音，17 個輔音（包括 y 和 w）。

c. 雲南的傣文字母 —— 中國的傣族，歷史上稱為"撣"、"金齒"、"白衣"、"擺夷"等，主要居住在雲南德宏和西雙版納兩個自治州。他們的傣語（Dai）屬漢藏語系壯侗語族傣語支。有四種文字：a. 德宏傣文，即傣哪文；b. 西雙版納傣文，即傣仂文；以上兩種應用較多；c. 傣繃文，又稱傣德文，用於瀾

▼ 西雙版納新傣文

a.輔音字母

ǎ			a			ŋ		
k			x			j		
ts			s			n		
t			th			m		
p			ph			l		
f			v			b		
h			d					
kv			xv					

| 高音組 低音組 | 高音組 低音組 | 高音組 低音組 |

244

b.韻母

ă		ĭ	ŭ	ě	ɛ̌	ǒ	ɔ̌	ɯ̌	ɤ̌
	a	i	u	e	o		ɔ	ɯ	ɤ
ăi	ai		ui			oi	ɔi	ɯi	ɤi
ău	au	iu		eu	ɛu				ɤu
ăŋ	aŋ	iŋ	uŋ	eŋ	ɛŋ	oŋ	ɔŋ	ɯŋ	ɤŋ
ăn	an	in	un	en	ɛn	on	ɔn	ɯn	ɤn
ă	am	im	um	em	ɛm	om	ɔm	ɯm	ɤm
ă	ak	ik	uk	ek	ɛk	ok	ɔk	ɯk	ɤk
ă	at	it	ut	et	ɛt	ot	ɔt	ɯt	ɤt
ăp	ap	ip	up	ep	ɛp	op	ɔp	ɯp	ɤp

"－"表示聲母的位置

根據刀世勳《西雙版納傣文》，《民族語文》1980年第1期。

滄、耿馬等地。d. 金平傣文，用於金平等地。西雙和金平，聲母都分兩組字母，每組各拼寫三個聲調。德宏和傣繃，不因聲調不同而用不同的字母。西雙和德宏兩種文字，在 1954 年作了改進。西雙字母極像緬文。

(6) 印度字母在柬埔寨：高棉字母

柬埔寨（Cambodia，Kambuja）歷史悠久，1863 年淪為法國保護國，1953 年宣佈獨立，1976 年成立民主柬埔寨，1993 年成立柬埔寨王國。人口 870 萬（1990），高棉族（Khmer）佔 93%。信小乘佛教者佔全國人口的 88%，但是不規定國教。高棉語屬南亞語系孟高棉（Mon-Khmer）語族。官方文字為高棉文。

高棉在公元 1 世紀建國，稱扶南（意即"山地之王"）。中國三國時代（3 世紀），吳國派使臣與之往來。4 世紀傳入印度文化，印度教和佛教並存。

10 世紀中，高棉人進入孟人（Mon）的湄南河流域。12 世紀又征服越南南部的占城（Cham）王國。後來退回湄公河流域。高棉語言和文字跟孟人和占城人有密切關係。

▼ 高棉文舉例

បង្ហូច ៣តាក់ បង់ថៃក្តា នូវជបចំនួន ២៤, ក្នុ
បំណោមជបទាំងអស់នេះ មានជបធំចំនួន ១២– ជបគូចាក់

高棉碑銘起初用梵文書寫，逐漸改用高棉語書寫。最早的高棉語碑銘是公元 629 年的遺物。早期高棉字母跟南印的格蘭他字體相似。後來採用同樣源出於格蘭他字體的占城字母書寫高棉文，只在外形上產生獨特的風格。

(7) 印度字母在越南：占城字母

越南在歷史上北方屬於漢字文化圈，南方屬於印度字母文化圈。曾有甌越、大越、安南之稱。從古代起，就同中國有密切往來。10 世紀以後形成封建國家。1802 年（清嘉慶七年）改國號為越南。1884 年淪為法國"保護國"。1945 年成立越南民主共和國，1975 年北、南統一，定名為越南社會主義共和國。越南人主要為京族（因此北部灣原稱東京灣）。京語，又稱越南語，屬漢藏語系壯侗語族，另一說屬南亞語系孟高棉語族。文字原用漢字，後來創造漢字式的越南方塊字，叫做"喃字"。法國人推行越南語羅馬字，獨立後在 1945 年被規定為全國法定文字，稱"國語字"。

越南南方，公元 192 年建國，初稱林邑，7 世紀後稱環王，9 世紀稱占城（Cham），又稱占婆（Champa）。全名為"占婆補羅"；"補羅"在梵文是"城"的意思，簡譯"占城"。

占城人的語言屬於馬來波利尼西亞（Malayo-Polynesian）語系。

占城最古的佛教碑銘是佛坎（Vo-Canh）石刻。這是用南印格蘭他字體所寫的梵文碑銘，大約是 2 ～ 3 世紀的遺物。佛教的影響到 9 世紀開始重要起來，到 13 世紀處於全盛時代。初期的碑銘大都是梵語和占城語兩種文字對照，一概用類似南印格蘭他字母的占城字母拼寫。到 8 世紀，占城文字完全成熟，碑銘也完全由占城文字獨佔了。現存最古的占城語碑銘是 9 世紀初的廣南省（Quang-Nam）東應州（Dong-yen-chau）的石刻。這是記載馬來波利尼西亞語言的最古文獻。

占城文字原來是自左而右書寫的，後來受了伊斯蘭教阿拉伯字母的影響，改為自右而左書寫。占城字母採自南印，另外增加幾個輔音字母和元音符號。占城字母後來既用於書寫高棉文，又用於書寫安南文。

(8) 印度字母在馬來亞：借用梵文

馬來亞（Malaya，Malay）現在是馬來西亞（Malaysia）的主要部分。這裏發現的古碑，只有印度的梵文，沒有用梵文字母書寫當地語言。在伊斯蘭教和阿拉伯字母傳入以前，這裏借用梵文，還沒有創造自己的文字。借用梵文是創造文字的先行階段。

(9) 印度字母在印度尼西亞

印度尼西亞（Indonesia），從它的名稱就可以知道，在歷史上它屬於印度文化圈。中國唐朝稱它為訶陵（據說是 Kalinga 的音譯）。7 世紀，以蘇門答臘島為根據地，建立佛教國室利佛逝（Srivijaya），意思是"佳妙勝地"。宋以後稱它為三佛齊。13 世紀，以爪哇島為根據地，建立強大的麻喏巴歇王國（Madjapahit），宋朝稱它為（shé）婆，又稱社婆。元朝稱它為爪哇（Java）。

| a | i | u | e | o | ka | kha | ga | gha | no |

| cha | chha | ja | jha | ño | ta | tha | da | dha | no' |

a.用於柬埔寨　　b.用於越南

爪哇和蘇門答臘都有以印度字母為根源的本土文字。此外在蘇拉威西島（Sulawesi，又稱西里伯斯島 Celebes），也有同一根源的本土文字。

12 ～ 13 世紀起，伊斯蘭教的波濤從印度沖來，逐漸淹沒了整個印尼。印尼丟掉了印度字母傳統，改用阿拉伯字母。15 世紀末，從西歐通達印尼的海路開通，印尼成了荷蘭的殖民地。印尼文字又改用西歐的拉丁字母。印尼文字史的特點是，經歷了三度更換字母。從印度字母到阿拉伯字母到拉丁字母，反映了佛教文化、伊斯蘭教文化和基督教文化的歷史浪潮。現在，源出於印度的印尼字母和阿拉伯字母的印尼文，只能到老年人中去尋訪了。印尼已經離開了印度字母文化圈，改用拉丁字母。

▼ 爪哇字母的演變

ha na cha ra ka da ta sa wa la pa da ja ya nya ma ga ba ta nga

a.卡味佛陀體　　b.佛陀另一式　　c.近代爪哇體　　d.爪哇體輔助符號

　　a. 爪哇的卡味字母 —— 爪哇是印尼的中心。在首都雅加達（Jarkata，即 Batavia）發現 4 ～ 5 世紀的四塊梵文石碑。這是印度文化來到印尼的早期標誌。

　　大約從第 5 世紀起，南印的格蘭他字母就從印度東岸傳來爪哇。印尼傳說，最早把文字帶到爪哇的是一位婆羅門教徒（名 Tritesta）。後來印度字母逐漸發展成為早期爪哇的卡味字母（Kavi，或 Bara Kavi，意為"詩章文字"）。

　　最古的爪哇文字遺物是 760 年的帝那耶（Dinaya，在東爪哇）石刻。上面刻着用卡味字母書寫的文字，但是夾雜着許多梵文。後來的銘刻就完全用卡味字母書寫古爪哇語了。梵文和爪哇文的交替是逐步進行的。起初只用梵文；後來詩章用梵文，散文用爪哇文；更後全部用爪哇文，但是有的石碑的"開篇對句"仍用梵文。卡味文字的極盛時代在 1041 年前後，當時的政治中心在東爪哇的泗水（Surabaya）。

　　1478 年麻喏巴歇王國滅亡以後，古卡味語文被中世爪哇語文所代替。1628 年後，中世爪哇語文又被新爪哇語文所代替。三個時期的爪哇語文是一脈相承的。在中、新兩期，雖然伊斯蘭教文化在印尼已佔上風，可是舊有印度系統的爪哇文字仍在逐步退讓的狀態中被保存着，成為文言文或某些地區的方言文字。在爪哇語、巽他語（Sunda）、馬都拉語（Madura）、巴利語（Bali）等方言地區，以及在婆羅州（Borneo），還有爪哇字母（卡味字母的近代體）所書寫的印尼文字。但是都在消逝之中。

▼ 爪哇文舉例

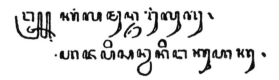

　　爪哇字母有輔音字母（aksara）20 個（包括 y 和 w）和元音字母 5 個。跟其他印度系統的字母一樣，輔音字母帶着 a 元音，除非另加符號表示其他元

音。爪哇字母還有 20 個用來消除原有元音的輔助符號（aksara pasang'an），其中三個寫在字母之後，其餘寫在字母之下。元音符號（sandang'an）獨用時寫正體，跟輔音字母拼音時寫簡體，寫在輔音字母的上面或下面，有時寫在輔音字母的左右兩邊。

爪哇字母自左而右書寫，詞兒之間不留空格。表示休止，用一條或兩條斜線（詩章用），或者加一個小撇（普通用）。從印度傳來的鐵筆和棕櫚葉的書寫方式，不久前還保留在巴厘島上。

b. 蘇門答臘的巴塔字母 —— 蘇門答臘西北的阿欽人（Achin）和東南海岸的馬來人，都信伊斯蘭教，平時書寫用阿拉伯字母，但是書報用拉丁字母印刷。西中部的山居人民（Menangkaban），自稱是三佛齊的後裔，過去用爪哇字母，後來改用阿拉伯字母。此外，主動保留爪哇字母的，有巴塔人（Batak），勒強人（Redjang）和朗邦人（Lampong）。他們的三種字母都簡化得很厲害，難於看出演變的過程了。三種中間可以把巴塔字母作為代表。

▼ 巴塔文舉例

巴塔人居住在多巴湖（Toba）地區，一直保持着自己的風俗習慣，不願受伊斯蘭教的改化。他們不僅有自己的文字，還有自己的非常奇特的書寫順序：字序自下而上，行序自左而右，跟中國漢字恰巧相反。從一張紙的左下角寫起，一字一字向上堆高，到頂以後，重又自下而上書寫第二行。這種奇特的書寫習慣是怎樣形成的呢？說明白了也就不足為奇了。原來他們古代用狹長的竹片橫放着書寫，字序自左而右，行序自上而下，跟今天西洋文字相同。竹片用繩子連結起來，成為一冊竹書。竹書用兩手向左右翻開閱讀的時候，所有竹片都豎立了起來，文字就側身橫臥，成為自下而上的字序和自左而右的行序了。久而久之，他們就習慣於這種奇特的文字順序。

　　c. 蘇拉威西的布吉字母——蘇拉威西島（Sulawesi）像一條章魚。這裏有書寫本土方言的布吉（Bugi）字母和馬加薩（Macassa）字母。這兩種字母的形體比較特殊，看來像是完全自創的。可是仔細研究，可以找到它們從巴塔字母間接傳承於卡味字母的痕跡。二者之中布吉字母有代表性，創始也比較早，雖然創始年代已難考證。

▼ 布吉文舉例

　　布吉字母（Bugi）有 23 個，其中 18 個是簡單字母，其餘是複合字母（chh，mp，nk，nr，nch）。字母中有 a 元音字母，但是 e，i，o，u，ong 用附加符號表示。

　　在拉丁化印尼文日益普及的今天，本土方言文字能保持多久是很難說的。社會語言學者對這些已經消逝和正在消逝的本土文字，有越來越大的研究興趣。

▼ 印尼幾種印度式字母比較

ka ga gha tsa ja nya ta da na pa ba ma ya ra la va sa ha

a.爪哇　b.巴塔二式　c.朗邦，勒強　d.布吉，馬加薩

(10) 印度字母在菲律賓

　　菲律賓有大小島嶼 7000 多個。最大的兩個島是北方的呂宋島（Luzon）和南方的民答那峨島（Mindanao，即棉蘭老島）。中部是以宿務島（Cebu）為主的比薩亞群島（Bisaya）。靠西有民都洛島（Mindoro）；更西有巴拉望島（Palawan）。人口 6068 萬（1990）。1565 年成為西班牙殖民地，1898 年歸美國統治，1946 年獨立。

　　菲律賓的語言屬於澳斯特羅尼西亞語系、印尼語族。主要分支是：他加祿語（Tagalog），流行於首都馬尼拉和呂宋島中南部和其他地方，這是菲律賓的官方語言，定名為菲律賓語（Pilipino）；比薩亞語（Bisaya，Visaya），流行於比薩亞群島和民答那峨島北部等地，這是使用人口最多的語言；伊洛克語（Iloco），流行於呂宋島西北部等地；其他。至少有七種語言過去用過印度系統字母書寫。

　　印尼在麻喏巴歇王國時代（約 850 ～ 1400）曾擴充版圖到菲律賓的呂宋島，帶去印度系統的爪哇字母。菲律賓的早期字母大致源出於印尼蘇拉威西的布吉字母，二者有許多共同的特點。

　　1521 年麥哲倫（Magellan）環航地球，來到菲律賓，在侵菲戰爭中身亡。1565 年菲律賓成為西班牙的殖民地。菲律賓這個國名是以當時西班牙國王的名字命名的。西班牙人仇視原住民的舊文化，用殘酷的宗教裁判所掃蕩本土文物。本土文字的寫本都被燒光。石碑也一塊塊地遭破壞。直到 19 世紀晚期以後，本土文字才成為考古者的古董。

a. 他加祿字母、比薩亞字母、伊洛克字母、邦加西那字母和邦邦更字母

　　西班牙傳教士在佔領菲律賓的初年，也曾用過菲律賓原有文字，作為宣傳教義的工具。這類傳教書籍極少保存到現在。有一本伊洛克文的《教義問答》（*Belarmino*，1631 年馬尼拉初版，1895 年重印），這是現存傳教書籍中最有名的。除此以外，西班牙傳教士的筆記中也可以找到一些有關菲律賓古文字的記載，不過多數既不完備，又不可靠。

學者們經過研究，整理出如下幾種菲律賓古文字。a. 他加祿文（Tagalog），分四種書體。b. 比薩亞文，分兩種書體。c. 伊洛克文（Iloco），分兩種書體。d. 邦加西那文（Pangasinan）。e. 邦邦更文（Panpangan）。這些文字所用的字母，彼此之間區別不大。大都有輔音字母 11 ～ 14 個，另有表示 a，o，i 的字母，以及表示 o 或 u 的符號。

▼ 菲律賓幾種印度式字母比較

a e-i o-u ka ga nga ta da na pa ba ma ya la wa sa ha

a.他加祿　b.比薩亞　c.伊洛克　d.邦加西那　e.邦邦更　f.他巴那　g.芒洋

這些從傳教士筆記中整理出來的字母，以他加祿字母最為重要。它有輔音字母 14 個，都帶 a 音；元音字母 3 個，另有 2 個元音符號，寫在字上（e，i）或字下（o，u）。他加祿字母跟蘇門答臘的巴塔字母和蘇拉威西的布吉字母都有相同的特點。蘇拉威西離菲律賓最近，他加祿字母大致由它傳承而來。他加祿字母跟布吉字母一樣，沒有消除輔音字母附帶元音的符號，這對音節尾輔音很多的菲律賓語來說，是不方便的。西班牙傳教士曾用 "×" 符號表示消除元音。

b. 他巴那字母和芒洋字母

19 世紀末葉，學者們在巴拉望島和民都洛島上，找到一些有菲律賓古文字的竹簡。同時還找到少數年老的山民，他們一直保有着古文字的知識。巴拉望島上的他巴那人（Tagbanua）和民都洛島上的芒洋人（Mangyan），都有自己的文字。他們人數不過一兩萬，由於交通不便，一直遺世獨立，保有着傳統文化，拒絕外來宗教的改化。這些保有着古文字知識的老年山民，是當地統治者所鄙視的人民。可是他們是學者們所珍視的活的古董。由於他們的指點，後來又搜集到幾百片古文字的竹簡。

他巴那文用"＞"為元音符號。芒洋文用"—"為元音符號。元音符號寫在字母上面或左面表示 e 或 i，寫在字母下面或右面表示 o 或 u。它們有標點"＋"表示文章開端，"│"表示詞兒分界，"‖"表示句子結束。

四　印度字母文化圈的盛衰

印度字母文化圈的歷史成就是很大的。在歷史上它使南亞和東南亞這個廣大地區從原始的語言生活上升到文明的文字生活，同時，從原始宗教上升到哲理宗教，從原始的採集經濟上升到耕織經濟。印度文化，在印度以外以佛教為象徵，並不是一些人所想像的那樣一味燒香念佛。它除一套宗教教條以外，還有豐富的經典，其中記載着社會科學（邏輯學、語言學等）、自然科學（天文學、數學、醫學等）、生產技術（建築術、紡織術等）和藝術（雕塑、文藝等）。印度的經典不只一部書，而是幾千部書。所以"唐僧"要去印度留學。

印度字母在 2000 年間演變成 60 種以上的字母，書寫過五大語言系統的 35 種以上的語言和方言，在人類文字史上留下光輝的記錄。印度不僅創造了字母，還創造了數字。阿拉伯數字本是印度的創造，阿拉伯人叫它印度數字。阿拉伯人把它傳到西歐，西歐人誤稱它為阿拉伯數字。數字中的"0"（零）也是印度的創造（或再創造）。印度文化還通過漢字傳播到整個漢字文化圈，豐

富了中國、朝鮮、日本等國的文化。印度文化在歷史上對人類的貢獻當得起
"偉大"二字（參看《印度字母在東南亞傳播示意地圖》）。

但是，印度字母文化圈跟阿拉伯字母文化圈和拉丁字母文化圈接觸以後，
步步後退，幾乎難於支撐。

首先接觸到的是阿拉伯字母。公元 1000 年以後，阿拉伯字母隨着信伊斯

▼ 印度字母字體演變略表

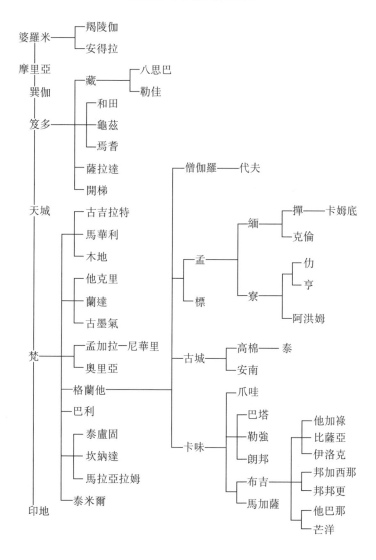

蘭教的外族入侵者來到印度，奪取了印度教和印度字母的一半地盤。在英國統治期間，阿拉伯字母的傳播不但沒有停止，而且擴大得更快。因為英國的"分而治之"政策保護了甚至鼓勵了阿拉伯字母的傳播。宣傳慈悲的印度教在崇尚鬥爭的伊斯蘭教面前節節失敗。

　　阿拉伯字母還在印度的海外字母傳播區奪取地盤。阿拉伯人在中東立定腳跟以後，向東方的海路擴展，以當時優越的造船術和航海術戰勝了海上的印度人。以馬六甲（Malacca）海峽為樞紐的東方航路，成了阿拉伯人的內河。中國的"三寶太監下西洋"也不能不依靠伊斯蘭教的力量，鄭和本人是伊斯蘭教徒。在這樣的形勢下，幾乎全部東南亞島嶼國家的文字都放棄印度字母而改用阿拉伯字母。

　　在阿拉伯字母面前已經處於劣勢的印度字母，在 16 世紀西歐開拓海洋航路以後，遇到了更加強大的敵手：拉丁字母。拉丁字母對付印度字母另有一功。阿拉伯字母把印度字母作為對等的競技對手，不過在競技規則中訂下一些偏袒手法。拉丁字母根本不把印度字母當作對等的對手，而是居高臨下，以拉丁字母覆蓋印度字母，不給競爭機會，聽其自生自滅。拉丁字母的宗主國文字（英・法・荷等）獨佔行政、教育、貿易等重要領域，成為高級的官方文字，全國通用，實行外來文字的"書同文"政策。而本地紛繁的印度字母文字只能用於民歌民謠、日常通信，成為地區的低級的民間文字。這種情況在印度獨立以後才開始有所改變。

　　在巴基斯坦，伊斯蘭教和阿拉伯字母都取得了勝利。在孟加拉，伊斯蘭教取得勝利而阿拉伯字母沒有取得勝利。孟加拉依然留在印度字母文化圈內。在東南亞，中南半島四個佛教國家（緬、泰、老、柬）保持着佛教和印度字母。馬來西亞、印尼、菲律賓，原已改為伊斯蘭教和阿拉伯字母，再改為保留伊斯蘭教而採用拉丁字母。他們採用拉丁字母書寫的本國語言作為官方文字，並不是外來的勢力強加的，而是成為獨立國以後自動實行的。越南也是一樣。越南語的拉丁化"國語字"是獨立以後才宣佈成為正式文字的，雖然法國很早就把它作為文字之一種盡力推行。在原來三個曾經是法國殖民地的國家中間，用印度字母的老撾和柬埔寨沒有拉丁化，而用漢字的越南首先拉丁化。

▼ 印度字母寫成文字的各種語言略表

印度雅利安語族

梵語	印地語	孟加拉語	旁遮普語	馬拉蒂語
古吉拉特語	比哈爾邦語	拉賈斯坦語	奧里亞語	阿薩姆語
克什米爾語	信德語	僧伽羅語	尼泊爾語	勒佳語

達羅毗荼語系

泰米爾語	泰盧固語	坎納達語	馬拉亞拉姆語

漢藏語系

藏語	緬語	泰語	老撾語	撣語

孟高棉語系

高棉語	孟語

馬來波利尼西亞語系

印尼語	爪哇語	巽他語	他加祿語	比薩亞語
伊洛克語	巴塔語	布吉語	占語	

西面受阿拉伯字母的排擠，東面受拉丁字母的壓制，印度字母文化圈的空間只剩全盛時代的一半了。

印度字母文化圈的萎縮原因是甚麼呢？在歷史上長期缺乏政治力量作為推行印度字母的後盾。印度多民族、多語言、多文字，缺乏一個人口佔絕對優勢而又"書同文"的主體民族。法定文字有 14 種之多。以分散抵抗集中，當然不能取勝。印度字母繼承阿拉馬字母的缺點，元音標記法不完備。字母形體和拼音技術遜於拉丁字母。印度字母的流通功能當然更不能同拉丁字母相比。

第十三章 | 撒巴字母系統

一 不被注意的南方閃米特字母

字母從它的發源地（地中海東岸，古稱敍利亞‧巴勒斯坦）向四方傳播出去。一條路線是向西傳播，主要是迦南（腓尼基）字母系統和希臘字母系統。一條路線是向東傳播，主要是阿拉馬字母系統和印度字母系統。此外還有一條不被注意的向南傳播路線，就是撒巴（Saba）字母系統，又稱南方閃米特字母系統。這個系統雖然在文化史上只佔比較次要的地位，可是在字母史上卻是獨特的一支。這一系統的發源地在阿拉伯半島的南方，接近紅海的出口處。撒巴字母的後裔現在還保留在紅海南岸的埃塞俄比亞，擔負着國家級的法定文字的任務。

二 古代的南部阿拉伯半島

古代南部阿拉伯半島近紅海出海口的地方，曾經是東西國際交通的要津。那時從印度到埃及，先要由海道從印度到南部阿拉伯半島，再由陸路從南部阿拉伯半島前往埃及。到了埃及，可以再渡過地中海，西行到希臘和羅馬。南部阿拉伯半島佔據這樣的重要地位，所以在公元以前一千年間，經濟繁榮，文化發達。除農產品以外，這裏還出產兩種在古代被重視的商品：黃金和乳香。可是到埃及的托勒密（Ptolemy）王朝時期（公元前 3 ～前 1 世紀），陸路交通發展了，從印度到埃及不再取道南部阿拉伯半島了。於是這裏的經濟和文化很快衰落下去。公元 7 世紀時候，整個阿拉伯統一於新興的伊斯蘭教帝國，政治重心移到北部阿拉伯半島，南部阿拉伯成為不被注意的地方。從此以後，這裏的歷史文物就逐漸淹沒在沙丘之中。

南部阿拉伯半島的中心地區是一片沙漠。在這一片沙漠的週邊，曾經建立過好幾個小王國。其中比較重要的有：米那（Mina）王國、撒巴（Saba）王國、卡他班（Kataban）王國、哈達拉毛（Hadhramaut）王國和比較後起的希姆耶里（Himyar）王國。這些王國的存在時期大致是公元前 8 世紀到公元 2 世紀。它們的地理位置大致是在現今也門（Yeman）一帶。"也門"的原義就是"南方"或"右手"。

三　南方閃米特撒巴字母系統

在這些王國建國以前，字母就已經傳播到南部阿拉伯半島來了。在 19 ～ 20 世紀，發現了不少南方閃米特字母的刻碑。有的刻碑寫明日期，屬於公元前 6 ～ 前 5 世紀。有的刻碑沒有寫明日期，根據考證，屬於公元前 8 世紀。此外，在愛琴海南面的德洛斯島（Delos）上，發現米那文和希臘文兩種文字對照的刻碑，時期屬於公元前 2 世紀。

這些刻碑可以分為兩類：

1. 南方諸小國的刻碑。就是上面講過的米那、撒巴、卡他班、哈達拉毛和希姆耶里等國的刻碑。這類刻碑已發現 2500 多件。所用的字母稱為"撒巴字母"，也可以稱為南阿拉伯字母。有 28 個字母，大都從右而左書寫，間或有"牛耕式"的序列。這種文字已經解讀，使我們重新知道了這一片荒漠上古代歷史的輪廓。

▼ 南方閃米特文字樣品

a.米那文字樣品

ᛁᛉᛟ⏍ᛁᚼᚦᛋᛉᛟᛁᛉᛟᛁᚼᛐ⏍ᛁᚼᛉ᛫⏃ᛁᛟᛟᛝ

ᛐᚼᛟᛝᛝᚼᚮᚦᛁ⫿ᛝᚼᛰᛊᛁᚦᚮᛐᛁᛟᛁᛁᛡᛐᛉᚮᛟ

ᛁᛝ⫝ᛐᛟᛐᛐᛐᚦᛐᛁᛟᛰᚬᚮᛁᛉ᛬ᚼᛝᛐᛐᛁᛊᚼᛁ

b.撒巴文字樣品

ᛁᛝ᛬ᛃᚬᛟᛁᛝᛐᛐᚬᛟᛁ᛬ᚼᛝᚬᛍᛐᛁᚦᛁᛉᛴ⫿

ᛍᛟᛁᛉᛐᚬᛐᛃᛴᛐᛉᚹᛟᛁᛟᛟᛝᚼᛐᛁᛝ᛬ᛍᛁᛉᛐ

ᚦᚬᛐᛁ᛬ᛟᛟᛝᛁᛟ᛬ᛈᛍᛟᛁ⫿ᛈᛁᛐᛐᚦᛁᛟᛃᛐᛐᛐ

c.希姆耶里文字樣品

ᛝᛐᛁ᛬ᛲᚬᛁᚦᛴᛃᛴᛃᛁᛝᛟᚦᛁᛲᛲᛁᛐᛃᛐ

ᛃᛝᛐᛐᛁᛐᛐᛁ᛬ᛲᚬᛁᛟᛟᚮ

2. 北方諸小國的刻碑。這類石碑屬於塔穆德（Thamud）王國、德丹（Dedan）王國、里赫揚（Lihyan）王國、薩發（Safa）王國等小國。字跡都很潦草，大都是古代牧民刻在岩石上的文字，文化價值比較小。一共有二千多件碑刻。發現地點不少是在阿拉伯半島的西北方，以及遠至敍利亞和約旦等地。這是南方閃米特字母向北方流傳的遺跡。

▼ 撒巴字母演變舉例

	(1)	(2)	(3)	(4)	(5)
’					
b					
g					
ḏ					
d					
h					
w					
z					
ḫ					
ḥ					
ṭ					
ṯ					
y					
k					
l					
m					
n					
s					
ḡ					
c					
p					
ḍ					
ṣ					
q					
r					
š					
ṱ					
t					

（1）撒巴字母（2）里赫揚字母（3）塔穆德字母
（4）薩發字母（5）早期埃塞俄比亞字母

四　撒巴字母的起源問題

撒巴字母是其他南方閃米特字母之父，這一點是大家公認的。可是撒巴字母是從哪裏來的呢？一種假説是來自北方閃米特字母。不過它不僅字母形體跟北方閃米特字母有不少不同的地方，而且大部分字母的讀音也不相同。因此這種假説難於成立。另一種假説是，南方和北方兩種閃米特字母都起源於一個尚未發現的共同祖先，即所謂原始閃米特字母。這一假説許多學者認為是比較合理的。此外，有人認為南方閃米特字母起源於比撥羅（Byblos）的半象形字，又有人認為所有閃米特字母都起源於早期西奈（Sinai）字母。諸如此類的假説都缺少有力的佐證。南方閃米特字母的形成比北方閃米特字母要晚好幾百年。它在形成過程中受到西奈字母等的外形影響，這是可能的。

五　撒巴字母跟印度字母的關係

印度婆羅米字母的起源，還是一個有爭論的問題。在好幾種外來假説中，有一種過去流行的假説認為，婆羅米字母起源於撒巴字母，即南方閃米特字母。主要理由是印度在相當早的時候就同南方阿拉伯半島有過直接的商業交通關係。但是，婆羅米字母的特點，相同於撒巴字母的還少於相同於阿拉馬字母的。而且，字母的傳播不是單獨進行的，它必須在深刻的文化影響下面才能夠實現。這是字母傳播規律的要點之一。早期南方阿拉伯的文化水平，並未發展到有足夠的高度，以致對於印度文化產生深刻的影響，使印度在引進文化的同時，引進南部阿拉伯的字母。從字形的研究和文化史的研究這兩方面來看，婆羅米字母的撒巴起源假説，是難於成立的。事實上，印度跟阿拉馬的經濟往來早於跟南部阿拉伯半島的往來。

▼ 撒巴字母和印度字母等的比較

	(1)	(2)	(3)	(4)
a				
b				
g				
d				
ḏ				
e				
f(w)				
z				
h				
th				
i				
k				
l				
m				
n				
x(sh)				
o				
p				
s				
ṣ				
q				
r				
ŝ				
t				
ṯ				

（1）撒巴字母（2）早期埃塞俄比亞字母（3）婆羅米字母（4）阿拉馬字母

263

六 埃塞俄比亞音節字母

公元前 4 ～ 3 世紀時候，南部阿拉伯人就在埃塞俄比亞建立殖民地，把南方閃米特字母傳入埃塞俄比亞。

起初，埃塞俄比亞採用撒巴的文字以及文字所代表的語言。後來，在公元 4 世紀後期，開始用撒巴字母書寫早期埃塞俄比亞語言。於是外來字母書寫的本地語言逐漸代替了外國語文。

埃塞俄比亞的古代刻碑可以分為如下幾種：1. 用撒巴字母，書寫早期埃塞俄比亞語言，夾着南阿拉伯語言；2. 用撒巴字母，書寫早期埃塞俄比亞語言，不夾南阿拉伯語言；3. 用無元音的埃塞俄比亞字母，書寫早期埃塞俄比亞語言；4. 用有元音的埃塞俄比亞字母，書寫早期埃塞俄比亞語言。這些不同形式的碑文，説明外來文字怎樣一步一步演進成為本地文字的歷史過程。

撒巴字母變成獨立的埃塞俄比亞字母是在長期歷史進程中形成的。可是，埃塞俄比亞字母的元音標記法，大致是受了其他用附加符號表示元音的文字的影響以後，根據有意識的設計而附加上去的。在字母的外形上，早期埃塞俄比亞字母還受了古代麥洛埃（Meroë）字母的影響。埃塞俄比亞又從希臘借來了數碼字。

晚期埃塞俄比亞字母有 26 個基本式。它是在 28 個撒巴字母當中去掉 4 個，另加 2 個（pait 和 pa），經過演變而組成的。字母筆畫逐漸變化。原來用一豎分隔詞兒，後來改為兩點，這也是麥洛埃字母用過的方法。字母名稱跟希伯來字母很多不一樣，字母的排列次序也完全不同。

埃塞俄比亞字母的元音標記法是很特別的。字母的 26 個基本式不表示純輔音，都帶上一個短 a 元音。帶有短 e 元音的字母也可以用作純輔音的字母。每一個基本式字母都有 6 種跟短 a 以外不同元音相結合的形式。例如，右邊中間加一個小符號表示同長 u 結合，右邊下角加一個小符號表示同長 i 結合，等等。26 個字母各有 7 種格式，此外還要加上表示讀音變化的符號，實際是

182 個以上的音節字母。

▼ 埃塞俄比亞音節字母表

	a	u	i	â	ê	e	o
h							
l							
h							
m							
sh							
r							
s							
q							
b							
l							
kh							
n							
'a							
k							
w							
'							
z							
y							
d							
g							
t							
p							
s							
d							
f							
p							

▼ 早期埃塞俄比亞文字樣品

ᚺᛗᛜᛦᛏᛁᚺᛉ᛭ᚾᛚ
ᛉᛐᚺᛁᚾᛉᚿᛜᚡᛁᛜᚾ
ᛞᚾᛁᚥᛗᛁᛁᛏᛉᚡᛜ

七 阿姆哈拉音節字母

　　埃塞俄比亞的語言是一種閃米特語言，但是受了不少含米特（Hamitic）語言的影響。它跟古代南部阿拉伯語都是南方閃米特語言。與此對比，古代希伯來語、腓尼基語、阿拉馬語等是西北閃米特語言；古代巴比倫語和亞述語是東北閃米特語言。

▼ 阿姆哈拉字母來源舉例

a.埃塞俄比亞字母　　　b.阿姆哈拉字母

　　基督教在 4 世紀傳入埃塞俄比亞，到 5 世紀末葉已經成為社會生活的重要因素。在基督教的影響下，產生了一種所謂"葛愛茲"（Ge'ez）文學。它的內容幾乎全是從希臘翻譯過來的宗教宣傳品。埃塞俄比亞教會接受了埃及的科普特（Coptic）基督教會的領導以後，又增加了許多流行於埃及的阿拉伯文的宗教翻譯作品。葛愛茲語文是脫離活的語言的"文言"，在許多世紀以來佔領着文學語言的寶座。

14 世紀以來，在葛愛茲語文的基礎上，逐漸形成現代的阿姆哈拉（Amharic）語文。書寫的字母也由埃塞俄比亞字母演變為阿姆哈拉音節字母，但是二者的區別甚微。阿姆哈拉字母（根據《*African Languages*》）有 37 個聲母，有 7 個元音，組成 247 個音節字母（有 3 個音節缺少 4 個元音的配合）。

▼ 阿姆哈拉音節字母表（上）

	a	u	i	â	ê	e	o
h	ሀ	ሁ	ሂ	ሃ	ሄ	ህ	ሆ
l	ለ	ሉ	ሊ	ላ	ሌ	ል	ሎ
h	ሐ	ሑ	ሒ	ሓ	ሔ	ሕ	ሖ
m	መ	ሙ	ሚ	ማ	ሜ	ም	ሞ
s	ሠ	ሡ	ሢ	ሣ	ሤ	ሥ	ሦ
r	ረ	ሩ	ሪ	ራ	ሬ	ር	ሮ
s	ሰ	ሱ	ሲ	ሳ	ሴ	ስ	ሶ
sh	ሸ	ሹ	ሺ	ሻ	ሼ	ሽ	ሾ
k	ቀ	ቁ	ቂ	ቃ	ቄ	ቅ	ቆ
·b	በ	ቡ	ቢ	ባ	ቤ	ብ	ቦ
th	ተ	ቱ	ቲ	ታ	ቴ	ት	ቶ
ch	ቸ	ቹ	ቺ	ቻ	ቼ	ች	ቾ
h	ኀ	ኁ	ኂ	ኃ	ኄ	ኅ	ኆ
n	ነ	ኑ	ኒ	ና	ኔ	ን	ኖ
ny	ኘ	ኙ	ኚ	ኛ	ኜ	ኝ	ኞ
'a	አ	ኡ	ኢ	ኣ	ኤ	እ	ኦ
k'	ከ	ኩ	ኪ	ካ	ኬ	ክ	ኮ
kh	ኸ	ኹ	ኺ	ኻ	ኼ	ኽ	ኾ

	a	u	i	î	â	ê	e	o
w	Ꭴ	Ꭴ	ዊ	ዋ	ዌ	Ꭴ	ዎ	
'a	ዐ	ዑ	ዒ	ዓ	ዔ	ዕ	ዖ	
z	ዘ	ዙ	ዚ	ዛ	ዜ	ዝ	ዞ	
zh	ዠ	ዡ	ዢ	ዣ	ዤ	ዥ	ዦ	
y	የ	ዩ	ዪ	ያ	ዬ	ይ	ዮ	
d	ደ	ዱ	ዲ	ዳ	ዴ	ድ	ዶ	
j	ጀ	ጁ	ጂ	ጃ	ጄ	ጅ	ጆ	
g	ገ	ጉ	ጊ	ጋ	ጌ	ግ	ጎ	
t	ጠ	ጡ	ጢ	ጣ	ጤ	ጥ	ጦ	
ch	ጨ	ጩ	ጪ	ጫ	ጬ	ጭ	ጮ	
p	ጰ	ጱ	ጲ	ጳ	ጴ	ጵ	ጶ	
ts	ጸ	ጹ	ጺ	ጻ	ጼ	ጽ	ጾ	
ts	ፀ	ፁ	ፂ	ፃ	ፄ	ፅ	ፆ	
f	ፈ	ፉ	ፊ	ፋ	ፌ	ፍ	ፎ	
p	ፐ	ፑ	ፒ	ፓ	ፔ	ፕ	ፖ	
kw	ቈ		ቊ	ቋ		ቍ		
hw	ኈ	ኍ	ኊ	ኋ		ኍ		
k'w	ኰ		ኲ	ኳ		ኵ		
gw	ጐ		ጒ	ጓ		ጕ		

註：根據《*African Languages*》臨摹。

　　阿姆哈拉語文是埃塞俄比亞的法定語文，在君主制度沒有被廢除前，稱為"皇帝的語文"（Lesana Negush）。這種語文也跟活的口語相去甚遠，還沒有聽説掀起一個白話文運動來改革它。

在廣大的非洲大陸，只有三種文字形式。一種是阿拉伯字母。一種是拉丁字母。第三種就是"一國獨用"的阿姆哈拉字母。

除阿姆哈拉文字以外，埃塞俄比亞字母又在 16 世紀把另外兩種埃塞俄比亞的北部方言（Tigré 和 Tigrina）寫成文字，不過流傳的範圍是很小的。

第十四章 | 音節文字綜述

一　音節文字的特點

人類創造文字，起初不知道把語言分段。後來發現，語言可以分為語詞，只要用符號代表語詞就是"語詞文字"。後來又發現，語詞可以分為音節，只要用符號代表音節就是"音節文字"。最後又發現，音節可以分為音素，只要用符號代表音素就是"音素文字"。這三個"發現"經歷了 8000 年。

"音節文字"在人類文字史上處於承前啟後的地位。今天世界上用音節文字作為國家正式文字的有：埃塞俄比亞、日本（部分）和朝鮮（部分）。此外還有一些國家的少數民族使用音節文字，用於民間生活。下面是世界各地古今重要音節文字的綜述，並比較它們的特點。

音節文字和輔音文字十分相近。不同的是，音節文字寫明輔音和元音，輔音文字寫明輔音而不寫明元音。輔音文字好比把 KuTuB（書本）、KaTaB（書寫）、KaTaBa（他已經書寫）、KuTiBa（它已經被書寫），都寫成"KTB"，要根據上下文來區別元音的讀法。中文也有類似情況，例如"不亦說乎"中的"說"字要讀 yuè，不讀 shuō，也是根據上下文來決定的。

為了避免讀錯，後來在輔音字母上下附加符號表示元音。附加的元音符號有的可寫可不寫（如阿拉伯文），有的非寫不可（如藏文）。如果符號跟字母是分開的、沒有連成整體，這就沒有改變輔音文字的特點。如果連成整體、形成新的字母，那就變成音節文字了。

音節文字有不同的來源。多數音節文字是從意音文字中演變出來的。例如，從漢字孳乳和變異形成的音節文字有：假名、諺文、女書、傈僳字、契丹小字。從彝文演變出涼山音節規範彝文。從東巴文演變出音節哥巴文。從亞述丁頭字演變出波斯音節丁頭字。阿姆哈拉音節字母是從撒巴字母變來的。塞浦路斯音節字母的來源有待考證。加拿大的克里音節字母、美國的切羅基音節字母是受了羅馬字影響而別出心裁地創造出來的。西非的凡伊音節字母、巴蒙音節字母是從本地圖形文字中演變出來的。在缺乏語音分析能力的時候，只能創造音節字母，不能創造音素字母。

音節文字對音節少而簡單的語言是方便的，對音節多而複雜的語言不方便。諺文比假名產生晚 500 年，漢語至今沒有一套音節漢字，音節結構複雜是原因之一。

音節字母可以整體認讀，字母多而拼音不靈活。音素字母必須分析認讀，字母少而拼音靈活。音節字母是綜合思維的產物，音素字母是分析思維的產物。

二　埃塞俄比亞的阿姆哈拉音節文字

東非的埃塞俄比亞是文明古國，它的阿姆哈拉文是今天世界上唯一作為全國性法定文字的"純"音節文字。

公元前 4 世紀（中國春秋後期），埃塞俄比亞（Axum 王國）從紅海對面阿拉伯半島傳入南方閃米特系統的撒巴字母。起初書寫撒巴語言，經過 800 年，到公元 4 世紀，書寫本地語言，成為"葛愛茲文"，演變出埃塞俄比亞音節字母。再過 1000 年，到公元 14 世紀，成為阿姆哈拉文。傳說，葛愛茲文是 Frumentius 創造的，他幼年到過印度，模仿印度字母表示元音的方法，創造了輔音和元音結合的音節字母。

阿姆哈拉文用基本符號代表附帶元音"a"的音節。基本符號附加微小的筆畫變化代表跟其他元音組成的音節（參看第十三章）。

阿拉伯文在輔音字母上面附加 alif，waw，ya 三個小字母表示長元音 a，u，i，或者在字上加點表示 a-e、字下加點表示 i-y、中間加點表示 u-o。阿拉伯社會不接受音素字母，只接受"注音"的附加符號。埃塞俄比亞不接受音素字母，只接受音節字母。

三　日本的假名音節字母

正式的日文是"漢字和假名"的混合體，純粹的"假名文字"不是正式日文。日文是"語詞·音節文字"，換言之，是"半"音節文字，不是"純"音節文字。

日文有 47 個假名字符，書寫現代日語不能完備地表示一切音節，需要補充表達方法。1. 附加符號（雙點、小圈）表示濁音（ば）和半濁音（ぱ）。2. 使用小型字母表示"促音"（りつ）和"拗音"（きや，きゆ，きよ）。3. 補充鼻尾字母（ん）表示"撥音"（－n）。4. 規定長音寫法（とを，とぉ，と－）。這些補充辦法說明，音節字符表音缺乏靈活性。

假名的產生，使漢字歷史向表音化前進一步，在人類文字發展史上相當於公元前 15 ～前 11 世紀西亞創造字母。

阿姆哈拉音節字母以輔音字母（撒巴字母）為基礎，是一種"體內分音"的"合成字母"。日本假名以語詞符號（漢字）為基礎，是一種沒有"體內分音"的"整體字符"。假名需要各個認讀，不能分組認讀。阿姆哈拉字母可以分組認讀，每組有一個代表共同輔音的基本筆畫，認讀一個，帶動一組。

創造假名的時候，日本不瞭解音節可以分析成為輔音和元音，或者雖然瞭解而當時不能接受這種分析。創造阿姆哈拉字母時候，埃塞俄比亞已經知道音節可以分為輔音和元音，但是不能接受音素字母，於是把輔音字母改變為音節字母。

在書寫中文的漢字中，有的是表示語詞的"意符"，有的是表示音節的"音符"。書寫"虛詞"的漢字是"音符"或"準音符"，跟日文假名的性質相似。不過中文裏的"音符"還沒有跟"意符"明確分工，往往"表意"和"表音"兼職，難於在字典裏認定性質。

假名從文字以外的注音符號變成文字以內的音節符號，使日文能夠大量減少漢字。中國的"注音字母"和"拼音字母"都是文字以外的注音符號，不是文字的構成部分。

▼ 日埃兩種音節符號比較舉例

	日K埃		日S埃		日T埃		日N埃		日H埃		日M埃	
a	ア	カ	⊓	サ	⊓	タ	十	ナ	ク	ハ	U	マ	皿
i	イ	キ	⊓	シ	⊓	チ	セ	ニ	ᄼ	ヒ	ᄼ	ミ	咽
u	ウ	ク	⊔	ス	⊓	ッ	告	ヌ	ᄼ	フ	ᄂ	ム	皿
e	エ	ケ	⊓	セ	⊓	テ	宇	ネ	ᄼ	へ	ᄼ	メ	吗
o	オ	コ	⊓	ッ	⊓	ト	亍	ノ	9	ホ	U	モ	甼

從上表可以看出，埃塞俄比亞的阿姆哈拉字母比日本假名有條理、有系統。如果用音素字母，上例中 35 個音節只要 11 個字母就夠了。

四 朝鮮的諺文音節字符

朝鮮"諺文"從基本符號來看是音素字母，從閱讀單位來看是音節字符。它是獨一無二的"音素‧音節"文字。"漢字諺文混合體"是"音素‧音節‧語詞文字"。

日本得到漢字比朝鮮晚 200 年。日本在 9 世紀（中國唐朝後期）形成假名。朝鮮到 1446 年（中國明朝正統十一年）頒佈諺文（《訓民正音》），比日本晚 500 年。中國在 1918 年公佈"注音字母"，比朝鮮又晚 500 年。日本離中國較遠，受漢文化影響較淺，創造字母最早。朝鮮離中國較近，受漢文化影響較深，創造字母較晚。漢字的故鄉中國創造字母最晚。"遠則易變，近則難改"。

日語的音節少，基本音節只有 50 個，設計音節字符比較容易。朝鮮語的音節多而複雜，設計音節字符比較困難，合成的常用音節有 2000 個以上。音節結構的複雜性延緩了朝鮮音節字母的創造。為了克服音節複雜的困難，朝鮮創造音素字母諺文，結合成為音節字符，以少馭繁，是高水平的技術。

假名線性排列，學用方便。諺文不取線性排列而取方塊疊合，內容音素而外形音節，雖然音素化了，仍舊是一種“大字符集”。這是受了漢字的束縛。

五　四川涼山的音節規範彝文

四川涼山的“規範彝文”是中國少數民族彝族的一種正式的方言音節文字。它不是全體彝族的民族文字，它是地區的民族方言文字。少數民族制定正式的方言音節文字，在今天是罕見的現象。

彝族主要居住在中國西南的川貴滇桂等省。1980 年正式推行“四川規範彝文”，有 819 個音節字符，代表四川大涼山的彝語北部方言（43 個聲母，10 個韻母，4 個聲調），字符是從大量傳統彝文字符中選擇出來的。這是“意音文字”走向“音節文字”。同時雲南彝族整理了傳統彝文，1987 年試行“雲南規範彝文”，有 2300 個表意字，350 個音節表音字，共用字符 3650 個。這是“意音文字”的規範化，沒有改變文字的體制。

彝族在 20 世紀 50 年代由專家設計了拉丁化的新彝文，在 1951 ～ 1960 年試用，但是社會不接受沒有民族特色的音素文字，終於在 80 年代回歸歷史傳統。

▼ 涼山規範彝文的音節字符舉例

	i	ie	a	uo	o	e	u	ur	y	yr
b										
p										

上表説明：每一彝語音節有三種（或不到三種）寫法，表示不同的聲調。

涼山音節彝文跟日本假名既相似，又不同。二者都是"整體字符"，沒有"體內分音"。彝文音節字符超過 800，比日文假名繁複得多。假名已經筆畫化、標準化。彝文是篆書體，沒有筆畫化，接近漢字小篆。

雲南規範彝文中的"音節表音字"跟日文的"假名"相似，都是意音文字中的音節字符。但是，彝文的"音節表音字"沒有像假名那樣發生書體特殊化，不便跟一般字符區別開來。

雲南規範彝文跟中文相比，也是既相似，又不同。中文是意音文字，有隱含的音節性字符。雲南規範彝文也是意音文字，有明確的音節字符表。

六　雲南納西族的哥巴音節字

納西族居住在滇川藏的比鄰地區，以雲南麗江納西族自治縣為聚居中心。他們書寫"東巴教"經書的"東巴文"是一種"形意文字"，其中除有表達章節和語詞的圖形符號以外，還有音節字符。從"東巴文"發展出一種音節文字叫做"哥巴文"，同樣書寫"東巴教"的經書。

"哥巴文"有音節 250 個，常用音節字符 686 個，每個音節有 1 個到 10 個同音異體字；音節中有 40 多個缺乏專用的音節字符。哥巴音節文字還沒有規範化，但是已經能夠基本上按照語詞次序書寫語言。

哥巴字符，有的是東巴文的簡化，有的是漢字的簡化，大多數是自創的形體。成為音節字符以後，一概拋棄了原來意義。"哥巴"是"徒弟"的意思，"徒弟文字"來源於"師傅文字"（東巴文）。

納西族和彝族都居住在雲南和四川。他們的語言都屬於漢藏語系、藏緬語族、彝語支。彝文和哥巴文原來都是一音多字、一字多形。涼山音節規範彝文在 1980 年成為正式文字。哥巴文沒有規範化，也沒有成為正式文字。納西學校用漢語漢字，同時用拉丁化納西新文字。

（根據方國瑜《納西象形文字譜》）

| hee 雨 | me 不 | lee 來 | nee（助） | gu 甂 | jji 房 | gai 前 | nee（助） | tv 搭 |

| jji 水 | me 不 | i 發 | nee（助） | zzo 橋 | ba 寬 | gai 前 | nee（助） | zo 修 |

| her 風 | me 不 | tv 颳 | nee（助） | bbu 牆 | sha 高 | gai 前 | nee（助） | da 攔 |

（譯文：還未下雨先搭甂棚，還未發水先修大橋，還未颳風先築高牆。）

彝族散居各地，文字因地而異，意音文字（雲南）和音節文字（涼山）異地並存。納西東巴教沒有統一的教會組織，各地經師自由創造文字，形意文字（東巴文）和音節文字（哥巴）同時並用。涼山彝文的形體接近漢字的篆書。哥巴字符的形體接近漢字的早期隸書。

納西族除"東巴文"之外，還有一種"瑪麗瑪薩文"，也是音節文字，有105個字符，在雲南維西縣應用。這好比彝族除雲南彝文和四川彝文之外，還有貴州彝文。

七　雲南維西縣的傈僳音節字

傈僳族主要居住在雲南怒江傈僳族自治州。維西縣的傈僳族，多半信奉基督教，有教會設計的大寫字母聲韻雙拼傈僳文（"老傈僳文"）。維西縣的農民汪忍波（1900～1965）反對外來文字，民族感情使他決心以一人之力創造出一種民族文字，被稱為"傈僳音節文字"。在50年代，維西縣有1000多人使用這種文字。它有 1300 多個字符，去除重複，總共是 961 個音節字符，沒有規範化，但是能夠書寫傈僳語言。

涼山彝文、哥巴文和傈僳音節文字，都屬於廣義的"漢字型"文字。涼山彝文的形體近似小篆，但是並非來源於漢字。哥巴文有一小部分來自漢字，它受了漢字的影響，但是基本上它不是漢字的仿造。涼山彝文和哥巴文跟漢字的關係是"異源同型"。傈僳音節字受漢字的影響比較明顯，雖然形體上能看出的直接關係並不很多，它是"變異仿造"的漢字型文字。文字的"民族形式"往往不自覺地來自別的民族。

▼ 傈僳音節字符舉例

上例傈僳音節字符中有少數跟漢字相似，但是形體、讀音和意義都不同。從整體來看，它有明顯的漢字風格。

八 湖南江永縣的音節女書

湖南省江永縣婦女的"女書"是一種音節文字。字符 80% 源出漢字，但是經過變異，形成特殊的筆畫風格，是"變異仿造"的漢字型文字。它書寫當地漢語方言，大致是當地說漢語的瑤族婦女（"平地瑤"）所創造。瑤族民間另外有書寫瑤語的漢字型意音文字，晚近又制訂了拉丁化的拼音新瑤文（參看第六章中的《江永女書》一節）。

從文字學來看，女書跟傈僳音節文字比較接近。二者都是尚未規範化的音節文字，都是變異仿造的漢字型文字。不同的是：傈僳音節字符變異程度很大，女書變異程度比較小。女書的奇特之處在社會學方面，不在文字學方面。

九　契丹小字的音節字符

唐宋時代，契丹族在中國北方建立遼國，以今天的北京為"南京"。公元921年創製"契丹大字"（意音文字），不久又創製"契丹小字"（表音文字），都是變異仿造的漢字型文字。

"契丹小字"有大約378個"基本字符"，稱為"原字"，很像筆畫簡單的楷體漢字。一個至七個"原字"（基本符號）組成一個方塊，一般代表一個單音節詞或詞素，基本上屬於音節文字性質。已經解讀出140多個"原字"的音值（參看第六章中的《契丹字》一節）。

"原字"在拼讀時候要用"反切"方法讀成音節。一字留聲去韻，一字留韻去聲，兩個字符拼成一個音節，類似漢字注音的"反切"方法。漢族古代的"三十六字母"也是音節字符而用作音素符號，不過只表聲母（輔音），沒有韻母（元音）。"原字"比"反切"進了一步，它還可以用三個字符拼成一個音節。

諺文和契丹小字都用基本符號疊合成為音節方塊，這一共同特點引人注意。諺文是用音素符號疊合成為音節方塊，疊合方式是先左後右，先上後下，兩符一層，上下兩層。契丹小字的"原字"是音節字符，拼切時候臨時丟棄音節中的元音或輔音，成為代用的音素符號。疊合方式是，先左後右，兩符一層，層層下降，至多四層。二者有如此相似的特點，是否諺文的創製受了契丹小字的影響？

十　加拿大的克里音節字母

　　加拿大本土民族"克里人"(Cree)用一種由英國傳教士James Evans在1840年創造的音節文字。有12個基本符號，變化方向，表示48個基本音節，再加上小字母和小點子表示尾輔音和雙輔音，可以書寫多種美洲本土民族的語言。它實際是"音節加音素"，容易學習，各地克里人幾乎人人能讀，並且被其他本土民族所採用。

▼ 克里音節字母表
（根據美國Waxhaw字母博物館）

　　克里字母後來演變成為"柏格理字母"(Samual Pollard)。它用大字母表聲，小字母表韻，小字母的位置表示聲調。這種"雙拼文字"在中國雲貴等地少數民族中推行，例如"老苗文"等。

十一　美國的切羅基音節文字

　　美國本土切羅基族(Cherokee)有一位名叫塞霍亞(Sequoyah，1765～

1843）的有志之士。他沒有上過學校，但是決心要為本族創造文字。起初用一個圖形代表一種事物，結果圖形多得不得了。後來他發現語言中的音節是重複出現的，於是根據音節創造符號。經歷 12 年之久，在 1821 年創造成功 86個音節字母。他借用部分英文字母，另外改造和創造許多字母，改變英文字母的讀音，使它成為音節符號，例如規定 H 讀 mi，Z 讀 no，D 讀 a，b 讀si 等。這種文字使用了 150 多年，遺留下許多有趣的文獻（參看後面第十七章《美洲的近代倉頡》）。

▼ 切羅基音節字母舉例

（根據美國Waxhaw字母博物館）

	a	e	i	o	u	ʌ
	D	R	T	ꭲ	Ơ	i
g	S	ꮝ	Y	A	J	E
h	ꭴ	P	A	ꭲ	T	ꮈ
l	W	Ơ	ꮄ	G	M	ꮢ

克里字母和切羅基字母都是北美本土民族的音節文字。兩個民族都居住在音素文字國家裏，但是由於本民族的文化背景不同，不接受英文形式的音素文字，而創造了音節文字。四川彝族不接受拉丁化新文字，從傳統文字中整理出來民族形式的音節字符，這也同樣是民族文化背景在文字創製中發生了作用。

十二　西非的凡伊音節文字

西非凡伊民族（Vai）居住在利比里亞和比鄰地區。1848 年歐洲人發現，他們原先有一種圖形文字，經過逐步簡化，成為音節文字。傳說，Momolu

Duwalu Bukele 是一位沒有進過學校的本地人，他受了來自美洲瞭解“切羅基文字”的朋友的影響，整理傳統的圖形文字，成為音節文字。有 200 多個音節符號，有些是一音多符、一符多形。這是土生土長的非洲“自源”文字，現在還在民間書寫傳說和記賬，並翻譯了《聖經》。

▼ 凡伊音節字母舉例

（根據美國Waxhaw字母博物館）

	e	i	a	o	u	ō	ē
p							
b							
bh							
mb							

凡伊字母和切羅基字母，同樣是本土民族嚮往文化的創造。切羅基字母是在外來文化影響下的創新。凡伊字母是在傳統文字的基礎上的更新。二者都説明一個共同的願望：不甘心直截了當接受西方文化，於是努力發揮自我的創造精神。

十三　西非的巴蒙音節文字

西非喀麥隆（Cameroon）原來是“巴蒙王國”（Bamun）。國王“諾亞”（Njoya）做夢上帝叫他創造文字。他在 1895 年命令臣民畫出各種事物的圖形，創造了一種圖形文字，後來逐步簡化，成為音節文字。雖然文字的“意念”來自外界，可是文字的形體出於自己創造，這也是一種非洲的“自源”文字。國王設立學校，招收學生數百人，用“巴蒙文字”寫公文、書信和故事，並翻譯《聖經》。

▼ 早期（大約1897年）的圖形文字舉例：

巴蒙音節字母舉例

（根據美國Waxhaw字母博物館）

ngom	myi	membaa	mamgbie	li	vom	ngue	nyam
太陽	月亮	人	名字	眼睛	肚子	蛇	馬

▼ 後期的字符演變舉例：

意義	巴蒙語	讀音	1907	1911	1916	1918
國王	mfan	fo, f				
工作	fe	fe, f				

這種文字在 1897 年有 466 個圖形符號，後來到 1918 年簡化成為 72 個音節符號。國王 1933 年死後逐漸不用。

巴蒙字母和凡伊字母都是從圖形表意文字演變成為音節文字，又都是西非國家的本土民族在音素文字的統治下保持並改進傳統文化的創舉。

十四　塞浦路斯音節字母

地中海東部的塞浦路斯島（Cyprus），在青銅器時代是冶金中心，文化發達。這裏發現一種“塞浦路斯”音節字母，使用於公元前 6 ～前 3 世紀，銘文屬於這個時期的中葉（中國戰國時期）。符號的音值已經解讀，原文的語言尚未完全破譯。有 55 個音節，每個音節有兩三個同音符號。有開音節符號和元音符號，拼音時候要把音節符號當作音素字母來閱讀。例如，sa-ta-si-ka-ra-tese 要讀成 Stasikrates。

　　塞浦路斯島西面有一個克里特島（Crete），也發現兩種古文字。一種被稱
"B 種線條文字"，已經解讀，是書寫早期希臘語的音節文字。文獻是賬單，
記賬先畫商品圖形，再寫商品名稱。例如：先畫"三腳鼎"，再寫 te-ri-po-de
（tripod，鼎）。

▼ 塞浦路斯音節字母舉例

（根據Diringer《字母》）

	a	e	i	o	u
	米	米	米	米	米
f	米	工	米	米	米
r	米	米	米	米	米
l	米	米	米	米	米

十五　波斯音節丁頭字

　　兩河流域的丁頭字，3500 年間在許多民族中間流傳，逐步從語詞文字演
變成為音節文字。公元前 6 世紀（中國春秋時代）傳到波斯，成為"波斯音節
丁頭字"。它有 41 個字符，除 4 個語詞符號（王、州、國、神）和一個標點外，
有 36 個音節字符。其中有 3 個元音字符（a，i，u）和 33 個輔音跟元音結合
的字符。2500 年前的波斯音節丁頭字有高度的規範化水平（參看第四章波斯
丁頭字）。

　　波斯音節丁頭字跟日文假名性質相似，雖然外形迥然不同。二者同樣是
整體的音節字符，不能分析音素，也沒有表示相同輔音的基本筆畫。波斯語
的音節構成比較複雜，用音節字符當作音素字母來拼讀，拼寫冗長，讀音費

事。例如：國王名字"大流士"（英譯 Darius）要用 7 個音節字符來拼寫（da-a-ra-ya-va-u-sha）。這有些像日本假名：りつしゆう（立秋），不讀 li-tsu-shi-yu-u，要讀 lissyū。

上面 14 種音節文字可以代表古今音節文字的歷史。此外，中美洲的馬亞文字雖然屬於意音文字類型，但是音節化比較發達，所以有人認為它是音節文字。這在前面已經敘述過了。

音節文字的一個共同特點是符號數目比語詞文字大量減少，但是比起音素文字來又顯得太多了。有的音節文字有足夠的符號書寫全部音節，例如阿姆哈拉文、涼山規範彝文。有的音節文字要補充特別拼寫法書寫複雜的音節，例如假名、克里文。

音節文字另一共同特點是不能像語詞文字那樣有某種超語言性，另一方面又不能像音素字母那樣通用於許多不同的語言。語言的音節結構相互差別很大，語言的音素（音位）結構相互差別較小，這就限制了音節文字的使用範圍。

第四卷
字母文字（下）

引 子

　　迦南字母系統和希臘字母系統是從字母的源頭向西傳播的一路。這一路的特點是，從輔音字母向音素字母前進。腓尼基字母傳到希臘，改變了幾個字母的讀音和形體，使字母成為分別表示輔音和元音的音素字母。這一改變相當於物理學上從分子分解出原子。只有音素字母才方便書寫人類的任何語言。

　　希臘字母有兩個重要後裔：拉丁（羅馬）字母和斯拉夫字母。歐洲從俄羅斯、白俄羅斯、烏克蘭的西面邊境，到今天塞爾維亞的西面邊境，有一條字母分界線。分界線之西，信天主教，用拉丁字母；分界線之東，信東正教，用斯拉夫字母（參看《歐洲字母分界線示意地圖》）。

　　拉丁字母起初跟隨羅馬帝國，傳播到歐洲的大部分地區。後來在發現美洲和海上新航路之後，傳播到整個美洲、大洋洲、大半個非洲、小半個亞洲。拉丁字母的傳播，主要依靠基督教傳教士用它書寫成各國語言的《聖經》，這樣就成為各國的拉丁化文字。第二次世界大戰之後，新獨立國家很少不採用拉丁字母作為法定文字。

　　航空時代，交通發達，往來頻繁，地球大為縮小。信息互聯網絡需要一種字母，作為國際信息交流的通用符號。拉丁字母擔任了這個歷史任務。

　　拉丁字母的應用，分為三個層次：一、作為正式文字；二、作為輔助文字；三、作為技術符號。任何非拉丁字母的文字，都有拉丁字母的拼寫設計。

　　五線譜音符、阿拉伯數碼和拉丁字母，是人類發明的三大符號系統。

第十五章　迦南字母系統

一　字母和商業文化

北方閃米特字母有兩個最重要的分支：迦南字母系統和阿拉馬字母系統。阿拉馬字母向東傳播，迦南字母向西傳播。迦南字母流傳較早，它是經過希臘成為音素字母，又經過羅馬成為國際通用字母的“字母主流線”。

“迦南”（Canaan）是甚麼意思？《不列顛百科全書》説，大致是“紫色的國土”的意思。迦南人和後來的腓尼基人以能生產紫色顏料而聞名於古代。這種顏料是從海中蚌類的色囊中取出色水，經過提煉而成的。紫色（大紅色）是古代表示尊貴的顏色，是貴族穿着的顏色。紫色顏料十分昂貴，經營紫色顏料是有大利可圖的。比撥羅（Byblos）就是紫色顏料的製造和出口中心。

地中海東岸的巴勒斯坦，是古代西方人民所豔羨的新月形沃土地帶的中心。歷史上閃米特人像潮水似地一浪又一浪移來此地。公元前 3000 年左右，閃米特人的一支，迦南人（Canaanite），做了這裏的主人。這裏的土地、人民及其文化，都以迦南為名稱。迦南人和腓尼基人都有“商人”的含義。迦南·腓尼基文化是商業和字母的文化。

北方閃米特人包括迦南人、腓尼基人、希伯來人等。一般歷史書上都説，最早用字母的人民是迦南人。迦南古文字有 11 件遺物，是碗碟和其他器物上的銘文，屬於公元前 16 ～前 13 世紀。

迦南語言是西北閃米特語，包括希伯來語、莫阿比語（Moabite）和腓尼基語。公元前 1400 年左右的早期迦南語言有文獻記載。莫阿比語跟希伯來語很接近，有公元前 9 世紀的文獻記載。希伯來語是迦南諸語言中唯一今天還應用的語言，在 19 ～ 20 世紀人為地恢復成為口語。

在字母歷史上，迦南字母分為兩支：早期希伯來字母和腓尼基字母。

▼ 早期迦南字母銘文殘片

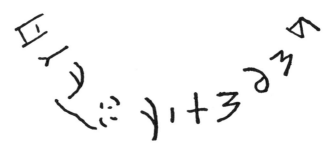

註：碗邊刻文，Lachish 出土，公元前 13 世紀。

二　早期希伯來字母

早期希伯來字母跟後期的"方形"希伯來字母，是不同的字母。前者屬於迦南字母系統，而後者屬於阿拉馬字母系統。希伯來就是以色列或猶太。大約從公元前 1000 年開始，到《聖經》所記載的猶太人淪為巴比倫"囚虜"時候（公元前 6 世紀）為止，以色列（猶太）人所用的字母是早期希伯來字母。後來，他們放棄了早期希伯來字母，改用"方形"希伯來字母，就是現代希伯來（猶太）字母的前身。

古代以色列人大概沒有碑銘遺留下來，至少到最近為止還沒有發現。《聖經》上記載的有名君王，如大衛（David）、所羅門（Solomon）等，竟找不到一塊碑銘來證明他們的事蹟。但是，跟人民日常生活有關的文字記錄，陸續已有發現。公元前 11 ～前 10 世紀間國王大衛時代的遺物中發現了"葛壽"曆本（Gezer Calendar），上面的字母形式大都跟最早的北方閃米特碑銘字體極相似。在公元前 9 世紀的遺物上，早期希伯來字母就有了獨特的風格。

▼ 早期希伯來字母的演變

	北方閃米特	早期希伯來	莫阿比	猶太古幣	撒馬利坦
'					
b					
g					
d					
h					
w					
x					
ḥ					
ṭ					
y					
k					
l					
m					
n					
s					
'					
p					
ṣ					
q					
r					
š					
t					

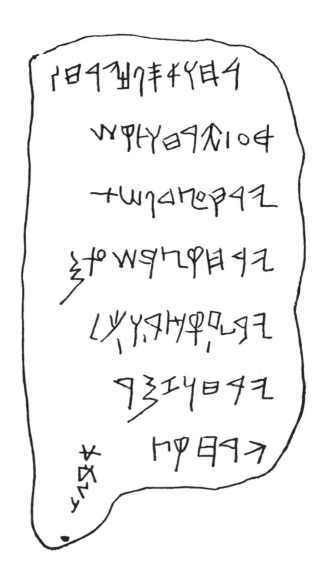

　　南部巴勒斯坦的古代拉溪墟（Lachish）地方，發現有名的拉溪墟字母。這是公元前 587 年的早期希伯來字母。它是書寫在陶片上的文字，有 18 個字母。

　　早期希伯來字母廢棄以後，遺留下它的後裔撒馬利坦（Samaritan）字母，在撒馬利坦人的一個人數不多的猶太教派中應用至今。撒馬利坦這個地方，在巴勒斯坦的中部。

▼ 早期希伯來文貝殼銘文

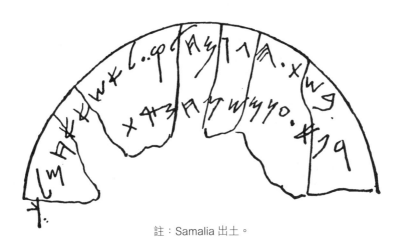

註：Samalia 出土。

此外，早期希伯來字母還見於猶太古代錢幣上，時期屬於公元前 135 年到公元 135 年。

迦南字母分支還有三個東部小分支，都跟早期希伯來字母有密切關係，它們是莫阿比字母（Moabite）、阿門尼特字母（Ammonite）和埃多米特字母（Edomite）。有名的莫阿比（Moab）美沙（Mesha）王功勳碑發現於死海東面的第朋（Dibou）地方，屬於公元前 9 世紀前半葉的遺物。阿門尼特字母是若干印章上的文字。埃多米特字母是晚近發現的陶罐文字，屬於公元前 8 ～前 7 世紀。古代埃多米特人可能用的是莫阿比字母。

▼ 撒馬利坦字母樣品

▼ 猶太古幣文字

a.

b.

a.

b.

a. 正面   b. 背面

▼ 阿門尼特印章文字

三　腓尼基字母

在迦南字母系統中，腓尼基字母的影響比早期希伯來字母要大得多。腓尼基字母是經過希臘和羅馬而成為今天全世界大多數國家的文字的直系祖先。

腓尼基人是古代有名的海上商人。他們忙碌地從地中海的東端，搖着滿載商品的船隻，往西航行。小小的腓尼基王國，在地中海上建立了許多商埠和殖民地。塞浦路斯島（Cyprus）、希臘諸島、非洲北岸的迦太基（Carthage）、地中海中心的馬爾他島（Malta）、西西里島（Sicily）、薩丁島（Sardinia）、馬賽港（Marseilles，現屬法國）及西班牙東岸一帶，這些都是它的殖民帝國的據點。在他們載着商品的船隻裏，也載着字母，一次一次運輸到地中海上各個商埠去。販運商品的腓尼基人被人們遺忘了。販運字母的腓尼基人至今在人們口頭上津津樂道。特別是希臘傳說中所講的從腓尼基人那裏學得字母的故事，引起了後世的最大興趣。

古代腓尼基字母，在腓尼基本地流行的時期，大致是公元前 3 世紀以前的 1000 年間。多數遺物是在它的海外殖民地發現的。字母流傳到殖民地，書寫當地的語言，成為新的字母分支。主要的殖民地字母，有塞浦路斯・腓尼基字母（Cypro-Phoenician，公元前 9 ～前 2 世紀），有撒定尼字母（Sardinian，有公元前 9 世紀遺物），有迦太基（Carthaginian）或普尼（Punic）字母，以及新普尼（Neo-Punic）字母。

非洲北岸的迦太基（普尼），在現在的突尼斯（Tunisia），曾經同羅馬爭霸地中海。迦太基人採取母邦腓尼基字母，把它改為自己的普尼字母，後來又演變為新普尼字母。新普尼字母分為銘刻體和草書體兩種字體。遺物證明，新普尼字母一直在北非應用到公元 3 世紀，比腓尼基字母的歷史長 500 年。

前面講過，北方閃米特字母文獻中遺存的最早文獻是阿希拉姆（Ahiram）墓碑，這上面的比撥羅字母就是公元前 11 世紀以前的腓尼基字母（現存貝魯特國家博物館）。這 22 個腓尼基字母在公元前 15 世紀就已經應用了。它後來經過希臘成為現代西方和大半個世界的文字，對人類文化作出無法估價的偉大貢獻。

▼ 腓尼基字母系統的演變

	北方閃米特	早期腓尼基	塞浦路斯腓尼基	普尼迦太基	新普尼
ʾ					
b					
g					
d					
h					
w					
x					
ḥ					
ṭ					
y					
k					
l					
m					
n					
s					
ʿ					
p					
ṣ					
q					
r					
š					
t					

▼ 塞浦路斯・腓尼基銘文的碗片（臨摹）

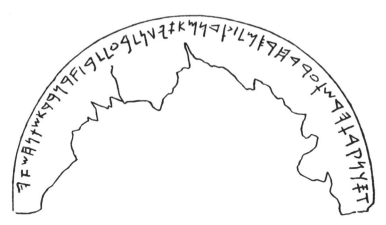

註：據考證，此名 "巴爾來巴農" 碗，文曰："這良銅的碗，由一個迦太基公民，西頓王希林之僕人，
　　獻給其主人巴爾來巴農"。文字模糊處，臨摹恐有誤。年代為大約公元前 700 年。

▼ 普尼文銘文樣品（馬爾他出土）

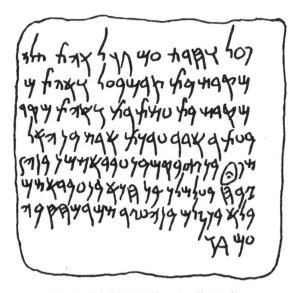

註：年代大約為公元前 200 ～前 100 年。

▼ 新普尼文銘文樣品的其他派生字母

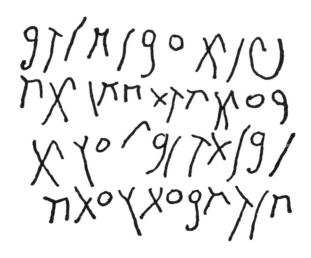

四　迦南・腓尼基系統的其他派生字母

　　北非古代利比亞人（Libyans，柏柏爾人的祖先，不是現在的阿拉伯利比亞人）和伊比利亞人（Iberians，西班牙和葡萄牙的古代居民）都從腓尼基人學得文字，後來演變出幾種字母，也是迦南・腓尼基字母的派生字母。大約有 500 種古代利比亞字母銘文留傳下來，大都屬於羅馬時代。有幾種是雙語銘文：利比亞・普尼雙語銘文、利比亞・新普尼雙語銘文和利比亞・拉丁雙語銘文。利比亞字母又派生出圖阿雷格（Tuareg）柏柏爾人（今利比亞和阿爾及利亞邊境居民）用的梯非那字母（Tifinagh 字符），又名泰馬切克文（Tamachek）。利比亞銘文自右而左書寫，有時從上而下，字母都表輔音，有雙輔音字母。早期利比亞人從迦太基人那裏學得字母知識，但是自己創造"字符"式的而不是"字母"式的符號，以適合本地人民的文化水平。

　　伊比利亞字母文獻遺留下 150 多種，出土於西班牙，屬於公元前 5 世紀前後。字母分成兩種：一種是伊比利亞字母，南方和北方略有不同；另一種是土得坦字母（Turdetan，又稱 Andalusian），即古代土得西人（Tartessus 或 Tarshish）的字母。書寫順序自右而左，有時也自上而下。字母數目有 30 個，包括 25 個輔音和 5 個元音，同時用音節字母和音素字母。這種字母的解讀還待研究。

▼ 迦南・腓尼基字母的幾種派生字母

	北方閃米特	利比亞	梯非那	北方伊比利亞	南方伊比利亞	土得坦
'						
b						
g						
d						
h						
w						
x						
ḥ						
ṭ						
y						
k						
l						
m						
n						
s						
'						
p						
ṣ						
q						
r						
š						
t						

a		rr		ga ka	
e		s,x		gue ke	
i		ds tz		gui ki	
o		ds tz		go ko	
u		z		gu ku	
l		ba pa		da ta	
m		be pe		de te	
n		bi pi		di ti	
nn		bo po		do to	
r		bu pu		du tu	

▼ 古代利比亞字母銘文舉例

第十六章 | 希臘字母系統

一　希臘字母

希臘文化是西洋近代文化的源頭。希臘字母是今天歐洲各國字母的母親。希臘人雖然不是字母的首創者，可是他們對字母加以創造性的改革，使字母成為完備的語言記錄工具。3000 年來，希臘字母和從它傳衍而成的字母，在世界上愈來愈多的民族中，不斷流傳普及，開遍了文化的鮮花。

1. 希臘字母的來源

希臘傳說，希臘字母是古代希臘的偉人們，從腓尼基帶來，經過修改和增補，成為希臘人自己的文字。底比斯（Thebes）城的卡德摩（Cadmos），在腓尼基僑居很久，回國以後，從腓尼基字母中採取 16 個字母，書寫希臘語言。帕拉墨得（Palamedes）加上四個字母（th，x，ph，kh）；西摩尼得（Simonides）也加上四個字母（z，長 e，ps，長 o）。這樣就形成 24 個字母的希臘字母表。希臘人把他們的字母稱為腓尼基字母或卡德摩字母。

近代學者的考證，證明希臘字母的確是從腓尼基人手中得來的閃米特字母。早期希臘字母的形體以及排列順序，除了極少例外，都跟閃米特字母相同。更重要的是，希臘字母的名稱跟閃米特字母相同，而這些名稱在希臘語言裏是沒有意義的，只有在閃米特語言裏才是本地有意義的詞兒。

北方閃米特	最早希臘公元前9~6世紀	東部愛奧尼亞字體	西部字體	古典希臘
Ɐ	A	A	A	A
⟨	⟨	B	B	B
⟍	⟍	Γ	C	Γ
△	△	△	D	△
⟃	⟃	E	E	E
Ⴤ	Ⴤ	⋁	⋁	Y
I	I	I	I	Z
⊟	⊟	H	⊟	H
⊕	⊕	⊕	⊗	θ
⟁	⟈	I	I	I
⟋	⟋	K	K	K
⟨	⟨	⋀	⋀	⋀
⟋	⟋	M	M	M
⟋	⟋	N	N	N
⟊	⟊	Ξ		Ξ
O	O	O	O	O
⟋	⟋	Γ	Γ	Π
φ	φ		φ	
⟋	⟋	P	P P	P
W	⟋	⟋	⟋	Σ
✝	T	T	T	T
		Φ	Φ	Φ
		X	X	X
		Ψ	Ψ	Ψ
	⊙	Ω		Ω

▼ 早期希臘字母的地區演變

註：1. 雅典字母（公元前 9~ 前 8 世紀）　2.Thera 字母（前 8~ 前 7 世紀）

　　3.Crete 字母（前 7 世紀）　4.Naxos 字母（前 7 世紀）

　　5.Corcyra 字母（前 8 世紀）　6.Boeotia 字母（前 8~ 前 7 世紀）

希臘字母是甚麼時候形成的，這是一個有爭論的問題。有人認為早在公元前 15 世紀，有人認為要遲到公元前 7 世紀。兩個時間相差太多了。根據晚近的考證，大致可以肯定，是在公元前 11 世紀，這是希臘從青銅器時代進入鐵器時代的轉變時代。最早的希臘文碑銘是公元前 9 世紀的遺物，發現於希臘雅典城和東南面的錫拉島（Thera）。這些古代碑銘文字大致就是希臘字母的原始形式。

希臘字母雖然來自腓尼基，但是它的特點和流傳歷史不是迦南·腓尼基字母的簡單延長。它是經過重新創造而形成的一個獨立的字母系統，開闢了人類文字歷史的新的一章。

2. 古典希臘字母的形成

希臘各城邦的字母，起初是彼此不盡相同的。歸納起來，可以分為東西兩派。後來，分歧的字母逐漸趨於統一。公元前 403 年，愛琴海東岸米利都（Miletus，現屬土耳其）的愛奧尼亞（Ionic）字母正式被雅典採用，不久又被其他城邦採用。到公元前 4 世紀中葉，希臘各地字母都統一於愛奧尼亞字母。這樣就形成了希臘的古典字母。

希臘古典字母有 24 個，比閃米特字母多兩個。古典字母一直用作銘刻體和行書大寫體，到近代仍用作印刷大寫體。從古典字母又演變出楷書體和草書體。楷書體用於抄寫書籍，但是到公元 800 年以後就不用了。草書體是在羊皮、紙草、蠟板和其他軟質紙張上書寫用的。後來，草書體又演變出近代的小寫體。近代的行書體中有幾個（例如 D，W 等）是從拉丁字母中借來的。

3. 輔音字母的調整

希臘字母表 24 個字母中，有 17 個是輔音，7 個是元音。

輔音字母直接從閃米特字母沿用下來而基本上不加改變的有 11 個：b，g，d，z，k，l，m，n，p，r，t。略作改變的 2 個：原來的 teth 改作希臘的 theta（t 改讀 th）；原來的 samekh 改作希臘的 sigma，發音（s）基本未變，而名稱改變了，位置移到 sin（shin）的位置去了。

有 2 個閃米特字母廢棄不用：一個是 qoph，起初改作希臘字母 koppa（不同於 kappa），到公元前 5 世紀不用了（可是仍作數字 "90"）。另一個廢棄不用的是 sadhe（tsade），因為表示 s 音的希臘字母已經有 sigma。

增加 4 個輔音字母。增加的字母 χ（xi）放在 nu 的下面。ph（phi）放在 upsilon 的下面。kh（chi）放在 phi 的下面。雙輔音字母 ps（psi）放在 chi 的下面。這幾個符號的來源，有人說是從塞浦路斯音節字母（Cypriote）或南方閃米特字母借來，有人說是從原來的閃米特字母演變而來，其實，更可能是新的創造。

4. 元音字母的創造

希臘人對字母的貢獻，更重要的是元音字母的創造。

閃米特字母原來只表輔音，不表元音，但是每個輔音字母都內含一個 a 音或者可變的元音。這種字母是音節性的輔音字母。從北方閃米特字母向東傳播的阿拉馬字母系統，始終保持着這種狀態，沒有分析音素；有的後來受了希臘影響，也只在輔音字母上下左右附加幾個小符號或小字母，附帶地表示元音，不肯直截了當採用元音字母。因此，元音標記法分為兩類：一類是附加符號標記法，另一類是獨立字母標記法。獨立字母標記法打破了音節字母的限制，科學地把音節分為輔音和元音。從音節字母進而為音素字母，是一個艱難的認識發展過程。

希臘人創造的不是元音字母的形體，而是元音字母的制度。希臘的元音字母，是從 22 個閃米特字母中，提出幾個已經失去發音或者在希臘語言中閒置無用的字母，借作表示元音之用。這樣借用的字母有 5 個：'aleph，he，waw，yodh 和 'ayin。它們在閃米特語言中原來都是表示輔音的。

'aleph 改作表示元音 a 的希臘字母 alpha。

	1	2	3	4	
alpha	A	𝒜	α	α	a
beta	B	𝓑	β	β	b
gamma	Γ	𝒢	γ	γ	g
delta	Δ	𝒟	𝒹	δ	d
epsilon	E	ℰ	ε	ε	ě
zeta	Z	𝒵	ƒ	ζ	z
eta	H	ℋ	η	η	ē
theta	Θ	𝒹	𝒹	θ	th
iota	I	𝒥	ι	ι	i
kappa	K	𝒦	κ	χ	k
lambda	Λ	𝒩	λ	λ	l
mu	M	𝓜	μ	μ	m
nu	N	𝒩	ν	ν	n
xi	Ξ	𝒵	𝓏	ξ	x
omicron	O	𝒪	σ	o	ŏ
pi	Π	𝒫	ω	π	p
rho	P	𝒫	𝒯	ϱ	r
sigma	Σ	ℒ	𝓈	ς	s
tau	T	𝒯	τ	τ	t
upsilon	Y	𝓋	υ	υ	y
phi	Φ	𝒫	φ	φ	ph
chi	X	𝒳	𝓍	χ	ch
psi	Ψ	𝒴	ψ	ψ	ps
omega	Ω	𝒲	ω	ω	ō

註：1. 古典希臘字母　2. 現代行書大寫　3. 小寫　4. 現代小寫印刷體

yodh 改作表示元音 i 的希臘字母 iota。

waw 原來有二式，其中一式（相當於英文 w）起初成為希臘的 digamma，後來不用了（仍作代表 "6" 的數字）；另一式改作表示元音 y（ü）的希臘字母 upsilon，地位改排在 tau 的下面。

希臘有長短兩個 e 音。he 改作表示短 e 的希臘字母 epsilon；kheth（heth）改作表示長 e 的希臘字母 eta。

希臘有長短兩個 o 音。'ayin 改作表示短 o 的 omicron（早期不分長短）；又從這個字母分化出一個長 o 字母 omega，由於它是最晚創造的，所以排在字母表的末尾。

這樣，利用假借和分化，7 個元音字母都齊全了。切莫小看這幾個元音字母。它們的創造有重大意義，可以跟物理學從分子發展到原子的認識突破相比。

5. 從左到右的書寫順序

閃米特文字原來是從右到左橫寫的。這種書寫順序在阿拉馬字母系統各種文字中一直保持到今天。傳承於閃米特的希臘文字，當然最初也是從右到左橫寫的。可是，後來改變了。希臘人把書寫的順序反了過來，變為從左到右。用右手寫字，從左到右不擋眼，是合理的順序，因此逐漸成為世界上最通行的書寫順序。

書寫順序的改變，不是一旦完成的。向左改為向右，中間曾經過一個過渡時期。在這過渡時期中，希臘文字用一種 "牛耕式"（boustrophedon）的書寫順序，一行向左，一行向右，往復去來，有如老牛耕地。而且，行序曾有過從下而上的。到公元前 500 年以後，一致採用從左到右的字序和從上而下的行序，不再更改。

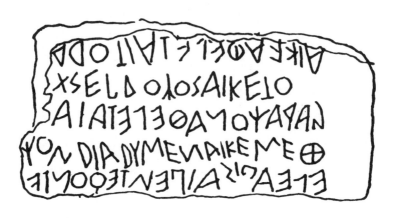

▼ 早期希臘 "牛耕式" 碑銘殘片

註：公元前 6~ 前 5 世紀的條約殘碑，第 1 行向左，第 2 行向右，以下同樣一行左，一行右。向左者
　　E 字開口向左，向右者 E 字開口向右。

6. 字母形體的幾何圖形化

　　富於美感而崇尚實用的希臘人，把字母的形體改為簡單、醒目、勻稱、優美的幾何圖形。這種更改，使字母形體完全擺脫早期的圖形束縛，按照實用和藝術的要求來加工。今天世界上通用最廣的拉丁字母就是以希臘字母為基礎而進一步加工改良的。

　　可是，當拉丁字母前進到新的階段以後，希臘字母卻保守於已得的成就。拉丁字母成為國際通用字母了，而希臘字母卻成為今天的一種使用人口不多的 "一國獨用" 字母。它巋然獨立在被拉丁字母和斯拉夫字母瓜分了的歐洲的夾縫之中，只有訪古的旅遊者向它發出思古之歎息。國際標準組織 (ISO) 正在為它制訂用拉丁字母代替的國際標準，以便於國際信息網絡的傳輸。

7. 字母名稱的演變

　　字母有音值，又有名稱。音值是字母在文字中間所代表的語音，名稱是稱說字母的外號。例如，A 的音值是 "阿" [a]，名稱是 "阿勒夫" (aleph)；B

的音值是"彼"[be]或"巴"[ba]，名稱是"彼脫"（beth）。在閃米特語言中，名稱都是有意義的語詞，這叫"有義詞名稱"。例如，aleph 是"牛"，beth 是"房子"。這是字母名稱歷史的第一階段。

到了希臘，字母名稱起了變化。在外形上，閃米特名稱除極少例外，都是以輔音結尾的，例如 aleph 以 -ph 結尾，beth 以 -th 結尾，這叫做"閉口音節"。到了希臘，變成了"開口音節"，aleph 變成 alpha，以 -a 結尾；beth 變成 beta，以 -a 結尾，都以元音結尾了。這是為了適合希臘語言的音節習慣。這種外形的變化是關係不大的。值得注意的是內容的變化。字母名稱在閃米特語言中是"有義詞"，到了希臘語言中變成了沒有意義的"無義詞"。希臘語的"牛"不叫 alpha，"房子"不叫"beta"。名稱的"無意義化"是名稱歷史的第二階段的標誌。

名稱和字母的關係有兩種學說。一種叫"固有意義說"，認為字母是從早期圖形符號演變而來，圖形原來代表的意義，後來就成為字母的名稱。例如 A 原來是"牛頭"的圖形，簡化成字母以後，仍舊叫它 aleph（牛）。另一種學說叫"後加外號說"。這種學說認為，字母除極少數例外，都是簡化改造得跟原來圖形沒有關係了，其中還有根本不是起源於圖形的新創符號。古人為了稱說方便，給字母任意起了"外號"，後來外號用成習慣，就誤認外號為字母的固有意義了。今天人們在打電話時候，為了使對方聽清指的是甚麼字母，給字母臨時起個外號。例如可以把 A 說成 Argentina，把 B 說成 Brazil，把 C 說成 Chile。後加外號說現在得到多數學者的認可，因為能用文字史資料追溯"固有意義"的字母太少了。

字母名稱後來又演變成為"語音名稱"，這是名稱歷史的第三階段。下文談埃特魯斯坎字母和拉丁字母一節中，再作說明。

名稱的第一個音就是字母的音值。例如，aleph 的音值是 a，beta 的音值是 b。這叫做"頭音原則"（acrophony）。閃米特字母的頭音全是輔音。到希臘，字母的頭音開始有元音；元音字母名稱又附加"大"(-mega)、"小"

▼ 字母名稱的演變

北方閃米特	希伯來			希臘		拉丁	
𐤀	א	aleph	牛	A	alpha	A	a
𐤁	בכ	beth	房子	B	beta	B	be
𐤂	גנ	gimel	駱駝	Γ Δ	gamma	C	ke
𐤃	ךד	daleth	門	Δ	delta	D	de
𐤄	ה	he	（聲音）	E	epsilon	E	e
𐤅	ון	waw	鈎子			F	ef
𐤆	זן	zayin	橄欖	Z	zeta	G	ge
𐤇	חת	kheth	柵欄	H Θ	eta	H	ha
𐤈	ט	teth	球	Θ	theta		
𐤉	י	yodh	手	I	iota	I	i
						(J)	
𐤊	ך	kaph	手掌	K	kappa	K	ka
𐤋	ל	lamedh	短棍	Λ	lambda	L	el
𐤌	ןמ	men	水	M	mu	M	em
𐤍	ן	nun	魚	N	nu	N	en
𐤎	ם	samekh	支柱	Ξ	xi		
𐤏	עי	'ayin	眼	O	omicron	O	o
𐤐	ף	pe	口	Π	pi	P	pe
𐤑	ץ	sadhe	鈎竿				
𐤒	ק	qoph	猴子			Q	ku
𐤓	רד	resh	頭	P	rho	R	er
𐤔	שׁ	sin(shin)	牙齒	Σ Τ	sigma	S	es
𐤕	ת	taw	記號	T	tau	T	te
				Υ	upsilon	(U)	u
						V	ve
						(W)	
				Φ	phi		
				Χ	chi	X	iks
				Ψ	psi	Y	ypsilon
						Z	zet
				Ω	omega		

（-micron）和“常”（-psilon，平常，單純，純淨）等説明。

名稱在閃米特語言中原來的意義是甚麼呢？大致如下：（1）aleph 牛，（2）beth 房子，（3）gimel 駱駝，（4）daleth 門，（5）he（聲音），（6）waw 鈎子，（7）

zayin 橄欖，（8）kheth 柵欄，（9）teth 球，（10）yodh 手，（11）kaph 手掌，（12）lamedh 短棍，（13）mem 水，（14）nun 魚，（15）samekh 支柱，（16）ayin 眼，（17）pe 口，（18）sadhe 釣竿，（19）qoph 猴子，（20）resh 頭，（21）shin 牙齒，（22）taw 記號。

　　這些名稱可以分成幾類。第一類是常見事物，如 beth 房子，daleth 門，waw 鈎子，等。第二類是人體部分，如 yodh 手，kaph 手掌，ayin 眼，pe 口，resh 頭，shin 牙齒，等。第三類是動物，如 aleph 牛，gimel 駱駝，nun 魚，qoph 猴子，等。可是有些較晚產生的名稱，還弄不清楚究竟是甚麼意義。例如，he 不知是否只是"聲音"（唯一的"聲音名稱"？）；zayin 一說是"武器"或"平衡"；lamedh 或許是"教鞭"；teth 或許是"線團"；samekh 可能是"魚"；sadhe 或許是"梯階"、"鼻子"、"鐮刀"、"標槍"。名稱由來甚古，從閃米特傳到希臘，大致在公元前 1000 年以前，中間經過變化，原義已難考證了。

8. 希臘字母的傳播

　　希臘文化是歐洲近代文化的源頭，希臘字母是歐洲字母的源頭。影響最大的分支是拉丁字母，其次是斯拉夫字母。此外，還有多種流傳不廣而已經退出歷史舞台的字母，例如各種小亞細亞字母：呂奇亞字母（Lycian），弗利基亞字母（Phrygian），潘菲利亞字母（Pamphylian），呂底亞字母（Lydian）和加里亞字母（Carian）。這些字母是公元前 500 年上下的幾百年間住在西部小亞細亞的幾個民族，在他們強盛的歷史時期中應用的字母。他們的語言不是希臘語，有的也不是印歐語。

二　斯拉夫字母

　　斯拉夫字母直接傳承於希臘字母。它的形成時期在公元 9 世紀，比拉丁字母晚 1600 年。1917 年十月革命以前的 1000 年間，它是東歐信奉希臘正教各斯拉夫民族的字母。十月革命以後，它擴大成為原蘇聯國內大多數民族的字母。

1. 斯拉夫字母的來源

公元 9 世紀時候，拜占廷教會（希臘正教）派了兩位斯拉夫學者擔任傳教師，到南部斯拉夫民族中傳教。他們是希臘北部薩洛尼卡（Salonica）的兄弟二人。哥哥美多迪烏斯（Methodius，約 815 ～ 885）是一位組織家；弟弟原名康斯坦丁（Constantine，約 826 ～ 869），後改教名西里爾（Cyril），是一位哲學家和語言學家。西里爾採用希臘字母並加以增補，先後制訂了兩種斯拉夫字母。第一種叫格拉哥里字母（Глаголица），以希臘草書為範本。第二種叫西里爾字母（Кириллица），以希臘楷書為範本。兩種字母形體不同，而表示語音的方法完全相同。格拉哥里字母後來逐漸不用，西里爾字母遂成為唯一的斯拉夫字母。西里爾字母這個名稱，是格拉哥里字母不用以後才流行開來的。所以有人認為，西里爾自己制訂的只是格拉哥里字母，而西里爾字母是他們兄弟倆的門徒後來制訂的。

格拉哥里字母有 40 個，形體的特點有許多小方形、小圓形和小三角形，寫起來麻煩，不能一條線把若干字母連成一氣。它最初在摩拉維亞（Moravia）王國流傳，不久王國滅亡，字母也就被禁止應用。後來又流傳到保加利亞、克羅地亞（Croatia）和門的內哥羅（Montenegro，黑山）等地區。格拉哥里字母分早晚兩種字體。早期的叫保加利亞字體，到 12 世紀末葉就不用了。晚期的叫克羅地亞字體，形成於 14 世紀，在 16 ～ 17 世紀一度風行，後來也逐漸不用了。

西里爾字母一共有 43 個，其中發音相當於希臘字母的有 25 個，表示特殊的斯拉夫語音的有 18 個。它的形體比較簡單，這或許是它代替了格拉哥里字母的主要原因。

▼ 幾種小亞細亞古代字母

註：1.Lycian 字母　　2.Phrygian 字母　　3.Pamphylian 字母
　　4.Lydian 字母　　5.Carian 字母

▼ 斯拉夫字母的三種體式

註：框格外面是希臘楷書抄本體。1. 格拉哥里　2. 西里爾　3. 近代俄羅斯

2. 新字母的創造

為了表達特殊的斯拉夫語音，西里爾字母進行了新字母的創造。

斯拉夫語音有"硬"、"軟"的變化。硬元音和軟元音的分別，有些像漢語中的開口呼和齊齒呼。例如，俄文 a，ə，o，y 是硬元音；я（ia），e（ie），ë（io），ю（iu）是軟元音。希臘沒有獨立表示軟元音的字母。西里爾字母用

▼ 俄文字母的合成和分化

1	2	3
ıα	ю	Я
ıε	ю	Е
ıо	ю	Ю
Т С	Ж	Ж
Ш	Ч	Щ
оv	оυ ɣ	У
ცı	Ы	Ы
В	Б	Б
	В	В

註：1. 希臘楷書體　2. 西里爾字母　3. 近代俄文字母

兩個希臘字母拼合，在兩個字母之間加一小橫，表示要連起來讀，後來這兩個字母就結成一體，成為一個新字母。Я 不是反 R，而是 i（沒有點）和 a 的結合，後來 i 的一筆縮短，結成反 R 形狀。e 本來是 i 和 e 的結合，後來把 i 省去了。ю 是 i 和 o 的結合，其中的短橫成為不可去掉的一筆，把兩個字母結合成一個字母。ё 是後期補充的，不用結合法，而用上加符號法。

　　用同樣方法，西里爾字母又補充了新的輔音字母。例如，Ж 是 Т 和 С 的結合，Щ 是 Ш 和 Т 的結合，上下重疊，合成一體。此外又用分化法創造新字母，例如希臘字母 B 分化成西里爾字母 В（v）和 Б（б）。西里爾字母中有三個字母（Ц，Ч，Ш）或許是從兩個希伯來字母（tsade 和 shin）借用和分化而成。

3. 斯拉夫字母的傳播

各斯拉夫民族信奉的宗教派別不同，他們的字母也就不同。"字母跟着宗教走"，這一原則在斯拉夫各民族中表現得最為明顯。凡是信奉希臘正教的，如俄羅斯、烏克蘭、保加利亞、塞爾維亞等，都採用西里爾字母。凡是信奉羅馬天主教的，如波蘭、捷克、斯洛伐克、克羅地亞等，都採用拉丁字母。塞爾維亞語和克羅地亞語事實上是同一種語言，但是由於宗教的分歧，前者用西里爾字母，後者用拉丁字母。羅馬尼亞曾經一度採用西里爾字母，後來在 19 世紀 60 年代改用拉丁字母。

10 世紀末（相當於中國宋朝），西里爾字母傳播到俄羅斯民族。後來俄文發展成為斯拉夫語文的主流。烏克蘭和白俄羅斯也用西里爾字母。保加利亞是早於俄羅斯用西里爾字母的國家。在原南斯拉夫，西里爾字母的塞爾維亞文（Srpski）流行於塞爾維亞地區，拉丁字母的克羅地亞文（Hrvatski）流行於克羅地亞地區。

4. 拉丁化和斯拉夫化

蘇聯在十月革命以後，掀起一個文字改革熱潮。

首先，俄文進行正詞法改革。舊式俄文用 35 個字母（不包括加符字母），其中有 4 個是重複的。十月革命後，蘇聯把這 4 個重複字母去掉（用 и 代替 i 和 v，用 e 代替 ѣ，用 ф 代替 ѳ）。此外，硬音符 ъ 在詞尾省去，只在詞中應用。1918 年實行新正詞法，減少了閱讀和書寫的麻煩。

蘇聯中南部廣大地區住着各種信奉伊斯蘭教的民族，他們的傳統是用阿拉伯字母。十月革命以後，阿塞拜疆首先採用拉丁字母，代替阿拉伯字母。

很快，國內許多民族紛紛起來，沒有文字的創造新文字，文字不適應現代要求的改造新文字，都用拉丁字母。列寧積極支援這一拉丁化運動，他給當時的新文字全蘇中央委員會主席阿葛馬里・奧格雷（Agamaly-Ogly）的信中説："拉丁化是東方偉大的革命！"

▼ 西里爾字母的幾種主要文字

	1	2	3	4	5	6		1	2	3	4	5	6
a	Д	А	А	А	А	Д	f	Ф	Ф	Ф	Ф	Ф	Ф
b	Б	Б	Б	Б	Б	Б	kh	Х	Х	Х	Х	Х	Х
v	В	В	В	В	В	В	ts	Ч	Ц	Ц	Ц	Ц	Ч
g	Г	Г	Г	Г	Г	Г	ch	У	Ч	Ч	Ч	Ч	У
d	ДЕ	ДЕ	ДЕ	ДЕ	ДЕ	ДЕ	sh	Ш	Ш	Ш	Ш	Ш	Ш
ye	Є	Е	Е	Е	Е	Е	shch	Ъ	Щ	Щ	Щ	Щ	Ъ
zh	Ж	Ж	Ж	Ж	Ж	Ж	y	Ы	Ь	Ъ	Ъ	Ь	Ы
z	З	З	З	З	З	Ѕ	ye	Ь	Ѣ	Ѣ	Ѣ		Ѣ
i	Н	И	И	И	І	Н	e	І	Э	Э	Ю	Ю	ІЄ
i	І	Ї	Й	Ј	Ї	І	yu	Ю	Ю	Я	Я		Ю
i							ya	Ꙗ	Я	Я			Ꙗ
y	Й	Й	Й	К	Й		ph	Ѳ	Ѳ				Ѳ
k	К	К	К	Л	К	К	y	Ꙋ		Ж			ОУ
l	Л	Л	Л	М	Л	Л	ŭ			Ѿ			Ж
m	М	М	М	Н	М	М	iu	Ѧ					↑
n	N	Н	Н	О	Н	N							Ꙛ
o	О	О	О	П	О	О							
p	п	П	П	Р	П	Р							
r	Р	Р	Р	С	Р	Р							
s	С	С	С	Т	С	С							
t	Т	Т	Т	У	Т	Т							
ty	Ћ				Ћ								
u	Ȣ	У	У		У	Ȣ							

註：1. 西里爾字母　2. 俄文　3. 保加利亞文　4. 塞爾維亞文　5. 烏克蘭文　6. 古代羅馬尼亞文

　　1934 年蘇聯對外文化協會向前"國際聯盟"的國際知識合作協會提出一份"關於蘇聯境內突厥・韃靼語系的民族和其他少數民族實行文字拉丁化的發展概況"的報告，收在前國際聯盟出版的《拉丁字母的世界採用》（1934，巴黎，法文版）一書中*。報告説，拉丁化運動在 1921 年開始於阿塞拜疆，到 1930 年有 35 個民族採用了拉丁字母，後來又在人口較少的原來沒有文字的民族中擴大，包括原用拉丁字母的民族在內，一共有 70 個民族採用了拉丁字母。

可是，從 1937 年開始，蘇聯改變政策，使“拉丁字母過渡到西里爾字母”**。拉丁化改為斯拉夫化的工作，在 1939 ～ 1940 年間迅速完成。

蘇聯少數民族文字的斯拉夫化，是斯拉夫字母歷史上的一次巨大擴展，不過限於蘇聯境內；境外只有一個蒙古人民共和國（1992 年改名蒙古國），在 1941 年採用斯拉夫化的新蒙文方案，1943 年全國推行。

放棄拉丁化，改行斯拉夫化，並不是放棄文字改革，而是放棄向國際看齊的拉丁化，改為向國內看齊的俄羅斯化。

蘇聯解體後的文字情況是：斯拉夫民族國家俄羅斯、白俄羅斯、烏克蘭仍用斯拉夫字母。摩爾多瓦有改用羅馬尼亞文的要求，因為他們的語言是羅馬尼亞語的方言。阿塞拜疆、哈薩克、吉爾吉斯、烏茲別克、塔吉克、土庫曼，有改用拉丁字母或恢復阿拉伯字母的要求。愛沙尼亞、拉脫維亞、立陶宛，仍用拉丁字母。亞美尼亞、格魯吉亞，仍用傳統的民族字母。

三　拉丁字母

1. 拉丁字母的先驅：埃特魯斯坎字母

古代的埃特魯斯坎人（Etruscan，一譯伊達拉里亞人）在公元前 7 ～前 6 世紀曾在意大利半島建立王朝，統治着羅馬和其他地區。他們在建立王朝以前就採用希臘字母，在公元前 8 世紀形成了埃特魯斯坎字母。

在公元前 8 世紀的遺物當中，有一塊馬西利亞那（Marsiliana）象牙板，上

---

* 　中文譯文見《外國文字改革經驗介紹》，1957，文字改革出版社。

** 　參看《1920～1941蘇聯中亞細亞突厥族的文字改革問題》，同上書；又，謝爾久琴柯《蘇聯各民族文字創製史》，中央民院1955。

▼ 埃特魯斯坎字母的各種派生字母

	1	2	3	4	5	6	7	8	9	10	11
a	Ɑ	Ꜳ	A	A	A	A	⋏	Ꜳ	Ꜳ	A	Я
b		B				B	⁻	B	B	B	
c		Ϲ				Γ	Ϲ	ϟ	ϟ		ϟ
d						Δ	Δ	Я	ϯ	Ϸ	D
e	E	Ꜧ	Ꜧ	Ꜧ	Ꜧ	E	E	Ǝ	ϯ	E	Ǝ
v	⋎		Ꜧ	Ꜧ	Ꜧ	F	⊏	⊏	⊏	⊏	↑
z		Ꜿ		X	X	Z	I	I	ϯ		ϯ
h				日	Ⅲ	Ⅲ	Ⅲ	Ⅲ	B	⊟	Ⅱ	H
θ					X	⊙	◇	T	⊙		
i	I	I	I	I	I	I	I	I	I	I	I
k	K		K	K	K	K	K	K	K	K	K
l	⋎	Λ	Ꜩ	⇃	⋎	Λ	⌐	Ꜩ	Ꜩ	Ꜩ	
m	⋔	W	⋔	⋔	⋔	M	M	Ⱳ	HI	⋔	⋔
n	Ꜿ	Ꜿ	Ꜿ	Ɲ	Ꜿ	N	N	H	H	И	И
ś	⋈				⋈	+	⋈	(⟨⟩)			
o	◇	O		◇	◇	O	▢			▢	O
p	Ꜿ	↑	Ꜿ		Ꜿ	Γ	Π	Π	Ꜿ	Γ	Ꜿ
ś		M	M	M	M	Ꞑ	M	M	M		
q						ⵁ					
r	◁		◁	◁	D	P	P	◁	D	P	Я
s	ϟ	Ꜩ	Ꜩ	ϟ	ϟ	ϟ	ϟ	ϟ	ϟ	ϟ	S
t	X	X	X	Ⲭ	X	T	T	T	ϯ	T	ϯ
u	Ʌ	V	V	Λ	Λ		V	Y	V	Λ	V
φ		Φ	Φ	Φ	Φ						
x		Ꜩ	Ꜩ	Ꜩ	Ꜩ	X (Ꜳ)	X	X	X		X

1.Lepontic　2.Sondrio　3.Bolzano　4.Magrè　5.Venetic

6.Messapian　7.Picenian　8.Oscan　9.Ubrian　10.Siculan

11.Faliscan　1-5 為北方埃特魯斯坎字母　6-11 為前意大利字母

面刻着 26 個早期的埃特魯斯坎字母。這是意大利半島上最古的"識字課本"。26 個字母包括 22 個閃米特字母和 4 個希臘的增補字母。

到公元前 400 年時候，埃特魯斯坎字母減為 20 個，包括 4 個元音：（1）a，（2）e，（3）i，（4）u（沒有 o），和 16 個輔音：（5）c，（6）f-digamma，（7）z，（8）h，（9）th，（10）l，（11）m，（12）n，（13）p，（14）讀音近 s 的 san，（15）r，（16）s，（17）t，（18）ph，（19）kh，（20）字形像 8 字的 f。這就是所謂"古典的"埃特魯斯坎字母。

字母從希臘傳到埃特魯斯坎人手中，遠在希臘字母改為自左向右書寫以前，所以埃特魯斯坎文字起初都是自右向左書寫，中間經過"牛耕式"時期，最後才改為自左向右書寫。

埃特魯斯坎人在失去政治權力以後，逐漸放棄自己的文字和語言。有文字記錄的遺物最晚到公元初年為止。但是他們的語言保留得比較長久，後來溶化到意大利的托斯坎納（Toscana，Tuscany）方言中（Tuscan 是 Etruscan 的縮略）。

埃特魯斯坎字母除傳衍成拉丁字母之外，還傳衍成多種其他派生字母（見派生字母表）。

2. 拉丁字母的形成過程

過去的一般傳說，認為拉丁字母直接來自希臘，或者是從意大利的希臘居留民那裏傳承而來。晚近的考證否定了這種傳說。從希臘字母到拉丁字母，中間還有埃特魯斯坎字母的媒介。

拉丁字母形成於公元前 7 世紀。在最初的 600 年間，它在意大利以外地區還是影響不大的。到公元前 1 世紀，特別是羅馬帝國時期，才開始活躍起來。

最古的拉丁文遺物，是公元前 7 世紀的一枚金釦針（praeneste fibula），上面刻着這樣一句話："馬尼造贈奴美西"（manios: med: fhefhaked: numasioi）。這保留着埃特魯斯坎字母早期的用"兩點"分詞的方法，和自右向左的書寫順序，在銘文上是看得很清楚的。拉丁文字的書寫順序同樣是以自右向左開始，中間經過"牛耕式"時期，然後改為自左向右。

　　早期埃特魯斯坎字母有 26 個，羅馬人只取其中 21 個，即 A，B，C（K），D，E，F，I（zeta），H，I，K，L，M，N，O，P，Q，P（R），S，T，V，X（X 被稱為"最後的字母"）。

▼ 公元前7世紀的拉丁文金釦針銘文

　　金釦針上的文字用 F（digamma）和 H 結合起來表示 f 音。希臘語沒有 f 音，F 原來表示 w 音。埃特魯斯坎文把希臘的 F 和 H 結合（fh 即 wh）表示 f 音。拉丁字母沿用此法，後來省去 H，F 就成為表示 f 音的字母。但是拉丁語另有一個 w 音，又用希臘的 V（upsilon，原表 u 音）表示輔音 w 和元音 u。金釦針有 D 和 O，這是早期埃特魯斯坎文字中有而後期埃特魯斯坎文字中沒有的字母。

　　希臘第三個字母（gamma），在埃特魯斯坎文中寫成或，表示 K 音。埃特魯斯坎文沒有 K 和 G 的"清濁"分別，拉丁文卻需要這樣的分別。拉丁字母除一般場合用 C 表示清音的 K 以外，又在特殊場合（如 C 在 Gaius 中）表示濁音 G。希臘文字另有 K 和 Q，都表 K 音。在埃特魯斯坎文字中，C 用於 E 和 I 之前，K 用於 A 之前，Q 用於 U 之前。拉丁字母也一樣，但是 K 只用於少數幾個詞兒的第一字母。

　　希臘字母 Δ 變成 D，Σ 變成 S，P 加一筆變成 R。第七個字母（zeta）後來廢去不用，在它的位次上放進一個由 C 加一橫（表示濁音 g）的 G。

　　羅馬征服希臘（公元前 3 世紀）以後，拉丁語中從希臘借來的外來詞逐漸增多。希臘的 Y 和 Z 兩個字母被用來書寫外來詞，排列在字母表的末尾。原來 21 個拉丁字母增加為 23 個。此外，到中世紀時候，從 I 分化出 J，從 V 分化出 U，又從 V 分化出 W（雙 V）。這樣就形成了一直傳到今天的 26 個字母。

▼ 早期拉丁文銘刻之一

註：公元前 6 世紀的杜諾斯（Duenos）銘文。

3. 拉丁字母形體的簡化和美化

希臘古典字母形成醒目優美的幾何圖形，這是字母形體的一大進步。羅馬人從埃特魯斯坎人那兒取得的字母，是希臘古典字母形成以前的形體，所以早期拉丁字母還保留着古代閃米特字母的不整齊風格。後來，在希臘古典字母的影響下，羅馬人對字母形體的簡化和美化，獲得了青出於藍而勝於藍的成就，結果又反過來影響希臘字母形體的改進。

拉丁字母早期形成的銘刻體（近代用作印刷大寫體），在公元 4 世紀時候就達到了完美的程度。最簡單的圖形儘量採用了，有混淆可能的圖形儘量避

▼ 從埃特魯斯坎字母到拉丁字母的演變

古典希臘	1	2	3a	3b
A			A	
B			B	
Γ			C	
Δ			D	
E			E	
Z			F	
			(I)	G
H			H	
Θ			I	J
I			K	
K			L	
Λ			M	
M			N	
N			O	
Ξ			P	
O			Q	
Π			(P)	R
P			S	
Σ			T	U
T			V	W
Y			X	
(Φ)				Y
(X)				Z
(Ψ)				
(Ω)				

框格外：古典希臘　1. 早期埃特魯斯坎（馬西利亞那）

2. 古典埃特魯斯坎

3a. 早期拉丁字母　3b. 後期增補和改寫的拉丁字母

免了，書寫不便的圖形已經修改了，斷線改成了直線或弧線，彎曲不超過兩次，筆畫不超過三筆，對稱、齊勻、實用、美觀，這真是高度的科學和藝術的結晶。把其他任何一種字母放在一起同它比一比，誰都能辨別出優劣來。

拉丁字母原來沒有大寫和小寫的分別。銘刻體（印刷體）的小寫字母是從古代銘刻體（大寫體）變化而成的。小寫和大寫兩體並用，豐富了文字的表達功能，例如專名開頭大寫可以跟普通名詞區別，句首用大寫可以分清語段。小寫體的產生方法主要是省略筆畫（如 H 省作 h，B 省作 b 等）和延長筆畫（如 Q 延長為 q，或延長為 d 等）。銘刻體簡明易認，便於閱讀，適合印刷書本的要求，所以成為近代印刷用的主要字母。但是，全部大寫的銘刻體，一排高低相同的字母排在一起，不便於"掃讀"。印刷小寫體有上伸（b，d，f，h，k，l，t 等）和下延（g，j，p，q，y 等）的筆畫，夾在"短字"（c，m，n，r，s，v，w，x，z，尤其是元音字母 a，e，i，o，u）中間，長短間隔，上下參差，最便"掃讀"。這可能是拉丁字母無意中創造的形體貢獻。

除了石刻和壁畫以外，古代羅馬的日常書寫用具是針筆（stylus）和蠟板（板上塗一層蠟）。公元 6 世紀以後，改用羽管製造筆尖（拉丁文 penna 即羽毛），蠟板改為紙草和羊皮。這是中世紀的典型書寫工具。近代的鋼筆尖不過把羽管改為金屬而已。這種書寫工具到第二次世界大戰後的圓珠筆才發生真正的改變。

中國的造紙術在 8 世紀傳至阿拉伯，12 世紀傳至歐洲的意大利和西班牙，到 14 世紀（中國元明之交）紙張才成為歐洲的一般書寫材料。筆尖在軟質書寫材料（紙草、羊皮、紙張）上"劃寫"，使字母線條變成"流水線"形式，產生出手寫的草書體。草書體的好處是書寫迅速，可以一線伸展，曲折連綿，宛延不斷。直線變為弧線，尖角變為圓角，斷筆變為連筆。一個詞兒中間的各個字母連成一起，一筆到底，叫做"一筆連寫"。一筆連寫只適用於手寫，不適用於銘刻或印刷。因為書寫要求運筆迅速，而銘刻或印刷要求字形端正明朗。過於草率的草書體不便於閱讀。羅馬帝國瓦解以後，歐洲興起許多民族國家，各自發展了獨特風格的字體。有的字體介乎印刷體和草書體之間，

有的字體是二者的混合體。在許多種字體之中，今天在印刷上應用最廣的是
"羅馬體"（正體），其次是"意大利體"（斜體）。這兩種字體都成熟於 15 世紀
的威尼斯（Venece），在 16 世紀初傳到北歐和西歐，後來普及各國。

▼ 拉丁字母的字體演變

	銘刻體				楷書體			草書和小寫			
1	2	3	4	5	6	7	8	9	10	11	12

註：1. 公元前 4 世紀銘刻體　2. 公元 4 世紀銘刻體　3. 公元 3 世紀質樸大寫體

　　4. 近代大寫體　5. 公元 3 世紀刻碑用楷書體　6. 公元 3 世紀羅馬楷書體

　　7. 公元 5 世紀高盧楷書體　8. 公元 7 世紀羅馬楷書體　9. 公元 2 世紀草書體

　　10. 公元 8~9 世紀卡洛林行書體　11. 意大利斜體　12. 羅馬小寫體

4. 拉丁字母的名稱

在談希臘字母名稱的時候，已經説明名稱歷史分三個階段：1. 有義詞名稱，2. 無義詞名稱，3. 聲音名稱。"聲音名稱"是在音值之外附加一個聲音，不是用一個"外號"來稱説字母。這個辦法開始於埃特魯斯坎字母。閃米特字母名稱可以從希伯來字母名稱而推知，埃特魯斯坎字母名稱可以從拉丁字母名稱而推知。

拉丁字母名稱分五類：(1) 元音字母以音值 (或主要音值) 為名稱，A 就是[a]，E 就是[e]，不另定名稱。這樣的字母有 5 個：A，E，I，O，U。(2) 輔音音值後加元音構成名稱，如 B (b 加 e)，C (k 加 e)。這樣的字母有 10 個：B，C，D，G，H，K (ka)，P，Q (ku)，T，V。(閃米特名稱 he "聲音"可能也屬於這一類。) (3) 輔音音值前加元音構成名稱，如 F (e 加 f)，M (e 加 m)。這樣的字母有 6 個：F，L，M，N，R，S。前加元音打破了"頭音原則"，增加了閉口音節的"尾音原則"。這是適應拉丁語中的閉口音節習慣。(4) 字母 X 是後來加到拉丁字母表上去的，所以稱為"最後的字母"。它代表複輔音 ks；它的名稱是前加 i 元音 (iks)。(5) Y 和 Z 是公元前 3 世紀羅馬征服希臘以後才從希臘借來，專為書寫來自希臘的借詞而用。所以這兩個字母的名稱也借自希臘 (zeta-zet， upsilon-ypsilon)。

後來，在中世紀增 3 個字母，它們的名稱是：W 稱為"雙 V"或"雙 U" (意大利文 doppiovu，英文 dublyu)；J 稱為"長 i" (意大利文 ilungo)，這種名稱叫做"形容名稱" (閃米特名稱 taw "記號"可能也是形容名稱)。V 後來改作表示輔音 v，名稱歸到後加元音裏面去；而 U 代表 V 原來表示的元音 u。在某些歐洲文字中，借用希伯來的名稱 yod (或其變音) 稱説字母 J。到了更晚的時候，採用拉丁字母的民族完全放棄外來名稱和形容名稱，一概改用"語音名稱"，例如羅馬尼亞字母或土耳其字母；中文拼音字母名稱也是全用"語音名稱"。英文字母名稱也基本上用"語音名稱"，只有一個 W 用"形容名稱" (雙 u)。

5. 拉丁字母的變通應用

　　26 個拉丁字母在中世紀定形以後，能夠以字母數目和字母形體基本不變而成為書寫全世界語言的正式文字或非正式拼寫法，在字母傳播史上開闢了新的時期。以前的字母傳播，為了適合不同語言的語音差別，經常改變字母形體，增加字母數目，使同一體系的字母變成很不相同，不能通用，不便互學。不僅阿拉馬字母系統和印度字母系統如此，就是較晚創製的斯拉夫字母也跟它的母親希臘字母大不相同。可是，拉丁字母的傳播，沒有造成許許多

▼ 幾種拉丁字母名稱比較表

	拉丁	意大利	法文	西班牙	德文	英文	羅馬尼亞	漢語拼音
A	a	a	a	a	a	ei	a	a
B	be	bi	be	be	be	bi	be	be
C	ke	chi	se	the	tse	si	che	ce
D	de	di	de	de	de	di	de	de
E	e	e	e	e	e	i	e	e
F	ef	effe	ef	effe	ef	ef	ef	ef
G	ge	gyi	zhe	khe	ge	gyi	gye	ge
H	he	akka	ash	ache	ha	ech	ha	ha
I	i	i	i	i	i	ai	i	i
J	—	ilungo	zhi	hota	jot	gyei	zye	jie
K	ka	kappa	ka	ka	ka	kei	ka	ke
L	el	elle	el	ele	el	el	el	el
M	em	emme	em	emme	em	em	em	em
N	en	enne	en	ennye	en	en	ne	ne
O	o	o	o	o	o	ou	o	o
P	pe	pi	pe	pe	pe	pi	pe	pe
Q	ku	ku	kü	ku	ku	kyu	—	qiu
R	er	erre	er	ere	er	ar	er	ar
S	es	esse	es	ese	es	es	es	es
T	te	ti	te	te	te	ti	te	te
U	u	u	ü	u	u	yu	u	u
V	ve	vu	ve	ve	fau	vi	ve	ve
W	—	doppiovu	dublve	dobleve	ve	dublyu	—	wa
X	iks	iks	iks	ekis	iks	eks	iks	xi
Y	ypsilon	ipsilon	igrek	igrega	yapsilon	wai	—	ya
Z	zet	dzeta	zed	theta	tset	zi	ze	ze

多種彼此面貌不同的字母，而是保持着基本共同和一致，便利交流互學，更便利機械化。這是怎樣實現的呢？辦法是：變通。

變通有兩類：一類是"假借"。（1）借形改音。例如，原來作為 i 的輔音的字母 J，改作接近"基"的聲母字母（英文、中文拼音）。（2）贅字利用。例如多餘的字母 C（原表 k 音），用來表示接近"次"的聲母（波蘭、捷克、中文拼音等）。（3）一符兩用。例如英文中 G 有硬軟兩音（如 gorge，前一 g 讀近"格"的聲母濁化，後一 g 讀近"基"的聲母濁化）。另一類變通是"結合"。（1）結合成輔音。例如，兩母結合表示一個輔音：ch，sh，cz，sz，cs，dz，ts，ng 等等。三母、四母結合表示一個輔音：sch，tsch。（2）結合成元音。例如：aa，oo，ae，oe，ue 等。蘇聯在拉丁化運動時期，反對字母結合，寧可創造新字母。結果，一個民族創造極少幾個新字母，全國幾十個民族總起來創造了很多新字母，弄得拉丁"化"變成"化"拉丁。其實，俄文字母很早就用過字母結合方法，例如俄文字母 ы 今天還遺留着結合的形式，而 ю 的結合只是用中間的短橫來作心理的掩蓋。結合方法的好處是，採用"七巧板"原理，零件不多而組合無窮，這對機械化和電腦化要求字母數目標準化，最為有利。全世界的拉丁字母文字，以及非正式的拼寫法，極少不採用結合字母方法的。

附加符號也比創造新字母好，在國際流通上更是如此。符號可以加在字母上面（戴帽），例如（¨）（ˆ）（´）（ˋ）（˚）（˜）（ˉ）（ˇ）等；加在下面（穿鞋），例如（ç）等；加在中間（佩劍），例如（ł）（đ）（ø）等。佩劍實際類似新字母。既戴帽，又穿鞋，也不方便。附加符號容易脫落，但是脫落後還保持着基本詞形。

實踐證明，創造新字母利少而弊多，特別不便於機械化、電腦化和國際流通。"與其造世界未有之新字，不如採用世界所通行之字母"（清末朱文熊語）。

6. 國際的通用字母

在過去 2000 年間，拉丁字母的傳播不斷擴大開來。它以大同小異的運用方法，寫出了人類一切不同的語言。

最早，拉丁字母被羅馬帝國的軍隊、商人和官吏帶到他們所征服的廣大地區。在尚未"希臘化"的地區，拉丁語成為官話，代替了當地語言，由此形成意、法、西、葡、羅馬尼亞等國的所謂羅曼斯語言或拉丁普通話。這些地區後來成立民族國家，以書寫本國語言的拉丁字母為自己的民族字母。

其後，羅馬天主教的傳教師們又把拉丁字母傳播到更廣闊的地區。宗教所及的地區比政權所及的地區更要遼遠。歐洲近代教育制度發展以前，教會不僅主宰着信仰，還主宰着文化和教育。當時歐洲各國的貴族有很多還沒有學會書寫自己的名字，只能畫一個十字（基督的十字架）代替簽名。他們仰賴教會給他們文化和教育。全世界多數國家的文字大都是由教會開始創製的，最先用於翻譯《聖經》，然後用於一般生活。羅馬天主教以及由其分裂出來的各個新教派別，都是拉丁字母的播種者。

更後，拉丁字母又在工業革命以後，跟着西歐各資本主義國家，傳播到他們的美洲、非洲、亞洲殖民地，把沒有文字的當地語言寫成拉丁字母文字，把好些種已有文字的語言也改寫成拉丁字母文字。

第二次世界大戰以後，航空發達，地球縮小了。全世界迫切需要一種國際通用的字母，作為信息化時代的公用傳信符號。拉丁字母具備標準化和音素化的優點，因而承擔了國際通用字母的歷史任務。

第十七章 拉丁字母的國際傳播

引子

拉丁字母是書寫拉丁文的字母；拉丁文是古羅馬的文字，所以又稱羅馬字母。羅馬是拉丁字母的故鄉。

拉丁語屬於印歐語系拉丁（羅曼）語族，原來是意大利半島一個小部落"拉丁人"的語言。史前時期拉丁人居住在意大利半島中部台伯河（Tiber）下游的拉丁姆（Latium）地方，以羅馬城為中心。公元前 510 年成立共和國，逐步統一意大利半島。公元前 1 世紀拉丁文成為半島的官方文字。這時候，拉丁字母隨着官方文字而在半島推廣。

公元前 30 年建立羅馬帝國，到公元後 2 世紀初擴展成為版圖遼闊的大帝國，西起西班牙、不列顛，東達美索不達米亞，南至非洲北部，北迄多瑙河與萊茵河。羅馬帝國和中國漢朝大帝國（公元前 206～公元 220）在時間上是大致並立的。這時候，歐洲好多民族還沒有自己的文字，拉丁文隨着羅馬軍隊和官吏的足跡傳播到帝國各地。

後來經過長期戰亂，到 284 年重建羅馬帝國，稱為後期帝國。395 年帝國分裂為東西兩半。476 年西羅馬滅亡。東羅馬延至 1453 年。在歐洲，拉丁字母的傳播以西羅馬為範圍。

基督教在公元 1～2 世紀傳入羅馬，到 4 世紀成為國教。基督教掌握文教，通過拉丁文的《聖經》使拉丁字母的傳播更廣更深。《聖經》在 3 世紀從希伯來文譯成希臘文。383 年開始從希臘文譯成拉丁文。在歐洲，12 世紀開始有造紙術，1439 年前開始設立印刷所。《聖經》原用手抄，到 1546 年（中國明朝嘉靖年間）才有印刷的《聖經》。《聖經》是歐洲古代和中世紀的主要讀物，甚至是唯一的讀物。它對拉丁字母的傳播有決定的作用。

羅馬帝國滅亡之後，羅馬天主教和後來的革新教會繼續統治着歐洲的意識形態。在長達 1000 年的時期內，西歐各民族大都學習跟口語完全不同的拉丁文，沒有自己的民族文字。這很像在長達 1000 年時期內，朝鮮、日本和越南都學習漢語、漢字的文言古文，沒有自己的民族文字一樣。

歐洲在 8 世紀末成立查理帝國，產生所謂加洛林王朝的文藝復興。這時候，西歐各民族開始有民族文字的萌芽。有的民族在拉丁文《聖經》上用拉丁字母書寫自己的語言作為注釋。有的民族用自己語言的拉丁化文字翻譯《聖經》。好些民族都以《聖經》譯本為創造文字的開始。843 年凡爾登條約把帝國分為三部分，後來形成為意大利、德意志和法蘭西三國。這一分裂，促進了民族文字的創造。到 14 ～ 16 世紀的文藝復興時期，歐洲各國的民族文字才成熟。從各民族都學習古代的拉丁文，進而為各民族創造自己的民族拉丁化文字，這是歐洲歷史向前邁進的重要步驟。

拉丁字母的傳播像是水中波圈的擴散，一圈大於一圈。羅馬帝國時代，拉丁字母隨着拉丁文而傳播，這是第一波圈。文藝復興時期，歐洲各民族採用拉丁字母創造自己的民族文字，這是第二波圈。發現新大陸和新航線以後，西歐拉丁字母文字傳播到拉美、非、亞各殖民地，成為外來的官方文字，這是第三波圈。殖民地的語言和文字由此發生變化。有的地方的語言同化於宗主國，使外來的拉丁字母文字成為本土文字（例如拉美）。有的地方保留本土語言，採用拉丁字母創造本土文字，在獨立以後成為本國正式文字（例如印尼、越南），這是第四波圈。有的國家，掀起政治革命和宗教改革，擺脫傳統文字，迎接現代生活，實行拉丁化的文字改革（例如土耳其），這是第五波圈。不用拉丁化文字的國家，為了國際交往和信息交流，利用拉丁字母拼寫自己的語言，作為輔助的文字工具（例如中國、日本），這是第六波圈。

拉丁字母原來只有 21 個，後來補充和分化，成為 26 個。這 26 個拉丁字母寫盡了天下的語言。

人類的語言千變萬化，可是分析到最後只有為數不多的一些語音元素（音素或音位）。一般在 30 個左右，多的在 50 個左右，少的只有十幾個。只求字母形體相同，不求字母讀音完全一致，就可以用 26 個字母寫盡天下的語言。這是拉丁字母走遍全世界的道理。

近代，全世界有五種主要的文字，在長時期各自傳播，形成五大文字流通圈。它們是：

1. 漢字流通圈。範圍在東亞，主要是中國、日本、朝鮮、韓國、越南。最近半個世紀，這個文字圈縮小了。日本減少用字。朝鮮不用漢字，韓國也用得很少。越南已經完全不用。但是漢字在中國是穩定的。

2. 印度字母流通圈。範圍在南亞和東南亞，主要是印度、斯里蘭卡、孟加拉、尼泊爾、不丹、緬甸、泰國、老撾、柬埔寨等。原來包括東南亞更多國家，後來被拉丁字母代替了。

3. 阿拉伯字母流通圈。中心是中東的阿拉伯國家，周邊是伊斯蘭教國家，主要在北非和西亞。一個世紀以來，範圍在迅速縮小。

4. 斯拉夫字母流通圈。主要是原蘇聯、保加利亞、南斯拉夫。20 世紀 30 ～ 40 年代，原蘇聯國內原用阿拉伯字母的民族文字全部改為斯拉夫字母，蒙古人民共和國（1992 年改名蒙古國）的文字也斯拉夫化了。斯拉夫字母圈在進行內線擴大。

5. 拉丁字母流通圈。以西歐為基地，傳播到大半個地球。其他四個文字圈都或多或少被它代替了一部分。

下文簡單敘述拉丁字母的國際傳播，分為：一、歐洲，二、美洲，三、大洋洲，四、非洲，五、亞洲，六、拉丁字母的技術應用。

一　拉丁字母在歐洲的傳播

　　歐洲歷史從中世紀進入近代和現代，在文字方面表現為從大統一的拉丁文分化為各個國家的民族文字。在 9 世紀所謂加洛林（Carolingian）文藝復興時期，開始了民族文字拉丁化的萌芽。到 14 ～ 16 世紀的文藝復興時期，幾種發展較早的民族文字趨於成熟，產生了一批不朽的著作。拉丁字母首先成為羅曼（拉丁）語族諸語言的文字，主要是意大利文、法文、西班牙文等。其次傳開出去，代替原來的魯納字母，成為日爾曼語族諸語言的文字，主要是英文、德文，以及北歐的文字。再次是向東傳播，跟斯拉夫字母爭地盤，成為斯拉夫語族諸語言的文字，主要是波蘭文、捷克文、克羅地亞文等。此外還有凱爾特語族的愛爾蘭文，芬蘭・烏戈爾語族的芬蘭文、匈牙利文等。歐洲多數民族文字的拉丁化反映了歐洲宗教史和文化史的發展。

1. 羅曼諸語言的拉丁化

　　羅馬帝國的軍隊把拉丁語帶到歐洲各地。帝國崩潰以後，各地遺留下來的拉丁語口語分別演變，成為現代各種羅曼（拉丁）語言，組成印歐語系的一個語族。有的成為國家共同語，如意大利語、法語、西班牙語、葡萄牙語、羅馬尼亞語等；有的成為地區通用的民間語言，如加泰隆語、普羅旺斯語、摩爾達維亞語等。由於演變極其緩慢，難於確定拉丁語口語是甚麼時候結束、羅曼語是甚麼時候開始的。大致到 5 世紀已經分化，到 8 世紀不同的羅曼語已經成立。842 年用拉丁字母寫成的古法語的文獻可以看作是羅曼語成立的記錄。除摩爾達維亞語採用斯拉夫字母以外，羅曼諸語言都採用拉丁字母。

　　A. 意大利文 —— 意大利的語文拉丁化運動是文藝復興運動的先聲，是歐洲文化走出中世紀黑暗時代的第一步。但丁（Dante）的《神曲》（1318）用意大利的佛羅倫斯（Florence）方言寫成，建立了意大利近代共同語的基礎。佛羅倫斯又名托斯康（Toscan），是埃特魯斯坎（Etruscan）的變音。拉丁字母就是從古代埃特魯斯坎字母變來的。現存最古的意大利語拉丁化文獻是 960 年的遺物。這種文字到但丁時代才蓬勃發展。

或許有人要問，意大利是拉丁字母的故鄉，為甚麼意大利語還要拉丁化呢？拉丁化就是"用拉丁字母書寫"。意大利口語原來沒有用拉丁字母書寫成為正式文字。拉丁文是古文，跟文藝復興時代的意大利口語大不相同。雖然同樣用拉丁字母書寫，拉丁文和意大利文是兩種古今不同的文字。一向視作不登大雅之堂的口語寫成文字而且成為正式的通用文字，這是歐洲文字和文化進入新時代的標記。

現代意大利文的拼寫法跟讀音一致。字母表有 26 個字母，其中 j，k，w，x，y 用於外來詞。另有 3 個符號（符號和增補字母均見後附樣品，下文同）。

拉托·羅曼斯語（Rhaeto-Romanic）是意大利語的方言之一種，流行於偏僻地區，也有拉丁化文字。瑞士承認它為官方文字之一，雖然使用者不到瑞士人口的百分之一。

B. 法文 —— 法國和比利時等國的官方文字。從 17 世紀起，法語成為歐洲和世界的國際政治用語，到二次世界大戰以後逐步被英語所代替。

公元前 2 世紀起，羅馬人在高盧地方（現在的法國）殖民，民間拉丁語和當地語言融合成為法語。拉丁化的法文以 842 年的文獻為最古。巴黎在 12 世紀成為法國首都以後，巴黎話成為法國共同語的基礎。

法文用 26 個拉丁字母。其中 w 只用於外來詞。有三個上加符號（揚音符、抑音符、長音符），一個下加符號。法文寫定於五六百年以前，跟今天語音頗不相同。多次提倡改革拼寫法，未能實行。

C. 西班牙文 —— 西班牙和許多拉美國家的官方文字。西班牙語是從民間拉丁語演變形成的，以卡斯提拉（Kastila）方言為共同語的基礎。最早的拉丁化西班牙文手跡是 10～11 世紀的遺物。第一本西班牙文敍事史寫於 1140 年。到 15 世紀，西班牙文成熟。拼寫跟讀音一致，用 30 個字母，包括一個加符字母和 3 個雙字母。

D. 葡萄牙文——這是葡萄牙 1000 萬人的官方文字，又是巴西（拉美）1 億人的官方文字，所以也是世界重要文字之一。最早的拉丁化葡萄牙文手跡是 1192 年的遺物。在西班牙統治時期，以西班牙文為官方文字。1910 年獨立後，葡萄牙文才得到自由發展。巴西和葡萄牙兩地通話沒有困難。有 26 個字母，另用符號和雙字母。

E. 普羅旺斯文（Provençal）——法國的民間文字，流行於法國東南部。在 12 ～ 14 世紀興盛一時，後來成為一種方言文字。

F. 加泰隆文（Catalanese）——小國安道爾（Andorra）的官方文字，流行於法國和西班牙兩國相鄰的地區。最早在 12 世紀有拉丁化的著作。字母有 29 個。

G. 羅馬尼亞文——羅馬尼亞的官方文字。東歐唯一的羅曼（拉丁）語拉丁化文字。公元 107 年羅馬人佔領盛產黃金的達基亞（Dacia），向這裏殖民。民間拉丁語和當地語言融合形成羅馬尼亞語。有大量斯拉夫借詞。16 ～ 19 世紀用斯拉夫字母（azbuche）。1860 年改用拉丁字母（abece）。1954 年又實行文字改革，由科學院公佈新正詞法。用 27 個字母。

比薩拉比亞（Bessarabia）曾屬羅馬尼亞，1940 年併入蘇聯，成為蘇聯加盟共和國之一，稱為摩爾達維亞（Moldavia）。這裏的語言是羅馬尼亞語的一種方言，蘇聯將它寫成斯拉夫字母，獨立後改名摩爾多瓦共和國，要求改用羅馬尼亞文。

2. 日爾曼諸語言的拉丁化

一千多年前，日爾曼諸部族居住在歐洲北海和波羅的海沿岸地區，後來分為三支。西支定居於易北河（Elbe）和奧得河（Oder）之間，成為德國。東支失去了獨立語言。北支定居於斯堪的納維亞（Scandinavia）一帶，成為丹麥、挪威、瑞典、冰島等國。公元 5 世紀，盎格魯人（Angle）、撒克遜人（Saxon）和朱特人（Jute）越海侵入不列顛（Britain）群島，成為英國。

日爾曼語的文字，在 3 世紀到 16 世紀，用魯納字母（Runa，Rune）。北歐在 800 年前用條頓魯納字母。英國在 5 ～ 6 世紀用盎格魯魯納字母。挪威、瑞典、冰島在 8 世紀到 12 世紀用斯堪的納維亞魯納字母。後來全部讓位於拉丁字母。拉丁化的主要動力是基督教的傳播。

▼ 魯納字母樣品

a. 普通條頓（Teutonic）魯納字母　　b. 北海（Nordic）魯納字母　　c. 盎格魯（Anglian）魯納字母

　　A. 英文——英、美等許多國家的官方文字。14 ～ 15 世紀，倫敦方言成為共同語的基礎。英語的語音和語法發生過重大變化。語法屈折形式基本消失。形成於 15 世紀的拼法，跟今天口語脫節。18 世紀做過一次正詞法的局部調整。1908 年曾訂出簡化拼法的規則。第二次世界大戰後英國國會討論拼法改革，未能通過。現在美國非正式流行一些簡化拼法（例如 through 改為 thru）。後面的英文樣品是簡化拼法，懂得英語的人不用學習就能看懂。《聖經》在 1382 年初次譯成英文，1611 年重譯成為英王欽定本（King James Version），1961 ～ 1970 年又用當代口語徹底重譯。這是英文的文體現代化。英文用 26 個字母，不加符號，不添新字母。以英語為母語的約 3 億人，以英語為第二語言的約 7 億人。二次大戰後，英語成為事實上的國際通用語。

　　英文字母經歷了三個時期：1. 魯納字母，2. 愛爾蘭羅馬字母，3. 近代英文字母。

1. 魯納字母

　　最早的英國人是日爾曼族的 Anglo-Saxon 人，他們使用 "魯納"（runes）字母。這種字母源出於 Etruscan 字母，它適用於書寫日爾曼語，並適合在木頭上雕刻。下面的例子是魯納字母書寫的古英文（650~700），附羅馬字母古英文和近代英文對照。

▼ 羅馬字母古英文和近代英文對照

（古英文）ROMWALUS AND REUMWALUS TWOEGEN.
（近代英文）Romulus and Remus twins.

後來，演變成為如下的 Anglo-Saxson "魯納字母"。

▼ Anglo-Saxson "魯納字母"

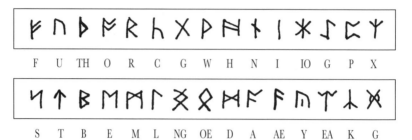

F	U	TH	O	R	C	G	W	H	N	I	IO	G	P	X

S	T	B	E	M	L	NG	OE	D	A	A	AE	Y	EA	G

2. 愛爾蘭羅馬字母

公元 600 年，英國採用愛爾蘭式的羅馬字母，稱為 "Anglo-Irish"（Insular）羅馬字母。由於字母不夠用，借用了幾個魯納字母作為補充。字母的順序基本上跟羅馬字母相同：

▼ Anglo-Irish羅馬字母

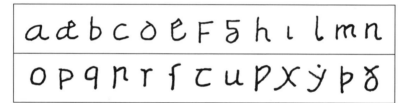

下面是愛爾蘭式羅馬字母書寫的英文舉例：

▼ 愛爾蘭羅馬字母書寫英文舉例

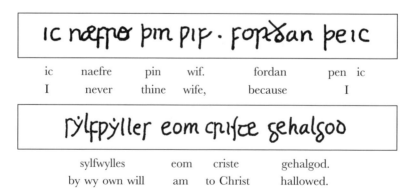

ic	naefre	pin	wif.	fordan	pen	ic
I	never	thine	wife,	because		I

sylfwylles	eom	criste	gehalgod.
by wy own will	am	to Christ	hallowed.

借用的魯納字母舉例：Þ =th，如 thin。ð =th，如 this。Þ =w，如 wife。Yẏ 上加一點，表元音。H 和 g 表音不止一個。直到 14 世紀，John Wycliffe 翻譯的《聖經》中還借用幾個魯納字母，如 Þ（Þ）表示 th，但是不再用魯納字母表示 "w"，這時候有了 "double-u"。下面是 Wycliffe《聖經》中的一節：

▼ Wycliffe《聖經》中的一節

"A the bigynnyng was the word and the word was at god, and God was the word. This was in the bigy nyng at God, Alle thingis weren maad bi hym."

3. 近代英文字母：

近代英文採用 26 個羅馬字母，沒有附加符號。拼法到 15 世紀之後才趨於穩定，但是很不規則。甚麼原因呢？原因是：

1. 英語開始寫成文字時候，不是先有一個拼寫規則然後依照書寫的，而是在自由拼寫中逐漸形成習慣的；英語音素多，拉丁字母不夠用；為了區別同音詞，也造成拼法不規則。例如：I，eye，my，dye，tie 等。

2. 古今語音變化快，拼法調整慢，遺留古代拼法的痕跡。例如：Wednesday，two，answer，know 等。

3. 錯誤地增加字母，想要表示拉丁文的詞源。例如：debt，hour，school，island 等。

4. 歐洲大陸 Norman 人征服英國之後，一部分語詞採用法文拼法，其他保留原狀未變。例如：kin（cyn），you（eow），quick（cwic），house（hus）等。

5. 不斷引進外來詞，採用原文或近似拼法。例如：jubilee，rendezvous，algebra，typhoon 等。

（根據：美國 Waxhaw "字母博物館"：《字母的創造者》1990）。

B. 德文——德國、奧地利等國的官方文字。德語分高地語和低地語，高地語是共同語的基礎。德文在 8 世紀從魯納字母改為拉丁字母，但是用 Fraktur 哥特字體，難認難寫，到二次大戰以後才完全改為通用的羅馬字體。宗教改革家馬丁·路德在 1534 年用民族文字翻譯《聖經》，促進了拉丁化德文的成熟。德文拼法和讀音一致。用 30 個字母，包括 3 個上加符號和一個增補字母。名詞一律用大寫字母開頭。

世界上大多數猶太人講依地語（Yiddish）。這是以德語為基礎的猶太德語。Yiddish 一詞來源於 Jüdisch Deutsch（猶太德語）。由於宗教關係，用希伯來字母書寫。

▼ 哥特黑體字母樣品

abcdefohiklmn
opnrlsstuwxyz

C. 盧森堡文——盧森堡大公國的官方文字之一。實際是德語的一種方言文字。

D. 荷蘭文——荷蘭、南美蘇里南、荷屬安的列斯群島等地的官方文字。跟英文相近。用 26 個字母，不加符號。最早文獻見於 12 世紀末。1947 年進行正詞法改革。Santa Claus（聖誕老人）這個詞兒是從荷蘭文進入英文的。關於荷蘭文的分支 Afrikaans 文，見非洲文字。

E. 佛蘭芒文（Flemish）——實際是荷蘭文的另一種拉丁化書寫方式。比利時以法文為官方文字，1898 年起同時以佛蘭芒文為官方文字。

F. 弗里西亞文（Frisian）—— 荷蘭北部弗里斯蘭省的民間文字，是一種低地德語的方言文字。

G. 丹麥文 —— 丹麥及其領地格陵蘭和法羅斯群島的官方文字。最古文獻是 13 世紀作品。1350 ～ 1500 年間，中部方言成為共同語的基礎。1948 年進行文字改革，廢除像德文那樣名詞一律大寫開頭的辦法。用 29 個字母。

H. 挪威文 —— 最早文獻屬於 12 世紀。1814 年以前 400 年間，挪威由丹麥統治，以丹麥文為官方文字。1814 ～ 1905 年由瑞典統治。19 世紀中葉，開始文字改革運動，目的是建立挪威自己的文字，經過 1907、1917 和 1938 年幾次正詞法改革，形成一種“鄉土文體”（landsmål），又稱“新挪威文”（nynorsk）。但是，報紙、廣播和電視一般用“書本文體”（bokmål），又稱“國文”（riksmål），即丹麥·挪威文。在政府和學校，兩種都用。人們希望合成一種“共同挪威文”（samnosk）。字母表有 28 個字母。

I. 瑞典文 —— 在斯堪的納維亞流通最廣的文字。有“書面文體”（Skriftspråk）和“口語文體”（Talspråk）的區別。作者和詩人主要用前者；學校、新聞和廣播主要用後者。有 29 個字母。

J. 冰島文 —— 冰島是北歐大海中的一個小島國，居民在 9 世紀從挪威移來，保持着語言的古老傳統。最早文獻屬於 12 世紀。他們不喜歡借入國際通用的新語詞，自己創造純粹冰島語素的新語詞。例如創造 simi（線條）表示“電話”（telephone），創造 rafmagn（火線能源）表示“電”（electricity）。有 30 個字母。

K. 法羅斯文（Faroese）—— 丹麥領地法羅斯群島的民間文字。接近挪威的西部方言。1846 年規定正詞法，1906 年起在學校中除用丹麥文以外，也用法羅斯文。有 29 個字母。

3. 凱爾特諸語言的拉丁化

凱爾特人（Celtic）一度是強大民族。公元前數百年間分佈在中西歐地區（主要是法國）。後來，遷移到英倫諸島。益格魯·撒克遜人入侵，他們一部分留在愛爾蘭，其他退到威爾士和蘇格蘭的高地。約公元 6 世紀，一部分遷移到法國西北部的布列塔尼。

A. 愛爾蘭文 —— 又稱愛爾蘭蓋爾文（Gaelic）或埃爾斯文（Erse），是愛爾蘭共和國的官方文字。說愛爾蘭語的有 50 萬人，佔全國人口 1/6，大部分人說英語。文字用傳統的蓋爾字母，是公元 5 世紀從拉丁字母變來的。現在一般出版物改用英文字母，有字母 18 個。蓋爾文傳到蘇格蘭，成為蘇格蘭蓋爾文，使用者很少。

B. 威爾士文 —— 英國西部的威爾士（Wales）有 1/4 人口說威爾士語。但是他們同時都能說英語。最早文獻屬於 8 世紀，中世紀有豐富的文學作品。有 28 個字母。他們自稱威爾士為西姆魯（Cymru）。

C. 布列塔尼文（Breton）—— 遷居到法國西北部布列塔尼（Brittany）半島的凱爾特人的文字。學校不用，但是民間應用。字母表有 25 個字母。

4. 斯拉夫諸語言的拉丁化

斯拉夫人（Slav）的故鄉大致在維斯杜拉河（Vistula）和第轟伯河（Dnepr）之間。後來，西支遷到奧得河（Oder）和易北河（Elbe），成為波蘭人、捷克人、斯洛伐克人、索布人等，信羅馬天主教，用拉丁字母。南支遷到巴爾幹（Balkan）半島，成為塞爾維亞人、馬其頓人、保加利亞人等，信希臘東正教，用斯拉夫字母；另一半成為克羅地亞人、斯洛維尼亞人等，信羅馬天主教，用拉丁字母。東支進入俄羅斯，成為俄羅斯人、烏克蘭人、白俄羅斯人等，信希臘東正教，用斯拉夫字母。

A. 波蘭文 —— 波蘭在 15 ～ 16 世紀開始形成共同語，以波茲南（Poznań）為中心的大波蘭方言作基礎。最早的拉丁化波蘭文記錄是 1270 年給拉丁文作的注釋。17～18世紀，文字和口語脫離。19世紀掀起言文一致運動。波蘭語的音位較多，26個字母不夠用，設計了9個加符字母和6個字母組合，但是不用 q，v 和 x。符號有"戴帽"、"穿鞋"、"佩劍"等形式。共有32個字母。

B. 捷克文——捷克語舊稱波希米亞語（Bohemian），通行於捷克。共同語以布拉格（Praha）為中心的中部方言作基礎。拉丁化字母表是15世紀宗教改革家楊‧胡斯（Jan Hus）奠定的，有30個字母。ch 作為一個整體字母，排列在 h 之後。增補3個加符字母。此外還有12個加符字母不列入字母表中。

C. 斯洛伐克文——1918年形成拉丁化的正詞法，有27個字母，但是此外還有14個加符字母不列入字母表中。須注意，不要把斯洛伐克文（Slovenský）和原南斯拉夫的斯洛維尼亞文（Slovénski 或 Slovinský）相混。

D. 索布文，又稱盧薩提亞文——索布人（Serbja）居住在德國的最東南部：盧薩提亞。人口5萬，有兩種方言，寫成兩種文字，字母41個。索布人都能說德語。

E. 克羅地亞文——塞爾維亞‧克羅地亞語是原南斯拉夫的主要語言。同一種語言，在西部的克羅地亞（Hrvatsk，Croatia）用拉丁字母，稱為克羅地亞文；在東部的塞爾維亞（Srbija，Serbia）用斯拉夫字母，稱為塞爾維亞文。19世紀掀起文字改革運動，企圖統一文字，未能成功。兩種字母表，各有30個字母，一一對應，可以自由轉寫。克羅地亞獨立後分別成為不同國家的不同文字。

F. 斯洛維尼亞文——7～9世紀從塞爾維亞‧克羅地亞語分化出來，本身又分為7種方言。用25個拉丁字母。

5. 波羅的海諸語言的拉丁化

二次大戰以後，波羅的海東岸的立陶宛、拉脫維亞、愛沙尼亞成為原蘇聯的3個加盟共和國，仍舊用原來的拉丁化文字。1991年獨立。它們的語言分為兩類：立陶宛語和拉脫維亞語屬於波羅的海語族，愛沙尼亞語屬於芬蘭‧

烏戈爾語族。

A. 立陶宛文 —— 立陶宛語是一種古老的印歐語言。最早的拉丁化文字的印刷書本是 1547 年出版的。有 34 個字母。

B. 拉脫維亞文 —— 最早的拉丁化文獻是 1586 年的教義問答譯本。原用哥特字體，1921 年改為羅馬字體。有 38 個字母。

關於愛沙尼亞文，在談芬蘭文時候一同談。

6. 芬蘭・烏戈爾諸語言的拉丁化

芬蘭・烏戈爾語族，屬於烏拉爾（Ural）語系，是歐洲語言中的非印歐語言。分為兩個語支：芬蘭語支包括芬蘭語和愛沙尼亞語，烏戈爾語支包括匈牙利語。

A. 芬蘭文 —— 芬蘭國有兩種官方文字：芬蘭文和瑞典文。現存最早的拉丁化芬蘭文獻屬於 15 ～ 16 世紀。16 ～ 18 世紀以西部方言為基礎建立共同語。用 21 個字母，其中有 2 個加符字母。拼寫法做到一音一符、一符一音。

第二次世界大戰前夜，芬蘭把卡累利阿一片土地割讓給蘇聯，那裏的居民在民間用拉丁字母的芬蘭文。

B. 愛沙尼亞文 —— 愛沙尼亞文在 16 世紀 20 年代開始拉丁化。用 23 個字母，它實際是芬蘭語的一種方言。

斯堪的納維亞半島的最北部，居住着拉普人，有拉丁化的拉普文（Lappish），也屬於芬蘭・烏戈爾語族。

C. 匈牙利文 —— 匈牙利人（馬扎爾人）來自亞洲腹地。公元 4 ～ 5 世紀西遷到多瑙河（Danube）一帶。一部分於 896 年以後在東歐定居下來，語言保留亞洲根源。13 世紀信奉基督教，採用拉丁字母，16 世紀定下正詞法。有 38 個字母。

烏戈爾（Ugric）一詞來自烏戈拉（Ugra），在古俄語中是西部西伯利亞的地名。這裏，在鄂畢河（Ob）和伊爾蒂什河（Irtysh）的匯合口，有一個城市叫漢蒂曼西斯克（Khanty Mansiysk）。居民説的漢蒂語（Khant，又稱 Ostyak）和曼西語（Mansi，又稱 Vogul），同匈牙利語非常相似。這兩種語言在 20 世紀 30 年代已經用斯拉夫字母寫成文字。

7. 其他歐洲語言的拉丁化

A. 巴斯克文 —— 巴斯克人居住在西班牙和法國的邊境，大約 75 萬人在西班牙，12 萬人在法國。他們的語言不是印歐語言，還不能肯定屬於哪一語系。他們用拉丁化的巴斯克文，同時用西班牙文或法文。"回力球"（jai alai）這個詞是巴斯克語，jai（hay）是"節日"，alai 是"歡樂"。

B. 阿爾巴尼亞文 —— 阿爾巴尼亞語屬於印歐語系，伊里利亞（Illyria）語族（1854 年認定）。文字用過多種不同的字母，例如北部用過斯拉夫字母，南部用過希臘字母，又用過阿拉伯字母，到 1908 年才統一採用拉丁字母。有 36 個字母。

C. 吉普賽文 —— 吉普賽人的祖先出自印度西北部，分佈在東西歐和世界各地，是有名的流浪民族。他們的語言接近印度北方的印地語。英文 Gypsy 一詞來自埃及，但是吉普賽人並非來自埃及。全世界吉普賽人大約 500 萬。

D. 馬爾他文 —— 地中海小島馬爾他，現在是一個獨立國。人口 30 萬。9 世紀由於阿拉伯人入侵，語言成為一種阿拉伯語。後來受西歐影響，採用拉丁字母。這是阿拉伯語拉丁化的唯一例子。

小結：比較歐洲拉丁化文字的各種字母表，不加符號的全國性文字只有英文和荷蘭文，它們用字母組合而不加符號。此外的全國性文字都加符號，而波蘭、捷克、匈牙利的符號特別多，它們寧可加符號而不增補字母。增補字母的例子極少。德文增補一個（β），可以用 ss 代替。丹麥、挪威和瑞典各增補 3 個字母，丹麥和挪威是增補（ø å æ），瑞典是增補（ö å ä）。

▼ 歐洲拉丁化文字樣品

説明：第一行，文字名稱，應用地區（字母數目 / 增加字母和符號 /—不用的字母）。第二行以後，文字樣品。

（1）　Italian，Italiano—（26 / ´ ` ^）

La Pasqua infatti era vicina. Le colline erano tornate a vestirsi di verde, e i fichidindia erano di nuovo

（2）　French, Français—（26 / ´ ` ^ ç）

Au fond de son âme, cependant, elle attendait un événement. Comme les matelots en détresse

（3）　Spanish, Español—（30 / ñ ll rr ch）

En efeto, rematado ya su juicio, vino a dar en el más extraño pensamiento que jamás dió loco en el mundo

（4）　Portuguese, Portugues—（26 / ´ ^ ~ ç）

Falou então de si, com modéstia: reconhecia, quando via na capital tão ilustres parlamentares, oradores

（5）　Provençal（Frence）

Van parti de Lioun ã la primo aubo li veiturin que règnon sus lou Rose. Es uno raço d´ome caloussudo,

（6）　Catalan, Catalanese（Andorra, etc.）— （29 / ç ch ll ny / — w）.

És el mes de gener. L´aire és sereníssim i glacial, i la lluna guaita, plàcidament, a través de l´emmallat

（7）　Romanian, Limba Romina—（27 /ă î ş ţ / —QWY）

şi scurt şi cuprinzător, sărut mîna mătuşei ，luîndu-mi ziua bună, ca un băiet de treabă; les din casă cu chip

＊（8）English（simplified）

a very limited klass ov peepl, to an enormus gaen, afekting aul dhe kuming

jeneraeshonz ov Inglish-speekerz thruout dhe wurld. We mae admit dhat
nuthing iz to be had for nuthing, and dhat agaenst dhe graetest advaantaj
dhaer iz aulwaez sum disadvaantej to be set of.

(9)　German，Deutsch—（26 / ä ö ü β）

**Pharao's Anblick war wunderbar. Sein Wagen war
pures Gold und nichts andres, — er war golden nach seinen**

Pharao´s Anblick war wunderbar. Sein Wagen war pures Gold und nichts
andres, —er war golden nach seinen

(10)　Luxembourgian, Letzeburgesh

wo´ d´Uelzecht durech d´Wisen ze´t, dûrch d´Fielsen d´Sauer brécht,
wo´d´Rief lânscht d´Musel dofteg ble´t,

(11)　Dutch, Nederlands—（26）

In die nacht wist ik eigenlijk dat ik sterven moest, ik wachtte op de politie, ik
was bereid, bereid zoals

(12)　Flemish（Belgium）

Hij ging buiten, opende duiven-en hoenderkoten en strooide handvollen
kempzaad, spaanse terwe, rijst,

(13)　Frisian（Netherland）

It hat eigenskip, dat de Fryske bydrage ta de Amerikaenske literatuer tige
biskieden is. Der binne einlik mar trije,

(14)　Danish, Dansk—（29 / æ ø å）

For mange år siden levede en kejser, som holdt såuhyre meget af smukke,
nye lkæder, at han gav alle

(15)　Norwegian, Norsk—（28 / æ ø å / —Q）

Påskeøya er verdens ensomste boplass. Nærmeste faste punkt beboerne kan
se, er påhimmelhvelvet, månen og

(16)　Swedish, Svensk—（29 / ö å ä）

Han stod rak—som en snurra sålänge piskan viner, Han var blygsam—i kraft av robusta överlägsenhetskänslor.

(17) Icelandic, Islensk— (30 / ö æ ð p)

Pótt pú langförull legðir sérhvert land undir fót, bera hugur og hjarta samt píns heimalandsmót,

(18) Faroese, Føroysk (Denmark) — (29 / á í ó ú ý ø æ ð / —C Q W X Z)

Hammershaimb, ættaður úr Sandavági, gav út í 1854 fyrstu føroysku mállæruna og gjørdi ta nyggju

(19) Irish, Gaelic, Gael— (18 / —J K Q V W X Y Z)

ᗞᴀ ᵯʜɪɴɪᴄ ᴅᴏ ꙅɪᴌ Ոᴓʀᴀ ꙅᴏ ᵯʙᴀ ᴠʀᴇᴀ́ ᴀɴ ꙅᴀᴏᴌ
ᴅᴇ́ɪᴛ ᴀꙅ ɪᵯᴇᴀ́ᴄᴛ ʀᴏɪᵯᴩɪ ɪɴᴀ ꙅᴇᴀᴠᴀᴄ ꙅɪᴜ́ɪᴌ ꙅᴀɴ

Ba mhinic do shíl Nóra go mba bhreá an saol bheith ag imeacht roimpi iha seabhac siúil gan

(20) Welsh (Wales) — (28 / ch dd ff ng ll ph rh th /ê î ì ô û ŵ ŷ / —J K Q V X Z)

Pam y caiff bwystfilod rheibus dorri´r egin mân i lawr? Pam caiff blodau peraidd ifainc fethu gan y sychdwr mawr?

(21) Breton (Brittany of France) — (25 / gw ch c´h/—C Q X Y)

Ur wez a oa ur Pesketaër koz, hag a oa dougeres he vroeg. Un abardez ec´h arruas er gèr ha n´hen defoa

(22) Polish, Polski— (32 / ą ę ó ń ć ś ź ż ł / —Q V X)

Mateusz się porwał w ten mig do niego, ale nim mógł zmiarkować co bądź, już Antek skoczył. jak ten wilk

(23) Czech, Cesky (Czechoslovakia) — (30 / č š ž ch / á ď é ě í ň ó ř ť ú ů ý)

Já vím, ten romantik ve nmě, to byla maminka. Maminka zpívala, maminka se někdy zadívala, maminka měla nějaký

(24) Slovak, Slovensky (Czechoslovakia) — (27 / č š ž ch / á ä é í ó ô ú ý ȓ ď ť l´ ň dž / —Q W X)

čim menšie je niečo, tým väčšmi kričí. Taký fafrnok, nevie to ešte ani hovoriť´, a prekriči celú rodinu

(25) Sorbian, Serbski, Lusatian (East Germany) — (41 / ě ó ẃ ŕ ř ƃ ć č š ṕ ńł ḿ ž ch kh dź / —Q X)

Hlej! Mócnje twoju slawił swjatu mi sym rolu. Twój wobraz tkałe su wšě mysle mi a sony, wěnc twojich

(26) Croatian, Hrvatski (Yugoslavia) — (30 / č ć š ž dž dj lj nj / —Q W X Y)

Sjedi tako Filip u sutonu, sluša rodu na sus jednom dimnjaku kako klepeće kljunom kao kastanjetom,

(27) Slovenian, Slovenski (Yugoslavia) — (25 / č š ž / —Q W X Y)

Mračilo se je, s polja so se vračali kmetje in posli. Takrat se je prikazal petelin na Sitarjevi strehi,

* (28) Lithuanian, Lietuviuc— (34 / ą ę ị ų ė ū č š ž dž ch / —Q W X)

Iš to skaitytojas jau gali matyti, kad ˝vechí˝ puola ne "inteligenti jᵌ", —tai tik dirbtinis, reikalą

* (29) Latvian, Latviesu— (38 / ā ē ī ū č š ž ģ ķ ļ ņ ŗ dz dž ch ie / —Q W X Y)

Vispasaules vēsturiskās uzvaras, ko padomju taula guvusi socialisma celtniecībā, ir nesaraujami

(30) Finnish, Suomi (Finland) — (21 / ä ö / —B C F Q W X Z)

Sillä minä, Sinuhe, olen ihminen ja ihmisenä olen elänyt jokaisessa ihmisessä, joka on ollut ennen minua,

* (31) Estonian, Eest— (23 / ä ö ü õ / —C F Q W X Y Z)

Tallinna tööstuse, transpordi ja linnamajanduse töölised ja insenertehnilised töötajad kohustusid

(32) Hungarian, Magyar— (38 / á é í ó ú ö ü ő ű cs zs sz gy ty ly ny / —Q W X Y)

A pokoli komédia még egyre tartott a börzén.

A halálra ítélt papírok, a bandavári gyártelep s a bondavári

（33） Basque, Vasco, Euskara（Spain, France）

Antxina, bedar txori abere ta patariak euren berbetea aztu baino lentxoago, eŕege bat bizi zan, gizon zintzo，

（34） Albanian, Shqipe——（36 / ë ç dh th sh xh zh gj nj ll rr / ——W）

Maletë me gurë, fusha me bar shumë, aratë me grurë, më tutje një lumë. Fshati përparshi, me kish′e

（35） Gypsy, Romany（Europe, etc.）

So me tumenge ′kana rospxenava, ada živd′ape varikicy Romenge. Me somas išče tykny čxajori berša efta——oxto.

（36） Maltese（Malta Island）

Dan il-fatt jirrifletti l-qaghda ta′Malta fil-Bahar Mediterran, nofs triq bejn l-Ewropa t′ Isfel u l-Afrika ta′Fuq.

（除有＊號者以外，採自《世界的語言》。下同。）

二　拉丁字母在美洲的傳播

1. 新大陸的全部拉丁化

美洲是一個完全用拉丁字母的大洲。整個美洲使用拉丁字母已經四百多年。不但拉丁字母成了美洲字母，而且西歐語言也成了美洲語言，成了極大多數美洲人民的家庭語言，不僅僅用作官方語言。

哥倫布（Christopher Columbus，1451 ～ 1506）得到了"地圓"的啟發以後，想從大西洋向西航行，先到印度，然後到中國，掠取中國的神話般的金銀財寶。他在 1492 年 8 月 3 日從巴羅斯（Palos，西班牙港口）起航，經過兩個多月，在 10 月 12 日發現美洲。首先到達巴哈馬島，以為這是印度，至今這些島嶼稱為西印度群島，而美洲原住民稱為印第安人（即印度人）。又向南航

行，到達古巴，以為這就是中國。後來另一個到達美洲的航海者名叫阿美利哥（Amerigo Vespucci，1451～1512），認識到這是一個大洲，不是中國，於是命名為"阿美利加洲"（美洲）。從此，冒險家接踵而來，先征服中南美，後佔領北美，全部美洲成為西歐的殖民地。

經過屠殺和奴役，美洲原住民已經非常少了。今天的北美人口主要是從歐洲移來的，中南美的人口主要是移民和混血。這些新的美洲人也受不了宗主國的壓榨，在 18～19 世紀紛紛革命獨立，剩下一些小殖民地也在二次世界大戰以後一一獨立。

美洲全用拉丁字母，所以沒有字母分界線，可是有一條語言分界線。線北是美國，用英文；還有加拿大，用英文和法文。線南稱為"拉丁美洲"（拉美），這裏主要用西班牙文和葡萄牙文，都是古羅馬帝國的"拉丁文"的後裔。

在拉美，用西班牙文的國家最多，其次是葡萄牙文、法文和英文。

墨西哥和中美大陸，用西班牙文的 7 國：墨西哥、危地馬拉、洪都拉斯、薩爾瓦多、尼加拉瓜、哥斯達黎加、巴拿馬。用英文的 1 國：貝里斯。

中美的西印度群島用西班牙文的 2 國：古巴、多米尼加共和國。用法文的 1 國：海地。用英文的 10 國：巴哈馬、牙買加、安提瓜及巴布達、多米尼加聯邦、聖盧西亞、聖文森特和格林納丁、巴巴多斯、格林納達、特立尼達和多巴哥、聖克里斯托夫和尼維斯聯邦。

南美用西班牙文的 9 國：委內瑞拉、哥倫比亞、厄瓜多爾、秘魯（同時用本土文字凱楚亞文）、智利、玻利維亞、巴拉圭（同時用本土文字瓜拉尼文）、烏拉圭、阿根廷。用葡萄牙文 1 國：巴西。用英文 1 國：圭亞那。用荷蘭文 1 國：蘇里南（同時用英文）。用法文的有法屬圭亞那。

簡單地說，北美以英文為主，拉美以西班牙文為主，巴西用葡萄牙文。

2. 美洲古代帝國的語文

美洲在被歐洲人佔領之前，不是沒有文化和文字，而是有相當高度發展的文化和文字。在中美"地頸"的南北兩端，古代美洲人建立了兩個文明帝國。在北方是馬亞（Maya），在南方是印卡（Inca）。

馬亞文字是能完備地書寫語言的古典文字之一，這在談馬亞文字一章已有說明。在馬亞文化蕩然無存的今天，式微的馬亞子孫還住在原來馬亞帝國的土地上。今天的馬亞語分為多種語言，人口一共 300 萬。本節所附樣品是基切語（Quiché）的拉丁化文字，使用者以危地馬拉的基切市為中心。

阿茲蒂克王朝（Aztec）是間接繼承馬亞文化的最後王朝，為西班牙人所滅。阿茲蒂克人沒有很好地繼承馬亞文化，他們創造了遠遠落後於馬亞文字的圖形文字。阿茲蒂克傳下不少文獻，都是在 16 世紀用拉丁字母寫成的。本節樣品 Nahuatl 是阿茲蒂克諸語言之一種，現在流通於墨西哥城以北。英文中的 tomato（番茄）、chocolate（巧克力）等詞是從阿茲蒂克語借來的。

印卡帝國以今天的秘魯為中心，北至厄瓜多爾，南至智利中南部。印卡文化水平很高，但是沒有文字，這是少見的現象。印卡用"結繩"（quipu）計數和記事，有專管記憶的文人，看了結繩就能背出師生傳授的口頭文獻。這是文字產生以前的記憶輔助法。《易經》上說，"上古結繩而治，後世聖人易之以書契"。從印卡"結繩"可以加深對這句話的瞭解。本節所附拉丁化的凱楚亞文（Quechua）樣品，是印卡語言的主要後裔，有人口 700 萬，佔秘魯人口的 45%，而且，它是成為官方文字的美洲本土文字，與西班牙文並用。

3. 美洲近代創造的本土音節文字

美洲有一位近代"倉頡"，他的名字叫塞霍亞（Sequoyah）。他是一個目不識丁的獵人和工匠，為了振興自己的民族切羅基族，立志創造自己的文字。經過 12 年嘗試之後，到 1821 年設計成功有 86 個音節字母的"切羅基文"（Cherokee），用來出版報紙。切羅基部落聯盟的憲法也是用它寫的。塞霍亞採用拉丁字母並改造拉丁字母，作為音節字母。字母的讀音跟原來拉丁字母習慣完全不同。例如字母 D 讀成 a 音，字母 W 讀成 la 音。這套字母使用了

150 多年，沒有修改。操切羅基語的現在大約有 1 萬多人，大多數住在美國的俄克拉荷馬州。

本節樣品中有一種拉丁化的克里文字（Cree），它是克里音節文字的拉丁字母轉寫。克里音節文字是基督教會在 1840 年創造的，用近於速記符號的音節字母。克里人住在加拿大，他們至今還用這種音節文字。

美洲國家都有海岸，只有兩個例外：玻利維亞和巴拉圭。巴拉圭有更明顯的內陸國家特點，文化低，土著人多。本節樣品拉丁化的"瓜拉尼文"（Guarani）的使用者有 175 萬人，佔巴拉圭全國人口的 70%，被認為是"國文"。在一個美洲國家中，有大多數人使用本土文字，與官方文字西班牙文並用，巴拉圭是唯一的例子。在瓜拉尼文中，"巴拉圭"這個名稱是"大水之鄉"的意思。

4. 北極圈的本土文字

在北極圈冰天雪地中生活的人民也有本土文字。這裏有三種樣品。

因紐特人（舊稱愛斯基摩人）住在格陵蘭島（45000 人），加拿大（15000人），阿拉斯加（25000 人）和西伯利亞（1000 人）。公元 1721 年格陵蘭島的語言已經寫成了拉丁字母。這裏的樣品愛斯基摩文（Eskimo）給我們的印象是詞兒特別長。1937 年蘇聯用斯拉夫字母為只有 1000 人的因紐特（愛斯基摩）蘇聯公民設計了文字。"愛斯基摩"一詞的意思是"吃生肉的人"。

阿留申人住在阿留申群島（1000 人）和科曼多爾群島（100 人）。阿留申語跟因紐特（愛斯基摩）語有遠緣關係。1825 年俄國傳教士用斯拉夫字母設計阿留申文（Aleut），1867 年阿留申群島跟阿拉斯加一同歸於美國，文字未變。到 20 世紀初才改為拉丁字母。

特林吉特印第安人住在阿拉斯加（共約 1000 人）。他們也有自己的拉丁化特林吉特文字（Tlingit）。拉丁字母的傳播已經深入北極圈。以上三種北極圈文字都有不少附加符號。

在美國的印第安拉丁化文字中，有的設計得非常複雜，既用附加符號，又用增補字母，還用小型字母寫在其他字母的右上角。書寫、打字都不方便。例如本書樣品中的福克斯文（Fox）和德拉瓦文（Delaware）。這兩種文字的應用者都不到 1000 人。又如塞內卡文（Seneca），只用 12 個英文字母（a，c，e，h，i，k，n，s，t，u，w，y），可是要外加一個補充字母，還要用附加符號。

▼ 美洲拉丁化本土文字舉例

第一行和續行：語文名稱（主要使用地），人數（加符加字舉例）。第二行以後：文字樣品。

A. 美洲極北本土文字樣品

(1) Eskimo（Greenland, Canada, Alaska, Siberia），86000，(á â ã ê î ĩ û).
niviarsiarqat mardluk mêránguanik amârdlutik narssákut ingerdláput.
ingerdlaniardlutik iterssarssuarmut nákarput.

(2) Aleut（Aleutian Is.），1100，(á å í ĭ ú ġ).
Aġánan, aġánan, tánan åkúya, åkúya，
Wákun qayá-xtalkinin aġanágan
Cuqígan tamadáġin, tamadáġin

(3) Tlingit（Juneau of Alaska），1000，(á à ó é è í ú g̱ k̲ x̲).
Athapaskan tóo-nux̱ uyún kawsi. àh Lingit k̲oostèeyee.
Lingit tlagoo tóo-x′ uyúh yéi kudconéek, yúh hah shugóon

B. 加拿大和美國北方本土文字樣品

(4) Cree（Ontario of Canada），30000，(ā).
How! ka sakihāytan nitootem, apāysis āykwu minu ki wi musinuumatin numeskwa kootuk kimusinuāykun niwaputen

(5) Mohawk（Ontario of Canada; New York State），3000，(—).
Niyawehkowa katy nonwa onenh skennenji thisayatirhehon.

Onenh nonwa oghseronnih denighroghkwayen Hasekenh

(6)　Sioux（N. & S. Dakota, Montana, Nebraska）, 20000,（—）.

Ehanni, kangi kin zintkala ata ska heca. Nahan tatanka ob lila kolawicaye lo.

Lakota kin tatanka wicakuwapi

(7)　Ojibwa（Michigan, Wisconsin, Minisota; Ontario of Canada）, 50000,（š）.

eppiȧko meȧnoȧkkemikin kecci-moȧ škeʔan iw si'piȧwe~ eȧnta-ȧyaȧn.

miȧtašš kwa emaȧ ekoteʔ owaȧt ekiw keno•še•k

(8)　Blackfoot（Alberta of Canada; Montana）, 8500，（—）.

A-chim-oo-yis-gon. e-spoo-ta kin-non-a na-do-wa-bis ke-ta-nik-goo-ye oo-da-

keen-non. ke-sto-wa a-ne-chiss

(9)　Crow（Motana, Wyoming）, 3500,（—）.

Ush-ke-she-de-sooua　　bob-ba-sah　　uh-caw-sha　　asede

Usha-esah-ughdia　be-lay-luc　Ugh-ba-dud-di acoush

C. 美國南方和墨西哥北方本土文字樣品

(10)　Seneca（New York State）, 4400,（ã ẽ ũ œ）.

wayatihãẽ́ ne nyakwai´ khuh ne tyihukwaes. ne´ nyakwai´ yhutẽcunih

tyawe´ũh teyucũtaikũke´ũ thutẽcunih. taneke´ũ

(11)　Choctaw（Oklahoma）, 7000,（ʋ i̲ a̲ o̲）.

Aiʋlhpiesa Mak sh ʋlhpisa: Nana isht imaiʋlhpiesa moma ishahli micha,

kʋfamint yoka keyu hosh ilʋppa ka tokma

(12)　Chickasaw（Oklahoma）, 5000,（a̲ o̲ i̲）.

Chikasha, Chahta, Mushkoki Micha Chukhoma mo̲t Mushkoki aio̲chololi

achi cha tok. Yakni aiasha yummut Oshapani

(13)　Fox（Iowa, Oklahoma）, 1500,（ā ä A ō ī i^{dckn}）.

Nenī´-wä^{c}kī´-wānī$^{-d}$tc ä´^{c}cī$^{-c}$cā^{d}tc´^{c}，ä´peccege^{c}siwe^c-ci^{c}Ag$^{k'c}$.

Ä^{c}A^{c}cki´megu^{c}u´ wīwi^{d}tc ä´nawänenī´$^{-c}$a^{c}i^{d}tc´^{c}.í´nAnā´^{c}k

(14)　Creek (oklahoma) , 15000, (á ă ä ó ī í î̦ ú) .

Ma-ómof fũ´suă ok´holatid 'lakid á 'latis; ihádshî tchápgīd, ímpafnita lamhi imántalidshid. Nita umálgan

(15)　Osage (Oklahoma) , 500, (ṭ ḳ pⁿ) .

E´-dsi xtsi a´, a biⁿ da, ṭsi ga, U´-ba-moⁿ-xe i-tse-the a-ka´, a biⁿ da, ṭsi ga, E´-dsi xtsi a´, a biⁿ da, ṭsi ga,

(16)　Delaware (Oklahoma) , 1000, (ɔ ə ŋ χ^{aeucw}) .

yukwi´n • ekȧeᶜ kᶜʷtcu´kᶜhɔkȧeᶜhelȧaᵃ´kȧe loweᵉ´n ga´-ciȧkᶜtu´heᶜ nunȧhu´k • we yutȧa´ lamha´kȧiȧyeᶜ.

(17)　Navajo (New Mexica, Arizona, Utah) , 100000, (á ą ą́ ó é í į ń ł) .

Naakidi neeznádiin dóó ba´ą̧ hastą́cdiin dóó ba´ą̧ náhá st´-éí náá haiídą̧a´ Naabeehó Yootó dóó kinteel bita´

(18)　Papago (Arizona; Sonora of Mexica) , 14000, (—) .

Sh am hebai ha´i o´odhamag g kakaichu. Kutsh e a´ahe matsh wo u´io g ha´ichu e-hugi. Atsh am e nahto wehsi-jj,

D. 中南美洲本土文字樣品

(19)　Nahuatl (Mexica) , 800000, (—) .

Manoce ca ye cuel nelti muchiua in quimattiuitze ueuetque, ilamatque in quipixtiuitze: in ualpachiuiz

(20)　Maya (Quiché) (Ucatan of Mexica; Guatemala; Belize) , 3000000, (ä) .

C´ä c´ä tz´ininok, c´ä c´ä chamamok, cätz´inonic, c´ä cäsilanic, c´ä cälolinic, c´ä tolon-na puch upacaj.

(21)　Guarani (Paraguay) , 1750000, (á ä ó ö é ü ñ) .

Ayajhe´óta pende apytepe narötivéigui che vy´ a y a-jhypyimita co pyjarepe che resaype Ṗaraguahy.

(22)　Quechua (Peru, Bolivia, Ecuador) , 7000000, (ñ) .

Pitu salla, millay cutin Chayllatatacc, chayllatatacc Cunahuanqui

ñoccaracctacc Rimarisacc chaymi sutin

(23)　Aymara（Bolivia, Peru）, 1500000,（ñ）.

Aimaranaca ja ayllunacana utjapjataina. Jacha ayllunacaja ackam

sutinipjatainau: Urus, Parias, Umasuyos, Pacajis,

(24)　Papiamento（Curaçao, Aruba & Bonaire Is of s. Antilles）, 200000,（á ó é í ç

ñ）.

Despues cu e navegante spaño Alonso de Ojeda a bandona Curaçao cu

destino pa Santo Domingo, el a discubri dia

三　拉丁字母在大洋洲的傳播

大洋洲包括四個部分：澳大拉西亞，美拉尼西亞，密克羅尼西亞和波利尼西亞。這是地球上最小的一個大洲，有一萬多個大小島嶼，也是拉丁字母的傳播地區。

1. 澳大拉西亞的拉丁化文字

澳大拉西亞（Australasia）有兩個國家：澳大利亞（Australia）和紐西蘭（New Zealand）。澳大利亞除被稱為"大陸"的大島外，還有塔斯馬尼亞（Tasmania）等島。17 世紀荷蘭人首先到這裏來；1788 年英國建立殖民地，用作罪犯流放地；1901 年成立聯邦國。紐西蘭在澳大利亞的東南，有南北兩個主島。荷蘭航海家塔斯曼（Abel Tasman）在 1642 年來此，因此"New Zealand"（新海地）的拉丁字母拼寫法受荷蘭文的影響，而另一島命名為"塔斯馬尼亞"。英國 1840 年在這裏建立殖民地；1947 年獨立。兩國人民基本上是英國移民，英文是官方文字。

現在澳大利亞只有 5 萬原住民，講多種語言，沒有一種力量較大的本土語言。紐西蘭的原住民主要是毛利人，現在人口 20 萬，有拉丁化的毛利文。

2. 太平洋諸島的拉丁化文字

太平洋中的夏威夷群島成了美國的一州（1959），官方文字用英文。夏威夷語有拉丁化的夏威夷文。由於英語的傳播，在夏威夷群島上能說夏威夷語的人越來越少了，佔總人口 1%，有語言消失的危險。但是，一到夏威夷到處可以看到拉丁字母的夏威夷地名。Aloha（愛，再見）、hula（草裙舞）、lei（花環）、poi（芋頭粥）等夏威夷語詞，旅遊者很快都學會了。

夏威夷語和毛利語同屬波利尼西亞語族。此外，同語族的還有：塔希提（Tahiti），法國殖民地，有本地的拉丁化塔希提文。西薩摩亞（West Samoa），有本土的拉丁化薩摩亞文。東加（Tonga），有本土的拉丁化東加文。圖瓦盧（Tuvalu），有本土的拉丁化圖瓦盧文。瑙魯（Nauru），有本土的拉丁化瑙魯文。以上波利尼西亞語族國家和地區共計 7 處，除塔希提以外，都以英文為官方文字。有的國家同時用本土文字作為官方文字（如西薩摩亞、瑙魯等）。

波利尼西亞（Polynesia）諸語言有一個共同特點：語音元素很少。一般有 5 個元音，7 ～ 12 個輔音，元音大都分長短。夏威夷文只用 12 個字母，塔希提文只用 13 個字母，薩摩亞文只用 14 個字母。表示元音長短，或加符號，或用雙寫。

屬於密克羅尼西亞語族的有：關島（Guam），美國領地，少數人說昌莫羅語（Chamoro），已經拉丁化。馬紹爾群島（Marshall Is.），少數人說馬紹爾語，已經拉丁化。基里巴提（Kiribati，原名 Gilbert 群島）。密克羅尼西亞聯邦（Federated States of Micronesia）。貝勞（Palau）。都用英文為官方文字。

屬於美拉尼西亞（Melanesia）語族的有：斐濟（Fiji），斐濟語已經拉丁化。所羅門群島（Solomon Is.）。瓦努阿圖（Vanuatu），有本土比斯拉馬語，已經拉丁化。都以英文為官方文字，而瓦努阿圖同時用法文。

第二次世界大戰以後，大洋洲成為戰略要地，美國在此積極推行英語教育。航空使島嶼成為開放地區。戰前不久還很原始的島民，現在許多人受了高等教育。大洋洲不僅在拉丁化，而且在英語化。

▼ 大洋洲拉丁化本土文字舉例

第一部分：語文名稱（主要使用地），人數，（加符加字舉例）。

第二部分：文字樣品。

(1)　Maori（New Zealand）, 200000,（－－）.

Ki a au nei e rua tahi ngaa waahine o teenei ao, araa ko te wahine tangata nei, na, ko te wahine oneone.

(2)　Hawaiian（Hawaii）, 7500,（－－）.

O Aka he menehune unku momona. I kekahi la ua Iuu o Aka, Ua nahu ka mano i kona manamana wawae nui. Alaila ua

(3)　Samoan（West Samoa;Am. Samoa）, 150000,（－）.

E i ai le fale o le tagata Samoa i totonu o le nuʹu，ae peitaʹi o ana faʹatoʹaga e masani ona i ai i le maila

(4)　Tongan（Tonga Kindom）, 75000,（－）.

Ko te taupoou ko Hina, pea na feongoaki mo te mamaia ko Sinilau, pea faifai tena reongoaki kua ka la kei manofo

(5)　Tahitian（Tahiti）, 50000,（â ô ê ï）.

Teie te ravea no to te feia Tahiti taioraa i te mau ″mahana″ i tahito ra, mai te tahi aahiata te taioraa

(6)　Fijian（Fiji）, 200000,（ā ō ū）.

Na gauna e dau qolivi kina na kanace e na mataka lailai sara, ni sā bera ni cadra na mata ni siga E na gauna

(7)　Chamoro（Guam）, 40000,（ä）.

Manhanao mameska ham gi painge yän si Kimio yän si Juan.

Manmangone´ ham mas de dos sientos libras na gu hän.

(8)　　Marshallese（Marshall Is.），20000，（& ḿ ń ñ ḡ ï ł）

Ḿahjeł yej tijtiryik yew r&yhar-tahtah yilew Tiraj Teyr&yt&wr&y. Majr&w

yej yijew j&yban kiyen yew han

四　拉丁字母在非洲的傳播

非洲有一個浩瀚的撒哈拉沙漠，把文化和文字分為南北。沙漠以北的阿拉伯人在二次世界大戰以後成立 7 個阿拉伯國家。這 7 個國家的南面邊境線連接起來，就是一條字母分界線。北面是阿拉伯字母區。南面除埃塞俄比亞以外，是拉丁字母區。拉丁字母區又可以分為：（1）東非，（2）西非，（3）中非，（4）南非。

這大半個非洲（漠南非洲），土地是歐洲的二倍，人口只有歐洲的一半，是文字和文明的曙光最後照臨的大地。15 世紀以前基本上沒有文字。第二次世界大戰以前幾乎全部是西歐的殖民地。19 世紀晚期開始使用宗主國的文字並有了教會學校。20 世紀中期以後初步提高本土文字的地位。

這裏，歷史上發生過三次主要的外力入侵。第一次是 10 世紀以後信奉伊斯蘭教的阿拉伯入侵。第二次是 15 世紀以後航海國家葡萄牙等國入侵。第三次是 19 世紀後期工業化國家法、英、德等國入侵。由於阿拉伯各國也淪為殖民地，開始傳播而尚未深入的阿拉伯字母退出去了，這片非洲大地就成了拉丁字母自由傳播的空間。

第二次世界大戰以前，拉丁字母是作為宗主國的官方文字而存在於非洲的。二次戰後，非洲成立許多獨立國家，民族主義抬頭，要求把本土語言書寫成拉丁字母作為官方文字，逐步代替宗主國文字。從拉丁化的宗主國文字到拉丁化的本土文字，是被動的拉丁化變為主動的拉丁化，是拉丁化在非洲的深化。

　　非洲語言非常複雜，據説有一千種以上。從西非的喀麥隆到東非的肯尼亞，大體沿着赤道，有一條語言線，稱為"班圖線"。此線以南，包括中非、東非和南非的大部分，是班圖（Bantu）諸語言的地區。此線以北，主要在西非，是各種非班圖語言的地區。拉丁化在非洲的深化是非洲文化的啟蒙運動。

1. 東非的拉丁化文字

　　東非：坦桑尼亞（Tanzania）、肯尼亞（Kenya）、烏干達（Uganda）、盧旺達（Rwanda）、布隆迪（Burundi）、索馬里（Somalia）、吉布提（Djibouti），土地比中國的四分之一還大，人口 7000 萬。

　　19 世紀末和 20 世紀初，英、德、意三國瓜分東非。第一次世界大戰（1914）前夜，英佔肯尼亞、烏干達、桑吉巴島（Zanzibar）、北部索馬里；德佔坦噶尼喀（Tanganika）、盧旺達、布隆迪；意佔南部索馬里；法佔吉布提。一次大戰後，德佔區歸英國，但是較小的盧旺達和布隆迪歸比利時。二次大戰以後，坦噶尼喀和桑吉巴合併為坦桑尼亞（1964）。英意兩個索馬里合併（1960）。

　　這幾個國家的官方文字，原來三個半國家用英文（坦、肯、北索），三個小國用法文（盧、布、吉），半個國家用意大利文（南索）。現在，情況變了。

　　今天東非的語文特點是，本土語文初次成為"多國"的官方語文。這就是"斯瓦希里"（Swahili）語，它成為坦桑尼亞和肯尼亞兩個東非大國的官方語文，而且還在擴大。

　　斯瓦希里語是一種班圖語，原來是東非的貿易通用語，流行於坦桑尼亞、肯尼亞、烏干達以及剛果（金）和鄰近地區。講得流利的有 1000 萬人，一般能講的有 3000 萬人。7 世紀以來，東非沿海居民同外界貿易，吸收許多阿拉伯和波斯的語詞，形成這一流通較廣的共同語。Swahili 這個詞兒源出阿拉伯，原義"海岸"。據説 12 世紀就有文字，現存最早的文獻屬於 18 世紀，用阿拉伯字母。第一次世界大戰前，德國人在坦噶尼喀用斯瓦希里語作為行政文字，改寫拉丁字母。德國人不久失敗，這裏的行政文字改為英文。斯瓦希里語真正從商場走上政治舞台，是二次大戰以後 60 年代的新發展。近來非洲統一組織考慮用它作為該組織的官方文字。

索馬里有全國相當一致的語言，但是沒有文字。創製文字採用哪種字母好呢？它的人民幾乎都信伊斯蘭教，是否採用阿拉伯字母呢？在衡量利弊之後，決定採用拉丁字母。這是 1924 年土耳其採用拉丁字母以來，又一個伊斯蘭教國家的拉丁化。索馬里已經把這新創的文字（名為 Somali）定為官方文字。

盧旺達有拉丁化 Kinyawanda 文字，布隆迪有拉丁化 Kirundi 文字，這兩種本土文字也都成了官方文字，但是同時並用法文。烏干達仍用英文為官方文字，今後也可能採用"斯瓦希里"或者本國的拉丁化"烏干達"文字作為並用的官方文字。吉布提仍用法文。

用本土文字作為官方文字，易於為本土人民所理解，能提高民族自信心。但是本土文字圖書不多，難於適應文化提高的要求。所以需要同時用發達的前宗主國文字，採用"雙語文"制度。

東非的本土文字還有一個特點。本節的六種樣品，都不用附加符號，這是受英文的影響。

2. 西非的拉丁化文字

西非，土地比中國的三分之二還大，人口 1.5 億。全用原宗主國文字作為官方文字。主要是法文和英文。

最大一國是尼日利亞（Nigeria），人口 1.1 億多（1988），佔西非人口一半，土地比 4 個廣東省還大，出產大量石油，以英文為官方文字。

在尼日利亞北面的 3 個地廣人稀的內陸國：尼日爾（Niger）、馬里（Mali）、乍得（Chad），都以法文為官方文字。

在尼日利亞的西面的很多國家，以法文為官方文字的有：塞內加爾

（Senegal）、幾內亞（Guinea）、科特迪瓦（Côte-d'Ivoire）、布基納法索（Burkina Faso）、多哥（Togo）、貝寧（Benin）。以英文為官方文字的有：岡比亞（Gambia）、加納（Ghana）、塞拉利昂（Sierra Leone）、利比里亞（Liberia）。以葡文為官方文字的有：幾內亞比紹（Guinea-Bissau）和西非海中的聖多美及普林西比島島國（São Tome & Principe）。

在尼日利亞的東面和南面：喀麥隆（Cameroon）同時用法文和英文為官方文字；赤道幾內亞（Equatorial Guinea）用西班牙文為官方文字。

這許多切成條條塊塊的小國，排列在西非原稱"奴隸海岸"、"黃金海岸"、"象牙海岸"一線，用多種不同的宗主國文字，而且以"夾花"方式分散各地，這是典型的多國殖民的"瓜分"遺跡。

西非也有一種廣泛通用的商業用語："豪薩語"（Hausa）。說這種語言的有 2000 萬人，以尼日利亞和尼日爾為基地。西非各國大都用它作為第二語言。16 世紀寫成阿拉伯字母，20 世紀初改寫拉丁字母[*]。事實上它在尼日利亞是跟英文並行的官方文字。豪薩語在西非將來可能取得斯瓦希里語在東非的地位。

西非小國利比里亞有它特殊的歷史。它是美國為了安置釋放的黑奴而在 1847 年建立的"自由國"（Liberia）。第二次世界大戰以前，它是非洲唯一的黑人獨立國。用英文為官方文字。

西非大海中還有一個佛得角群島共和國（Cape Verde），用葡萄牙文。

本節附圖中有西非本土拉丁化文字樣品 12 種。它們的共同特點是有附加符號和增補字母。這是受了法文有附加符號的影響。只有利比里亞的本土文字（Kepelle）不加符號，這是英文傳統。

---

[*]　根據《不列顛百科全書》英文本。

3. 中非的拉丁化文字

中非：剛果民主共和國，簡稱剛果（金），前稱扎伊爾（Zaire）、剛果共和國，簡稱剛果（Congo）或剛果（布）、中非、加蓬（Gabon）。土地合計比中國的三分之一小些，人口一共 2900 萬。都用法文為官方文字。

剛果（金）是個土地大國，相當於 80 個比利時。可是，1885 年它成為比利時國王私人的"采地"，定名"剛果自由邦"。1908 年改為比利時的殖民地，稱"比屬剛果"，區別於西面的"法屬剛果"。比屬剛果 1960 年獨立，稱"剛果（利）"，1971 年改名扎伊爾。

另一個"剛果（布）"，1884 年成為法國殖民地，1960 年獨立。"布"（布拉柴維爾 Brazzaville）和"利"（利奧波德維爾 Leopoldville，後改稱金沙薩 Kinshasa），這兩個首都實際建設在同一個地點，只是隔着剛果河（本地稱扎伊爾河）。兩國官方文字相同。

中非（原稱烏班吉·沙立 Ubangi-Shari）和加蓬（Gabon），都在 19 世紀末成為法國殖民地，後來一度歸於德國，第一次世界大戰以後又歸法國。1960 年獨立，用法文。

由於比利時也是法語國家，所以比法兩國原殖民地的官方文字是相同的。

4. 南非的拉丁化文字

南非地區（南部非洲大陸）是略小於西非的一個大地區，比三分之二的中國還大，人口超過 6500 萬。

南非共和國，簡稱南非，在非洲的最南部，土地比 5 個廣東省還大，人口 3970 萬（1990）。1652 年荷蘭人建立好望角殖民地，後來被英國佔領，1910 年劃入南非聯邦，1961 年改名"南非共和國"。

南非有一種特殊語言，叫做"阿非利堪斯語"（Afrikaans，又稱南非荷蘭語）。它是由 17 世紀荷蘭、德、法等國移民的混血後裔形成的混合語言，在 1806 年英國佔領前就存在了。它以荷蘭語為基礎，棄掉了"格"和"性"等印歐語言的語法變化，成為一種獨立的非洲語言。開始就用拉丁字母書寫。1914 年用於學校教育， 1933 年譯成《聖經》。南非和納米比亞（Namibia，西南非洲）都同時流通阿非利堪斯文和英文。

南非境內有：萊索托（Lesotho）和斯威士蘭（Swaziland）。它們在 1966 年和 1968 年先後獨立，用本土的拉丁化新文字（seSotho 和 siSwati）和英文作為並行的官方文字。

南非北面：贊比亞（Zambia）、馬拉維（Malawi）、津巴布韋（Zimbabwe）、博茨瓦納（Botswana），均在 1964 ～ 1966 年獨立，仍用英文為官方文字。

這四個國家的東西兩面，有兩個從葡萄牙統治下獨立出來的國家：莫桑比克（Mozambique）和安哥拉（Angola）。它們用葡萄牙文作為官方文字。

馬達加斯加（Madagascar）的語言不是非洲語言，而是跟印尼語言相近。島民的祖先大約在 1500 年前從太平洋島嶼移來。他們的"馬爾加什"（Malagasy）語言用拉丁字母書寫，在 1920 年用作官方文字，跟法文並行。

莫桑比克海峽中的科摩羅島國（Comoros）用法文作為官方文字。馬達加斯加東面 800 公里海中的毛里求斯（Mauritius）島國和東北 1450 公里的塞舌爾（Seychelles）島國都用英文作為官方文字。

博茨瓦納和納米比亞有兩個小語種：布須曼語（Bushman）和霍屯督語（Hottentot），屬於科依散語系（Khoisan）。這個語系的特點是有"倒吸氣"輔音（click consonants）。布須曼文和霍屯督文用拉丁字母書寫，當中夾進非常特別的符號，表示"倒吸氣"輔音（見附圖樣品）。

小結：

在非洲，拉丁字母的傳播分三種情況。a. 前宗主國文字作為官方文字。b. 本土文字作為官方文字。c. 本土文字作為民間文字。

本土文字有一國獨用和多國通用的分別。多國通用文字在東非主要是斯瓦希里，在西非主要是豪薩。發展這兩種文字將是發展非洲語文和文化的重要工作。

宗主國文字是隨殖民主義而來的。但是，文字沒有階級性。由於反對宗主國而反對宗主國文字，將導致文化的損失。

“拉丁字母非洲”，大家用拉丁字母，對非洲各國之間的文化交流，和非洲同外界的文化交流，是有利的（參見非洲字母分佈示意地圖）。

非洲兩種主要的宗主國文字是英文和法文。用英文的地區被稱為“英語非洲”，用法文的被稱為“法語非洲”。東非和南非以英文為主，西非和中非以法文為主。

▼ 非洲拉丁化本土文字舉例

第一部分：語文名稱（主要使用國）、人口約數（萬）、（加符加字舉例）。

第二部分：文字樣品。

A. 西非拉丁化本土文字

(1)　Hausa (Nigeria, Niger) 2500 (ā a̠ ā̠ ō o̠-ē e̠ ē̠ ī ū u̠) .

　　　Ku̠rēgē Da̠ Būshiyā: Wata rānā anā ruwā: būshiyā tanā yāwo, tazō bā kin rā miŋ ku̠regē: ta yi sallama̠, ta cē̠

(2)　Fulani (Nigeria, Guinea, Mali, Cameroon) 1000 (a̠ o̠ e̠ w̠ ḅ ḍ) .

　　　Jemma go´o alkali heḅti nder deftere komoi mari hore pe̠te̠l be wakkude junde kanko woni patado̠. Alkali，

(3)　Yoruba (Nigeria) 1200 (â á à o̠ ó e̠ ê é̠ è í ì ú s̠) .

　　　Ajo̠ ìgbimo̠ ti awo̠n àgbàgbà ni imâ yano̠ba lârin awo̠n e̠-nitinwo̠n ní ìtan pàtàki kan ninu èje̠. Ilana kan ti

(4)　Ibo (Nigeria) 800 (o̠ ÿ) .

　　　Orue otu mgbe，nne mbe we da n´oria; madu nile ma na o̠ gagh aputa n´oria ahu. Mgbe mbe huru na-ya enwegh

(5)　Malinke (Senegal, Gambia, Mali) 200 (é è ô)

　　　Dounou gna dan kouma Allah fé, a ye san kolo dan, ka dougou kolo dan, ka kocodjie baou dan, ka badji lou

(6) Wolof（Senegal, Gambia）155（â ô ê é è û）．

Bêne n´gone bêne khali guissena thi bêne têré ni kouame bop bou touti ak sikime bou goûde a moulou bop.

(7) Mende（Sierra Leone）100（ɔ ɛ）．

Mu va maminingɔ humɛniilɔ kɔɔlongɔ mu Iɔlɔ Lavai Mai, Kenɛi Miltin Magai, haalɛi ma. Dɔkita Magai haailɔ

(8) Twi（Ghana）400（â á à ā ä ó ò ö ő ő ě è ì ú ù ű ý ḿ ń ń ŋ ŋ ɔ é ɛ́）．

Nantwi bí redidí wɔ sáre bí sò. Saá sáre ỳi bÈŋ at Èky É bí â mpɔ̀torɔ áhyè ḿu mä hö. Mpɔ̀torɔ nó húú

(9) Ewe（Ghana, Togo）175（ò ɔ c̀ ɔ̃ ɛ ŋ ƒ ɖ）．

´Mise alobalo Ioo!´ ´Alobalo neva!´ ´Gbe ɖeka hɔ̃ va fo flavinyɔnu dzetugbea ɖe yi ɖada ɖe koa ɖe dzi le

(10) Mossi（Burkina Faso）300（â ã õ ě ẽ ñ）．

Sõñg f mẽñga ti Wennam sõñg fo. Ti bakargo n bâs a mẽñga, dar a yemre, ti taõñg ñyok a la ra ka niñg

(11) Fang（Cameroon, Gabon, Eq. Guinea）140（ã è r̀ ɳ œ）．

E n´aboa na Ku ba Fifi vœlar angom; bœnga to ki dzal avori. Ni mbu mœ tsi o nga so, Ku vœ zo Fifi na:

(12) Kpelle（Liberia）50（−）．

Nuahn dah ga nahn Defa welle de teka, Kenoh dee a gba gbeyh Dah nwehyn kashu. Defa wolloh shungh nella

B. 中非拉丁化本土文字

(13) Luba（Zaire）300（ā ō ē ī）．

Muntu wakatompele mbao. Wafika katompa mbao, ino watana mulubao lumo lupye ntambo. Ino muntu wadi

（14） Lingala（Zaire, Congo）180（â á ó ŏ é ĕ í ú έ ĉ ĉ）.

Tokosepelaka míngi na botángi o kásá malúli ma báníngá baíké, bakosénge te báléndisa bolakisi kóta ya Pútú

（15） Kongo（Zaire, Congo, Angola）300（−）.

Kilumbu kimosi M'vangi wa vova kua bibulu. "Tuka ntama yitudi banza nani vakati kua beno yigufueti

C. 東非拉丁化本土文字

（16） Swahili（Tanzania, Kenya）1200（−）.

Mtego wanaotega, ninaswe nianguke, Sifa yangu kuvuruga, jina liaibike, Mungu mwema mfuga, nilinde lisitendeke,

（17） Somali（Somali）480（−）.

Sidii Koorweyn halaad oo Kor iyo Hawd sare ka timid kulayl badan baan qabaa. Shimbiro geed wada korea

（18） Kikuyu（Kenya）200（−）.

Gikuyu ni gitikitie Ngai mumbi wa Iguru na Thi, na muheani wa indo ciothe. Ngai ndarimuthia kana githe thwa,

（19） Ganda（Uganda）200（−）.

Lumu ensolo zawakana okudduka nti anasooka akutuka kuntebe gyezali zitadewo yanaba omufuzi. Ngabulijjo

（20） Ruanda（Ruwanda, Zaire）500（−）.

Impundu z´urwunge zavugiye mu muli Maternite y´i Kigali, zivugilizwa umubyeyi wabyaye umwana uteye

（21） Rundi（Burundi）400（−）.

Kuva aho Uburundi bwikukiriye ibintu bitari bike vyarateye imbere mu gihugu. Kuva aho Republika

D. 南非拉丁化本土文字

(22)　Nyanja (Malawi，Zambia) 330 (−).

Kalekale Kunali munthu wina dzina lace Awonenji Anzace
Sanalikumuwelengela Koma iye Sanadzipatule.

(23)　Bemba (Zambia) 150 (−).

Calandwa ukutila indimi ishilandwa mu calo ca Africa shaba pakati
kampendwa imyanda mutan da ne myanda cine

(24)　Shona (Zimbabwe) 400 (ʋ ŋ ɓ ɖ ʐ ʂ).

Zuʋa rese ŋgoma yakaswera icicema, ʋanhu ʋakatamba kutamba kusina
rufaro. Mambo akaswedza zuʋa ari

(25)　Afrikaans (South Africa) 450 (−).

Vanaand het ek weer so Verlang, in grondelose vrees van eie gryse
eensaamheid, dat jy by my moet wees,

(26)　Zulu (South Africa) 400 (ɓ).

Ngimbeleni ngaphansi kotshani Duze nezihlahla zomyezane Lapho
amagatsh´ eyongembesa Ngama

(27)　Xhosa (south Africa) 400 (−).

Nkosi, sikelel´ i´ Afrika Malupakam´ upondo Iwayo; Yiva imitandazo yetu
Usisikelele Yihla Moya, yihla

(28)　Sotho (Lesotho) 250 (−).

Le hoja ´muso ona o itlama ho sireletsa litokelo tsa botha tsa batsoali naheng
ena, e leng tokelo ea ho

(29)　Tswana (Botswana, S. Afroca) 100 (−).

Mmina-Photi wa bo khama le Ngwato-a-Masilo Ka kala fela jaaka lenong
Marung Motseng gaetsho ka go tlhoka

(30)　Swazi (Swaziland, S. Africa) 100 (−).

Nkulunkulu, mnikati wetibusiso temaSwati, Siy-atibon-ga tonkhe tinhlanhla;
Sibonga iNggwenyama yetfhu, Live,

(31) Bushman (Botswana, Namibia) 5 (ā á ǎ a̱ ā̱ ā̄ ō ó ǒ o̱ ó̱ ē ë ę ē̱ é í ȉ í ĭ ȉ ū ú ǔ
ṙ ṅ χ ǃ ǁ ǁǁ)

Kórokẹn ǁχau ǀ ki ǁkaúë, au ǁ kaúëtẹn ǀ kā wāi.

Kórokẹn ǀ ne ǁ χéi ǁ χěi, haṅ ǀ ne taṅ-i ǁ kaúë ā̯u wāïta

(32) Hottentot (Namibia) 5 (ä ö õ ẹ ẽ ị ȉ ĭ ū ũ χ ǀǀǀ ǂ ǃ .)

ǂKam / ũi-aob gye //ẽib di gũna / homi / na gye / ũi hã i. / Gui tsẽb gye /
gare-/uïï di / khareï ei heïï

(33) Malagasy (Madagascar) 700 (−).

Aza anontaniana izay anton´izao Fanginako lalina ary feno tomany! Aza
anontaniana, satria fantatrao

五 拉丁字母在亞洲的傳播

亞洲是拉丁化最晚和最少的大洲。

拉丁化在亞洲所以既晚又少，因為亞洲是一個文明古洲，早已形成三大
文字流通圈：漢字流通圈、印度字母系統流通圈和阿拉伯字母流通圈。

西亞用阿拉伯字母的國家有：敘利亞、黎巴嫩、約旦、巴勒斯坦（1988
年 11 月宣告成立）、沙特阿拉伯、也門、伊拉克、伊朗、科威特、巴林、卡
塔爾、阿拉伯聯合酋長國、阿曼。用希伯來字母的是以色列。用拉丁字母的
是土耳其。

南亞用印度字母系統文字的有：印度、孟加拉、斯里蘭卡、尼泊爾、不
丹、錫金。用阿拉伯字母的有：巴基斯坦、阿富汗、馬爾代夫。

東亞用漢字系統文字的有：中國、日本、韓國。用斯拉夫字母的是蒙古
國。朝鮮全用諺文。

東南亞用拉丁字母的有：印尼、馬來西亞、汶萊、新加坡（主要用英文）、菲律賓、越南。用印度系統字母的有：緬甸、泰國、老撾、柬埔寨。

1. 西亞文字的拉丁化

西亞文字的拉丁化，是拉丁字母和阿拉伯字母之間的較量。拉丁字母背後有科技力量。阿拉伯字母背後有宗教力量。西亞除以色列信猶太教以外，主要信伊斯蘭教。其中只有兩國（伊朗和土耳其）不是阿拉伯民族，其他都是阿拉伯民族。阿拉伯國家，以埃及為中心，曾經掀起過拉丁化運動，沒有成功。成功的是非阿拉伯的伊斯蘭教國家：土耳其。

土耳其文——拉丁化的土耳其文是西亞唯一的拉丁化文字。土耳其文字從阿拉伯字母改為拉丁字母，不是單純的文字改革，而是一場政治和社會的綜合革命。

奧斯曼帝國在第一次世界大戰中的慘敗，激起"西亞睡獅"土耳其的革命青年，要求打開中東的中世紀黑暗帷幕，走向現代文明。在革命領袖凱末爾（Mustafa Kemal，一譯基馬爾）** 的領導下，實行全盤的反封建政策：廢除政教合一和宗教法庭、掃除文盲、提倡女權、採用姓氏（原來有名而無姓）、革除教服（原來必須戴教帽、穿教袍）等等。對土耳其人來説，廢除阿拉伯字母是解脱宗教束縛的關鍵。從宗教和封建的深淵中躍起，實行信教自由和民主改革，這是土耳其歷史的一次飛躍。

土耳其語，舊稱奧斯曼語（Osman），屬於阿爾泰語系突厥語族。共同語以首都安卡拉（Ankara）方言為基礎。13 世紀土耳其人信奉伊斯蘭教，採用阿拉伯字母。土耳其語的輔音較少，而阿拉伯輔音字母較多，因此同一個土耳其輔音有好幾種不同的寫法。土耳其語的元音較多，而阿拉伯沒有元音字母，只有 3 個加在輔音字母上面的元音符號，因此好幾個土耳其元音只能用

** 　凱末爾原來也只有名、沒有姓，後來採用群眾送給他的姓氏Atatürk，意為"土耳其之父"。

一個元音符號表示。由於宗教的束縛，土耳其人忍受這種不便已經 700 年。1928 年土耳其公佈新字母表，採用 29 個拉丁字母，包括 6 個加符字母，不用 Q，W，X。拼法跟語音一致。這開闢了亞洲國家主動採用拉丁字母作為正式文字的先例。

2. 東南亞 *** 文字的拉丁化

A. 印尼文 —— 印尼是世界上最大的島國：萬島之國。有島嶼 13000 多個，人口近 2 億。5 ～ 6 世紀受印度教影響，採用梵文字母。13 世紀改信伊斯蘭教，採用阿拉伯字母。17 世紀成為荷蘭的殖民地，以荷蘭文為官方文字，同時在民間用基督教會羅馬字書寫本地方言。

東南亞海上貿易，500 年前就興盛起來，需要一種貿易共同語。以東南亞交通樞紐地的廖內‧柔佛方言為基礎的馬來共同語成了東南亞的海上共同語。柔佛 (Johore，Djohor) 在馬來半島的南端，廖內 (Riau) 在蘇門答臘島的中東部，隔着海峽面對柔佛。1945 年印尼獨立，採用這一語言為"國語"，定名為"印尼語"。

印尼首都雅加達 (Jakarta，Djakarta)，舊稱巴達維亞，在人口最稠密的爪哇島的西端。雅加達方言不同於廖內‧柔佛方言。印尼是共同語不以首都語言為基礎的一例。他們採取流通更廣的馬來共同語，一方面是接受歷史事實，一方面是便於在東南亞作更廣的信息聯繫。

印尼字母表曾經幾次改變。其中荷蘭人 Ch. A. van Ophuysen 的方案 (1904) 影響較大。1947 年經過修改後正式公佈。有 32 個字母 (26 個拉丁字母加 6 個雙字母)，不加符號，不添字母。後來在 1972 年跟馬來西亞採用共同的拼寫法。

B. 爪哇文 —— 這是爪哇島東中部的方言文字。1000 年前開始用變形的印

*** 這裏把中南半島歸入地理學上的東南亞。

度字母書寫，以後逐漸改為羅馬字母。不加符號。現在，爪哇文和其他方言文字都被全國性的印尼文所代替。

C. 巽他文——爪哇島的一種西部方言文字，採用古爪哇文的字母書寫，也逐漸在羅馬化。用少數加符字母。

D. 馬都拉文——爪哇東部北方的小島馬都拉的方言文字，用古爪哇文的字母書寫，也在改為拉丁化。

E. 馬來西亞文——馬來亞的文字，在 14 世紀初採用阿拉伯字母，叫做“爪威文”(Jawi)。19 世紀，英國人制訂拉丁化方案。現在，“爪威文”在馬來亞和蘇門答臘內地還用，可是通都大邑都用拉丁字母的馬來文。字母表跟英文相同，不用符號。馬來文的拼寫法跟印尼文略有不同，而語言是共同的（例如，印尼文用 j，馬來文用 y。）。1972 年跟印尼取得一致，兩國用相同的共同語和拼寫法。

馬來亞 1957 年獨立。新加坡 1959 年實行自治。1963 年成立馬來西亞，包括新加坡。1965 年新加坡退出，成為獨立國。

汶萊位於加里曼丹島（Kalimantan，舊稱婆羅洲 Borneo）西北部，1983 年完全獨立，以馬來語為官方語言，用拉丁字母，拼寫法與印尼、馬來西亞、新加坡相同。

F. 新加坡文——新加坡有四種官方文字：英文、華文、馬來文和泰米爾文。英文是行政和工商業的主要文字，也是學校教學的主要文字。華文既用漢字書寫，又用中文拼音字母書寫。馬來文是拉丁化的，相同於印尼、馬來西亞。泰米爾文用泰米爾字母。

G. 菲律賓文——菲律賓文是他加祿語（Tagalog）的拉丁化。1962 年定名為 Pilipino。它以呂宋島南部包括首都馬尼拉（Manila）在內的方言為基礎。屬於印尼語族。除 Pilipino 以外，英文是主要的官方文字。

1565 年西班牙佔領菲律賓。1898 年美西戰爭後，菲律賓歸美國統治。1946 年獨立。18 世紀以前曾用印度字母，有的少數民族用阿拉伯字母。現在學校都教英文和菲律賓文。後者只用 20 個字母，不用 c，f，j，q，v，x，z，另加一個 ng。

H. 比薩亞文 —— 菲律賓中部諸島的文字，以宿務島（Cebu）為主。西班牙人給他們創造拉丁化文字，用 20 個字母，不用 f，j，k，v，w，x，z，另加一個加符字母（ñ），後來用 ng 代替。這是應用不廣的少數民族文字。

非洲東部大島馬達加斯加文字也只用 21 個字母，在 26 個拉丁字母中除去 5 個（c，q，u，w，x）。它是印尼語的親屬語。地在非洲，語言屬東南亞。

I. 巴布亞新幾內亞的"變形"英語 —— 澳大利亞之北有一個大島，叫做新幾內亞（英 New Guinea）或伊里安（印尼語 Irian）。西半屬印尼，稱西伊里安。東半是一個新獨立（1975）的國家，叫巴布亞新幾內亞。這個國家原來分南北兩部，南部稱巴布亞（Papua），北部稱新幾內亞（New Guinea），獨立前都由澳大利亞管理。這裏的官方文字是英文和"變形"英語（Pidgin English）。這種"變形"英語，又稱美拉尼西亞"變形"英語，已成當地的通用語，獨立後用於公文。它對英語進行語法和詞彙的簡化，大約有 1500 個基本詞，由此組成許多複合詞。例如：haus kuk（house cook）"廚房"，haus sik（house sick）"醫院"，haus pepa（house paper）"辦公室"。有人認為這是語言的退化，有人認為這是語言的進化。它是在較短時期內因實際需要而形成的"准人造語"。

J. 越南文 —— 越南原來用漢字和"字喃"，在 1945 年獨立後正式採用拉丁化的越南文。

17 世紀，西歐勢力伸入越南。傳教士設計了各種越南語的拉丁化拼寫法，一方面自己用來學習越南話，一方面作為把基督教義傳給文盲的文字。其中法國神甫羅德（A. de Rhodes）在 1651 年發表的設計，經過修改，成為流傳至今的越南拼音文字。

1861 ~ 1945 年，越南由法國統治。起初只佔南越，後來兼併北越。法國當局提倡拉丁化，先實行於南越，後擴展到北越。目的是跟法文掛鈎，方便法國統治。可是，文字是沒有階級性的，殖民主義的文字後來成了革命工具。

羅德是法國人，可是他的方案近似葡萄牙文。

有 38 個字母，包括 7 個加符字母和 10 個雙字母，不用 f，j，w，y，z。越南語是聲調語言，四聲各分陰陽，共 8 調，除入聲用去聲調號再加收尾字母外，共用 6 種調號，加在元音字母上面。電報用 7 個字母代替調號，陰平在電報上不標調。

K. 壯文——中國廣西壯族的拼音文字。壯文歷史跟越南很相似。起初用漢字和自造的“壯字”，最後採用拉丁化拼音文字。不同的是，越南文是全國通用文字，壯文是中國少數民族文字，為了學習漢文化，壯人需要同時學習漢字。1956 年壯族採用拉丁化拼音文字，有 5 個表示聲調的標調字母，寫在音節末尾。1985 年修改方案，用 5 個普通的拉丁字母標調，廢除特造的標調字母。此外，中國還有 13 種少數民族拉丁化文字。

小結：上述拉丁化文字中，6 種是全國性的文字。新加坡主要用英文，這是貿易和文化交流的需要。巴布亞新幾內亞用“變形”英語，因為本國原來沒有共同語。此外 4 種全國性拉丁化文字，有 2 種不同的文化背景。印尼、馬來亞、菲律賓 3 種語言，都是印尼語族。語言同屬。他們早期都屬於印度文化圈，用印度字母；後來又屬於伊斯蘭文化圈，用阿拉伯字母。文化同型。從印度字母到阿拉伯字母到拉丁字母，他們“三易其文”了。越南文化背景不同，它的語言接近漢語，文化源出中國。兩種類型四個國家的文字都拉丁化了，是西歐殖民的結果。起初是被動拉丁化，後來是主動拉丁化。東南亞的拉丁化是逐步形成的。西亞土耳其的拉丁化是一次主動成功的。

▼ 亞洲拉丁化文字舉例

第一部分：文字名稱（應用國家）——（字母數／增加符號和字母／——不用字母）。

第二部分：文字樣品。

（1）　Turkish, Türkçe, Osmanli-（29/I ö ü ç ş ğ/——Q W X）

Yeryüzü kendi kendine bir toprak. Yurt bir toprak üstünde var olduğumuz.

(2)   Indonesian, Bahasa Indonesia - (32/ch ng dj nj sj tj)

Setiap kita bertemu, gadis ket jil berkaleng ketjil Sen- jummu terlalu kekal untuk kenal duka

(3)   Javanese (Indonesia)

Kulamun durung lugu, Aja pisan dadi ngaku-aku, Antuk siku kang mangkono iku kaki

(4)   Sundanese (Indonesia)

Dumadakan aja angin ribuk katjida di laut, nepi ka om-bak-ombak ngarungkup kana parahuo.

(5)   Madurese (Indonesia)

E dimma bhại bạ dạ bengko se elebbhoenana dhibiqna, ngotjiaq dhilloe bạrijạ: pạdạ salamet sabhạlạbengko

(6)   Malay (Malaysia)

Maka ada-lah kira-kira sa-puloh minit lama-nya, maka mĕlĕtuplah ubat bĕdil itu sapĕrti buny pĕtir;

(7)   Pilipuno, Tagalog (Philipine) - (20/ng/—C F J Q V X Z)

Hagurin ng tanaw ang ating palibot: taniman, gawaan, lansangan, bantayog, lupa, dagat, langit ay pawang

(8)   Bisaya, Visaya (Philipine) - (20/ng/—F J K V W X Z)

May usa ka magtiayon dugay nang katuigan nga nangagi nga may usa ka anak nga lalaki nga ilang ginganlan si

(9)   Melanesia Pidgin English (Papua New Guinea)

Long Muglim klostu long Mount Hagen planti man i belhat tru. As bilong trabel em i man na Ruri na Maga Nugints

(10)   Vietnamese, Quốc Ngữˇ (Viet Nam) — (38/ă â ô σ ŭ ê đ ch gh kh ng ngh

nh ph qi th tr/—F J W Y Z）. Tone marks:

（－），Λ´（f），Λʾ（r），Ã（x），Λ´（s），A(j)，Λ´c（s），A c（j）.

六　拉丁字母的技術應用

不用拉丁字母作為正式文字的國家，都有本國共同語的法定的或慣用的拉丁字母拼寫法，用於國際交往。拉丁字母事實上已經成為國際通用字母。

拉丁字母的符形最簡單、辨認最醒目，這是它的技術性優點。但是，它成為國際通用字母，主要是由於它的社會性優點。它在 20 世紀末已經成為多數國家的文字。它代表着人類的科技文化。它的出版物、打印機械、傳信設備，數量最多、應用最便。它是全世界絕大多數小學生所熟悉的字母，學習數理化非學不可。

1. 拉丁字母的應用層次

拉丁字母的利用分為三個層次。

A. 正式文字層：作為全國共同語的正式文字；殖民地或新獨立國家沿用宗主國語文作為官方文字。

B. 輔助文字層：作為國內少數民族語言或方言的文字；作為國際交往應用的第二語言的文字。

C. 技術符號層：作為非拼音文字的注音和轉寫符號；作為國際信息交流的電腦傳信符號。

2. 拼寫法的國際標準化

拉丁字母作為國際信息交流的電腦傳信符號，是信息化時代的新發展。國際標準組織（ISO）給每一種非拉丁化文字制訂一種拉丁化標準拼寫法，便利國際信息交流。例如，中國的《中文拼音方案》已經在 1982 年成為拼寫漢語的國際標準（ISO7098）。不久將來，全世界各國的圖書館和資料庫將由電腦聯繫成為一個世界網絡，在任何地方都可以利用標準化的拉丁字母拼寫法查到全世界的圖書資料，真正做到"秀才不出門，能知天下事"。

尾聲 | 三大符號系統

人是會講話的動物。文明人是會使用符號的人。人類創造了許多種符號，其中音符、數碼和字母三者，最為成功。最先進的音符是"五線譜音符"，最先進的數碼是"阿拉伯數碼"，最先進的字母是"羅馬（拉丁）字母"，它們被稱為"三大符號系統"。

一　五線譜音符

悠揚婉轉的音樂，如何用符號來寫在紙上？這在沒有音符的時代是難以想像的。中國和外國的音樂家，在過去的 1000 年間，為了這件事不知道花了多少心血，設計了許多種記譜方法，都只能或多或少作為幫助記憶之用，不能使音樂家看了就一模一樣地演奏和歌唱出來。這件事一直到 13 世紀才開始得到較大的進展。那就是"五線譜音符"的出現。這種音符，像五根電線上面站着一群小鳥，又像許多蝌蚪在水中游泳，現在成為學音樂的孩子們都看慣了的符號系統。

在中國有崇高地位的傳統戲劇"崑曲"，今天還用創始於隋唐時代的以漢字作為音符的記譜方法：

上（do），尺（re），工（mi），凡（fa），六（sol），五（la），乙（ti）

高八度，在"上尺工凡六五乙"幾個字的左邊加上"亻"旁。低八度，把"上尺工凡"的末筆帶上一個向下的撇鈎，把"六五乙"改為"合四一"。節奏用幾個板眼記號。這樣簡單的樂譜照樣能演唱出美妙的戲曲來，因為主要依靠"口授心傳"，不要求記譜十分精確。

民國初年，中國創辦新式學校，起初採用阿拉伯數碼的"簡譜"，現在仍舊廣泛流行，而且有所改進。那是用 7 個阿拉伯數碼作為音符：

▼ 工尺譜昆曲唱本樣品

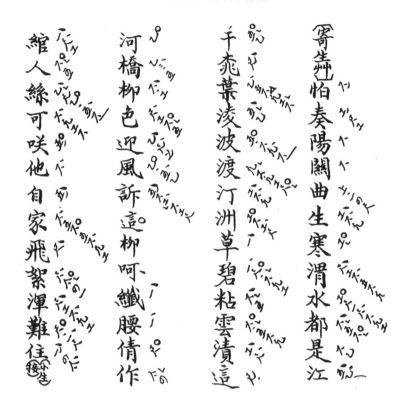

1（do），2（re），3（mi），4（fa），5（sol），6（la），7（ti），另外再加上各種附加符號，使它記錄精確。這種"簡譜"在 16 世紀中葉形成於歐洲，17~18 世紀在法國逐步完善，後來傳到日本，由日本傳來中國。可是，若干年前，中國廣播電台在廣播漢語課本中印了"拼音字母歌"的"簡譜"，日本讀者都說看不懂，不知道這是甚麼樂譜。後來改印了"五線譜音符"，才解決日本讀者的需要。這說明"簡譜"在日本已經不流行了。

出現"五線譜音符"以前，中世紀的基督教聖歌記錄中，用一種小方點子

作為記音符號，據說是從古代希臘文字上的"重音"符號發展出來的。大約到
10~11 世紀出現用四條線的樂譜，12 世紀提高了記音技術，13 世紀後半葉
形成有"時值"的音符，而"五線譜"到 16 世紀才真正確立。"五線譜音符"
經過 500 年的發展和 500 年的完善化，現在成為能夠惟妙惟肖地寫下任何樂
曲的符號系統。

▼ 五線譜和阿拉伯數碼音符樣品

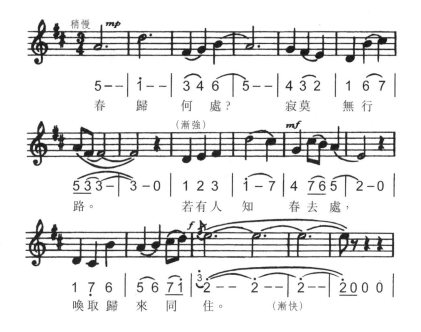

二　阿拉伯數碼

　　10 個阿拉伯數碼（0 1 2 3 4 5 6 7 8 9）是今天小孩都認識的符號系統。
它跟"羅馬（拉丁）字母"一樣，是最平凡的東西，又是最有用的東西。如果一
天沒有了這 10 個數碼，數學可能要倒退，全世界的商業簿記可能發生大混亂。

　　5000 年前，古代埃及人用下面的方法記錄 243688 這個數目（從右到左）：

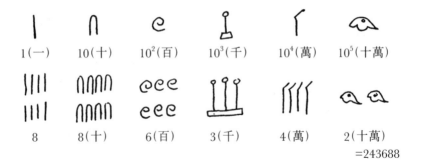

1(一)　　10(十)　　10^2(百)　　10^3(千)　　10^4(萬)　　10^5(十萬)

8　　　8(十)　　6(百)　　3(千)　　4(萬)　　2(十萬)

=243688

5000 年前，古代巴比倫人用下面的方法書寫 "34" 和 "47"：

∨　或者　⊃　=1.　　◁　或者　●　=10.

◁◁◁ ∨∨∨∨　= 10 + 10 + 10 + 1 + 1 + 1 + 1 = 34.

∨ ⊃ (減去)。

◁◁◁ ∨ ∨∨∨　或者　○○○∨ ⊂⊂⊂ = 50 - 3 = 47.

2000 年前，古代希臘用下面的方法書寫 36756：

Γ（五）　　Δ（十）　　H（百）　　X（千）　　M（萬）

$Γ^Δ$（五十）　　$Γ^H$（五百）　　$Γ^X$（五千）

MMM　　$Γ^X$X　　$Γ^H$HH　　$Γ^Δ$　　ΓI　　=36 756.

（三萬）　（六千）　（七百）　（五十）　（六）

在 10 世紀以前，羅馬的計數法在歐洲是最先進的，方法是用字母代表數位：

I（一），V（五，手掌五指之形），X（十，兩個五字），

L（五十），C（百），D（五百），M（千）.

羅馬計數法舉例如下（2814 的寫法）：

MM	DCCC	X	IIII	=2814
（二千）	（八百）	（十）	（四）	

這樣的鐘錶記時法到今天仍在使用（左大右小用加法，左小右大用減法，減法是後起的）：

Ⅰ（1），Ⅱ（2），Ⅲ（3），Ⅳ（4），Ⅴ（5），Ⅵ（6），

Ⅶ（7），Ⅷ（8），Ⅸ（9），Ⅹ（10），Ⅺ（11），Ⅻ（12）．

阿拉伯數碼源出於印度，阿拉伯人叫它“印度數碼”；阿拉伯人把它傳到歐洲，歐洲人叫它“阿拉伯數碼”。歐洲拉丁文的文獻中，最早在 976 年有阿拉伯數碼的記載。今天的“阿拉伯數碼”是經過歐洲人加工過的，依照大寫羅馬字母的形體，改成幾何圖形，不採用阿拉伯文手寫體的筆畫形式。所以阿拉伯文中的“數碼”反而不是我們常見的“阿拉伯數碼”形式。阿拉伯文是從右到左書寫的，現代“阿拉伯數碼”的國際書寫習慣是從左到右書寫的，這使阿拉伯文不便夾用。特別是阿拉伯文中不用“數碼”的“〇”字，而用一個點子代表“〇”。這說明“〇”是後來發明的，後來加進去的。

中國的《新華字典》1971 年修訂第 4 版沒有“〇”，1979 年修訂第 5 版加進了“〇”，作為一個“漢字”，解釋為“數的空位，用於數字中”。《現代漢語詞典》1979 年第一版也收了“〇”，解釋為“數的空位，同零，多用於數字中”。這是“〇”進入漢字行列的開始。

現代“阿拉伯數碼”和阿拉伯文中的“數碼”對照如下（阿拉伯文從右到左）：

現代“阿拉伯數碼”：　1　2　3　4　5　6　7　8　9　0

阿拉伯中文的“數碼”：١ ٢ ٣ ٤ ٥ ٦ ٧ ٨ ٩ ٠

“阿拉伯數碼”傳到東方可能在中國的明朝或者更早。在日本和中國的教科書中應用，大約開始於日本的“明治維新”（1868）和中國的“辛亥革命”（1911）。清末創辦的中國第一個現代大學“京師大學堂”的數理化教科書中，

還用"甲乙丙丁"、"子丑寅卯"、"一二三四",不用 ABCD 和 1234,而且是從上而下豎着寫的。今天的孩子們看了會覺得奇怪。

中國有一種數碼,叫做"蘇州碼子"。20 世紀 20 年代上海"南市"的門牌上還用"蘇州碼子",而"租界"的門牌都用"阿拉伯數碼"。蘇州人不知道"蘇州碼子"跟"蘇州"有甚麼關係。據說這種數碼起源於琉球,不知是否有人考證過。"蘇州碼子"現在幾乎沒有人用了。它的寫法如下:

(1)	(2)	(3)	(4)	(5)	(6)	(7)	(8)	(9)	(10)

現在中國的報紙和雜誌,對使用阿拉伯數碼還有一定的限制,不可多用。

三　羅馬(拉丁)字母

不少人認為,字母是西方(西歐)創造的。其實,字母不是"西方"創造的,而是"東方"創造的,它發源於被稱為"近東"的"東方"(地中海東岸,"西亞")。不少人認為,字母的產生遠遠後於漢字。其實,字母是跟甲骨文同時期產生的,這一事實有些人不敢相信。

字母的最早起源現在還不清楚,要等考古學者進一步發掘和研究。字母的故事可以從"比撥羅字母"談起。比撥羅(Byblos,在今黎巴嫩,今名 Jubayi)是地中海東岸一個古代城市。這裏發掘出一塊"阿希拉姆"(Ahiram)墓碑,碑銘中的 22 個字母已經考證明白,是公元前 11 世紀的"北方閃米特(Semitic)字母",按照發現地點稱為"比撥羅字母"。它雖然不是"字母的始祖",肯定是"字母的高祖"。可信的字母歷史從它講起。在這以前,出土了殘缺的字母碑銘,是公元前 17～前 15 世紀的遺物,還沒有解讀。"北方閃米特字母"大致創始於公元前 17～前 15 世紀,成熟於公元前 11 世紀(相當於中國商朝,約公元前 17～前 11 世紀)。

　　字母不是一下子創造出來的，而是經過了 2000 年的孕育然後誕生的。在字母誕生前 2000 年，兩河流域的丁頭字和埃及的聖書字都已成熟了。地中海東岸是這兩大文化發源地之間的"文化走廊"。"比撥羅字母"就在這個"文化走廊"中誕生。

　　"比撥羅"是一個商業城市，它的所在地區古稱"迦南"（Canaan），又稱"腓尼基"（Phoenisia）。這裏的商人們，沒有時間學習繁難的丁頭字和聖書字，也不需要寫長篇大論的文章。他們需要簡單的文字，給進出的貨物和錢財作必要的記錄。在丁頭字和聖書字中的聲符的啟發下，他們借用和創造簡單的符號，代表自己的口頭語音，在長時期的實用中逐步改進，形成了"字母"。

　　"比撥羅"這個地方，古代埃及稱它為 Kubna，古代巴比倫稱它為 Gubla，古代希臘稱它為 Byblos。埃及出產的"紙草"是從這裏轉運到古代希臘和愛琴海的各個島嶼去的。"紙草"（papyrus）的名稱是從"比撥羅"（Byblos）地名得來。"聖經"（Bible）這個名詞也是從"比撥羅"地名得來的，原意是"紙草的書"。"比撥羅"在古代文化中的地位可想而知。

　　字母為甚麼不是誕生在兩河流域或者埃及呢？這跟"假名字母"為甚麼不是誕生在中國的道理相同。文字的飛躍發展，都是在原產地以外出現的，好比魚類有到異地去產卵的習性一樣。地中海好比是一個內陸湖，跟大西洋相比，可說是風平浪靜，氣候宜人。在西歐還沉睡在蒙昧之中的時候，東地中海沿岸已經進入文明時代，發展了水上航行和國際貿易。公元前 1000 年以前的字母遺跡全部發現在這個地區。創造的字母不止一種，"比撥羅字母"是其中有代表性的。字母在這裏創造出來，依靠兩個條件。第一是商業的繁榮，記賬的需要。"腓尼基"在古代希臘語中是"商人"的意思。第二是文化的背景，知識的提高。這裏東北有丁頭字文化，西南有聖書字文化，這兩大古代文化是誕生字母的父母。

　　當時的文字記錄主要是給自己看的，字母只要求能夠代表"音節"的主要部分，那就是音節開頭的輔音（聲母）：不要求完備地寫出元音，更不必跟着元音變化而變化。這種字母被稱為"輔音字母"，它主要表示"輔音"，實際是"音節"性質。（這跟中國的三十六字母只有聲母、沒有韻母，有相似之處。）記賬人員模糊地感覺到音節的存在，不會分析輔音和元音，寫下的"備忘"記錄，不求完善、不求美觀，更不求高貴。在當時的丁頭字和聖書字的學者們眼裏，當然是不登大雅之堂的。

字母後來傳播四方，其中最重要的一條傳播路線是，從腓尼基傳到希臘，由希臘補充了元音字母，成為"音素字母"。經過古代意大利的埃特魯斯坎（Etruscan），再傳到羅馬帝國，成為"羅馬（拉丁）字母"。羅馬字母起初只有21個，後來增加到23個，中世紀時候又經過分化而成為26個，這就是傳到今天的"現代"羅馬（拉丁）字母。

它的形體特點是，既有幾何圖形的楷書體，又有流線型的行書體；前者便於閱讀，後者便於書寫。它的應用特點是，利用字母組合（雙字母、三字母等）和附加符號，可以完備地寫出人類的一切語言。能把人類的一切語言寫在紙上的26個"羅馬（拉丁）字母"，由於普遍使用，失去了人們對它的神秘感，成為平淡無奇的文字符號。

後　記

50 年代，我參加"中文拼音方案"的制訂工作。當時需要研究的問題之一是，拼音方案採取民族（漢字）形式的字母好呢，還是採取國際（拉丁）形式的字母好呢？我寫了一本小書《字母的故事》（1952 第一版）提供參考。這本小書不僅受到研究者的歡迎，也受到一般讀者的歡迎，因此一版再版。

上海教育出版社胡惠貞女士建議我把"故事"修訂，擴充成為"歷史"。我遵照做了，在 1990 年出版《世界字母簡史》。出版以後，得到《中國日報》和其他刊物的好評。一位台灣學者對我說，他在台灣也讀了這本書，由此對字母的瞭解擴大了視野。

上海教育出版社徐川山先生又建議我再把"字母史"修訂，擴大成為"文字史"，重新出版。我又遵照他的建議，在不使卷帙過大的條件下，努力做到條理分明，體系完整。1996 年的 8 月，我看到了《世界文字發展史》的校樣。

這本書，經過 40 多年一再修訂和擴展，希望對文字史和文字學（包括字母史和字母學）的研究，能起到引路的作用。

世界文字史可以分為三個時期：原始文字時期、古典文字時期和字母文字時期。凡是不能按照語詞順序無遺漏地書寫語言的文字，都是原始文字。這個長達五千年到一萬年的時期，如何劃分階段，如何選擇例證，是一大難題。在比較多種著作之後，我恍然大悟：不能盲從成說，必須獨闢蹊徑。

50 年代以來，我國調查研究少數民族歷史，發現了多種民族語言和傳統文字，它們組成一個古語文的化石寶庫。從這裏吸取精華，可以彌補國外著作之不足。文字史跟其他學術一樣，也要從世界觀察中國，以中國補充世界。

世界文字，資料紛繁，但是雜亂無章，容易使人墜入治絲益棼的陷阱。

避開陷阱的方法是把握住歷史發展的綱領。本書採取"少而精、簡而明"的取材方法，嘗試把佶屈聱牙的資料，寫成平順可讀的文章。重視學術性，不失可讀性，是本書努力的目標。

周有光

1996-08-23，北京

時年 91 歲

附錄 | 幾個文字學問題

周有光

名稱更新和視野擴大

問：研究漢字的學問，為甚麼既稱漢字學，又稱文字學？

答：古代稱小學，指小孩學習漢字的方法。清末改稱文字學，從識字方法發展為文字理論。1950 年代改稱漢字學，說明漢字學是文字學的一個部分。名稱更改反映認識發展。

問：文字學包含哪些分支？

答：傳統文字學主要研究古代漢字形音義的歷史演變。清末掀起文字改革運動，開始注意現代漢字的研究，晚近形成現代漢字學，多所大學已經開設這門課程。把漢語和非漢語的漢字系統作為研究對象，形成廣義漢字學。把人類文字總系統作為研究對象，形成人類文字學。文字學就是人類文字學，又稱普通文字學，正像語言學就是人類語言學，又稱普通語言學。

問：現代漢字學研究些甚麼？

答：現代漢字學研究漢字的現狀和問題，注重漢字的當前應用，包括漢字在電腦上的處理技術。

問：廣義漢字學有甚麼用處？

答：研究廣義漢字學是漢族和少數民族的共同需要，對相互瞭解和發展共同文化有多方面的意義。它是漢字學的一個新領域，有 30 來種非漢語的漢字型民族文字，分為孳乳仿造、變異仿造和異源同型。

問：研究人類文字學是否就是引進國外文字考古學的成果？

答：研究人類文字學是擴大我們對文字學的視野；不僅引進國外的研究

成果，還要從中國的角度研究新的問題，例如研究漢字跟其他古典文字的共同規律和個別特點，探索漢字在人類文字中的歷史地位。

文字分類和漢字類型

問：研究文字分類法有甚麼用處？

答：學術大都從分類開始，然後進入科學領域，例如語言學、生物學。文字學也是如此。分類法又稱類型學，是文字學的基礎課題。

問：你是如何研究分類法的？

答：中外文字學者提出的分類法，一人一套，各不相同。我把多種分類法排列比較，發現都是以文字的特徵為依據。文字的特徵有三個方面：1. 語言段落（篇章、章節、語句；語詞、音節、音素）；2. 表達方法（表形、表意、表音）；3. 符號形式（圖符、字符、字母）。我把三個方面的各個層次排成一個三棱形序列，稱為"三相分類法"。任何文字都能在這裏找到它的位置。

問：漢字屬於甚麼類型？

答：現代漢字體系，從語言段落看，是語詞和音節文字，簡稱語素文字（成詞語素和不成詞語素）；從表達方法看，是表意和表音文字，簡稱意音文字；從符號形式看，是字符文字。綜合三個方面，現代漢字體系的類型是"語詞和音節 + 表意和表音 + 字符"。

問：把漢字體系說成象形文字，錯在哪裏？

答：甲骨文中只有少數象形字。漢字從篆書變為隸書之後，象形字完全不象形了。把漢字體系說成象形文字，對古代，對現代，都不符合事實。這一錯誤來自國外。古埃及字有三種體式：1. 圖形體的聖書字，聖書字這個名稱又作三體的統稱；2. 草書體的僧侶字；3. 簡化體的人民字。國外錯誤地把一切非字母文字統稱為聖書字；中國又錯誤地翻譯成為"象形文字"。

問：甚麼叫做漢字的性質？

答：漢字的性質就是漢字的特徵。

問：關於漢字的性質，為甚麼各家説法不同？

答：文字分類法告訴我們，文字的特徵有三個方面，各個方面又分幾個層次。各家根據的方面和層次各不相同，未能綜觀全域，所以眾説紛紜。我歸納 30 多家"兩類九種"不同説法，其中不少是相互補充的，並不彼此矛盾。例如漢字的"語素文字説"根據語言段落，"意音文字説"根據表達方法，是相互補充的，如能兼顧兩方，説法就完備了。

語言特點和文字類型

問：有人説：漢族沒有採用拼音文字而採用方塊字，是漢語的特點決定的。西方的多音節語決定用拼音，漢族的單音節語註定用方塊字。又有人説：漢語音節分明，沒有詞尾變化，因此創造漢字；英語音節複雜，有詞尾變化，因此採用字母。

答：比較文字學把這些説法叫做"語言特點決定文字類型"。可是，朝鮮和日本的語言特點跟漢語不同，他們都採用漢字，因為漢字隨漢文化傳播到他們國家。漢語和藏語的語言特點相同，同屬漢藏語系，可是漢語用漢字，藏語用字母，因為印度字母隨印度文化傳播到西藏。漢語在古代是單音節語，後來變成多音節語，今天早已離開單音節語時代。採用羅馬字母的國家有 120 多個，他們的語言特點各不相同，由於同樣接受西歐文化，採用同樣的羅馬字母。事實證明"文化傳播決定文字類型"，不是"語言特點決定文字類型"。

問：日本假名字母的產生，是日本語言特點所決定，跟中國文化無關。這不是"語言特點決定文字類型"嗎？

答：日本採用漢字之後，從漢字中發展出假名，這是古典文字傳到異國之後從表意向表音發展的共同現象。漢字沒有退出日文，漢字和假名的混合文字仍舊屬於漢字類型。

文字系統和發展規律

問：中國文字有中國的發展規律，外國文字有外國的發展規律，用外國的規律來硬套中國的文字，合適嗎？

答：人類文字是一個總系統，只有一套共同的發展規律。系統觀和發展觀是人類文字學的兩個基本觀點。多個文字單位（例如各個漢字）組成文字體系（例如漢語的漢字體系）；多個文字體系組成文字系統（例如漢語和非漢語的漢字型文字系統）；多個文字系統組成人類文字總系統。比較多種文字系統，可以看到文字發展規律的世界共同性。

問：文字從"表形"到"表意"到"表音"的"形意音"發展規律，有人認為不能成立。漢字在中國用了三千年沒有變成拼音文字。

答：丁頭字在兩河流域是表意兼表音的意音文字，只在書寫人名時候完全用表音符號；傳播到新埃蘭和早期波斯演變成主要表音的音節文字，只保留極少幾個表意詞符；傳播到烏加利特演變成完全表音的字母文字。漢字在中國是表意兼表音的意音文字，傳播到日本產生表音的假名音節字母。彝文在雲南是表意字和表音字結合的意音文字，到四川涼山變成純粹表音的音節文字。東巴文是表形和表意的形意文字，使用中在本身內部演變出同時並用的音節字母；又另外演變出音節文字的哥巴文。比較多種文字的演變歷史，看到"形意音"的演變規律符合客觀歷史事實。

人類文字的歷史分期

問：中國有"古文字"說法，沒有"古典文字"說法。"古典文字"說法是從哪裏來的？"古文字"和"古典文字"的區別何在？

答："古文字"是歷史概念；人們把隸變以前的"甲、金、大小篆"稱為"古文字"。"古典文字"是文字類型學概念，說法來自西方。起初把丁頭字、聖書字和漢字稱為"三大古典文字"，後來加上馬亞字、雲南彝字。它們外形彼此不同，而內在結構基本一致，都是自源文字，有意符、音符和定符，都表"語詞和音節"，都是表意兼表音。在人類文字發展史中，它們是"原始文字"和"字母文字"之間的一個重要發展階段。

問：你把漢字歸入"古典文字"中，有人認為貶低了漢字的地位。

答：世界文字的歷史分為三個時期：1、原始文字，2、古典文字，3、字母文字。漢字不是原始文字，也不是字母文字；漢字的本質屬於古典文字。不是誰把漢字歸入古典文字之中，而是漢字本身屬於古典文字。

兩系並立和先後傳承

問：不少學者認為，漢字和字母是兩個並立系統，各自獨立發展。字母的創造跟甲骨文的時代相近。怎麼可能是一先一後彼此傳承的兩個階段呢？請看：

王寧教授《漢字構形學講座》中説：世界上的文字只能有兩種體系：1. 表意體系，2. 表音體系。把世界上的文字體系分為兩個大類，是從文字記錄語言的本質出發的。口頭語言有兩個要素：音和義。記錄語言的文字只能從中選擇一個要素作為構形的依據。世界文字體系的兩分法正是按照文字構形的依據來確定的。漢字是構意文字，漢字屬於表意文字體系。我們主張"世界文字發展兩種趨勢論"。

聶鴻音教授《中國文字概説》中説：在古往今來的一切文字中，如果沒有外力的干預，從來沒有哪一套意符文字自行演變成音符文字。在象形文字進一步演化的過程中，不同的民族對它進行了不同的改進。側重於"音"的民族把它發展成拼音字母，側重於"義"的民族把它發展成方塊表意字。世界上"音符"和"意符"兩大文字類型便初步形成了。音符文字和意符文字是文字發展史上兩個並列的階段，其間並沒有誰繼承誰的問題。

答：世界文字發展史需要深入研究。文字考古學指出，字母脫胎於古典文字。丁頭字和聖書字中有意音字，意音字由意符和音符結合而成；書寫人名可以單用音符，由此演變出不用意符、只用音符的字母。字母在古典文字的母胎裏孕育了兩千年然後出世。從古典文字到字母文字是一線相承的，不是各自獨立發展的兩個系統。字母不可能沒有母體而突然出現。字母出身於古典文字，是借源文字，不是自源文字。借源文字不能自立系統。漢字產生晚於丁頭字和聖書字兩千多年，但是發展規律相同；漢字傳到日本產生音節假名字母；傳到朝鮮產生音素結成音節的諺文字母；這符合古典文字向表音化逐漸發展的演變規律。

周有光著作單行本目錄

1. 《新中國的金融問題》(新經濟叢書第二種)，香港經濟導報社 1949 第 1 版。

2. 《中國拼音文字研究》，上海東方書店 1952 第 1 版，1953 第 6 版。

3. 《字母的故事》，上海東方書店 1954 第 1 版；上海教育出版社 1958 修訂版。

4. 《中文拼音詞彙》，周有光主編，文字改革出版社 1958 初稿本，1964 增訂版；語文出版社 1989 重編本。

5. 《拼音字母基礎知識》，文字改革出版社 1959 第 1 版。

6. 《漢字改革概論》(北大講稿)，文字改革出版社 1961 第 1 版；1964 修訂第 2 版；1979 第 3 版；香港爾雅社 1978 修訂本；"日本羅馬字社" 1985 日文翻譯本，譯者橘田廣國。

7. 《電報拼音化》，文字改革出版社 1965 第 1 版。

8. 《漢語手指字母論集》，周有光等著，文字改革出版社 1965 第 1 版。

9. 《拼音化問題》，文字改革出版社 1980 第 1 版。

10. 《漢字聲旁讀音便查》，吉林人民出版社 1980 第 1 版。

11. 《語文風雲》，文字改革出版社 1981 第 1 版。

12. 《中國語文的現代化》，上海教育出版社 1986 第 1 版。

13. 《世界字母簡史》，上海教育出版社 1990 第 1 版。

14. 《新語文的建設》，語文出版社 1992 第 1 版。

15. 《中國語文縱橫談》，人民教育出版社 1992 第 1 版。

16. 《中文拼音方案基礎知識》，語文出版社 1995 第 1 版；香港三聯書店 1997 第 1 版。

17. 《語文閒談》"初編"上下兩冊，1995 第 1 版，1997 第 2 版；"續編"上下兩冊，1997 第 1 版；"三編"上下兩冊，2000 第 1 版，北京三聯書店；"中國文庫" 2004 第 1 版；"選編本" 2008 第 1 版。

18. 《文化暢想曲》，中國青年出版社 1997 第 1 版。

19. 《世界文字發展史》，上海教育出版社 1997 第 1 版；上海"世紀文庫" 2003 修訂再版；2011 修訂第 3 版。

20. 《中國語文的時代演進》(清華講稿)，"瞭解中國叢書"，清華大學出版社 1997 第 1 版；美國俄亥俄大學"Pathways 叢書" 2003 中英文對照本第 1 版，英文譯者美國張立青教授。

21. 《比較文字學初探》，語文出版社 1998 第 1 版。

22. 《多情人不老》，"雙葉集叢書"，張允和、周有光合著，江蘇文藝出版社 1998 第 1 版。

23. 《新時代的新語文》(戰後新興國家的語文新發展)，北京三聯書店 1999 第 1 版。

24. 《漢字和文化問題》，費錦昌選編，"漢字與文化叢書"，遼寧人民出版社 1999 第 1 版。

25. 《人類文字淺說》，"百種語文小叢書"，語文出版社 2000 第 1 版。

26. 《現代文化的衝擊波》，北京三聯書店 2000 第 1 版。

27. 《21 世紀的華語和華文》(周有光耄耋文存)，北京三聯書店 2002 第 1 版。

28. 《周有光語文論集》，蘇培成選編，共四冊，2002 上海文化出版社第 1 版。

29. 《周有光語言學論文集》，蘇培成選編，商務印書館 2004 第 1 版。

30. 《百歲新稿》，北京三聯書店 2005 第 1 版。

31. 《見聞隨筆》，新世界出版社 2006 第 1 版。

32. 《學思集》(周有光文化論稿)，徐川山選編，上海教育出版社 2006 第 1 版。

33. 《語言文字學新探索》，語文出版社 2006 第 1 版。

34. 《中文拼音·文化津梁》，北京三聯書店 2007 第 1 版。

35. 《周有光百歲口述》，周有光口述，李懷宇撰寫，廣西師範大學出版社，
    2008 第 1 版。
36. 《朝聞道集》，世界圖書出版公司，2010 第 1 版。
37. 《拾貝集》，世界圖書出版公司，2011 年第 1 版。

世界文字分佈示意地圖

漢字 □□□ 印度字母 |||||| 阿拉伯字母 ⊞⊞

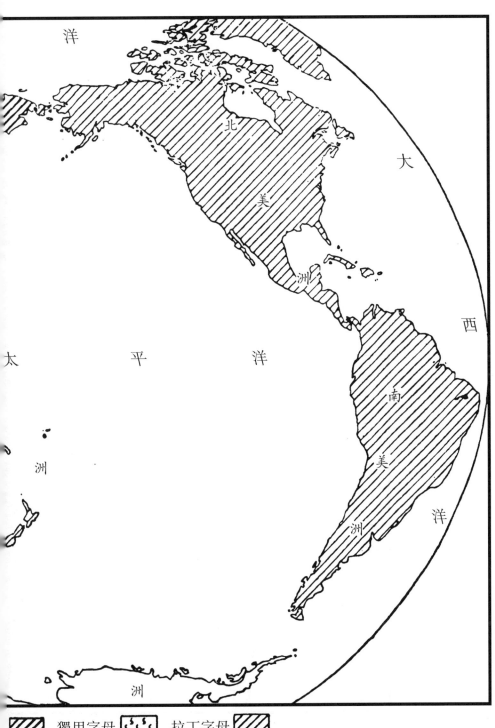

洋　　　　　　　　　　　　　　北　　　　　　大

美　　　　　　　西

洲　　　　　　洋

太　　　平　　　洋　　　　　　南

洲　　　　　　　美

洲　　　　　　洋

洲

⧄ 獨用字母　〔ṡṡ〕拉丁字母　⧄

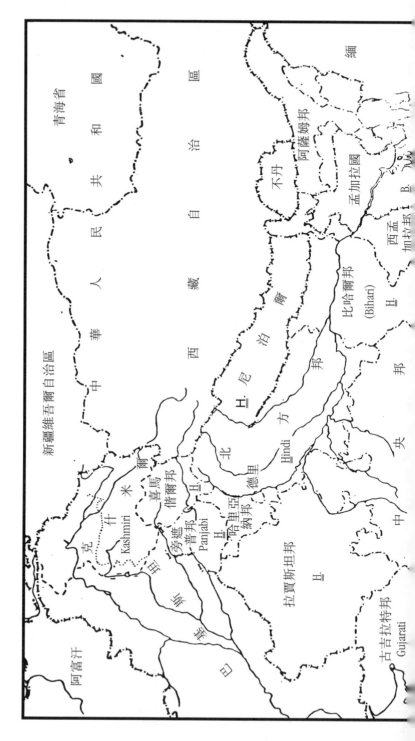

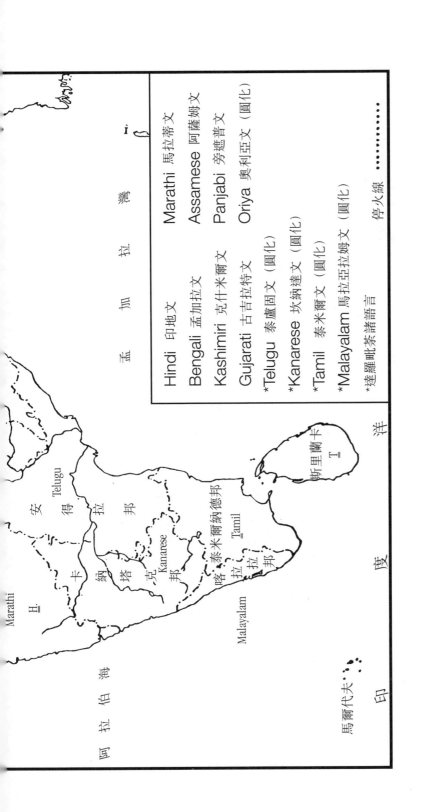

Hindi 印地文	Marathi 馬拉蒂文
Bengali 孟加拉文	Assamese 阿薩姆文
Kashimiri 克什米爾文	Panjabi 旁遮普文
Gujarati 古吉拉特文	Oriya 奧利亞文 (圓化)
*Telugu 泰盧固文 (圓化)	
*Kanarese 坎納達文 (圓化)	
*Tamil 泰米爾文 (圓化)	
*Malayalam 馬拉亞姆文 (圓化)	
*達羅毗荼諸語言	停火線 ‥‥‥‥‥

孟　加　拉　灣

Marathi

卡
納
塔
克
邦

安
得
拉
邦

Telugu

喀什米爾納德邦

泰米爾拉邦

Kanarese

Tamil

Malayalam

斯里蘭卡

阿　拉　伯　海

馬爾代夫

印　　度　　洋

地圖3　　　　　　印度字母在東南亞傳播示意地圖

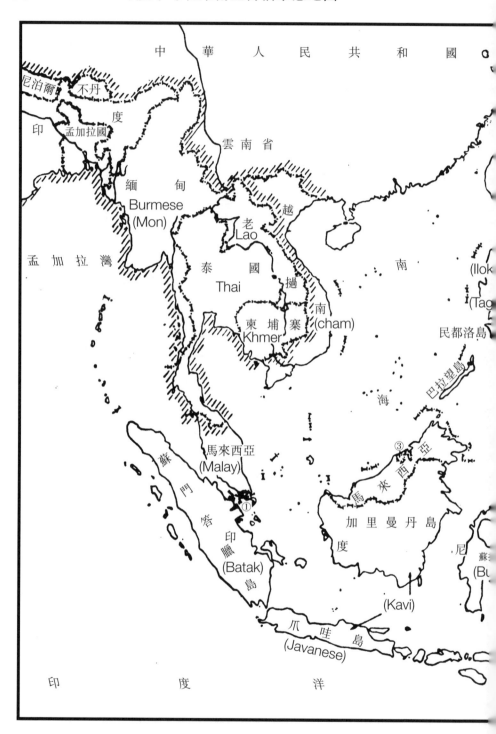

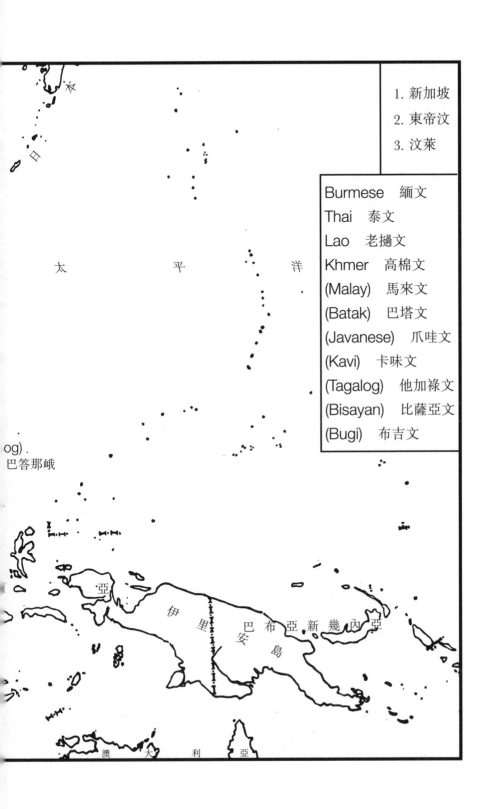

1. 新加坡
2. 東帝汶
3. 汶萊

Burmese	緬文
Thai	泰文
Lao	老撾文
Khmer	高棉文
(Malay)	馬來文
(Batak)	巴塔文
(Javanese)	爪哇文
(Kavi)	卡味文
(Tagalog)	他加祿文
(Bisayan)	比薩亞文
(Bugi)	布吉文

太　平　洋

og)
巴答那峨

亞

伊里安島　巴布亞新幾內亞

澳大利亞

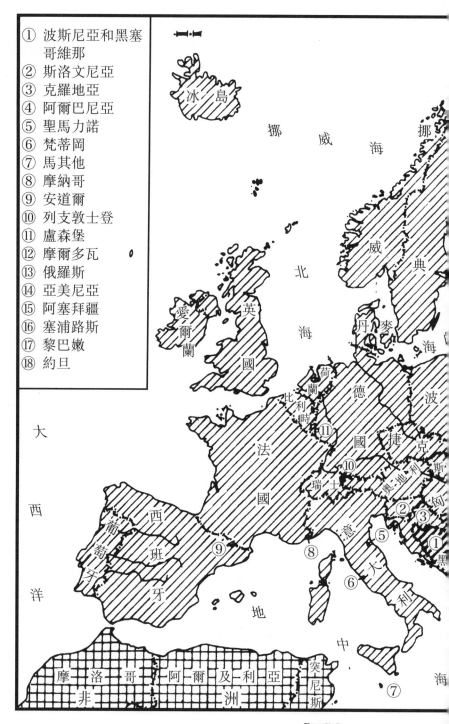

① 波斯尼亞和黑塞
　 哥維那
② 斯洛文尼亞
③ 克羅地亞
④ 阿爾巴尼亞
⑤ 聖馬力諾
⑥ 梵蒂岡
⑦ 馬其他
⑧ 摩納哥
⑨ 安道爾
⑩ 列支敦士登
⑪ 盧森堡
⑫ 摩爾多瓦
⑬ 俄羅斯
⑭ 亞美尼亞
⑮ 阿塞拜疆
⑯ 塞浦路斯
⑰ 黎巴嫩
⑱ 約旦

拉丁字母 ⬜ 斯拉夫字母

伦支海

斯

羅

俄　洲

羅斯

烏　克　蘭

鹹海

烏茲別克斯坦

哈　薩　克　斯　坦

土庫曼斯坦

⑫

亞

黑　海

裏

格魯吉亞

阿塞拜疆

海

⑭

⑮

土　耳　其

伊

亞

朗

洲

伊　拉　克

敍利亞

⑯

⑰

⑱

阿拉伯字母 ⊞⊞⊞　　　希臘字母 ▦▦▦

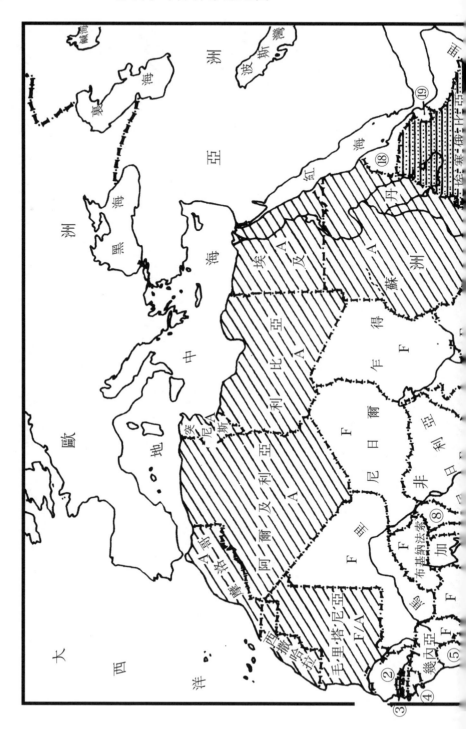

阿拉伯字母　獨用字母　拉丁字母

① 佛得角
② 塞內加爾 F
③ 岡比亞 E
④ 幾內亞比紹 P
⑤ 塞拉利昂 E
⑥ 利比里亞 E
⑦ 多哥 F
⑧ 貝寧 F
⑨ 赤道幾內亞 Sp
⑩ 盧旺達 F/RW
⑪ 布隆迪 F/Bur
⑫ 馬拉維 E/Ny
⑬ 斯威士蘭 E
⑭ 萊索托 E
⑮ 毛里求斯 E
⑯ 塞舌爾 E
⑰ 科摩羅 F
⑱ 厄立特里亞 F
⑲ 吉布提 F

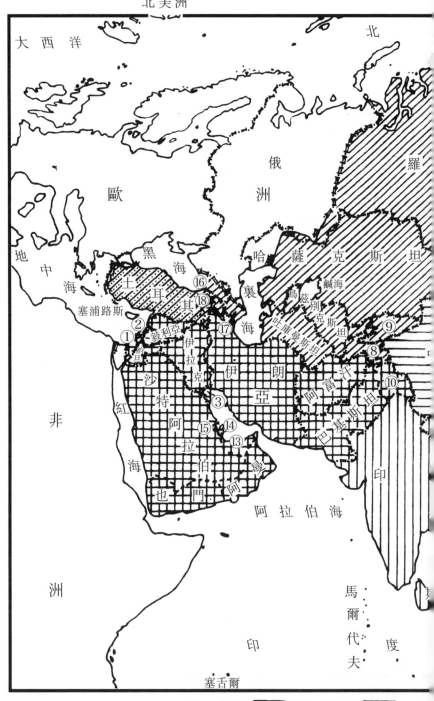

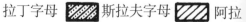

① 巴勒斯坦地區
包括以色列和
阿拉伯區
② 黎巴嫩
③ 科威特
④ 尼泊爾
⑤ 不丹
⑥ 孟加拉國
⑦ 汶萊
⑧ 塔吉克斯坦
⑨ 吉爾吉斯斯坦
⑩ 克什米爾
⑪ 東帝汶
⑫ 新加坡
⑬ 阿拉伯聯合酋
長國
⑭ 卡塔爾
⑮ 巴林
⑯ 格魯吉亞
⑰ 阿塞拜疆
⑱ 亞美尼亞

北美洲

洋

斯

鄂霍次克海

古

渤海

朝鮮

韓國

日本海

日本

黃海

民 共 和 國

洲

東海

太

平

洋

緬甸

越南

老撾

泰國

柬埔寨

南海

菲律賓

⑦

馬來西亞

⑫

印度

尼

⑪

巴布亞新幾內亞

西

大洋洲

澳大利亞

印度系統字母 ▥▥▥▥ 漢字系統文字 ▭